माधोपुर
का
घर

त्रिपुरारि शरण

माधोपुर का घर

राजकमल प्रकाशन

ISBN : 978-81-19028-76-4

मूल्य : ₹795

पहला संस्करण : 2023
दूसरा संस्करण : 2024

प्रकाशक : राजकमल प्रकाशन प्रा.लि.
1-बी, नेताजी सुभाष मार्ग, दरियागंज
नई दिल्ली-110 002

शाखाएँ : अशोक राजपथ, साइंस कॉलेज के सामने, पटना-800 006
पहली मंजिल, दरबारी बिल्डिंग, महात्मा गांधी मार्ग, प्रयागराज-211 001
1, अनमोल सोराबजी संतुक लेन, धोबी तलाव, मरीन लाइंस, मुम्बई-400 002

वेबसाइट : www.rajkamalprakashan.com
ई-मेल : info@rajkamalprakashan.com

मुद्रक : बी.के. ऑफसेट
नवीन शाहदरा, दिल्ली-110 032

MADHOPUR KA GHAR
Novel by Tripurari Sharan

माँ, पिताजी, सुजाता और विवान के लिए

माधोपुर का घर

आधी रात

बाबा मुझे दिल्ली से लेकर आए थे। दिल्ली की कहानी बाद में, लेकिन मेरे आने से बाबा और दादी के जीवन में अशान्ति आ गई। बाबा गाँव पर मुझे लेकर तकरीबन आधी रात पहुँचे थे। हमारा घर एक आँगन के चारों ओर बना हुआ था और इसमें कई कमरे थे। चूँकि दादी पीछे के एक कमरे में सोया करती थीं इसलिए बाबा मकान का आधा चक्कर लगाकर पीछे की ओर आए और उन्होंने मद्धिम आवाज में दादी को पुकारते हुए दरवाजे को भी थोड़ा खटखटाया। दादी ने घर के पिछवाड़े का दरवाजा खोला तो बाबा ने कमरे के अन्दर घुसते ही मुझे गोद से उतारा। मुझे देखते ही दादी ने बाबा से पूछा—

"ये किसको लेकर आए हैं?"

"ये लोरा है और अब ये हम लोगों के साथ रहेगी।"

"अगर ये यहाँ रहेगी तो मैं अब इस घर में नहीं रहूँगी।" दादी ने तपाक से बाबा को उत्तर दिया और वहाँ से चल पड़ी। सारा गाँव सोया हुआ था। उसी सन्नाटे के माहौल में दादी घर से बाहर निकल गईं और जोर-जोर से चिल्लाने लगीं और बाबा के लिए अपशब्द निकालने लगीं। अगल-बगल के घर के लोग बाहर सड़क पर आ गए, दादी से पूछने लगे कि आखिर हुआ क्या। पड़ोसियों और अन्य सभी गाँव वालों के लिए यह एक अप्रत्याशित और अजीब-सी घटना थी। दादी का बाबा

के लिए अपशब्द निकालना और वह भी आधी रात को, पड़ोसियों के सामने। बाद में तो मैंने यही सुना कि दादी को पूरे गाँव के लोग शालीनता और सौम्यता की प्रतिमूर्ति मानते थे। अपशब्द निकालने की तो बात दूर थी, दादी को किसी ने कभी-भी जोर से बोलते हुए भी नहीं सुना था। खैर पड़ोस के लोगों ने दादी को किसी तरह समझाया तब दादी घर में वापस आने को तैयार हुईं। इस घटना के वक्त तो मैं बहुत छोटी-सी थी इसलिए मुझे तो कुछ भी समझ में नहीं आ रहा था और ट्रेन की लम्बी यात्रा के बाद मैं थकी तो नहीं लेकिन भूखी-प्यासी जरूर थी लेकिन बाद में जब मैं बड़ी हुई और मुझे इस घटना की जानकारी मिली तो यह समझ में नहीं आया कि दादी उस रात घर से बाहर भागकर कहाँ जाना चाहती थीं, क्या करना चाहती थीं, उनका इरादा क्या था। बातों को सुनते-सुनते, लम्बे समय बाद मुझे बातें समझ में आने लगीं। लेकिन मेरी समझ के अनुसार ये बातें क्या थीं मैं उसे अभी खुलासा करना ठीक नहीं समझती हूँ। उससे पहले तो अभी जो हुआ और होने वाला था उसका ब्योरा।

गाँव का हमारा घर बड़ा था। इसमें आँगन के चारों ओर बरामदे के पीछे कमरे बने हुए थे। और रहने वाले थे केवल बाबा और दादी जो आँगन के तीन ओर बने कमरों वाले घर में रहते थे और आँगन के दक्षिणी भाग में नीचे और ऊपर की मंजिल मिलाकर पाँच-छह कमरों के मकान में बाबा के चचेरे भाई का परिवार रहता था। घर के बाबा वाले भाग में ऊपर और नीचे की मंजिल मिलाकर आठ कमरे थे। दादी नीचे के ही एक कमरे में रहती थीं और बाबा अपना ज्यादातर समय ऊपर के एक कमरे में बिताते थे। उस रात जब बाबा और दादी के बीच शान्ति बरकरार हुई तो बाबा चुपचाप अपने ऊपर वाले कमरे में मुझे लेकर चले गए।

अगले दिन से मुझे खिलाने, दूध वगैरह पिलाने और कमरे के बरामदे से सटी हुई बड़ी-सी छत पर टहलाने का काम बाबा खुद करने लगे। दादी और बाबा के बीच बोलचाल बन्द हो गई। एक छोटे-से बच्चे का मोहक रूप-रंग देखकर दादी को मेरे ऊपर दया तो जरूर आती होगी लेकिन वह अपने-आप को कमजोर नहीं होने देना चाहती थीं इसलिए मेरे प्रति किसी प्रकार के प्रेमभाव का प्रदर्शन वह नहीं करती थीं। बाबा और दादी के लिए खाना बनाने तथा घर को बुहारने आदि का काम मीना करती थी। बाबा को मेरे लिए दूध या दूध-चावल आदि बनाकर मीना

ही दे दिया करती थी। ऊपर के कमरों को छोड़कर मेरा नीचे आना दिन में एकाध बार ही होता था, वह भी शौचकर्म से निवृत्त होने मात्र के लिए। बाबा तो दिन में कई बार नीचे जाते थे क्योंकि उनका तो सारा संसार ही नीचे रचा-बसा हुआ था लेकिन बाबा को बराबर यह ध्यान रहता था कि मैं ऊपर की मंजिल के घरों में अकेली हूँ और एक छोटी-सी नादान बच्ची हूँ। इसीलिए बाबा बराबर बीच-बीच में मुझे देखने आते थे और अपनी गोद में बिठाकर, सहलाकर, पुचकारकर ही वापस नीचे जाते थे। मैं तो उस समय बहुत छोटी थी। इसलिए मेरी स्मृतियों में तो यह सब कुछ कहीं दर्ज भी नहीं है। यह सब तो मैंने बाद में, बड़े होने पर जो कहानियाँ सुनीं—कुछ बाबा की अन्य लोगों के साथ बातचीत के दौरान और कुछ जो बखान दादी ने किया अपने बेटों और पोतों से—उनसे जान पाई।

तो आखिर क्या हुआ था ऐसा कि मेरे आने से दादी के जीवन में इतना बड़ा भूचाल आ गया कि उन्होंने बाबा से बोलचाल बन्द कर दी? वही दादी जो सभी के प्रति अपने प्रेमपूर्वक व्यवहार के लिए न सिर्फ अपने परिवार और गाँव बल्कि अपने पूरे कुटुम्ब में जानी जाती थीं उन्हें ऐसा क्या हो गया कि उन्होंने इतना बड़ा कदम उठा लिया? बाबा और दादी के सम्बन्ध में आए तनाव की चर्चा पूरे गाँव में थी। दादी को यह बात तो जरूर अच्छी नहीं लगी होगी लेकिन फिर भी उन्होंने इतना बड़ा निर्णय कैसे ले किया? वह अब बाबा के साथ बैठकर बतियाते हुए कभी भी नहीं दिखाई देती थीं। बाबा घर के नीचे वाले भाग में खाना खाने के समय को छोड़कर शायद ही कभी समय बिताते थे। खाने के समय भी बाबा का खाना ज्यादातर मीना ही परोस कर रख देती थी और अगर मीना चली भी जाती थी तो दादी एकदम बेमन से बाबा का खाना परोस कर अलग चली जाती थीं। इतना अ-लगाव दादी ने आखिर क्यों कर लिया था बाबा से? ऐसा तो था नहीं कि बाबा का श्वान-प्रेम कोई नया था। तीस साल पहले भी बाबा ने दो-दो अलसेशियन पाला था और दादी उनकी सेवा-शुश्रूषा बहुत सहज भाव से करती थीं। फिर दादी ने मेरे साथ ऐसा रुख क्यों अपनाया? यह सब धीरे-धीरे मुझे आने वाले समय में पता चला।

लोरा का आख्यान

बाबा उस समय बाल सुधार विद्यालय, हजारीबाग में हेडमास्टर थे जब वे लेडी को लेकर आए थे। कलकत्ते से। लेडी उनकी पहली अलसेशियन का नाम था। उसे भी बाबा जब लाए होंगे तब वह मेरे इतनी ही बड़ी रही होगी जितनी बड़ी मैं थी जब बाबा मुझे लेकर आए थे। मैंने सुना था कि बाबा ने उसे किसी पेशेवर डॉग ब्रीडर से एक अच्छी रकम देकर खरीदा था। अच्छी उस समय के हिसाब से जब एक स्कूल के हेडमास्टर को इतनी भी तनख्वाह नहीं मिलती थी कि वह एक पेडिग्री वाले कुत्ते के बच्चे को आसानी से खरीद सकें हालाँकि बाबा का बाल सुधार विद्यालय आम हाईस्कूलों से अलग था और बाबा को आम हेडमास्टरों से ऊँचा वेतन मिलता था। बाबा ने अपना एम.ए. मनोविज्ञान विषय में किया था लेकिन एम.ए. के बाद बाबा को इस विशिष्ट संस्थान में काम करने के पहले बम्बई में एक साल का एक विशेष कोर्स करने के लिए सरकार द्वारा भेजा गया था।

तो बाबा आम शिक्षकों और अन्य मध्यवर्गीय व्यक्तियों से अलग थे। तभी तो उन्होंने एक पेडिग्री कुत्ता रखने जैसे शौक में अपने वेतन का एक अच्छा-खासा भाग खर्च करने का मन बनाया। वैसे बाबा को अपने विद्यार्थी जीवन में कभी किसी अभाव का सामना नहीं करना पड़ा था। बाबा के पिता अपने इलाके के नामी-गिरामी डॉक्टर थे। बाबा जब कॉलेज/यूनिवर्सिटी में पढ़ रहे थे तब उनके पिताजी उन्हें अपनी जरूरतों के लिए पर्याप्त राशि दिया करते थे। बाबा के जीवन के इस अंश पर विस्तार से कहानी आगे बताऊँगी। अभी मेरे साथ शुरू के वर्षों में दादी द्वारा किए गए व्यवहार को समझने के लिए दादी और लेडी की कहानी समझना जरूरी है।

बाबा लेडी को लाने कलकत्ता गए। जाने के पहले उन्होंने अलग-अलग स्रोतों से पता लगा लिया था कि अगर वास्तव में प्योर ब्रीड का अलसेशियन पप चाहिए तो उन्हें केनेल क्लब ऑफ इंडिया के किसी रजिस्टर्ड ब्रीडर से ही खरीदना चाहिए। इस प्रकार बाबा ने लेडी, जो उस वक्त तीन महीने से कम उम्र की थी, को एक आई.सी.एस. अफसर के यहाँ से खरीदा। लेडी का रजिस्ट्रेशन बाकायदा केनेल

क्लब ऑफ इंडिया में हो चुका था। लेडी का पूरा रजिस्टर्ड नाम था लेडी लव ऑफ अमोला। यह नाम उस आई.सी.एस. अफसर ने अपनी खानदानी रियासत के नाम पर रखा था। उनके परिवार की यह रियासत बंगाल में अवस्थित थी और उनका पूरा खानदान ऊँची ब्रीड के कुत्तों का बड़ा शौकीन था। जैसा कि बाबा अपने किसी भी नए शौक को अपनाने के पहले करते थे, उन्होंने अपने कुत्ते पालने के शौक के मामले में भी शोध करके, इधर-उधर से पता करके और लोगों से बातचीत करके अलसेशियन कुत्तों के बारे में पूरी जानकारी हासिल करने का प्रयास किया था। लेडी का रंग काला था और अलसेशियन कुत्तों की विशिष्ट पहचान का आंशिक रूप से पीला रंग भी उसके शरीर के कुछ-कुछ भाग में था।

लेडी को बाबा जब लेकर आए थे उस वक्त उनकी उम्र करीब पैंतीस वर्ष थी। दादी उनसे तकरीबन पाँच साल छोटी थीं। अपने सुशील स्वभाव के अनुसार दादी ने लेडी की पूरी सेवा-शुश्रूषा की। दादी कट्टर शाकाहारी थीं और उनके घर में मांस-मछली खाना तो दूर उनकी रसोई में बनाया भी नहीं जाता था। लेकिन बाबा ने जब लेडी के लिए मांस खरीदकर आँगन में एक अलग चूल्हे पर बनाना शुरू किया तो दादी ने कोई आपत्ति नहीं जताई। लेडी के आहार में बाबा ने किसी प्रकार की कसर नहीं छोड़ी और जब लेडी छह महीने की हो गई तभी से बाबा ने उसको थोड़ी-थोड़ी ओबिडिएंस ट्रेनिंग देनी शुरू की जैसे उसको अपनी ओर कमांड देकर बुलाना और बैठने के लिए कहना आदि। उसी दौर में कुत्तों को पेशवर ट्रेनिंग देने के लिए उत्तर प्रदेश के प्रतापगढ़ जिले के भदरी रियासत के राजा साहेब की लिखी चर्चित किताब आई जो श्वानप्रेमियों के लिए बड़ी उपयोगी थी। इस किताब का नाम था 'ट्रेन योर ओन डॉग़' और इसमें चित्रों और स्केच के माध्यम से बड़े ही सिलसिलेवार ढंग से बताया गया था कि कैसे अपने कुत्ते को ट्रेन किया जाना चाहिए ताकि वह पेशेवर तरीके से अपने स्वामी की न सिर्फ रक्षा करे बल्कि पुलिस द्वारा चोरों आदि को पकड़ने में मदद भी करे। गौरतलब है कि साठ के दशक की शुरुआत के दौर में भारत में इस तरह की किताबें छपती नहीं थीं और छपतीं भी तो उनका प्रचार ठीक से नहीं हो पाता था। यही कारण था कि उच्च गुणवत्ता के साथ लिखी गई राजा साहेब भदरी की यह किताब श्वानप्रेमियों के बीच बहुत चर्चित थी और उस जमाने के हिसाब से बड़ी महँगी भी। लेकिन लेडी के लिए बाबा ने इसके

प्रकाशक को पत्र लिखकर वी.पी.पी. (पार्सल) से मँगवाया। लेडी को लेकर इस स्तर की थी बाबा की महत्त्वाकांक्षा।

बाल सुधार विद्यालय में बाल बन्दियों को सुधारने के लिए लाया जाता था यानी वैसे अपराधी जो अभी वयस्क नहीं हो पाए थे और किसी जघन्य अपराध में नहीं पकड़े गए थे यानी जेबकतरे, चोर, बदमाश आदि। सामान्य शिक्षा के साथ-साथ इन बच्चों को व्यावसायिक प्रशिक्षण भी दिया जाता था ताकि वे सुधार विद्यालय की अपनी मियाद पूरी कर आत्मनिर्भर भी हो सकें। बाबा ऐसे बच्चों की मनोवृत्तियों से भलीभाँति परिचित थे इसलिए उनके साथ वे अपने-आप को कभी असहज नहीं महसूस करते थे। अपने बाल बन्दी छात्रों का बाबा ने लेडी के साथ परिचय कराया और उसकी ट्रेनिंग में ये लोग बाबा की मदद में आते थे, डिकॉय के रूप में (जैसा किताब में दिया होता था)। कभी किसी लड़के को बाबा चोर की भूमिका करने को कहते थे। अपना रूमाल गिराकर वह कहीं आसपास छुप जाता था। फिर बाबा उसको चोर बने उस लड़के को खोजने के लिए कहते थे। इसके लिए बाबा लेडी को वह गिरा हुआ रूमाल सुँघाते थे और फिर खोजने के लिए सर्च का कमांड देकर कहते थे। सूँघते-सूँघते लेडी उस लड़के के पद-चिह्नों पर चलते हुए उसको खोज लेती थी।

बाल सुधार विद्यालय का कैम्पस बहुत फैला हुआ था। इसकी जो मेन बिल्डिंग थी वह तो कुछ वर्षों पहले तक हजारीबाग के प्रसिद्ध सेंट्रल जेल की बिल्डिंग थी। वही जेल जहाँ से जयप्रकाश नारायण जैसे प्रसिद्ध स्वतंत्रता सेनानी दीवार फाँदकर भागे थे। आजादी के बाद सरकार ने इस पूरे जेल के भवन के उपयोग का प्रयोजन बदला और देश के इस पूर्वी भाग में यह पहला बाल बन्दी सुधार गृह, जिसे अँगरेजी शब्द रिफॉर्मेटरी के नाम से बोलचाल की भाषा में जाना जाता था, की स्थापना की गई। इस संस्था में राज्य शिक्षा सेवा के चुनिंदे लोगों को लगाया गया और इसी प्रकार बाबा अपनी नौकरी के शुरुआती दौर में दस वर्ष इस संस्थान में रहे।

बाबा को यहाँ जो क्वार्टर मिला हुआ था संस्थान की ओर से वह कोई बड़ा नहीं था लेकिन उससे सटी बहुत खुली जमीन थी जिसमें बाबा ने एक सुन्दर-सा बागान बना रखा था और अपनी दो-तीन गायों को पालते थे। गाय भी आज की

तरह की जर्सी या होल्सटीन नस्ल की हाइब्रिड नहीं। बहुत चुनकर बाबा सोनपुर के मेले से खरीदकर लाते थे अपनी देसी गायों को और उनको इस व्यवस्था के साथ रखते थे कि ये गायें भी दस से पन्द्रह सेर तक दूध दे देती थीं। लोग अगल-बगल के इलाकों से बाबा की गायों को देखने के लिए आते थे। इस प्रकार लेडी की बड़ी मौज थी। उसके खाने-पीने में बाबा कोई कमी नहीं रहने देते थे। यह जानते हुए भी कि दादी की परवरिश एक कट्टर शाकाहारी परिवार में हुई है। उन्होंने दादी को घर में लेडी के लिए मांस बनाने के लिए (आँगन में ही सही) तैयार कर लिया। लेडी को तो भरपेट दूध भी मिलता था पीने को और उसका दादी के साथ एक प्रेमपूर्ण सामंजस्य बन गया था। लेडी के प्रति दादी का आकर्षण तथा प्रेम और अधिक बढ़ाने के लिए बाबा ने लेडी को जो ट्रेनिंग दी थी उसका भरपूर इस्तेमाल किया। दादी जब आसपास अपने किसी बगलगीर के घर जाती थीं तो बाबा लेडी को कमांड देते थे और वह दादी के साथ बगल में एकदम कदम मिलाकर जाती थी और जहाँ दादी बताती थीं 'सिट' वहाँ लेडी बैठ जाती थी, चुपचाप, बिना हिले हुए। दादी जब वापस चलने लगती थीं तो वह भी उठकर साथ चलने लगती थी। एकदम जैसे वह दादी की अंगरक्षक हो। अब दादी का सीना तो ऐसी ही बातों से फूल जाता था क्योंकि कॉलोनी में उनके दोस्त, मित्र तो लेडी के डील-डौल, उसकी नपी-तुली चाल और दादी के आदेश का अक्षरश: पालन और अनुशासन की श्लाघा के पुल बाँधते थकते नहीं थे। दादी को लेडी की एक और हरकत बहुत प्रिय थी। बाबा ने लेडी को एक कमांड सिखाया था, गार्ड करना। तो जैसे बाबा ने अपनी साइकिल कहीं लगा दी और लेडी को बिठा दिया और कमांड दे दिया 'लेडी, गार्ड' तो फिर क्या मजाल कि कोई आदमी उस साइकिल के आसपास भी फटक पाए, साइकिल को छूना तो दूर की बात थी। दादी कभी-कभी अपने साथ अपने सबसे छोटे बेटे जो उस समय मुश्किल से चार साल का था, को भी साथ लेकर जाती थीं। अपने पड़ोसियों को दादी लेडी का गार्ड करने वाला करतब कभी-कभी दिखाती थीं जिसके तहत वह अपने बेटे को गार्ड करने के लिए लेडी को आदेश देती थीं। कॉलोनी के लोगों के लिए यह सब विलक्षण अनुभव थे। ऐसा संयमित और अनुशासित कुत्ता तो उनमें से किसी ने देखा ही नहीं था। उस जमाने में टेलीविजन तो था नहीं कि उस पर भी ऐसा कुछ देखने को मिल सके।

तो ऐसा था लेडी और दादी के बीच उस समय में अनुराग। तब ऐसा क्या था कि मेरे समय में दादी ने इतना बड़ा बवाल मचाया? इसको समझने के लिए आपको दादी के व्यक्तित्व की पृष्ठभूमि समझनी होगी और समझना होगा उनका इतिहास। इसके लिए आप दादी द्वारा लिखी डायरी पढ़ें।

दादी की डायरी

मेरे पूर्वज उत्तर प्रदेश के गाजीपुर जिले से आकर रमनपुर गाँव में बसे थे। मेरी दादी की दादी बताती थीं कि हमारे पूर्वज बखतौर पांडेय और बहोरन पांडेय अँगरेजी राज में कोई छोटी-मोटी नौकरी किया करते थे। अँगरेज साहेबान इन दोनों व्यक्तियों से बड़े प्रसन्न रहते थे। इसी कारण कालक्रम में इन दोनों भाइयों को रैयतों से मालगुजारी वसूलकर जमा करने का काम भी सौंपा गया। परमानेंट सेटलमेंट के बाद और 1857 के गदर के बीच का समय था यह। कालक्रम में अपने हाकिमों को खुश रखने के इनाम में दोनों भाइयों को गुमाश्ता की पदवी भी प्राप्त हो गई। फिर क्या था। कुछ ही वर्षों के अन्दर रमनपुर गाँव और इसके आसपास के इलाकों में दोनों भाइयों का बोलबाला हो गया। इनके अधिकार क्षेत्र में कई सारे मौजे सरकार ने दे दिये। दो अलग-अलग जनाना महल बनवाए गए और उससे थोड़ी ही दूर पर एक बहुत ऊँचे चबूतरे पर एक आलीशान मरदाना कोठी बनवाई गई। हाथीखाना, घुड़साल और गोशाला आदि सब थे दरवाजे पर। अमला-तमला काफी था। काम करने के लिए कारिन्दों की कमी नहीं थी। घर के लोग पानी पीने के लिए भी अपना हाथ नहीं उठाते थे।

मेरी परदादी बताती थीं कि लोग एकदम राजा-जैसे रहने लगे। हरेक काम को करने के लिए एक नौकर हुआ करता था। धीरे-धीरे जमींदारी भी बहुत बड़ी हो गई और हमारी जमींदारी रमनपुर इस्टेट कहलाने लगी। इस्टेट के लोग थे तो बहुत धर्मनिष्ठ परन्तु साथ ही छुआछूत में भी घोर तरीके से विश्वास करते थे। किसी के हाथ का पानी तक नहीं पीते थे। जाड़ा हो या गर्मी सभी नौकर-नौकरानी घर में

खाना बनाने के लिए प्रवेश करने से पहले बाहर से नहाकर आते थे। प्याज और लहसुन तो रसोईघर के अन्दर लाया भी नहीं जा सकता था। घर की औरतें अपने हाथ से खाना नहीं बनाती थीं। एक मालकिन पर तीन-चार औरतें काम करने के लिए लगी रहती थीं। घरों में झाड़-फानूस लगे हुए थे। आजकल के बिजली के पंखों की जगह कपड़े और लकड़ी से बने हुए पंखे लटके रहते थे, सभी कमरों में। इन पंखों को खींचने के लिए एक आदमी चौबीसों घंटे मौजूद रहता था।

मेरे परदादा के परदादा इतने धर्मनिष्ठ थे कि लोग बताते थे कि उनकी धोती आकाश में सूखती थी। उनके नहाने के बाद नौकर धोती को धोकर आकाश में उछाल देता था और आँखें बन्द किए रहता था। तब धोती आकाश में चली जाती थी। शाम को ऊपर की ओर हाथों को फैलाकर गुहार लगाता था, "महाराज की धोती चाहिए" और ऊपर से धोती हाथ पर गिर जाती थी। ये सारी किंवदन्तियाँ मेरी दादी मुझे सुनाती थीं। यह सच कितना है मैं नहीं कह सकती।

महाराज की शादी हुई और एक लड़का होने के उपरान्त उनकी पत्नी का देहान्त हो गया लेकिन महाराज ने दूसरी शादी नहीं की हालाँकि उस जमाने में आम तौर पर लोग पत्नी का कमउम्र में देहान्त हो जाने पर दूसरी शादी कर लेते थे। लड़के का नाम रघुनन्दन पांडेय था। पांडेय जी बहुत भाग्यशाली थे। कम्पनी का राज था। परमानेंट सेटलमेंट के बाद यह आम बात हो गई थी कि रैयतों द्वारा लगान न दिये जाने पर जमींदारों द्वारा उनकी काश्तकारी को समाप्त कर दिया जाता था। इसी प्रकार जिन जमींदारों द्वारा पूर्व में कम्पनी द्वारा तय की गई राशि नहीं जमा की जाती थी उनकी जमींदारी नीलाम कर दी जाती थी। पांडेय जी ने अपने समय में ऐसी ही कई छोटी-छोटी जमींदारी नीलामी में खरीद लीं और कम्पनी बहादुर की नजर में उनका ओहदा दिनानुदिन और बड़ा होता गया।

रघुनन्दन पांडेय की तीन शादियाँ हुईं। पहली शादी से एक लड़का और एक लड़की हुई। उसके बाद पहली पत्नी का देहान्त हो गया। बाद में जो दो और शादियाँ उन्होंने कीं वे दोनों पत्नियाँ भी कुछ-कुछ दिनों के अन्तराल पर काल- कवलित हो गईं। उनके दोनों बच्चों को नौकरानियों ने पाल-पोस कर बड़ा किया। उस जमाने में ऐसे पोसनेवाली औरतों का भी आदर माँ के समान ही किया जाता था। कुछ वर्षों तक तो एक सौतेली माँ भी जीवित थीं लेकिन उनका आँगन दूसरा था और उनके

लिए खाना बनानेवाली नौकरानियाँ अलग थीं। इस प्रकार पूरी उन्नीसवीं शताब्दी में हमारे रमनपुर दरबार का वैभव बरकरार रहा। इसी दौरान एक नई कोठी भी बनवाई गई, सन् 1875 में। इसके लिए पत्थर मिर्जापुर से मँगवाया गया था और सारी लकड़ी आसाम से आई थी। भवन की पूरी जोड़ाई सुरखी और चूना से की गई थी। अपने जमाने की बहुत सुन्दर कोठी थी। लेकिन सन् 1934 के भूकम्प में पूरा महल गिर गया और फिर वैसा बन भी नहीं पाया। अभी भी उसका अवशेष रह ही गया है।

मेरे परदादा पद्म देव नारायण पांडेय जी की शादी परसा रियासत में बड़े धूमधाम से हुई। मेरी परदादी बताती थीं कि कई सारे अँगरेज अफसर भी बारात में गए थे। बारात चार दिनों तक टिकी थी। उन्नीसवीं शताब्दी में इस तरह की धूम-धाम पूरे इलाके की किसी रियासत में नहीं देखी गई थी। जब दुल्हन घर आई तो दरवाजे पर पाँच नौकरानियाँ चमचमाती साड़ियाँ पहने हुए स्वागत के लिए तैयार थीं। दुल्हन की सवारी हमारे शिव मन्दिर पर रखी हुई थी। वहीं पर नौकरानियाँ पाँच कलश लेकर स्वागत के लिए खड़ी हुईं। फिर पाँचों कलश में पाँच सोने की अशर्फियाँ डाली गईं, दुल्हन ने मन्दिर में शीश झुकाकर प्रणाम किया जिसके बाद दुल्हन पालकी में बैठकर मन्दिर से दरवाजे तक आई, उनकी आरती उतारी गई और पैर से एक टोकरी (जिसमें शादी से सम्बन्धित चित्रकारी की गई होती थी) को उलटने की रस्म पूरी की गई। इन सब रस्मों को पूरा करने के बाद ही वर-वधू कोहबर में जाते थे जिसके उपरान्त शादी की रस्म पूरी मानी जाती थी।

एक बार मैंने अपनी परदादी से पूछा कि अँगरेज अफसरों का हमारे खानदान की शादी-ब्याह की रस्मों में आना कब से प्रारम्भ हुआ था। मुझे इतिहास की बहुत ज्यादा जानकारी तो नहीं थी और सामान्य तौर पर बहुत ज्यादा दिलचस्पी भी नहीं थी लेकिन अपने खानदान और पूर्वजों के बारे में तो सामान्यतः हर किसी व्यक्ति को दिलचस्पी रहती है और कभी-कभी कौतूहल तो कई-एक पीढ़ियों तक पीछे जाता है। वैसे भी मैंने तो यह डायरी या आत्मकथा लिखनी शुरू ही की है अपने छोटे बेटे तीपू के आग्रह पर। पिछले दो-तीन वर्षों से तो ज्यादा समय से उसी के यहाँ रह रही हूँ। मेरे लिए उसने बराबर हिन्दी साहित्य की किताबें खरीदकर रखी हैं जब-जब भी मैं उसके यहाँ लम्बा समय बिताने के लिए गई। घर में और कोई

काम तो रहता नहीं था। किताबें पढ़-पढ़ कर मन कभी-कभी ऊब भी जाता था। बहुत समय तक मेरी ऐसी स्थिति देखकर उसने मुझसे कहा, "माँ, तुम अपनी एक डायरी क्यों नहीं लिखती हो?"

"डायरी लिखकर क्या होगा? उम्र के इस पड़ाव पर डायरी और मेरी दिनचर्या में किसको दिलचस्पी होगी?"

"माँ तुम नहीं समझ पाओगी अपनी स्मृतियों का महत्त्व। तुम्हारी डायरी और उसमें अभिलिखित तुम्हारी स्मृतियाँ हमारे लिए बहुमूल्य हैं। तुम्हारा परिवार—पैतृक और यह भी जिसमें तुम विवाहोपरान्त आईं—इसका इतिहास और उसका गुजरा हुआ समय, इन सबको किसी ने सहेजकर नहीं रखा तो दो-चार पीढ़ियाँ बीतते-बीतते ही सब कुछ विस्मृति की गोद में पहुँच जाएगा। यह एक लम्बा और दार्शनिक प्रश्न है कि हमें क्यों अपने पूर्वजों के बारे में जानना चाहिए या कम-से-कम जानने की कोशिश करनी चाहिए। हम लोग इसमें बाद में उलझेंगे अभी तो तुम प्रतिदिन अनुशासित तरीके से बैठकर दो-चार पन्ने जरूर लिखो।"

अँगरेजी भाषा का तो मुझे कोई ज्ञान नहीं है क्योंकि अलग से स्कूल में जाकर अँगरेजी पढ़ने का तो प्रश्न ही नहीं उठता था लेकिन हिन्दी साहित्य मैंने काफी पढ़ा है। इसमें शुरुआत के दौर में मेरे पति (तीपू के पिता) का मुख्य योगदान रहा परन्तु बाद में तो तीपू ने मेरे लिए दर्जनों साहित्यिक रचनाएँ खरीदीं जिनको मैं जैसे-जैसे समय मिलता था पढ़ती जाती थी।

अँगरेज अफसरों के हमारे खानदान की ब्याह-शादियों में आने की शुरुआत कब हुई इस प्रश्न का मेरी परदादी जवाब नहीं दे पाई थीं। जब यही प्रश्न मेरे बेटे तीपू ने एक बार मुझसे किया तब मुझे लगा कि मुझे इस बात की जानकारी परदादी के जीवनकाल में ही किसी स्रोत से कर लेनी चाहिए थी। लेकिन मेरे पास एक छोटा-सा सूत्र था जिसे मैंने तीपू से साझा किया था और उसके बाद उसने तय किया कि मेरी खानदानी रियासत का उद्भव और पराभव कैसे हुआ इसके बारे में वह जानकारी इकट्ठा करेगा। मेरी परदादी ने मुझे इतना बताया था कि गदर के कई दशक पहले से ही मुगल दरबार का प्रभाव अवध और उसके पूर्व के इलाकों पर कम हो गया

था। वैसे भी परदादी बताती थीं कि उनके पुरखे मुगलों के बारे में यदा-कदा ही सुनते थे। मुगल दरबार एक दूर, बहुत दूर अवस्थित सत्ता थी। इसी सूत्र के क्रम में तीपू ने इतिहास की किताबों से पढ़कर यह पता किया कि इलाहाबाद से लेकर बंगाल तक अठारहवीं शताब्दी में जो सबसे व्यापक राजनीतिक बदलाव आया वह था राजपूत और भूमिहार ब्राह्मण जातियों के राज्यों और राजाओं द्वारा इस काल-खंड में अपने प्रभाव क्षेत्र को समेकित करते हुए उसे और प्रभावशाली बना पाना। वैसे तो पूर्वी भारत के क्षेत्र में मुगल साम्राज्य अपेक्षाकृत तौर पर पहले से ही सतही था लेकिन कम्पनी बहादुर के आगमन तथा परमानेंट सेटलमेंट के उपरान्त इन दो जातियों के लोगों द्वारा अवध के शासकों और बाद में बनारस के महाराजा के लिए लगान वसूली की ठीकेदारी किए जाने के फलस्वरूप उन्हें अपने प्रभाव में वृद्धि का बहुत मौका मिला। एक तरह इन दो जातियों के लोग खेतिहर-योद्धा के रूप में परिणत हो गए और गंगा के दक्षिण के जंगल और तराई के जंगलों को काटकर उन्हें नई बसावटों में बदलने का काम इनके द्वारा किया जाने लगा। मुगल साम्राज्य के प्रशासनिक एवं वित्तीय नियंत्रण के कालान्तर में क्षीण होते जाने का लाभ भी ऐसे लोगों को मिला। अवध के दक्षिण में अवस्थित बनारस, गोरखपुर और बिहार के उर्वरा नदी-तटीय इलाकों में खासकर भूमिहार जाति ने अपनी पकड़ मजबूत की। इसमें इस जाति का वंशीय आधार पर ज्यादा संगठित हो पाना भी सफलता का कारण था। इन छोटे-छोटे राजघरानों के पास एक-एक लाख वंशजों की फौज होती थी जैसा कि बनारस राज का इतिहास देखने से पता चलता है। इन्हीं वंशज फौजों की बदौलत 1750 से 1760 ई. के बीच बनारस के राजा ने अपने प्रतिद्वंद्वी अवध के नवाब को अपनी जगह बता दी थी। इन्हीं भूमिहार ब्राह्मण फौजों की बदौलत और पूरब यानी हथुवा और बेतिया में भी भूमिहार राजाओं ने अपना वर्चस्व कायम किया। तीपू ने मुझे यह भी बताया कि बीसवीं शताब्दी के अन्तिम दशकों में कई अँगरेज इतिहासकारों ने इन प्रक्रियाओं और घटनाओं का बड़ा गहन अध्ययन किया है।

तो यह तो स्पष्ट है कि हमारे परिवार में अँगरेज अफसरों का आना-जाना कोई नई बात नहीं रही होगी। मुगल शासकों के दौर के जो कारिन्दे क्षेत्र में हुआ करते थे उनके नामकरण में भी परमानेंट सेटलमेंट के बाद तबदीली आई होगी और क्षेत्रीय स्तर पर जो एक नया शासक वर्ग उभरकर आया उसका सम्पर्क भी

अँगरेज अफसरों से बढ़ा होगा। इसी उभरे हुए नए शासक वर्ग में से एक मेरा पुश्तैनी परिवार भी रहा होगा जिसने अठारहवीं शताब्दी के उत्तरार्ध से शुरुआत कर अपना प्रभाव क्षेत्र बढ़ाया होगा। इस वृद्धि का उदाहरण हमारे बाबा के जमाने के एक मैनेजर थे, भागवत जी, वो देते थे। वे बताते थे कि जॉर्ज पंचम जब हिन्दुस्तान आए थे तो उन्होंने रमनपुर दरबार का भी दौरा किया था और उस दौरान रमनपुर रेलवे स्टेशन से अपनी कोठी तक की तीन कि.मी. की दूरी में लाल कालीन बिछा दी गई थी। कुछ-कुछ दूरी के अन्तर पर कलश और फूल माला सजाकर रखे गए थे। बाजे बजाए जा रहे थे। अपनी कोठी को ऐसा सजाया गया था जिसका वर्णन करना आसान नहीं था। हाथी के ऊपर चाँदी का हौदा कसा गया था और उसमें घुँघरुओं वाला मखमली गद्दा लगा हुआ था। जॉर्ज पंचम उसी पर बाबा के साथ बैठे थे। पूरी कोठी झाड़-फानूस से सजी थी। उस जमाने में तो बिजली नहीं थी इसलिए मशाल लेकर हर जगह मशालची खड़े थे झाड़-फानूस की बत्तियों को जलाए रखने के लिए। बहुत बड़ा जलसा हुआ और सैकड़ों लोगों के खाने-पीने की व्यवस्था की गई थी। हमारे यहाँ का ठाट-बाट देखकर अँगरेज लोग मुग्ध हो गए थे और उन्हें यह विश्वास न होता था कि हिन्दुस्तान में भी ऐसे धनी-मानी परिवार हैं।

हमारे बाबा उस जमाने के इंटर पास थे और फर्राटेदार अँगरेजी बोलते थे। लेकिन बात जब मेरी दादी लोगों के साथ अँगरेजों के मिलने की आई तो मेरी दादी जनाना महल से बाहर निकली ही नहीं। असल बात यह थी कि बाबा चाहे जितनी अँगरेजी बोल लें और अँगरेज राजा लोगों के साथ बैठ लें, मेरी दादी लोग तो अँगरेजों को अछूत मानती थीं। उन लोगों के जाने के बाद सारे जगह की धुलाई की गई, कुर्सी-टेबुल से लेकर सारे साजो-सामान तक की। सभी लोग जिन्होंने अँगरेजों से हाथ मिलाया था उन्हें गंगाजल से नहाना पड़ा और पंचगव्य पीना पड़ा। इसके बाद ही घर के लोग भीतर महल में आए।

मेरे बाबा के दो लड़के थे। मेरे बाबूजी बड़े थे और उनसे दो साल छोटे थे मेरे चाचा। जिस समय मेरे बाबा गुजर गए उस समय मेरे बाबूजी और चाचा क्रमशः आठ और छह साल के ही थे। बाबूजी तो शुरुआत में बोल ही नहीं पाते थे। बहुत इलाज और पूजा-पाठ के बाद सात-आठ वर्ष की उम्र में उन्होंने बोलना शुरू किया। आयुर्वेदिक दवाइयों के अलावा घरेलू नुस्खों से उनका इलाज जारी रहा। बाबूजी को

पढ़ाने के लिए एक मौलवी साहब घर आते थे। इससे उनकी हिन्दी के साथ-साथ उर्दू भाषा की भी पढ़ाई हो सकी।

जब मेरे बाबा गुजर गए उस वक्त कोई बालिग वारिस नहीं था। जमीन-जायदाद और जमींदारी देखने वाला कोई नहीं था। हम लोगों को दादी बताती थीं कि इसी कारण हमारी जायदाद पर कोर्ट लग गया। कोर्ट लग जाने का मतलब हमें उस समय कुछ पता नहीं था। लोग सिर्फ बोलते थे कि कोर्ट ऑफ वार्ड हो गया अब मालिक का। जिस जायदाद को देखने वाला कोई नहीं होता था उसको देखने का काम अँगरेज हुकूमत के अफसर लोग करने लगते थे। खेतों की बन्दोबस्ती से लेकर इलाके से कर वसूलने आदि का सारा काम सरकार ले लेती थी। इससे सम्बन्धित सभी कागजातों पर हमारी दादी के दस्तखत लिये जाते थे। दादी ही सब कुछ देखती थीं। अफसर लोग आते थे तो दादी परदे की ओट से उनसे बात करती थीं या फिर अपनी बात लिखकर देती थीं। एक बार इलाके की मालगुजारी की तहसीली में कुछ गड़बड़ किया इन अफसरों ने तो दादी बहुत बिगड़ गई थीं। अँगरेज अफसर ने आकर अपनी टोपी उतारकर दादी के पैर पर रखने के लिए उनके मुँहबोले नौकर के हाथ दी और हाथ जोड़कर क्षमा माँगी।

चूँकि सारा राज कोर्ट लग गया था इसलिए घर के खर्च हेतु महीने की पहली तारीख को दादी के नाम से मनीऑर्डर आ जाता था और उसी से महीने-भर का खर्च चलता था। अलग से किसी और काम के लिए जब दादी लिखकर भेजती थीं तो पैसा आ जाता था। बच्चों की पढ़ाई के लिए अलग से पैसा आता था। हमारे चाचा ने कुछ वर्षों के लिए, इन्दौर में राजकुमारों के लिए विशेष रूप से बनाए गए एक स्कूल, जिसका नाम डेली कॉलेज था, में पढ़ाई की। वहाँ का खर्च बड़ा था। बाद में दादी ने वहाँ से उनका नाम कटवा लिया।

1934 के भूकम्प में सारा मकान, मरदाना कोठी और जनाना महल, सब गिर गया। कोर्ट ऑफ वार्ड देखकर गया और फिर से मकान को दुरुस्त करवाने का काम शुरू किया लेकिन सिर्फ नीचे की मंजिल दुरुस्त करवाई। दूसरी मंजिल पर कोई कमरा नहीं बनवाया गया। खैर किसी तरह परिवार के सभी सदस्यों के रहने लायक मकान बन गया और हमारी विधवा दादी-परदादी लोग उसमें गुजर-बसर करने लगीं।

मेरे बाबूजी तो सन्त प्रकृति के व्यक्ति थे और वैसे भी बचपन में देर से बोलना शुरू करने के कारण उनकी शिक्षा सीमित रही परन्तु शास्त्र वगैरह का ज्ञान उन्होंने संस्कृत की जानकारी होने की बदौलत प्राप्त किया। उनको कान से नहीं के बराबर सुनाई देता था। इस सबके बावजूद हम सभी भाई-बहनों को अक्षर ज्ञान बाबूजी ने ही कराया। बाबूजी वसिष्ठ पुराण नियमित रूप से पढ़ते थे। जो अखबार हमारे यहाँ आता था उसको हमारी दादी नियमित रूप से पढ़ती थीं और हमें भी पढ़ने को कहती थीं।

मेरे चाचा, जिन्हें हम भाई-बहन छोटका बाबूजी कहते थे, जब बालिग हो गए तब कोर्ट ऑफ वार्ड का नियंत्रण समाप्त हो गया और चाचा ने हमारी जमींदारी और राज का सारा काम सँभालना शुरू कर दिया। मेरे बाबूजी को राज-काज से कोई मतलब नहीं था और शायद उनमें ऐसी कोई क्षमता भी नहीं थी। वैसे मेरे चाचा का बहुत मन था सरकारी अफसर बनने का लेकिन पढ़ाई में उनका जो हाल था उसके कारण उनकी यह महत्त्वाकांक्षा कभी पूरी न हो सकी। जब चाचा डेली कॉलेज (इन्दौर) में पढ़ते थे तब वहाँ के बहुत सारे लड़कों की भी महत्त्वाकांक्षा आई.सी.एस. अफसर बनने की हुआ करती थी। अब भगवान जाने उनमें से कितने अपनी महत्त्वाकांक्षा को प्राप्त कर पाते थे लेकिन मेरे चाचा का जो मन-मिजाज था, उनके लिए तो यह शायद असम्भव ही था। मेरी दादी बताती थीं कि चाचा के स्कूल (डेली कॉलेज) में सभी बच्चे या तो राजघराने या बड़े जमींदार परिवार या फिर ऊँचे ओहदे के अफसरों के घर के थे। शायद चाचा की आदतें वहीं से बिगड़ गईं। चाचा का नाम डेली कॉलेज से कटवाने के बाद दादी ने उनको बनारस में पढ़ने के लिए भेजा। यहाँ भी उनके साथ खाना बनाने वाला और एक नौकर अलग से भेजा गया। चाचा बेतहाशा खर्च करने लगे। रोज सिनेमा देखने जाना, गाना सुनने के लिए कोठे पर जाना और बराबर साथ में चार-पाँच दोस्तों को ले जाना, शहर की सबसे ऊँची दुकान से सबसे महँगी थालियाँ खाने के लिए मँगवाना—ऐसी हरकतों में तो स्वाभाविक था खर्च का बेतहाशा बढ़ जाना। लेकिन क्या मजाल था कि दादी उनको किसी बात के लिए मना कर पाए। पिता तो थे नहीं तो माँ के ऊपर उनका जोर ज्यादा ही चलता था। खैर जब चाचा तीसरी बार भी इंटर की परीक्षा नहीं पास कर सके तब उन्होंने पढ़ाई छोड़ दी और घर रमनपुर वापस आ गए।

जब मेरे चाचा यानी छोटका बाबूजी के बालिग होने पर परिवार की जमींदारी कोर्ट ऑफ वार्ड से वापस आई तो उसके हिसाब-किताब में कहाँ कितनी और क्या गड़बड़ हुई इसके बारे में तो किसी को कभी पता भी नहीं चला। मेरे चाचा इतने भी जानकार और तेज व्यक्ति नहीं थे कि सब बातों को ठीक-ठाक समझ पाते। वे तो शायद इसी बात से विभोर थे कि अब सारी मिल्कियत उनके हाथ आ गई थी। इस उल्लास ने उनकी पढ़ाई के मामले में हुई नाकामयाबी को सरासर दरकिनार कर दिया था। वैसे भी सरकारी कारिन्दों के बारे में यह जानी-मानी बात थी कि वे जमींदारी के हिसाब-किताब में जानबूझकर गड़बड़ करते थे, खासकर ऐसे मामलों में जब परिवार की ओर से कोई भरोसेमन्द और जानकार मैनेजर देखने वाला न हो। नतीजतन हुआ यह कि हमारे परिवार की आमदनी पहले के मुकाबले घटती ही चली गई लेकिन इसकी खोज-खबर ले पाने की काबिलियत परिवार के किसी सदस्य में नहीं थी। और कुछ ही वर्षों के बाद सन् 1934 का भूकम्प आया जिसमें हमारी सारी रिहाइशी कोठियाँ तक गिर गईं।

समय का पलटवार कैसे कभी-कभी बिना आहट के आ जाता है इसका जीता-जागता उदाहरण मेरे परिवार की तकदीर थी। कहाँ एक ओर राजा जॉर्ज पंचम के आगमन के समय में देखी गई शान-शौकत और वैभव था और बस दो दशकों से कम समय के अन्दर न सिर्फ परिवार के सर के ऊपर से एक कुशल अभिभावक यानी मेरे बाबा का साया उठ गया बल्कि हालात ऐसे हुए कि रमनपुर रियासत अब एक मामूली-सी जमींदारी में सिमटकर रह गई थी और इस सबके ऊपर छोटका बाबूजी की फिजूलखर्ची का कहर। इसी दौरान मन्दी का दौर भी शुरू हो गया था। मुझे तो पहले इस मन्दी के इतिहास-भूगोल के बारे में कुछ भी नहीं पता था लेकिन कई दशकों बाद मेरे सबसे छोटे बेटे तीपू ने मुझे बताया कि यह मन्दी तो वैश्विक स्तर पर आई थी परन्तु इसके प्रभाव से गाँव और कस्बे तक अछूते नहीं रहे। शायद यह भी कारण रहा होगा कि हमारी रियासत को दी जाने वाली अदायगी में भी सरकार ने फिजूल कटौतियाँ की होंगी। खैर जो भी बात हो, इस दौर की सबसे दीगर बात यह थी कि मेरा जन्म इसी मन्दी के दौर में हुआ और छोटका बाबूजी की शादी भी इसी दौर में हुई।

छोटका बाबूजी यानी मेरे चाचा की शादी बिहार के गया जिले के एक

अत्यन्त सम्पन्न जमींदार घराने में हुई थी। पंडुई था गाँव का नाम। मेरी चाची बाबू राजेश्वरी प्रसाद जी की लड़की थीं। उनका परिवार बहुत बड़ा था। उनके घर के सभी लोग मांसाहारी थे। मेरे परिवार जैसा नहीं कि हर कोई कट्टर ब्राह्मणवादी शाकाहारी और घोर पूजा-पाठ करने वाला। एक बकरे का मांस रोज बनता था और साथ में तकरीबन एक मन चावल। एक रसोइया केवल दाल-चावल बनाने पर लगा होता था। दूसरा सब्जी बनाने पर, दो लोग अलग से मांस पकाने के लिए लगे रहते थे। बाहर-भीतर मिलाकर करीब पचीस-छब्बीस काम करने वाले लोग हुआ करते थे।

चाचा की शादी बड़ी शान-शौकत से हुई थी। उस जमाने में दस हजार रुपये तिलक में दिये गए थे। गहना और बरतन आदि अलग। दूर की बारात थी। नाव से गंगा पार कर ट्रेन पकड़कर जाना होता था। इसलिए मात्र सौ लोग बारात में गए थे। चाचा भी रेलगाड़ी से ही गए थे। उनके लिए स्टेशन पर पालकी लगी थी जिसमें चाचा और मेरे बाबूजी दोनों भाई बैठकर गए। सभी बारातियों के लिए भी सवारी का इन्तजाम था।

बारातियों के ठहरने का इन्तजाम तम्बुओं में किया गया। जमाने के हिसाब से यह अपने-आप में नायाब चीज थी। आमतौर पर यह व्यवस्था या तो आम के बगीचे में खुले आकाश के नीचे की जाती थी या फिर जाड़े के दिनों की शादियों में कोई स्कूल वगैरह का भवन खोजा जाता था। वैसे आमतौर पर लोग गर्मी के मौसम में ही शादियाँ तय करना पसन्द करते थे। बारात तीन दिनों तक ठहरी। प्रत्येक रात लड़कीवालों की हवेली के दरवाजे पर जलसे का माहौल रहता था। गया शहर की सबसे प्रसिद्ध नाचनेवाली बाई को बुलाया गया था। पेट्रोमैक्स की रोशनी में पूरा गाँव जगमगा उठा था। गया की गानेवालियाँ उस जमाने में प्रसिद्ध हुआ करती थीं। कहते हैं कि बिहार के दो-तीन ही शहर थे जहाँ शालीन नाच के साथ-साथ उप-शास्त्रीय गायन का (कजरी, सोहर, ठुमरी, दादरा आदि) रिवाज बहुत तगड़ा था। मुजफ्फरपुर और गया ऐसे ही शहर थे। अतः बारातियों और गाँव तथा उसके आसपास के इलाके के लोगों ने पूरे तीन दिनों तक खूब मजा लिया नाच और गाने का।

बारात लौटकर आई। रमनपुर स्टेशन पर जब ट्रेन रुकी तो पर्दे के रिवाज के कारण पालकी को ट्रेन के दरवाजे से एकदम सटाकर रखा गया था ताकि किसी

भी सूरत में दुल्हन की सूरत किसी को न दिखे। उसके बाद कहारों ने दूल्हा और दुल्हन को साथ बिठाकर हमारी रिहाइशी कोठी के पास अवस्थित शिव मन्दिर तक पहुँचाया जहाँ पुराने रिवाज के अनुसार आम के पत्तों के कलश के साथ तथा गीतों से उनका स्वागत किया गया, पूजा की गई और इसके बाद वर-वधू कोहबर में गए।

मेरे चाचा की शादी जितनी धूमधाम से हुई उसके ठीक उलटे उनका विवाहित जीवन चला। चाचा और चाची के बीच के सम्बन्ध बराबर तनावग्रस्त रहे। इसका कारण शायद कोई कभी ठीक से नहीं समझ पाया। चाचा की तीन बेटियाँ हुईं। सभी मुझसे छोटी थीं और बहुत बाद में एक बेटा भी हुआ। चाची मुझे बहुत प्यार करती थीं। इसलिए चाचा से तनाव के कारण चाची जब तकरीबन ग्यारह वर्षों के लिए लगातार अपने मायके में रहीं। उस दौर में उन्होंने मुझे भी कई वर्षों तक अपने साथ रखा। चाचा कभी-कभार आते थे लेकिन उनको अपने ससुराल में दो-चार दिनों से ज्यादा रहना कभी नहीं भाया।

मनोविज्ञान हमें इतना तो जरूर बताता है कि किसी व्यक्ति के व्यक्तित्व के विभिन्न आयामों के कारक तत्त्व उसकी परवरिश में खोजे जा सकते हैं लेकिन आज तकरीबन सात दशक बाद भी चाचा के व्यक्तित्व और उनकी कुछेक अजीब हरकतों के कारक तत्त्वों को सही-सही चिह्नित कर पाने में मैं अपने-आपको असमर्थ महसूस करती हूँ।

बालिग हो जाने के बाद हमारे परिवार की जमींदारी की बागडोर चाचा के हाथ में आ गई। यह तो उन्होंने कभी देखने की ठीक से कोशिश भी नहीं की कि दो दशक, जिसके अन्तर्गत हमारी जमींदारी कोर्ट ऑफ वार्ड के हाथ चली गई, के दरम्यान कितना नफा-नुकसान हुआ। वे तो इसी खयाल से पूरी तरह प्रसन्नचित्त रहते थे कि वे अब जो चाहेंगे कर पाएँगे। उनकी हरकतों और खर्चों पर लगाम लगाने वाला कोई अभिभावक किस्म का व्यक्ति भी नहीं था। आदतें तो उनकी बनारस प्रवास के दौरान ही गड़बड़ होनी शुरू हो गई थीं। लेकिन उनके मनमाने व्यवहार की परिधि अब बढ़कर घर के नौकरों और अन्य कर्मियों के साथ नृशंस व्यवहार तक खिंच गई थी। कभी-कभी तो मुझे देखकर रुलाई आ जाती थी जब मैं उन्हें देखती थी नौकरों को नृशंसता से पीटते हुए। और वह भी बहुत मामूली-सी

गलतियों के लिए। कभी-कभी तो गलतियाँ भी नहीं, मामूली-सी चूक के लिए भी इन लोगों को चाचा के कोप का शिकार बनना पड़ता था।

हम सभी भाई-बहनों के पुरुष अभिभावक तो हमारे चाचा ही थे क्योंकि मेरे बाबूजी को घर के लोगों के प्रति कोई विशेष लगाव था नहीं, वे सन्त प्रकृति के थे और वैसे भी उनका ज्यादा समय पूजा-पाठ और पुराण आदि के अध्ययन में ही जाता था। बोलने और सुन पाने की कमजोरियों के कारण उनके साथ परिवार के लोगों द्वारा बहुत बातचीत कर पाना वैसे भी सम्भव नहीं था। लेकिन भाई-बहनों में मैं सबसे बड़ी थी—मेरे दो भाई और चाचा की तीन बेटियाँ। शायद इस कारण बाबूजी का मेरे प्रति विशेष स्नेह था। अपनी बेटियों के प्रति चाचा को कोई विशेष लगाव नहीं था। मेरे दोनों भाइयों की तो छोटी-छोटी गलतियों के लिए भी पिटाई करने का कोई मौका चाचा छोड़ते नहीं थे। मेरे प्रति अगर उनका कोई खास लगाव न था तो यह भी बात थी कि मैं कभी उनके गुस्से का शिकार नहीं बनी। लेकिन यह तय था कि घर के सब लोग, खासकर बच्चे, चाचा के भय से आक्रान्त रहते थे।

भूकम्प के बाद जो हमारी नई ड्योढ़ी बनी उसके बाहर जाने के दरवाज़े के पहले रास्ते के दोनों तरफ चबूतरा बना था जहाँ पर घर से बाहर के लोगों को ड्योढ़ी आने पर बिठाया जाता था। इन चबूतरों के ऊपर बाकायदा छत थी और इनके बीच से होकर रास्ता ड्योढ़ी के पहले आँगन में जाता था। इस आँगन के एक ओर रसोईघर और भंडार आदि थे। दो-एक रिहाइशी कमरे भी थे। एक दूसरा आँगन था जिसके चारों ओर बरामदा था और उसके पीछे रहने के कमरे। बरामदों के खम्भों पर बाकायदा सुन्दर नक्काशी की गई थी। पुरानी जो कोठी थी महलनुमा वैसी तो अब बन पाने की गुंजाइश ही खत्म हो गई थी क्योंकि अब हमारी रियासत, जैसा मैंने पहले भी बताया है, सिमटकर महज एक जमींदारी रह गई थी। इन सब के बावजूद मुझे याद है कि इस घर के अन्दर हम सब भाई-बहनों का बचपन चाचा के आतंक के बावजूद बड़ी हँसी-खुशी में बीता जिसका मूल कारण था मेरी दादी और परदादी का विनोदप्रिय स्वभाव। दादी बहुत अच्छा गाती थीं और उनसे भजन और गीत सुनने के लिए हम सभी दिन भर इन्तजार करते थे। लेकिन उसके पहले शाम को मास्टर जी आते थे हम तीन भाई-बहनों को पढ़ाने। मन तो नहीं करता था पढ़ने के लिए बैठने का लेकिन चाचा के डर से बैठना पड़ता था। शाम को पूजा

आरती होती थी जिसमें दादी लोग गाती थीं। ठाकुर जी को भोग लगाया जाता था। बिना भोग लगाए किसी बच्चे तक को खाना नहीं मिलता था। घर के अन्दर की दिनचर्या बँधी हुई थी। उसमें शायद ही कभी कोई तबदीली आती थी।

घर के अन्दर हम सभी लोग बाहर की दुनिया की घटनाओं से बेखबर तो नहीं लेकिन अछूते जरूर रहते थे। सन् 1942 की गर्मी के महीने की एक दोपहर को ड्योढ़ी के बाहर काम करने वाले किसी व्यक्ति ने आकर यह खबर दी कि पास के रमनपुर के थाना भवन को आन्दोलनकारियों ने तोड़ दिया है। सब जगह कांग्रेसी उपद्रव शुरू हो गया है। मेरे दरवाजे पर एस.पी. और दारोगा वगैरह पहुँच गए। मेरे चाचा को बुलाकर ले गए। मेरी दादी तो जोर-जोर से रोने लगीं और ठाकुर जी के पास जाकर रोते हुए प्रार्थना करने लगीं कि उनका बेटा सही-सलामत लौट आए। वैसे दादी को मालूम भी नहीं था कि चाचा को एस.पी. वगैरह क्यों साथ ले गए हैं। खैर शाम तक चाचा घर लौट आए। किसी की पूछने की हिम्मत नहीं थी कि आखिर उनको क्यों एस.पी. साथ ले गया था। बाद में यह भी पता चला कि हमारे दरवाजे पर से ही कई कांग्रेसी लोगों को पुलिस पकड़कर ले गई थी। कई को तो खूब मार लगी, कई को पेड़ में उलटा लटका दिया गया था। हम सब अपने घर की छत पर जाकर यह दृश्य देखते थे। मुझे तो इन लोगों की दुर्दशा देखकर बहुत रुलाई आती थी। बाहर की इन्हीं हलचलों के कारण हमारे घर बाहरी लोगों का आना भी बन्द हो गया और हमारी पढ़ाई छूट गई। घर से बाहर किसी स्कूल में हमारे घर की बच्चियों का पढ़ने जाना तो वैसे भी परिवार की सामन्ती परम्पराओं के विरुद्ध था। लेकिन सन् 1942 के दौरान हुए उपद्रवों और उसके फलस्वरूप हुए अशान्त वातावरण में तो लड़कियों की पढ़ाई पहला शिकार हो गई। घर के लड़कों यानी मेरे दो छोटे भाई लोगों की स्कूली पढ़ाई तो फिर भी वातावरण के शान्त होने के उपरान्त प्रारम्भ हो सकी और वे लोग बगल के माध्यमिक विद्यालय में वापस पढ़ने जाने लगे और कालान्तर में हाईस्कूल के बाद उनकी आगे की पढ़ाई जारी रही। लेकिन हमारे घर की लड़कियों की पढ़ाई गम्भीर रूप से बाधित रही।

वास्तव में हमारे घर के अभिभावक तो अब हमारे चाचा ही थे और उन्हें घर की लड़कियों की पढ़ाई-लिखाई, उनकी शिक्षा में कोई रुचि न थी। यह भी सत्य

है कि हर बच्ची कोई पंडिता रमाबाई तो होती नहीं है कि आसन्न सभी विपरीत परिस्थितियों में भी शिक्षा की ज्योति जगी हुई रख पाए। और ऐसे में अगर घर के अभिभावक को ही रुचि न हो तो सामन्ती माहौल में लड़कियों के लिए शिक्षा हासिल कर पाना एक दुष्कर कार्य हो जाता है।

हालाँकि भारत को आजादी मिल जाने के बाद बाहर यानी हमारे इलाके में शान्ति का वातावरण स्थापित हो सका लेकिन हम बहनों को अपनी पढ़ाई फिर से शुरू करने के लिए मास्टर साहब को घर ही बुलाया जाने लगा। चाचा की उदासीनता के कारण यह सिलसिला भी बहुत दिनों तक जारी न रह सका। मुझसे प्राइवेट से हाईस्कूल के बोर्ड यानी मध्यमा का इम्तिहान किसी तरह सँभाल सका और वह भी इसलिए कि उसमें हिन्दी माध्यम से मुझे परीक्षा देने की इजाजत थी। यह तो विवाह के बाद मेरे पति के बढ़ावे का फल था कि मैं हिन्दी भाषा एवं साहित्य में अपनी रुचि कामयाब कर पाई और कालान्तर में मैंने हिन्दी में बी.ए. की परीक्षा भी प्राइवेट से पास की। आज अस्सी वर्ष की उम्र पार करने के बाद सोचती हूँ कि अगर मैंने अपनी ओर से पहल करके अपनी शिक्षा को आगे नहीं बढ़ाया होता तो तीपू के बढ़ावे पर इतना जो साहित्य मैंने पढ़ा वह तो सम्भव ही नहीं हो पाता। कितना अधूरा और एकांगी रह जाता मेरा जीवन। कथा और साहित्य की दुनिया में कितना आनन्द मिला मुझे। मेरे मानस में कौतूहल की नई-नई परिधियाँ खिंचती गईं और यही कौतूहल मुझे कभी-कभी मेरे लिए सहारा बनता था, जीवन जीने के लिए। कहानी में आगे क्या है यह कौतूहल कभी-कभी आपको किस तरह के उमंग के दौर में ले आता है उसका बखान मैं तो सही तरीके से नहीं कर सकती लेकिन इतना जरूर कह सकती हूँ कि आगे क्या है या होने वाला है यह प्रश्न जीवन को जीवन्त रखता है। मुझे इतिहास, भूगोल और समाजशास्त्र आदि का ज्ञान कभी न हो सका। शायद इसी कारण मेरी विश्लेषणात्मक क्षमता सीमित रही है लेकिन मेरे बेटे द्वारा दिये गए बढ़ावे पर मैंने कथा और साहित्य का भरपूर आनन्द उठाया। मुझे अभी भी याद है कि विवाहित जीवन के शुरुआती दौर में जब परीक्षा पास करने के लिए मैंने साहित्य पढ़ना शुरू किया था तब एक दिन मैंने राजा राधिकारमण प्रसाद सिंह की प्रसिद्ध कहानी 'कानों में कंगना' पढ़ना शुरू किया तो कहानी के अन्त तक आते-आते मैं अपने अश्रुजल के प्रवाह को

रोकने की कोशिश में निरन्तर असफल होती रही। कथा साहित्य की दुनिया से मेरा साक्षात्कार तो कठोपनिषद की कहानियों से हुआ था जिन्हें मुझे बाबूजी ने वाणी की अपनी सारी अक्षमताओं के बावजूद बहुत परिश्रम कर सुनाया था, बाकायदा अपने सामने बिठाकर लेकिन साहित्य से वास्तविक रूप में मेरा जुड़ाव तब हुआ जब मैंने आधुनिक हिन्दी साहित्य के लेखकों को पढ़ना शुरू किया। प्रेमचन्द की कहानियों और उपन्यासों से शुरू कर मैंने अलका सरावगी और मैत्रेयी पुष्पा जैसे उपन्यासकारों को भी पढ़ा।

लोरा का आख्यान

किसी भी जीव को, चाहे वह मनुष्य हो या मेरे-जैसा कोई श्वान ही क्यों न हो, स्वीकार मात्र करना और उसको प्रेम करना कितनी अलग-अलग भावनाएँ हैं इसका उदाहरण न सिर्फ मेरी जीवन गाथा से मिलता है बल्कि दादी की और लोगों से हुई बातचीत जिसे मैं सुनती थी और जिसको शायद दादी ने अपनी आत्मकथा में लिपिबद्ध भी किया है, से भी मिलता है। इसी कथाक्रम में आपको यह प्रमाण भी मिलेगा कि दादी ने वास्तव में लेडी के प्रति प्रेम का भाव नहीं रखा। उसे दादी ने बाबा के प्रभाव में स्वीकार मात्र किया था। बाबा के डर से दादी ने ऐसा किया यह कहना बाबा के साथ न्याय न करने के बराबर होगा। बाबा का व्यक्तित्व विलक्षण था और उनको बिना उनकी भावनाओं की गहराई में गए हुए समझ पाना आसान नहीं था। उनकी भावनाओं में अनन्य क्रम से उतार-चढ़ाव की तो मैं एक जीवित उदाहरण हूँ और इसलिए यह सब बखान कर रही हूँ ताकि बाबा और दादी दोनों के व्यक्तित्व को अपने-अपने सन्दर्भ में देखा जा सके।

दस वर्षों के बाद बाबा का हजारीबाग से तबादला हो गया। बाबा के तबादले से अगर किसी एक व्यक्ति का जीवन सबसे अधिक प्रभावित हुआ तो वह दादी थीं। शादी के बाद दादी तीन वर्षों तक तो अपने गाँव माधोपुर में रहीं लेकिन हजारीबाग आने पर उन्होंने एक विशिष्ट किस्म का अनुभव प्राप्त किया। सामन्ती सोच एवं

रूढ़िवादी संस्कारों में लिप्त अपने माँ-बाप के घर से बाहर किसी एक अलग माहौल में सामुदायिक जीवन जी पाने का यह पहला अनुभव था दादी का। बाल सुधार विद्यालय यानी रिफॉर्मेटरी के शिक्षकों एवं शिक्षकेतर कर्मियों द्वारा उपयोग में लाया जाने वाला आवासीय परिसर बहुत बड़ा तो नहीं था लेकिन अपने-आपमें एक समग्र समुदाय था जिसमें पारस्परिक के साथ-साथ सामुदायिक सम्बन्धों की बहुलता थी। सभी लोग एक-दूसरे को जानते थे और करीब-करीब सभी लोगों के आपसी सम्बन्ध अच्छे थे। सब लोगों का एक-दूसरे के यहाँ आना-जाना होता था। दस वर्षों के अपने इस प्रवास के दौरान दादी सबसे घुल-मिल गई थीं। तो अपने इन मित्रों को छोड़ने में दादी को, जाहिर है, अच्छा नहीं लगा। आते समय सबके घर बारी-बारी से विदाई भोजन के लिए दादी अपने बेटों के साथ गईं। यह सिलसिला करीब दो हफ्ते तक चला।

एक दिन मैंने दादी को किसी से अपने तीस वर्ष पूर्व के अनुभवों का बखान करते हुए सुना—

"हजारीबाग छोड़ने पर बहुत मित्र-दोस्त छूट गए लेकिन मुझे सबसे ज्यादा अफसोस हुआ मेरी दोस्त श्रीमती रमा सिंह का साथ छूट जाने का। रमा सिंह भी मेरे पति शर्मा जी की ही तरह रिफॉर्मेटरी की अधिकारी थीं लेकिन शिक्षा सेवा संवर्ग में उनका और उनके पति का ओहदा मेरे पति से थोड़ा ऊँचा था। रमा सिंह एक उच्च शिक्षा प्राप्त अधिकारी थीं और ऐसे समय में शिक्षा सेवा के अधिकारी संवर्ग में आई थीं जब महिलाओं की संख्या इस सेवा में नगण्य थी। वह एक सुशिक्षित और सम्पन्न परिवार से आती थीं। जाहिर था कि उनका परिवार स्वतंत्रता के पूर्व के समय से ही शिक्षा और खासकर बेटियों की शिक्षा के प्रति जागरूक था। मेरे और रमा सिंह के बीच की असमानता, विशेषकर हम दोनों के शिक्षा के स्तर की असमानता, कभी भी हमारे बीच के अनुराग में आड़े नहीं आई। इसे उनका बड़प्पन नहीं तो और क्या कहूँ। लेकिन इतना जरूर है कि रमा सिंह भी जरूर एक गृहिणी के रूप में मेरे कई सारे अव्यक्त कौशल से प्रभावित रही होंगी। हम दोनों आपस में खूब बातें करते थे।"

"यह कम सराहनीय बात नहीं है कि रमा सिंह ने ऐसे समय में विजातीय और प्रेम विवाह किया था जब आम मध्यवर्गीय परिवार में यह सम्भावना तो सोच की

परिधि में भी न थी। उनके जीवनवृत्त को देखकर मैंने समझा कि समाज के बदलते दौर में एक नारी शिक्षा के माध्यम से अपने लिए कितनी सम्भावनाएँ खड़ी कर सकती है।"

यह सब मैंने दादी को किसी से बखान करते हुए सुना था लेकिन मैं कभी यह खयाल नहीं रख पाई कि वह व्यक्ति कौन था जिसके साथ दादी अपने इतने पुराने अनुभवों और विचारों को साझा कर रही थीं। खैर, श्रीमती रमा सिंह के बारे में विशेष और कुछ बाद में। पहले मैं वह काम करूँ जिसको मैंने शुरू किया था यानी मैं अपनी कहानी पूरी करूँ। मैंने अपनी कहानी की शुरुआत में दादी द्वारा लेडी की देखभाल और सेवा-शुश्रूषा की बात की है और लेडी और दादी के बीच अनुराग और प्रेम की बात भी की है। लेकिन यह महज अर्ध सत्य है, उसी तरह से जैसे हम कभी-कभी अपने जीवन में प्रतिकूल परिस्थितियों को झेल पाने की क्षमता अपने अन्दर विकसित करने और उसी अनुसार समझौता करने के लिए अर्ध सत्यों का एक कवच अपने लिए तैयार कर लेते हैं। दादी का जीवन इस किस्म की घटना का ज्वलन्त उदाहरण था मेरे लिए। यह स्पष्ट होगा लेडी की कहानी जब आगे बढ़ती है तब।

माधोपुर एक गाँव है। यहाँ के जीवन की लय और चाल-ढाल अलग थी लेडी के लिए। रिफॉर्मेटरी का आवासीय परिसर कोई शहर के बीच नहीं बसा हुआ था। था वह हजारीबाग शहर से सटे हुए लेकिन एक किनारे में। उस परिसर की संस्कृति और माहौल माधोपुर गाँव से जाहिर तौर पर भिन्न थे। माधोपुर में दादी की जिन्दगी भी बदल गई थी। तबादले के बाद बाबा अब बाल अपराधियों को नहीं पढ़ाते थे। अब वे टीचरों को पढ़ाने का काम करने लगे थे। वैसे टीचर जो प्राथमिक और माध्यमिक कक्षाओं में पढ़ाने के लिए सरकार द्वारा तैयार किए जाते थे। ऐसे संस्थानों को शिक्षक शिक्षा महाविद्यालय कहा जाता था। बाबा का संस्थान उनके गाँव माधोपुर से तकरीबन बीस किलोमीटर दूर था। बाबा वहाँ रोज साइकिल चलाकर जाते थे और शाम को लौटकर घर आते थे। तकरीबन चालीस किलोमीटर की दूरी बाबा रोज साइकिल से तय करते थे। बाबा ने अभी चालीस वर्ष की उम्र नहीं पार की थी।

उनके लिए इतना परिश्रम रोज करना कोई असाधारण बात नहीं थी। अपने जवानी के दिनों में बाबा राष्ट्रीय स्तर की कुश्ती की प्रतियोगिता में भाग लेते थे और अपने विश्वविद्यालय बी.एच.यू. यानी बनारस हिन्दू यूनिवर्सिटी का प्रतिनिधित्व भी करते थे। शारीरिक सौष्ठव की प्रतियोगिताओं में तो कई ट्रॉफियाँ बाबा ने जीती थीं जिनमें के कुछ बड़ी-बड़ी टॉफी तो पचास वर्षों के बाद अब भी हमारे माधोपुर की शीशे की अलमारियों में बचे हुए हैं, हालाँकि उनको यहाँ देखने आता कौन है। कुछ तो इधर-उधर ले गए लोग। पूरे इलाके में उनसे ज्यादा बड़ा पहलवान तो था ही नहीं और यह एक स्थापित तथ्य था। पूरे दिन भर क्लासों में बाबा धोती-कुर्ता पहनते थे। क्या चमचमाता हुआ व्यक्तित्व हुआ करता था बाबा का। जहाँ खड़े हो जाते थे वहाँ लोग मुग्ध होकर बाबा की बाँहों की बाइसेप्स बस देखते ही रह जाते थे। जितना बलिष्ठ बाबा का शरीर था बाबा अपने विद्यार्थियों से उतनी ही सहजता और सुशीलता से पेश आते थे।

खैर बाबा सुबह नाश्ता करने के बाद साइकिल से निकल जाते थे और माधोपुर के घर में दादी, उनकी सास और बाबा के तीन बेटे रह जाते थे। बाबा के चार बेटे थे। उनमें से तीन ही हजारीबाग से माधोपुर आए थे। यहाँ आने से दो वर्ष पहले बाबा ने अपने सबसे बड़े बेटे का दाखिला एक आवासीय विद्यालय में करा दिया था। उस समय इस बेटे की उम्र दस वर्ष थी। गाँव के घर में आगे एक बरामदा बना हुआ था जिसके दो छोर पर कोठरियाँ बनी थीं। एक कोठरी और उससे सटे लगातार तीन अन्य कोठरियों पर पक्की छत थी। उसी तरह दूसरी, उत्तर की तरफ की कोठरी से सटा हुआ एक बरामदा था जो रसोईघर से सटा था और जहाँ से तीन सीढ़ियाँ उतरकर हमारे घर के पूर्वी भाग की ओर जाया जा सकता था। इसी पूर्वी भाग में एक पक्की छत वाला कमरा था जो दादी का कमरा कहलाता था। दादी के इस कमरे के अलावा एक और कमरा था पूर्वी भाग में जिसकी छत खपरैल की थी। दादी के कमरे और इस कमरे के बीच जो जगह थी उसमें एक खुला बरामदा और कमरा के बीच जैसी जगह थी जिसमें एक ओर का दरवाजा हमारे घर के पिछवाड़े में खुलता था और दूसरी ओर कोई दीवार न थी। सीधे आँगन में सीढ़ी उतरती थी। यह सारा कुछ तीस के दशक में बना था और इसमें मेरे आने तक, यानी अगले तीस वर्षों में काफी तबदीली आ गई थी लेकिन घर के बीचोबीच जो

चौकोर आँगन था वह बरकरार रहा। आप मोटे तौर पर यह समझें कि इस आँगन के पूरब और उत्तर का भाग बाबा का था और दक्षिण और पश्चिम (आधा भाग) बाबा के चाचा के लड़के के परिवार के हिस्से में। पश्चिमी भाग में आधा बाबा के चचेरे भाई के हिस्से था और आधा बाबा के हिस्से में। करीब सात-आठ साल पहले बाबा और उनके चचेरे भाई के बीच बँटवारा हुआ था इसी कारण आँगन के ठीक बीचोबीच एक दीवार खड़ी की गई थी जो पश्चिम से पूरब की तरफ आती थी और इसका अन्त यानी पूर्वी छोर छत पर जाने वाली सीढ़ियों के पास होता था। छत पर जाने के लिए एक ही सीढ़ी थी जिसका इस्तेमाल दोनों परिवार के लोग करते थे। इसलिए यह जरूरी था कि सीढ़ियों पर जाने का रास्ता आँगन की दीवार से बाधित न हो। इस आँगन का और उसके बीच की दीवार का अपना एक अलग इतिहास था जो बाबा के संयुक्त परिवार के इतिहास से जुड़ा हुआ था और उसका कोई विशिष्ट वर्णन कर पाना शायद मेरी कहानी के लिए उतना महत्त्वपूर्ण नहीं है क्योंकि यह दीवार तो मेरे आने से तीन दशक पहले दोनों परिवार में आपसी समझौता के फलस्वरूप हटा दी गई थी। फिलहाल तो इसका जिक्र मैं लेडी की कहानी के सन्दर्भ मात्र में कर रही हूँ।

बाबा अपने शिक्षण संस्थान से प्रतिदिन रात्रि के प्रथम पहर तक लौटते थे। इसका मतलब था कि पूरे दिन भर लेडी और उसके बेटे चेतक के ऊपर हुक्म चलाने की पूरी छूट बाबा के बेटों को मिल गई। लेडी ने जब पहली बार बच्चे जने थे तो उसके पाँच बच्चे हुए थे। चेतक उन्हीं में से एक था। बाकी चार बच्चे बाबा ने अपने मित्रों और अन्य श्वानप्रेमियों के बीच बाँट दिये थे। बाबा और उनके साथ-साथ लेडी की ख्याति तब तक दूर तक फैल गई थी। फलतः कुत्तों के शौकीन कई लोग आकर बच्चों यानी 'पप' को देख गए थे। बाबा ने उनमें से ऐसे लोगों को ही इन बच्चों को दिया जिनके बारे में उनको विश्वास करने का कारण था कि वे इन बच्चों की देख-रेख स्तरीय तौर पर कर पाएँगे। इन्हीं में से एक परिवार रमा सिंह और उनके पति का था जिन्हें बाबा ने एक 'पप' दिया। दरअसल, रमा सिंह और उनके पति लेडी से इतने प्रभावित थे कि स्वतः उनकी लालसा बढ़ गई कि उनके पास भी काश ऐसा ही एक कुत्ता होता। एक दिन बाबा अपने किसी सम्बन्धी से रमा सिंह के बारे में बता रहे थे। ये सम्बन्धी पुलिस के बड़े अधिकारी थे, आई.जी.

स्तर के और उन्होंने अपने कुत्ते के बारे में चर्चा शुरू की और बाबा को बताया कि कैसे उन्होंने अपने कुत्ते को पुलिस के डॉग स्क्वॉड में ट्रेनिंग दिलवाई थी। अब बाबा कहाँ पीछे हटने वाले थे—

"ठीक है, आपका कुत्ता पुलिस के डॉग स्क्वॉड में ट्रेन हुआ होगा लेकिन पुलिस द्वारा ट्रेन किए गए कुत्तों की एक सीमा होती है। वे कमांड यानी ऑर्डर समझते हैं लेकिन हमने तो खुद, आज से तीस साल पहले, अपने कुत्ते को ट्रेन किया था। उसका नाम लेडी था। पुलिस के कुत्ते घरेलू माहौल के लिए उपयुक्त नहीं होते हैं। मेरी लेडी न सिर्फ मेरे कमांड को समझती थी बल्कि वह मेरी भावनाओं को भी समझती थी। उसे मालूम चल जाता था कि किसी एक वक्त मेरी मन:स्थिति किस प्रकार की है और वह उसी अनुसार मेरे प्रति अपना व्यवहार नियंत्रित रखती थी।" बाबा ने बड़े गर्व के साथ आई.जी. साहब को बताया। "ऐसा कैसे सम्भव है शर्मा जी? कुत्ता तो कुत्ता ही होता है। एक मनुष्य के समान क्षमता उसमें कैसे हो सकती है?" आई.जी. ने प्रतिवाद के भाव से पूछा।

"ऐसा बिलकुल सम्भव है। इसके लिए जरूरत है कि आप भी कुत्ते के मनोभावों को समझने की क्षमता अपने अन्दर रखें। मैंने मनोविज्ञान में शिक्षा हासिल की है। मनोविज्ञान के कुछ सूत्रों का उपयोग आप अपने कुत्ते के साथ भी कर सकते हैं। इसके लिए यह भी समझने की जरूरत है कि कुछ मामलों में कुत्तों की क्षमता मनुष्यों से बेहतर भी हो सकती है जिसके कारण वह आपके मनोभावों के साथ परस्पर तालमेल बिठा सकते हैं और उसी अनुसार अपना व्यवहार करते हैं।" बाबा ने आई.जी. साहब को एक शिक्षक की मुद्रा में समझाते हुए कहा।

"मुझे तो विश्वास नहीं होता है शर्मा जी। मैंने भी पुलिस सेवा में अभी तक तीस वर्ष से अधिक समय बिताया है। मुझे तो इस तरह का न तो कोई कुत्ता दिखा है न ही कोई इस तरह का कुत्ता रखने वाला व्यक्ति जिसकी अपने कुत्ते को समझने की पारस्परिक क्षमता इतनी विकसित हो," आई.जी. साहब ने बाबा की बात को खारिज करने की मुद्रा में कहा।

लेकिन बाबा भी भला कहाँ हार मानने वाले थे। उन्होंने भी प्रतिवादी भाव में कहा, "अब तो तीस वर्ष का समय गुजर गया। काश आज लेडी मेरे पास होती तो मैं आपको दिखा पाता। उदाहरण के लिए मैं आपको बताता हूँ एक छोटी सी

घटना। हजारीबाग में मेरी एक सहकर्मी थी श्रीमती रमा सिंह। एक दिन मैं लेडी को लेकर उनके घर गया हुआ था। कमरे में रमा सिंह मेरे सामने की कुर्सी पर बैठी थीं और उनके बगल में दाहिनी तरफ उनके पति बैठे हुए थे। लेडी मेरी कुर्सी के बगल में जमीन पर बैठी हुई थी। बातचीत के बीच में रमा सिंह उठकर अपने किचेन में शरबत वगैरह लाने के लिए गईं। बाबा कभी चाय नहीं पीते थे। रमा सिंह ने जाते वक्त भूल से चाबी का एक गुच्छा अपनी कुर्सी पर छोड़ दिया था। रमा सिंह लेडी की क्षमताओं के बारे में आपकी ही तरह यदा-कदा संशय जताती रहती थीं। तो मैंने सोचा कि यही अच्छा मौका है उन्हें लेडी के कौशल को दिखाने का। मैंने चाबी के गुच्छे को उठाकर लेडी को दिखा दिया और कहा, 'लेडी, गार्ड'। रमा सिंह किचेन से वापस आईं और कुर्सी पर बैठते समय वहाँ पड़ी चाबी के गुच्छे को उठाना चाहा। इतने में तो लेडी ने उनको देखते हुए गुर्राना शुरू किया। जब उन्होंने अपना हाथ थोड़ा और आगे बढ़ाया चाबी के गुच्छे की ओर तो लेडी का गुर्राना थोड़ा ज्यादा खूँखार हो गया। तब मैंने श्रीमती सिंह से कहा कि वे चाबी के गुच्छे को उठाने की कोशिश न करें क्योंकि लेडी उन्हें उठाने न देगी क्योंकि वह अभी मेरे द्वारा दिये गए कमांड का पालन कर रही है। मैंने उन्हें यह भी बताया कि लेडी को इतनी समझ है कि श्रीमती सिंह मेरी सहकर्मी हैं और उनका हमारे परिवार के साथ मित्रवत् सम्बन्ध है वरना लेडी तो अभी तक गुर्राकर मात्र चेतावनी देने के बजाय उन पर झपट पड़ती। उसने आसन्न परिस्थिति का भलीभाँति आकलन कर लिया था और उसी अनुसार अपने आक्रामक व्यवहार को सीमित रख रही थी। तो इस स्तर की हो सकती है कुत्तों की मनोवैज्ञानिक सूझ-बूझ। इसलिए आप इनकी क्षमताओं का आकलन सही तरीके से करें, यह जरूरी है।"

इस घटना के बाद से ही रमा सिंह और उनके पति लेडी के न सिर्फ मुरीद हो गए बल्कि उन्होंने यह भी तय किया कि अगर बाबा लेडी का वंश आगे बढ़ाने की सोचेंगे तो उसमें से एक बच्चा या पप वे लोग भी रखेंगे। उन्हें यह भरोसा था कि बाबा उनकी इस माँग का जरूर सम्मान करेंगे क्योंकि वे लोग न सिर्फ बाबा के सहकर्मी थे बल्कि बाबा के मित्र भी थे हालाँकि रमा सिंह बाबा से अन्दर ही अन्दर थोड़ा कटती थीं। इसके दो मुख्य कारण थे।

बाबा जिस काम को करने की और जिस उद्द्देश्य को पाने की ठान लेते थे उसमें वे अपनी पूरी दक्षता और पूरे मनोयोग से लग जाते थे और जब तक उत्कृष्ट स्तर का फल न प्राप्त होता था तब तक चैन न लेते थे। यह मनुष्य के मनोवैज्ञानिक बनावट की विशेषता है कि वह अपने से बराबर अथवा बेहतर प्रतिभा के किसी भी व्यक्ति, वह चाहे सहकर्मी अथवा मित्र ही क्यों न हो, के प्रति बराबर सशंकित रहता है। महाभारत की गाथा में कर्ण और अर्जुन की कथा इस प्रश्न पर सार्थक टिप्पणी करती है। बाबा को हजारीबाग के पदस्थापन काल की शुरुआत के दौर में तकरीबन नौ महीने के एक विशेषज्ञ प्रशिक्षण के लिए बम्बई में अवस्थित टाटा इंस्टीट्यूट ऑफ सोशल साइंस भेजा गया था। वहाँ के अपने प्रवास के दौरान बाबा ने तय किया कि वे दो चीजें वहाँ सीखेंगे, अपने कोर्स के अलावा। पहला योग और दूसरा टेलरिंग। योग के लिए उन्होंने एक स्वामी रामतीर्थ के योग प्रशिक्षण केन्द्र में दाखिला लिया और एकदम सवेरे-सवेरे प्रतिदिन वहाँ जाकर योग सीखते थे। अन्त में इस संस्थान से बाबा को डिप्लोमा मिला और योगाभ्यास में उन्होंने वह स्तर हासिल किया जो आम योग गुरुओं से बेहतर नहीं तो कम-से-कम बराबर तो जरूर रहा। अपनी जिन्दगी के अगले पाँच दशकों में उन्होंने अपना योगाभ्यास नियमित तौर पर जारी रखा और हठयोग के कठिन से कठिन आसनों और मुद्राओं को बाबा सहजता से कर लेते थे। जिस स्तर की उत्कृष्टता बाबा ने शरीर सौष्ठव और कुश्ती के मामले में अपने छात्र-जीवन में हासिल की थी लगभग उसी तरह की उत्कृष्टता उन्होंने योगाभ्यास के मामले में भी हासिल कर ली। श्रीमती सिंह और उनके पति इस बात से अच्छी तरह वाकिफ थे।

टेलरिंग सीखने के लिए भी बाबा ने एक संस्थान में दाखिला लिया जहाँ वे शाम को क्लास करने जाते थे। इसके बाद बाबा को सूट तक सिलने की क्षमता आ गई। अपने कपड़े को सिलने के मामले में बाबा पूरी तरह आत्मनिर्भर थे। इस संस्थान को कोई एक बहुत ही दक्ष मराठी युवक चलाता था जिसके साथ कई वर्षों तक बाबा का सम्पर्क पत्र के माध्यम से बना रहा। बम्बई से लौटने के कई वर्षों बाद तक बाबा अपने बच्चों के कपड़े भी सिलते रहे। उनके बेटों का स्कूल ड्रेस भी बाबा द्वारा ही शुरुआत में सिला गया। बाद में बेटों ने जब बाबा की सिलाई में खामियाँ निकालनी शुरू कीं तभी बाबा ने उनके कपड़े सिलने बन्द किए। आत्मनिर्भरता के

अपने इस गुण पर बाबा भले ही गर्व करते थे, उनके बच्चे नहीं। उनको बाबा की सिलाई में कई कमजोरियाँ नजर आती थीं। जब तक बाबा के सामने ऐसे मसलों पर बोल पाने की हिम्मत न थी तब तक तो बाबा बेधड़क इनके कपड़े सीते रहे लेकिन जब यह हिम्मत उन्हें हासिल हो गई तो बाबा ने भी उनके कपड़े सिलना बन्द कर दिया। बाबा जानते थे कि विद्रोह के पहले ही स्थितियों को नियंत्रण में करना ही बुद्धिमानी है। बाबा के बेटे जब तक बड़े होते रहे, कम-से-कम युवा होने तक, तब तक बड़ी बुद्धिमानी से बाबा ने इस सूत्र का उपयोग किया और यह एक खास कारण था कि बाबा की सारी खामियों के बावजूद उनके बेटों ने कभी अगर खुला विद्रोह भी किया उनके प्रति तो इसे उन्होंने अपने बेटों के प्रति स्नेह और सद्भाव के बीच आड़े न आने दिया।

बाबा को शायद यह भी लगता था कि रमा सिंह दादी से अपनी नजदीकियत का दुरुपयोग बाबा के बारे में कभी-कभी ऐसी बातें भी करने के लिए करती थीं जो अन्यथा दादी के साथ वे नहीं करतीं अगर वे बाबा के गुणावगुण को उसी रूप में स्वीकार लेतीं जिस रूप में ये बाबा में मौजूद थे। संस्थान की हाइरार्की में रमा सिंह बाबा से थोड़ी वरीय थीं। शायद इस बात को वे कभी भुला नहीं पाती थीं और फलतः उनकी बाबा से बराबर एक ऐसे व्यक्ति के व्यवहार की अपेक्षा रहती थी जैसा कोई मातहत करता है। बाबा जरा तेज मिजाज और गर्वीले किस्म के व्यक्ति थे। तो वे रमा सिंह की इन अव्यक्त अपेक्षाओं का सम्मान न कर पाते थे। बाबा और श्रीमती सिंह के बीच के सम्बन्ध थे बड़े जटिल किस्म के। यह जटिलता थोड़ी ढीली तब हुई जब लेडी ने पहली बार बच्चे जने और पाँच बच्चों में से एक को बाबा ने पाँच सप्ताह बाद सिंह दम्पती को दे दिया। लेडी का यह बच्चा रमा सिंह के परिवार में अगले सात वर्षों तक रहा। इसका नाम टाइगर रखा गया था। टाइगर जितने दिन जीवित रहा परिवार के सभी लोग उसके दीवाने रहे। बाद में कुछ बदमाशों ने टाइगर को जहर खिलाकर मार दिया क्योंकि टाइगर ने इन बदमाशों को रमा सिंह के घर में चोरी के उद्देश्य से घुसते समय पकड़ लिया था और न सिर्फ हल्ला मचाना शुरू किया था बल्कि उनको खदेड़ भगाया था। ऐसी थी टाइगर की वफादारी और हिम्मत। इस घटना के समय रमा सिंह एक प्रतिष्ठित बालिका विद्यालय की प्रिंसिपल थीं और इस आवासीय विद्यालय के कैम्पस में ही

उनका क्वार्टर था। बदमाशों की नजर इसी दिन के बाद से टाइगर के पीछे पड़ गई और टाइगर को अपने रास्ते से हटाना उनका ध्येय-सा बन गया। अब टाइगर की ट्रेनिंग लेडी के जैसी तो की नहीं गई थी। लेडी तो घर के बाहर के किसी व्यक्ति द्वारा दिये गए खाने की किसी चीज को सूँघती तक नहीं थी। बेचारा टाइगर इन बदमाशों द्वारा दिये गए सुस्वादु भोजन के प्रलोभन में फँस गया। वह बेचारा कैसे जानता कि इसमें जहर मिलाया गया है। इस घटना के बाद से प्रिंसिपल के घर के कैम्पस में एक चौकीदार की अलग से ड्यूटी लगा दी गई और सिंह दम्पती के घर चोरों और बदमाशों द्वारा किसी अप्रिय घटना को अंजाम नहीं दिया जा सका।

कभी-कभी हम किसी दूसरे व्यक्ति की हमारे प्रति उदारता को बहुत सहज ढंग से नहीं भी लेते हैं। हमारे मन में उस व्यक्ति के लिए एक अव्यक्त रोष-सा घर कर जाता है। शायद ऐसा ही कुछ होता होगा सिंह दम्पती और बाबा के बीच के सम्बन्ध में। आखिर इनके जीवन में टाइगर बाबा की ही देन था, भले ही ये लोग इस बात को खुले दिल से स्वीकार करें या न करें। टाइगर के चले जाने से परिवार में मायूसी का दौर कुछेक हफ्तों तक चला। इस दौर में रमा सिंह बराबर अपने परिवार के बीच लेडी का जिक्र करती थीं हालाँकि तब तक लेडी स्वर्गवासी हो चुकी थी। लेडी का जिक्र किया जाना एक तरह उसके कौशल और बाबा की दक्षता का मौन स्वीकार था।

लेडी द्वारा हजारीबाग में बिताए गए तीन साल के दौर में बाबा ने जिस कदर लेडी के साथ समय बिताया और उसकी जरूरतों की ओर ध्यान दिया ठीक उसके उलटा अब ऐसा समय बेचारी लेडी के लिए आ गया था जब उसे बाबा के घर माधोपुर गाँव में रहना पड़ रहा था। बाबा सुबह-सुबह नाश्ता करके अपने प्रशिक्षण संस्थान की ओर साइकिल से निकल जाते थे और रात में सात-आठ बजे लौटकर आते थे। लेडी के लिए बाबा की गैर मौजूदगी से ज्यादा पीड़ादायी और कुछ भी न होता था। बाबा के चार बेटों में से तीन इस दरम्यान गाँव पर ही रहते थे। सबसे बड़ा बेटा तो दूर किसी हॉस्टल में था। उसके बाद उमंग था जो नौ साल का था। तीसरा सदस्य सात साल का और सबसे छोटा तीपू मात्र पाँच साल का था। दरवाजे पर एक कोठरी में एक मास्टर साहब रहते थे। गाँव के ही प्राइमरी स्कूल में शिक्षक थे। मास्टर साहब का गाँव माधोपुर से तकरीबन उतनी ही दूर

था जितनी दूर बाबा का शिक्षण संस्थान था। लेकिन मास्टर साहब के पास बाबा वाला स्टैमिना तो था नहीं कि वे रोज चालीस किलोमीटर साइकिल से आया-जाया करें। फलतः मास्टर साहब के लिए बाबा द्वारा अपने दरवाजे पर दिया गया प्रश्रय अत्यन्त ग्राह्य था। इसकी एवज में मास्टर साहब सुबह-शाम बाबा के बेटों को जितना हो सकता था पढ़ा दिया करते थे। उस जमाने में स्कूलों के मास्टरों के द्वारा अपने लिए अकसर ऐसी व्यवस्था कर ली जाती थी क्योंकि आज की तरह यातायात के साधन उतने विकसित नहीं थे। और अपने घर-गाँव से दस कि.मी. दूर भी किसी स्कूल में अगर किसी मास्टर की पोस्टिंग हो तो उनके लिए स्कूल रोज आना-जाना बहुत आसानी से सम्भव नहीं था। आवागमन की उतनी सुविधा न थी। इसलिए गाँव के किसी तथाकथित सम्पन्न परिवार के घर में रहकर उनके घर के बच्चों को पढ़ाना एक अच्छा विकल्प हुआ करता था। अब तो प्राइमरी स्कूलों के भी कई टीचर मोटरसाइकिल वगैरह अपने इस्तेमाल के लिए खरीद लेते हैं। बाबा के घर रहनेवाले इस मास्टर साहेब को तो उस जमाने में कुल सौ रुपये की ही तनख्वाह हर महीने मिलती थी।

सुबह में मास्टर साहब बाबा के बेटों को पढ़ाकर अपने स्कूल चले जाया करते थे। हजारीबाग से आने के बाद तकरीबन एक साल तक बाबा ने अपने किसी बेटे का किसी भी स्कूल में दाखिला नहीं करवाया था। वे घर पर ही पढ़ते थे। गणित वगैरह तो मास्टर साहब पढ़ा देते थे। बाकी हिन्दी की पढ़ाई दादी कराती थीं। बाबा थोड़ा-बहुत अँगरेजी पढ़ा देते थे। तीपू तो बहुत छोटे थे तो वे अपने से ठीक बड़े भाई वीनू को देख-देख कर कुछ पढ़ लेते थे, कुछ दादी सिखा देती थीं।

दिन भर घर पर धमाचौकड़ी होती रहती थी। एक तरफ तो लेडी बेचारी के ऊपर लगातार हुक्म चलाने का सिलसिला जारी रहता था और दूसरी ओर दादी का लेडी और उसके बेटे चेतक के प्रति उपेक्षा के भाव का दौर भी अब चालू हो गया था। उमंग ने तो बाबा को दो-तीन साल पहले देखा था लेडी को ट्रेनिंग देते हुए और विभिन्न किस्म के करतब कराते हुए। तो अब उन्हें शौक चढ़ा था लेडी और चेतक के ऊपर हुक्म बजाने का। कभी-कभी वे इन दोनों को ऐसे असम्भव करतब करने का हुक्म देते थे जो लेडी या चेतक करना नहीं चाहते थे। फिर उमंग इनको डंडे से मारते थे। दोनों उनके ऊपर गुस्सा करते थे लेकिन कभी उन्हें

शारीरिक क्षति नहीं पहुँचाई। और उमंग भी ऐसे थे कि लेडी के धैर्य की परीक्षा लेते थे। अगर वे बाबा के बेटे न होते तो शायद लेडी उन्हें इतनी छूट न लेने देती। लेकिन लेडी की भावनाओं का आदर करना तो दूर, उसके प्रति करुणा का भाव एकदम न रखने में उमंग ने विशेषज्ञता हासिल कर ली थी। लेडी और चेतक को उमंग घर के पिछवाड़े में, जहाँ बाबा द्वारा लगाया हुआ एक छोटा-सा बागान भी था, ले जाते थे और तथाकथित तौर पर उनको ट्रेनिंग देने की कोशिश करते थे। अब उमंग इनको ट्रेनिंग क्या देते यह सब उनके लिए खिलवाड़ का एक तरीका था। लेडी और चेतक के सामने वे लकड़ी के ऊँचे-ऊँचे तख्ते रख देते थे उमंग और 'जम्प' का कमांड देते थे। लेडी बेचारी जम्प करना तो जानती थी क्योंकि बाबा ने उसे सिखाया था लेकिन किसी भी बाधा को फाँदने की उसकी सीमा थी। एक सीमित ऊँचाई तक की बाधा को ही वह फाँद सकती थी। उमंग जानकर उस ऊँचाई से ज्यादा के तख्ते उसके सामने रख देते थे और जम्प करने को कहते थे। लेडी बेचारी कातर निगाहों से उमंग को देखती रहती थी और अपनी अक्षमता का बयान सहमी हुई गुर्राहट से लगातार करती रहती थी। इसी बीच उमंग उसे डंडे से पीटना शुरू करते थे, एकदम निर्दयी तरीके से। लेडी रुदन की आवाज निकालते हुए जमीन पर लोटने लगती थी। उसके क्रन्दन की आवाज पूरे वातावरण में चीत्कार-सी उठती थी। ऐसा लगता था पूरा गाँव सहम-सा जाएगा। वहीं चेतक बगल में सहमा हुआ-सा बैठा देखता रहता था बेचारा। फिर उसकी भी बारी आती थी। उस बेचारे को तो बाबा ने ठीक से जम्प करना सिखाया भी नहीं था। उसका डील-डौल भले ही पूरी तरह विकसित हो गया था लेकिन था तो वह अब भी एक तरह बच्चा ही। वैसे भी हजारीबाग से ट्रांसफर के उपरान्त गाँव आने और यहाँ की व्यवस्था को स्थिर करने में बाबा का सारा ध्यान मुड़ गया था। तो हुआ यह कि बाबा बेचारे चेतक की ट्रेनिंग पर कुछ खास ध्यान नहीं दे पाए। लेकिन उमंग को तो उस पर भी हुक्म चलाना था। इसलिए उसकी भी चीख वहाँ बिखरती थी और उमंग अपनी निर्दयता को अंजाम देते रहते थे। उमंग से छोटे दोनों भाई भी एक तरह इस पूरी लीला के मूकदर्शक ही रहते थे। वैसे भी उनकी आपत्तियों का कोई ज्यादा असर उमंग के ऊपर पड़ता नहीं था। कभी-कभी आँगन के दूसरी ओर के ओसारे पर बैठी बाबा की बूढ़ी माँ ही अपनी झुकी हुई काया को घसीटते हुए आती थीं और उमंग

के करतबों पर आपत्ति जताती थीं। कभी-कभी दादी को भी तरस आ जाता था तो वह भी उमंग को मना करती थीं। लेकिन चूँकि यह सारा कारोबार घर के पिछवाड़े में होता था इसलिए अकसर इन दोनों जीवों की चीख दीवारों को लाँघ नहीं पाती थी। उमंग निर्बाध रूप से जुटे रहते थे अपने मन के अन्दर की भड़ास निकालने में। दादी की यह थ्योरी थी कि उमंग इतने निर्दयी तरीके से इन दोनों जीवों के प्रति इसलिए पेश आते थे कि बाबा अकसर उमंग को बेरहमी से पीटा करते थे, वह भी कभी-कभी बहुत छोटी-छोटी गलतियों के लिए। तो उमंग को जो गुस्सा बाबा के ऊपर आता था उसका फलाफल इन दोनों जीव—लेडी और चेतक को भुगतना पड़ता था। बाबा दिनभर घर पर रहते नहीं थे इसलिए उनको कोई खबर नहीं होती थी कि उनकी गैर मौजूदगी में उनके लिए अनन्य रूप से प्यारे इन दोनों श्वान जीवों के ऊपर क्या गुजरती थी। बाबा जब रात को अपने संस्थान से लौटकर घर आते थे तो ये दोनों जीव बाबा से चिपक जाते थे। बाबा जहाँ बैठते थे उसी के आसपास वे भी बैठ जाते थे। बाबा को छोड़ने का नाम ही न लेते थे। बाबा का ध्यान इस बात पर कभी नहीं गया कि आखिर इन दोनों का व्यवहार ऐसा क्यों हो गया है। बाबा भी सोचते होंगे कि यह व्यवहार इन दोनों का बाबा के प्रति प्यार और समर्पण के भाव का इजहार है। आखिर बाबा भी तो यही सोचते होंगे कि पूरे परिवार में किसी और को तो लेडी और चेतक के प्रति प्यार का भाव रखना तो दूर, सहानुभूति का भाव भी शायद ही रहता होगा। दादी का पक्ष तो उन्हें भलीभाँति मालूम था। बच्चों के लिए ये दोनों खेलने की वस्तु से ज्यादा कुछ थे नहीं। तो बाबा समझते थे कि ऐसी स्थिति में उनको अपना एकमात्र संरक्षक और अभिभावक समझकर लेडी और चेतक बाबा को पाते ही उनसे चिपक जाते थे। बेचारे बाबा क्या जान पाते कि उनकी अनुपस्थिति में उनकी दत्तक सन्तान जैसी इन दो जीवों को किस किस्म की संवेदनहीनता और अत्याचार झेलना पड़ता था।

करीब एक वर्ष तक यह सिलसिला चलता रहा। दादी को इन दोनों पर किए जा रहे अत्याचार का बाबा से बखान करने में कोई रुचि नहीं थी। इस दौरान अपने बेटों की पढ़ाई के सम्बन्ध में बाबा का प्रयोगात्मक रवैया जारी रहा। उनका मानना था कि शुरू की क्लासों में, खासकर सात-आठ वर्ष की उम्र तक अगर बच्चे को घर पर ही अच्छी पढ़ाई का माहौल मिल जाए और पढ़ाने वाला कोई मास्टर भी

अलग से हो तो यह जरूरी नहीं कि बच्चे को गाँव के स्कूल में दाखिल करवाया जाए। अपनी इस थ्योरी के लिए बाबा ने अलग से कोई रिसर्च तो किया नहीं था लेकिन यह जरूर था कि बाबा इस बात से बराबर सशंकित रहते थे कि बच्चों के ऊपर गाँव के माहौल का कोई कुप्रभाव भी पड़ सकता था। चूँकि बाबा स्वयं दिन भर गाँव में रहते नहीं थे इसलिए उनकी आदतों और हरकतों पर निगरानी रख पाना बाबा के लिए सम्भव नहीं था।

अब उमंग दस वर्ष के हो चले थे। बाबा का शिक्षण संस्थान हाल-फिलहाल, शायद पाँच-एक साल पहले ही स्थापित हुआ था। आजादी के बाद देश के सभी राज्यों में प्रारम्भिक और माध्यमिक शिक्षा के विकास के लिए बड़ी तादाद में शिक्षकों की जरूरत महसूस की जा रही थी। ऐसे शिक्षकों को शिक्षण कार्य के लिए प्रशिक्षित करने के लिए नए-नए प्रशिक्षण संस्थान खोले जा रहे थे। अतः नए-नए भवन और नए कैम्पस बनाए जा रहे थे। ऐसे में ही बाबा को भी एक नया, दो कमरे का, आँगन वाला, घर मिल गया था। संस्थान के ही एक छात्र को बाबा ने घर में रहने भर की जगह दे दी थी। इस छात्र ने खाना बनाने की जिम्मेदारी ले ली थी। वैसे बाबा खुद भी कई बार अपना खाना बना लिया करते थे। स्वावलम्बन के उनके तथाकथित आदर्शों में यह बात दीगर थी। इन सब बातों के मद्देनजर बाबा ने तय किया कि उमंग को वे अब अपने साथ ही रखेंगे। लेडी और चेतक को बहुत राहत मिली। लेकिन उनके जीवन के दुःखों का भला यहीं कैसे अन्त होता।

बाबा अपने इलाके के चर्चित व्यक्ति थे। इसके मुख्य कारणों में यह बात महत्त्वपूर्ण थी कि बाबा अपने समय के पहले व्यक्ति थे, आसपास के कई गाँवों को मिलाकर, जिन्होंने अपनी उच्च शिक्षा राज्य से बाहर बनारस हिन्दू यूनिवर्सिटी (बी.एच.यू.) में प्राप्त की। मालवीय जी द्वारा इस संस्थान की स्थापना किया जाना एक ऐसी बात थी जो एक प्रकार से इसकी ख्याति के मूल में थी। बाबा ने यहीं से मनोविज्ञान में एम.ए. किया और कुश्ती के क्षेत्र में भी अपनी श्रेष्ठता को स्थापित किया। उस समय बी.एच.यू. में बाबा से बड़ा कोई स्पोर्ट्स परसन नहीं था। गाँव के भी आसपास के पूरे इलाके में बाबा के शारीरिक बल की चर्चा थी। कालान्तर में इनमें से कुछेक बातें इलाके में किंवदन्तियाँ बन गईं, जैसे कि बाबा के पास इतनी ताकत थी कि वे भारी-भरकम भैंसे की अगर पूँछ पकड़ लेते थे तो वह भैंसा आगे

नहीं बढ़ पाता था। शारीरिक बल के साथ-साथ बाबा के चरित्र में एक आदर्शवादी झुकाव भी था। गांधीवादी मूल्यों से वे बहुत प्रभावित थे। पूरे इलाके में छुआछूत की प्रथा के खिलाफ आवाज उठाने वाले और हरिजन बस्ती में जाकर उनके साथ बात व्यवहार के अलावा साथ बैठकर खाने वाले पहले व्यक्ति थे बाबा, पूरे इलाके में। वैसे तो किस्सा-कहानी सुनने और सुनाने में बहुत मन लगता था बाबा का लेकिन बाबा आम व्यवहार में पूरी तरह 'नो नॉनसेंस' किस्म के व्यक्ति थे। उनसे कोई भी व्यक्ति फालतू की बकवास करने की हिम्मत नहीं जुटा पाता था।

शिक्षा के मामले में तो वैसे बाबा सामान्य कोटि के ही विद्यार्थी रहे थे लेकिन उमंग मामलों में बाबा थे एक तरह से 'परफेक्शनिस्ट'। जिस भी काम को उठाते थे तो उसको पूरे मनोयोग से करते थे और उसको एक उच्च स्तर तक ले जाते थे। इस मामले में पूर्णतावादी थे बाबा। इन सबके बारे में मैं कोई प्रामाणिक साक्ष्य नहीं जुटा सकती क्योंकि जैसा मैंने पहले भी कहा, ये सारी बातें मैंने सुनी हैं, अलग-अलग लोगों की बातचीत से।

लेडी की ट्रेनिंग को एक उच्च स्तर तक ले जाना बाबा के इसी 'परफेक्शनिस्ट' मनोवृत्ति का परिचायक था। हालाँकि उनके व्यक्तित्व का यह पहलू उनकी कॉलेज और विश्वविद्यालय की शिक्षा में उतनी गहराई से नहीं दिखा था। बाबा के रिजल्ट साधारण से मात्र थोड़ा ही बेहतर रहे। लेकिन यह बात भी तय थी कि मनोविज्ञान विषय में उनकी गहरी रुचि थी। अब इम्तहानों में अच्छा कर पाने के लिए जिस किस्म की तैयारी और समय की जरूरत होती थी वह बाबा के लिए सम्भव न थी क्योंकि बाबा कुश्ती के क्षेत्र में अपनी श्रेष्ठता न सिर्फ अपने विश्वविद्यालय में बल्कि अन्तर-विश्वविद्यालय प्रतियोगता तक में स्थापित करने की ख्वाहिश रखते थे और उन्होंने अपने व्यक्तिगत अनुशासन और कठिन परिश्रम से इसे हासिल भी किया। अपने जमाने के कई राष्ट्रीय स्तर के चैम्पियनों को भी उन्होंने हराया। कुश्ती के हलकों में यह चर्चा भी गर्म हुई कि शायद बाबा को ओलम्पिक में देश का प्रतिनिधित्व करने वाली टीम में भी शामिल किया जाए। लेकिन बात जब तक यहाँ तक आती तब तक बाबा की एम.ए. की पढ़ाई खत्म हो गई थी और उन्हें अपने बाबूजी की इच्छानुसार गाँव लौट जाना था। बाबा के बाबूजी को यह कतई पसन्द नहीं था कि बाबा खेलकूद, और वह भी कुश्ती जैसी विद्या में अपना समय और उनका पैसा

जाया करें। वैसे तो बाबा के बाबूजी अपने समय के हिसाब से ठीक-ठाक पैसा कमा लेते थे लेकिन एक बाप के रूप में उनकी आकांक्षा थी कि उनका एकमात्र बेटा पढ़ाई में अच्छा करे और बड़ा अफसर बने। सामान्यतः एक पिता की आकांक्षा यह होती है कि वह समाज में प्रतिष्ठा के जिस मुकाम तक पहुँचा है उसका बेटा उस मुकाम से आगे नहीं तो कम-से-कम उसकी बराबरी तक जरूर पहुँचे। रोज पाँच मील पैदल चलकर मिडिल स्कूल और हाईस्कूल में पढ़ने के बाद बाबा के बाबूजी ने पिछली सदी के दूसरे दशक में मैट्रिक का इम्तहान पास किया था। उस जमाने में पूरे जिले में गिनकर चार-पाँच हाईस्कूल हुआ करते थे। तो मैट्रिक पास कर लेना मात्र ही आमजनों के लिए बहुत बड़ी बात थी। मैट्रिक के इम्तहान के बाद बाबा के बाबूजी को किसी ने बताया कि वैसे तो उन्हें सरकारी नौकरी तुरन्त मिल सकती है लेकिन अगर वे डॉक्टरी की पढ़ाई कर लेते हैं तो उन्हें न सिर्फ समाज में प्रतिष्ठा मिलेगी बल्कि धन कमाने का भी एक बेहतर जरिया मिल जाएगा। बीसवीं शताब्दी के दूसरे दशक में बिहार में कोई मेडिकल कॉलेज नहीं था। मेडिकल में डिग्री की पढ़ाई कलकत्ता में होती थी। बाबा के पुरखे इतने धनाढ्य न थे कि अपने घर की किसी सन्तान को कलकत्ता पढ़ने भेज सकें। एक मेडिकल डिप्लोमा की पढ़ाई पटना में अवस्थित टेम्पुल मेडिकल स्कूल में होती थी। बाबा के बाबूजी ने किसी तरह इसी संस्थान में दो वर्षों की पढ़ाई पूरी कर डिप्लोमा हासिल किया और राज्य के ब्रिटिश हुकूमत के अन्दर वैक्सीन इंस्पेक्टर के पद पर बहाल हो गए। प्रथम विश्वयुद्ध के बाद आए भयानक इन्फ्लुएंजा (स्पैनिश फ्लू) द्वारा मानव-जीवन की व्यापक क्षति के उपरान्त जनसाधारण में टीकाकरण का व्यापक प्रचार किया गया और सारी आबादी को टीका लगाने का काम सरकार ने प्रारम्भ किया था। इस मद्देनजर वैक्सीन इंस्पेक्टरों का काम बहुत महत्त्वपूर्ण था और उनकी समाज में अच्छी-खासी प्रतिष्ठा बन गई थी। इन इंस्पेक्टरों को बाकायदा घुड़सवारी में दक्षता हासिल करनी होती थी ताकि वे दूरस्थ इलाकों में जाकर टीकाकरण के काम का निरीक्षण कर सकें। पुलिस अधिकारियों की ही तरह इन लोगों को बाकायदा खाकी रंग के पतलून और शर्ट की वर्दी पहननी पड़ती थी। इसके बाद से बाबा के बाबूजी की प्रतिष्ठा इलाके में धीरे-धीरे बढ़ती गई और कालान्तर में वे डॉक्टर साहब के नाम से पुकारे जाने लगे।

डॉक्टर साहब ने तकरीबन बीस वर्ष सरकारी नौकरी करने के बाद नौकरी से त्यागपत्र दे दिया क्योंकि उन्हें यह एहसास हो चला था कि नौकरी से बाहर वे अगर अपनी प्राइवेट प्रैक्टिस करने लगें तो इसके दो बड़े फायदे हो सकेंगे। पहला तो यह कि अँगरेज सिविल सर्जन के मातहत होने के कारण उन्हें कभी-कभी जिस तरह की जिल्लतों को भुगतना पड़ता था उससे उन्हें मुक्ति मिल जाएगी और उनका स्वाभिमान महफूज रह पाएगा। दूसरा यह कि अगर उनकी प्रैक्टिस ठीक-ठाक चल गई तो सरकारी नौकरी में वेतन से जितना पैसा उन्हें प्राप्त होता था उससे कई गुना अधिक पैसा वे कमा सकेंगे। ऐसा ही हुआ। डॉक्टर साहब तेज तो थे ही। मेडिकल स्कूल में अपनी पढ़ाई और सरकारी नौकरी में प्राप्त अनुभवों का मिला-जुला उपयोग करते हुए उन्होंने जिले के ही एक दूरस्थ थाना मुख्यालय के पास अपनी प्रैक्टिस शुरू की और देखते-देखते अच्छा पैसा कमाने लगे। एक झोंपड़ीनुमा क्लिनिक से शुरुआत कर उन्होंने बाकायदा एक बढ़िया-सा क्लिनिक बना लिया। यह माधोपुर गाँव से तकरीबन तीस किलोमीटर दूर था। डॉक्टर साहब ने अपने रहने की व्यवस्था भी यहीं कर ली।

डॉक्टर साहब जहाँ रहते थे उसके सटे खेतों में नील की खेती होती थी और एक अँगरेज निलहा साहब का छोटा सा किन्तु सुन्दर, खपड़ैल का विश्रामागार था जहाँ वह अपनी खेती के देखभाल के सिलसिले में अकसर आकर ठहरता था। डॉक्टर साहब उस पूरे इलाके में अकेले ऐसे व्यक्ति थे जो थोड़ी-बहुत अँगरेजी बोल लेते थे। इसलिए जब निलहा साहब ने जाना कि कोई डॉक्टर उस इलाके में आया है तो उसने उनसे जान-पहचान की पहल की। समय जैसे-जैसे बीतता गया इन दोनों में दोस्ती गाढ़ी होती चली गई। निलहा साहब की अपनी कोठी, जहाँ वह अपने परिवार के साथ रहता था, डॉक्टर साहब के क्लिनिक से कुछ दूर, तकरीबन तीस किलोमीटर, जिला मुख्यालय के पास अवस्थित थी। वह जब अपनी खेती के सिलसिले में यहाँ आता था तो पूरे इलाके में हलचल हो जाती थी। किसानों के यहाँ बाकी पैसे की वसूली के मामले में वह बहुत सख्त हुआ करता था। साथ ही, नील की खेती पर जोर देने के लिए वह कभी-कभी निरंकुश तरीके भी अपनाता था हालाँकि तब तक गांधी जी के चम्पारण सत्याग्रह की धमक पूरे इलाके में फैल चुकी थी और अब किसान थोड़ा ज्यादा जागरूक हो गए थे। आसन्न विश्वयुद्ध

की आशंका से नील की माँग एक बार फिर बढ़ गई थी, हालाँकि वैश्विक मन्दी के दौर में नील की माँग घटी थी और किसानों पर दबाव कम हुआ था। मन्दी के दौर के बाद एक बार माँग फिर बढ़ी थी। दबाव को अब फिर बनाने की जरूरत आ गई थी और इसके लिए निलहा साहबों को अपने पुराने निरंकुश तरीकों को छोड़कर स्थानीय सहयोगियों की मदद से इस काम को करना उनके हित में था। स्थानीय सहयोगी ऐसे होने चाहिए जो वहाँ के समाज में प्रतिष्ठित व्यक्ति हों और जिनकी बात वहाँ के लोग मानते हों। जाहिर था डॉक्टर साहब को ऐसे व्यक्ति में गिना जा सकता था। अपने डॉक्टरी पेशे से उन्होंने इलाके में अच्छा नाम कमा रखा था। दूर-दूर से मरीज उनके यहाँ बैलगाड़ियों पर चलकर आते थे। सरकारी अस्पतालों, जो वैसे भी इक्के-दुक्के ही थे, उस पूरे इलाके में से ज्यादा भरोसा लोगों का डॉक्टर साहब पर बन गया था। डॉक्टर साहब की खासियत यह थी कि उनके क्लिनिक में अँगरेजी दवाइयाँ भी उपलब्ध होती थीं। इन दवाइयों को वे पार्सल के माध्यम से सीधे कम्पनी से मँगवाते थे। कभी-कभी बहुत गरीब मरीजों को वे दवा मुफ्त में भी देते थे।

डॉक्टर साहब को निलहा साहब ने स्थानीय सहयोग के लिए चुना। डॉक्टर साहब की बात लोगों ने बहुत हद तक मानी और नील की जरूरी खेती करने के अलावा लगान के भुगतान के मामले में भी लोगों का रवैया सहयोगपूर्ण रहा। लेकिन आसमान में परिवर्तन के बादल मँडराने लगे थे। विश्वयुद्ध की शुरुआत के बाद जल्द ही 'भारत छोड़ो' का नारा सारे देश में गूँजने लगा था। बड़े गोरे किसान और नील की फैक्टरियों के मालिक अब अपने वतन लौटने का मन बना चुके थे। निलहा साहब ने अपनी फैक्टरी के साथ-साथ नील की खेती की बकाश्त जमीन को भी बेचने का मन बना लिया। डॉक्टर साहब ने पहल की और बकाश्त जमीन का एक बड़ा टुकड़ा किश्तों में खरीद लेने की पेशकश की। निलहा साहब ने सोचा कि डॉक्टर साहब को उनकी दोस्ती और सहयोग के लिए कृतज्ञता ज्ञापित करने का इससे बड़ा और कोई तरीका नहीं हो सकता कि वह उनकी पेशकश को सहर्ष स्वीकार करे। चार वर्षों के अन्दर ही उसने अपनी सारी सम्पत्ति का धीरे-धीरे निपटारा कर लिया। डॉक्टर साहब ने धीरे-धीरे कर इन चार वर्षों में तकरीबन पचीस एकड़ का एक ही टुकड़ा खरीद लिया और उसी के बीचोबीच

अपना क्लिनिक बिठाया। निलहा साहब आजादी के दो-एक वर्ष पहले ही अपने वतन लौट गया और अब उसका पुराना, खपरैल विश्रामगृह डॉक्टर साहब का नया निवास स्थल बन गया। यह अब पूरे इलाके में डॉक्टर साहब की कोठी के नाम से पुकारा जाने लगा।

डॉक्टर साहब का अपनी पत्नी से सम्बन्ध कोई ऐसा न था कि उनकी पत्नी का उनके साथ रहना सुखमय हो। अतः डॉक्टर साहब अपनी कोठी में अकेले ही रहते थे, उनकी पत्नी वहाँ से तीस किलोमीटर दूर उनके गाँव माधोपुर में ही रहती थीं। उस जमाने में ऐसे भी तथाकथित सम्पन्न मध्यवर्गीय परिवार, जो गाँवों में रहते थे, के बीच पति-पत्नी के सम्बन्ध में बोलचाल बस उतनी ही होती थी जिससे काम चलाया जा सके। आँगन और ओसारा वाले घर में घर की बहुओं का संसार आँगन और ओसारे तक ही सीमित होता था। पोता-पोती हो जाने के बाद ही ऐसी औरतें घर से बाहर, दिन के उजाले में, जा सकती थीं। खेतिहर-मजदूर परिवारों के लिए, जाहिर तौर पर, यह लागू नहीं होता था। खाने-कमाने की ऐसी जरूरतें थीं कि यह नियम उन पर लागू होना व्यावहारिक रूप से सम्भव ही नहीं था।

डॉक्टर साहब ने अपने निवास स्थल को आने वाले समय में भी काफी सँवारकर रखा। उनके घर के चारों ओर हरे-हरे, छोटे पत्तों के पतले पेड़ों का दो फुट चौड़ा अहाता था जिसे अँगरेजी में हेज कहा जाता है। छाती की ऊँचाई तक के इस अहाते का रख-रखाव डॉक्टर साहब अपनी देख-रेख में करवाते थे और सुबह में हेज काटने-छाँटने की बड़ी सी कैंची हाथ में लेकर स्वयं अहाते को सँवारते हुए अकसर दीखते थे डॉक्टर साहब। अहाते के बीचोबीच उन्होंने कई सारे क्रोटॉन के पेड़ लगा रखे थे। विभिन्न रंगों और पत्तों के भिन्न-भिन्न आकारों के इन पेड़ों का समूह अहाते को अनन्य सुन्दरता प्रदान करता था। अहाते के अन्दर ही एक बड़ा-सा मौलश्री का पेड़ था जिसकी छाँव में अकसर गर्मी की दोपहर में डॉक्टर साहब अपने स्पेशल मरीजों को देखते थे। वैसे डॉक्टर साहब ने इसी अहाते के सामने दो बड़े-बड़े कमरों का अपना क्लिनिक बना रखा था। इस क्लिनिक में चारों ओर नीचे-नीचे जँगले बने हुए थे। क्लिनिक को हवादार रखने के अलावा इन जँगलों से एक और महत्त्वपूर्ण मकसद सिद्ध होता था। दिन के वक्त जब डॉक्टर साहब क्लिनिक में मरीजों को देखते थे उस वक्त वे अपने खेतों में हो रहे काम पर और

अपनी फसलों पर भी बैठे-बैठे नजर दौड़ा सकते थे। मूल बात यह थी कि डॉक्टर साहब ने निलहा साहब को नजदीक से देखा था और यह भी देखा था कि एक अँगरेज के रहने का क्या तौर-तरीका होता है। अँगरेज अफसरों के मातहत रहे होने के कारण उन्हें कई अन्य अँगरेजों से भी परिचय हुआ। अँगरेजों की रियाया होने के कारण, जाहिर था, उनके मन में भी अँगरेज जीवन-शैली के लिए बराबर प्रशंसा का भाव रहता था। यही कारण था कि निलहा साहब ने अपने छोटे से विश्रामगृह को जैसा रखा था उन्होंने उसे वैसा ही रखे रहने की कोशिश की। कोठी के एक किलोमीटर की त्रिज्या में कोई आबादी का न होना इस परिचय का एक अंग था। अहाते के अन्दर घर में सिर्फ डॉक्टर साहब रहते थे। कोठी के रिहाइशी भाग के ठीक बगल में एक कमरे का रसोईघर था जिसमें डॉक्टर साहब का रसोइया रहता था। एकान्त डॉक्टर साहब को बहुत प्रिय था लेकिन जाहिर है, कभी-कभी तो उनका मन ऐसे निरन्तर एकान्त से ऊब भी जाता होगा। इसलिए एक समय जब कुछ दूर के गाँव से मुसहर जाति के कुछ बेघर-बार मजदूर डॉक्टर साहब के पास पनाह माँगने आए तो उन्होंने उनकी माँग को सहर्ष स्वीकार किया और अपने अहाते से सटे ही उन्हें वास के लिए जमीन का एक छोटा टुकड़ा दे दिया जिस पर वे लोग झोंपड़ी बनाकर रहने लगे और रोजी-रोटी के लिए डॉक्टर साहब के खेत पर काम करने लगे। विपन्नता की कगार पर जीने वाले इन परिवारों के लिए डॉक्टर साहब लगभग त्राता के समान थे। इनकी औरतें डॉक्टर साहब के घर का भी छोटा-मोटा काम कर दिया करती थीं।

इस प्रकार डॉक्टर साहब ने अपने लिए यहाँ पर एक छोटी सी किन्तु स्वत:पूर्ण दुनिया बना ली थी और अब वे माधोपुर कभी-कभार ही जाते थे, कोई बहुत जरूरी काम होता था, कोर्ट-कचहरी आदि का, तभी। इस दुनिया में बाबा एक आगन्तुक मात्र थे। वैसे भी बाबा और उनके पिता यानी डॉक्टर साहब के बीच अगर कोई दुराव न था तो कोई खास लगाव भी नहीं था। बाबा अकेले बेटे थे लेकिन पता नहीं उस समय की खासियत थी या कुछ और कि अपने इकलौते बेटे की परवरिश में भी बाबा के पिता का कोई महत्त्वपूर्ण योगदान नहीं था। दोनों के बीच बोलचाल बस उतनी ही होती थी जिससे काम चल सके। माधोपुर गाँव में जब बाबा का बचपन बीत रहा था उस समय डॉक्टर साहब घोड़े पर सवार गाँव-गाँव टीकाकरण

के काम से लगातार घूमते रहते थे। बाबा अपने पिता के वात्सल्य से प्राय: वंचित ही रहे। लेकिन बाबा ने अपने पिता के साथ व्यवहार में शिष्टता की अनदेखी कभी नहीं की। फलत: अगर कभी डॉक्टर साहब ने बाबा से किसी चीज के बारे में कोई इच्छा व्यक्त कर दी तो बिना किसी आनाकानी के उस इच्छा को आदेश के रूप में मान लेते थे और उसी अनुसार अपना आचरण रखते थे।

तो डॉक्टर साहब का जब हुक्म हुआ कि बाबा अपनी एम.ए. की पढ़ाई के बाद बनारस से लौट आवें और वहाँ आगे किसी और हरकत में न शामिल हों तो पूरे बेमन से बाबा गाँव लौट आए। बाबा का दिल तो दरक गया पर करते भी तो क्या। उनके यौवनावस्था के दिनों में उनके ऊपर अपनी कोई भी ख्वाहिश उनके पिता ने नहीं थोपी थी। आर्थिक रूप से बाबा को कभी कोई किल्लत नहीं रही। उलटे उस जमाने में बाबा को डॉक्टर साहब बनारस की पढ़ाई के दौरान सौ रुपये महीना देते थे। कई अफसरों की तनख्वाह भी इतनी नहीं होती थी उस समय। कुश्ती लड़ने के सिलसिले में बाबा के खान-पान में ही बहुत पैसे खर्च होते थे—रोज आधा किलो पिस्ता, आधा किलो बादाम और दस सेर दूध, ये तो था हिसाब कम-से-कम का। इसके अलावा बाबा को अच्छे, कीमती कपड़े पहनने का भी शौक था। शार्क स्किन के कोट, अँगरेजी ट्वीड का जैकेट और न जाने क्या-क्या—बाबा के कपड़ों में ये सारे आइटम शुमार रहते थे। बाबा को अपने साथियों के साथ घूमने जाने यानी सफर का भी शौक हुआ करता था। बाबा ने जब अपने पिता से जितना पैसा माँगा उनके पिता ने बिना कोई प्रश्न पूछे उन्हें दे दिया। ऐसा बाबा के पूरे छात्र-जीवन में होता रहा। डॉक्टर साहब बराबर आश्वस्त रहे कि उनका बेटा फिजूलखर्ची करने वाला व्यक्ति नहीं है और न ही उसकी ऐसी कोई आदतें हैं जिनके वश में वह उनसे जरूरत से अधिक पैसे की माँग करेगा। हाँ, ये जरूर था कि डॉक्टर साहब को इस बात से बहुत निराशा होती थी कि बाबा ने अपनी ज्यादा ऊर्जा और इच्छाशक्ति पढ़ने में न लगाकर खेल के मैदान में लगाई। लेकिन बाबा और उनके पिता के बीच सम्बन्ध ऐसे थे कि इस मसले पर उन दोनों के बीच कभी संवादों का आदान-प्रदान नहीं हुआ। बाबा के विषय में उनके पिता की आकांक्षा अनकही रह गई, खासकर यह आकांक्षा कि उनका बेटा समाज में प्रतिष्ठा पाने के हिसाब से ऊँचे सरकारी अफसर की नौकरी करे। बाबा की पढ़ाई-लिखाई और उनके रिजल्टों का सिलसिला

डॉक्टर साहब के लिए किसी भी प्रकार से इस मामले में उत्साहित होने का कारण नहीं बन पाता था। अपने पिता की इन अव्यक्त भावनाओं को बाबा समझने लगे थे। इसलिए उनकी इच्छा के अनुसार बाबा अपने गाँव तो लौट आए लेकिन उन्होंने यह मन बनाया कि अब वे जो भी काम करेंगे ऐसा करेंगे जिसकी गुणवत्ता कभी भी औसत के आसपास भी न फटके। असाधारण बनने और बने रहने की लिप्सा उनमें अब जुनून के रूप में परिणत हो गई। साधारण से अलग दीखना चाहते थे बाबा। विश्वविद्यालय की शिक्षा के दौरान एक मायने में वे पहले से असाधारण पहचान वाले व्यक्ति बन चुके थे लेकिन पढ़ाई-लिखाई के क्षेत्र में उनकी ऐसी पहचान न बन सकी। यह टीस उनको आगे आने वाले समय में भी सताने वाली थी। कौन जानता था कि अगर बाबा की भी पैदाइश किसी शहरी, शिक्षित परिवार में हुई होती तो उन्हें भी अपने समय के कई छात्रों के जैसा किसी विदेशी विश्वविद्यालय में जाकर पढ़ने की प्रेरणा नहीं मिली होती। इन कमियों को बाबा दूसरी तरह पूरा करना चाहते थे—एक सामान्य जीवन के दौरान भी असामान्य कृत्यों और उपलब्धियों के माध्यम से। बाबा कभी अपने को औसत आदमी की कतार में नहीं देखना चाहते थे। बाबा जानते थे कि आम आदमी की आकांक्षाओं की बनावट कैसे तय होती है, उसके घटक किसी व्यक्ति में कहाँ से आते हैं। बाबा अपनी सीमा को भी जानते थे और उसकी परिधि से अपने-आपको बाहर रखना चाहते थे। ऐसा हासिल कर पाने का एक जरिया था ऐसे काम करना, ऐसे शौक पालना जिनके बारे में एक आम मध्यवर्गीय व्यक्ति सामान्यतः सोच भी नहीं सकता था।

बाबा ने लेडी को पालने यानी एक विदेशी नस्ल के कुत्ते को पालने, का जो मन बनाया उस निर्णय के पीछे भी शायद यही सोच अन्तर्निहित थी। साठ के दशक के दौर में एक आम मध्यवर्गीय व्यक्ति द्वारा अलसेशियन नस्ल का कुत्ता पालना अपने-आपमें एक असामान्य घटना हुआ करती थी। आगे के पचीस-तीस वर्षों में अलसेशियन और लैब्राडोर कुत्तों का शौक पालने वाले लोगों की संख्या में बड़ी वृद्धि हुई लेकिन अपने समय के लिए बाबा की यह पहल अनन्य किस्म की थी। छोटे, झबरे कुत्तों को पालना या गाँवों में घरों के आगे देसी कुत्तों का पालना और जिस घर से उसे रोटी खाने को मिले उसी घर के दरवाजे पर रात में उसका रहना—ये बातें सामान्य थीं लेकिन विदेशी नस्ल के, खासकर

बड़े कद के, कुत्तों को पालना अभी कम-से-कम महानगरीय संस्कृति के बाहर प्रचलित नहीं हुआ था।

वैसे तो बाबा गहरे प्रकृति प्रेमी थे और प्रकृति द्वारा मानव-जाति को प्रदत्त जीवों और जानवरों की विलक्षण सम्पदा के प्रति बाबा का मोह अनन्त था और कुछ इसी किस्म का गहरा लगाव उन्हें पेड़-पौधों और सामान्य वनस्पति जीवन से भी था, लेकिन हजारीबाग प्रवास के दौरान वे अपने सहकर्मियों के समूह से बाहर कुछ ऐसे लोगों के सम्पर्क में आए जिन्होंने उनके इस प्रेम को और तराशने का काम किया। उस जमाने में हजारीबाग जिले में कई सारे कुलीन और अभिजात बंगाली परिवार ऐसे थे जो शहर से बाहर अपने बड़े-बड़े अहाते में बने हुए घरों में रहते थे। इनमें से कुछ पुराने जमींदार थे तो कुछ अभ्रक खदानों के मालिक। कुछ का कलकत्ता में अपना बिजनेस था किन्तु जलवायु की मुलायमियत के कारण यहाँ भी घर वगैरह बना रखा था। इनमें से ही एक परिवार मिस्टर लाहा का था जिनसे बाबा की मित्रता हो गई थी। मिस्टर लाहा के पास गुलाबों का एक विलक्षण बागान था और उनके पास अलसेशियन कुत्तों का एक जोड़ा भी था। बाबा लाहा दम्पती से प्रभावित हो गए और मिसेज लाहा को बाबा के प्रति विशेष स्नेह हो गया क्योंकि बाबा उनसे उनकी बांग्ला भाषा में अत्यन्त मधुर वार्तालाप कर लेते थे। सम्भवतः मिसेज लाहा के अनन्य लावण्य के प्रति भी बाबा आकर्षित थे। लाहा दम्पती ने ही बाबा को बताया था कि अलसेशियन कुत्ते का बच्चा, जो प्रमाणित वंशावली (पेडिग्री) का हो, कहाँ से लाया जा सकता है। बस क्या था, बाबा निकल पड़े अपनी खोज पर और लेडी का आगमन हुआ बाबा के परिवार में। बाबा की इस खोज की भी एक लम्बी कहानी है जिसे मैंने टुकड़ों-टुकड़ों में विभिन्न स्रोतों से सुना है—बाबा की किसी ऐसे व्यक्ति से बातचीत जिसे बाबा अपने कुत्ते रखने के शौक का इतिहास बता रहे थे, दादी द्वारा अपनी दुःख की गाथा का अपने बेटों से बखान—लेकिन उस कहानी का यहाँ बखान कोई खास मायने नहीं रखता है। इसके दो कारण हैं। पहला यह कि इन कहानियों को सुनने वालों को तकरीबन पैंतीस वर्षों बाद सुनाया जा रहा था जब मैंने इसे सुना। जाहिर है कि वक्त के इतने लम्बे अन्तराल से स्मृतियाँ थोड़ी तो कमजोर पड़ ही जाती हैं। कमजोर कड़ियों को इकट्ठा कर कहानी खड़ी करने में एक नैतिक संकट निहित है। कहानी अपने उद्देश्य से भटक सकती है।

यह मेरी कहानी है और मैं नहीं चाहती कि मेरी कहानी में ऐसा कुछ हो। दूसरा यह कि मेरी कहानी के लिए बाबा का यह साहसिक कार्य (कलकत्ते जाना, वहाँ से छोटी-सी लेडी को खरीदकर लाना, आदि) बहुत प्रासंगिक नहीं है।

इलाके से बाहर जाकर बी.एच.यू. में पढ़ाई करने और कुश्ती के क्षेत्र में तकरीबन राष्ट्रीय स्तर पर अपनी पहचान बना पाने के कारण तो बाबा चर्चित हो ही गए थे लेकिन लेडी अब उनके चर्चित होने का एक नया जरिया बन गई थी।

समाज और स्वजनों के बीच चर्चित होना या रहना एक धुन की तरह व्यक्ति की सोच में समा जाता है, कभी-कभी एक विकृति के रूप में भी। क्या बाबा के साथ भी ऐसा ही हुआ करता था? शायद। लेकिन बाबा ने मुझे जो प्यार दिया वह इस किस्म की धुन के बिना सम्भव नहीं था और इसलिए ही मैं अपनी कहानी आपसे साझा कर रही हूँ ताकि आप स्वतंत्र निर्णय कर सकें।

जब बाबा हजारीबाग में रहे तब तो लेडी एक चर्चित जीव के रूप में ख्याति प्राप्त कर चुकी थी, लेकिन माधोपुर आने के बाद भी कुछ ही दिनों में आसपास के गाँवों में या यूँ कहें कि पूरे जिले में लेडी की चर्चा थी। इस इलाके के लोगों ने ऐसा कुत्ता तो कभी देखा ही नहीं था। अंजाम ये हुआ कि बाबा के यहाँ लोग पहुँचने लगे और इस गुजारिश के साथ कि उनके यहाँ हुई चोरी अथवा डकैती के उद्‌भेदन में बाबा लेडी की मदद उन्हें दें। ऐसे कार्यों में पुलिस के कुत्तों को जिस स्तर की ट्रेनिंग दी जाती है बाबा ने उस स्तर से बेहतर नहीं तो करीब-करीब बराबर की ट्रेनिंग लेडी को दे रखी थी। लेकिन ऐसे कार्य के लिए कुत्ते के साथ उसके हैंडलर का होना जरूरी होता है। लेडी के लिए तो बाबा अकेले हैंडलर, मास्टर, अभिभावक, आदि सब कुछ स्वयं थे। बाबा के लिए सम्भव नहीं था ऐसे कामों में लगने वाले समय को निकाल पाना। इसके अलावा सम्भावित असफलता का जोखिम भी बाबा उठाना नहीं चाहते थे। तो बाबा सब लोग जो आए ऐसी गुजारिश के साथ उन्हें मना करते गए, उन्हें प्रेम से यह समझाते हुए कि यह कार्य उनके लिए सम्भव नहीं है। किसी का एहसान लेना आसान होता है परन्तु किसी को उसके ऊपर किए जा सकने वाले एहसान के लिए मना करना मानवीय सम्बन्धों में एक अलग किस्म का जोखिम पैदा करता है। जिला-जवार के कई प्रतिष्ठित लोग बाबा से नाराज चलने लगे। चोरी-डकैती जैसे कांड तो गाँवों के तथाकथित धनाढ्य

परिवारों के यहाँ ही होते थे। बाबा ने कभी इन सबकी परवाह नहीं की। परिणाम हुआ कि लोग समझने लगे कि बाबा में ऐंठने की वृत्ति प्रबल है लेकिन मैंने जितना सुना बाबा के बारे में, उनको समग्रता में समझने पर शायद कोई भी इस धारणा को स्वीकार नहीं करेगा। ऐसे ही कई दृष्टान्त हैं, बाबा के व्यक्तित्व और कृतित्व के, जहाँ उनके बारे में बनी कुछेक धारणाएँ निराधार साबित हो सकती हैं।

कानाफूसियों और नुक्ताचीनियों से बेफिक्र बाबा अपनी धुन में चलते रहे। लेडी और चेतक ने भी माधोपुर में रहने की परेशानियों को सम्भवतः स्वीकार कर लिया था परन्तु इन दोनों की आज्ञाकारिता और खासकर लेडी के विस्मयकारी व्यवहार और विलक्षण करतबों की चर्चा इलाके में जारी रही। गाँव में बाबा घर से बाहर जब भी जाते थे तो लेडी उनके बगल में एकदम कदम मिलाते हुए, न एक कदम आगे न एक कदम पीछे, चलती थी। बाबा और लेडी की इस अनोखी जुगलबन्दी को देख लोग मंत्रमुग्ध-से हो जाते थे। और सबसे विशेष बात यह थी कि ऐसे समय में लेडी कभी भी किसी चेन अथवा पट्टे से बँधी नहीं होती थी। कुत्ते के शौकीन बहुत सारे लोग, या यूँ कहिए कि ज्यादातर लोग, जब अपने कुत्ते के साथ बाहर टहलने या किसी अन्य काम से भी निकलते हैं तो अपने कुत्ते को बाँधकर ही रखते हैं। बाबा की यह मान्यता थी कि यह कुत्ते के शौकीन लोगों की अधकचरी समझ का परिचायक होता है। अगर आपने अपने कुत्ते को पर्याप्त ट्रेनिंग दी है और साथ-साथ उसी अनुपात में उसे प्यार भी दिया है तो वह आपकी छाया की तरह चलने लगता है। चेन से न बाँधकर रखने की बात जितनी घर से बाहर लागू होती है उतनी ही घर के अन्दर भी। बाँधे रखने से कुत्ता न सिर्फ अप्रसन्न रहता है कि आप उसकी सीमित आजादी को भी उससे छीन लेते हैं बल्कि बाँधे रहने के परिणामस्वरूप कुत्ते के ज्यादा खूँखार हो जाने की भी आशंका बनी रहती है। ऐसे में न सिर्फ आपके घर के आगन्तुकों बल्कि घर के सदस्यों पर भी आक्रमण का खतरा बना रहता है।

लेडी ने अपने पूरे जीवन काल में मात्र एक बार, बिना बाबा द्वारा दिये गए किसी भी तरह के इशारे के, अप्रत्याशित रूप से किसी के ऊपर हमला किया था। हुआ ऐसा कि अपने माधोपुर के घर के दरवाजे के आगे बाबा कई सारे क्रोटॉन और गुलाब के पेड़ को काटने-छाँटने में व्यस्त थे। लेडी उनसे थोड़ी दूर पर वहीं दरवाजे पर बैठी थी। बगल के ही घर का एक लड़का सदानन्द, जो मात्र छह साल

का था, की प्रबल इच्छा हुई कि लेडी उसकी भी आज्ञा का पालन उसी तरह करे जैसा वह बाबा की आज्ञा का करती थी। यह सम्भव कहाँ था? पहले तो लेडी ने सदानन्द की अनदेखी की। फिर सदानन्द ने इससे निराश होकर लेडी को उकसाना शुरू किया और उसके नजदीक जाकर उसे छूने की भी कोशिश की। यहाँ तक तो लेडी चुप रही और सिर्फ बाबा की ओर बार-बार देखती रही। शायद बाबा उसे कोई इशारा करें। बाबा तो पूरी तन्मयता से गुलाब के पेड़ में लगे हुए थे और ऐसा तो फूल-पत्तियों के पेड़ों के साथ वे अकसर किया करते थे। अपने बचपने में सदानन्द ने अपनी भड़ास निकालने के लिए लेडी के कान को ऐंठने का प्रयास किया। लेडी ने एकाएक उसके ऊपर गुर्राते हुए आक्रमण किया और उसके घुटने के नीचे की हड्डी के पास से करीब डेढ़ इंच मांस खींच लिया। फिर क्या था? सदानन्द चिल्ला-चिल्ला कर रोने लगा। लेडी अपराधबोध के साथ बाबा के पास जाकर बिदक गई। बाबा ने उसे कुछ नहीं कहा। सदानन्द को मनाने की कोशिश करने लगे। इतने में सदानन्द की दादी और माँ बाहर निकलकर आ गए और लोग जुट गए। लेकिन बाबा से कोई कुछ कह न सका। हालाँकि सदानन्द की दादी, जो बाबा की गाँव के रिश्ते में चाची लगती थीं और उनसे उम्र में बहुत बड़ी थीं, विशेषणों से परिपूर्ण अपशब्द निकालने में विकट विशेषज्ञता रखती थीं। बाबा के सामने उनकी भी जुबान ठीक से खुल नहीं पाई। इतना प्रभाव था बाबा के व्यक्तित्व का। सब लोगों ने यही कहा कि गलती तो सदानन्द की ही थी कि उसने बिला वजह लेडी को लगातार छेड़ने की कोशिश की। यह घटना भी लेडी से जुड़ी किंवदन्तियों में कालान्तर में शामिल हो गई। किंवदन्ती का सार यह था कि बाबा की ही तरह लेडी का भी स्वभाव एकदम 'वो नॉनसेंस' वाला ही था। जब तक आप उसे बिना वजह छेड़ेंगे नहीं, तह आपको शान्ति से रहने देगी।

इस घटना के परिणामस्वरूप लेडी से कुछ लोग सशंकित भी रहने लगे लेकिन ज्यादातर लोगों की भावना यही बनी कि आम कुत्तों की तरह लेडी कभी भी किसी व्यक्ति को बिला वजह परेशान नहीं करेगी। एक बार तो ऐसा हुआ कि बाबा गाँव के ही एक सम्बन्धी की शादी में बारात गए। जिस जगह शादी होने वाली थी वहाँ सब लोगों को ट्रेन से जाना था। बाबा अपने शिक्षण संस्थान की व्यस्तता के कारण लेडी के साथ कम समय बिता पाते थे। इसलिए उन्होंने तय किया कि वे लेडी को

अपने साथ बारात में ले चलेंगे। ट्रेन का सफर तो था मात्र एक-डेढ़ घंटे का ही लेकिन कई सारे लोग एक साथ एक ही डिब्बे में जा रहे थे। लेडी ने ठीक बाबा के पैरों के पास अपनी जगह बना ली और पूरी शान्ति से वहाँ बैठ गई। कई लोगों ने कयास लगाए कि लेडी कहीं किसी को काट लेगी लेकिन उसने ऐसा कुछ भी नहीं किया। इससे ठीक उलटा लोगों ने इस बात का स्वत:स्फूर्त प्रचार किया कि लेडी से ज्यादा संयमित और अनुशासित जीव लोगों को शायद ही देखने को मिल सकता है। अपने अभिभावक, अपने मास्टर या अपने संरक्षक—बाबा के लिए जिस भी शब्द का इस्तेमाल करना चाहें—के निकट इतनी आश्वस्तता के साथ लेडी का बैठना और लोगों की आम कल्पना के विपरीत उसका पूरी तरह संयमित और गरिमामय व्यवहार सब मिलाकर लोगों के मन पर एक अनन्य छाप छोड़ रहा था।

बारात जिस घर में गई थी वह शहर के सबसे बड़े वकीलों में से एक व्यक्ति का घर था। वकील साहब ने बृहत् तौर पर बारातियों के लिए इन्तजाम किया था। लोगों के ठहरने के लिए अलग-अलग तम्बू लगाए गए थे। तम्बुओं के अन्दर अच्छी कालीन, चादर और तकिया-मसनद आदि का इन्तजाम था। बारात वहाँ दो रात ठहरी थी। दोनों रात तम्बुओं की कतार से तीन तरफ से घिरे स्थल में शामियाना लगा था जिसमें शाम की महफिल लगती थी। महफिल में मुजफ्फरपुर की सबसे प्रसिद्ध नाचनेवाली, जिन्हें स्थानीय भाषा में लोग बाई जी कहते थे, का नाच होता था। विश्राम स्थल से वकील साहब के घर पर दरवाजा लगाने के लिए अन्य वाहनों के अलावा तीन हाथियों का भी इन्तजाम था। कई बच्चे और बूढ़े इन पर सवार होकर दरवाजे तक गए थे। उस जमाने का सबसे प्रसिद्ध मच्छन बैंड बारात की अगवानी कर रहा था। इतने बड़े जलसे की आवाज, उसके धूम-धड़ाके से पूरी तरह अप्रभावित लेडी एकदम निश्चिन्त, निर्विकार भाव से बाबा की बगल में उन्हीं की रफ्तार में कदम मिलाते हुए चलती थी। रात को लेडी सोती थी बाबा के ही तम्बू में सुबह उसके जगते और तम्बू से बाहर आते ही उसको देखने वालों का हुजूम आना शुरू हो जाता था। उस पूरे इलाके के लोगों ने इस सुन्दर डील-डौल का और पूरी तरह अनुशासित, शान्त स्वभाव का विदेशी नस्ल का कुत्ता तो पहले शायद देखा ही न था। जितनी चर्चा लेडी के करिश्माई शख्सियत की हुई उतनी ही या शायद उससे ज्यादा उसके बाबा के अनोखे व्यक्तित्व की भी हुई।

इसी तरह के कई अनोखे दृष्टान्त माधोपुर गाँव में लोगों को देखने को मिलते थे। हजारीबाग से माधोपुर आने के बाद बाबा ने अपनी खेती की ओर भी ध्यान देना शुरू किया ताकि उनके बाबूजी को ऐसा एहसास न हो कि वे केवल अपने ही शौक और सरोकारों में लिप्त रहते हैं। बाबा तो जिस भी काम में उतरते थे उसमें अपना मन इन्तिहा तक रमा देते थे। लेडी का साहचर्य कभी-कभी उनकी इस प्रवृत्ति का वाहक हो जाता था। लेडी बाबा के साथ खेतों पर जाती थी। धान की रोपनी के समय बाबा के साथ मेंड़ पर खड़ी रहती थी और बीच-बीच में धान के बिचड़े का गट्ठर अपने मुँह से उठाकर मजदूरों को दे आती थी। बाबा का सान्निध्य और साहचर्य पाकर लेडी का मन कलरव में विलीन हो जाता था, उसके उमंग की सीमा न रहती थी। लेकिन अब तो हजारीबाग के जैसा समय न था कि बाबा बराबर काम से लौटकर घर पर ही आते हों। बाबा अब शिक्षण संस्थान वाले अपने क्वार्टर में अकसर दो-दो या तीन-तीन दिन रुक जाते थे। उमंग वहीं पर रहते थे, तो जहाँ एक तरफ बाबा का वहाँ रहना उनकी आजादी को नियंत्रित करता था और वे इससे बहुत खुश नहीं रहते थे, वहीं दूसरी तरफ बाबा की माधोपुर में अनुपस्थिति लेडी और चेतक के लिए एक दूसरे किस्म की कथा रच रही थी। सूरदास ने लिखा है कि 'सब दिन जात न एक समाना'। लेडी और चेतक के जीवन के सन्दर्भ में यह कहावत पूरी तरह चरितार्थ होती दिखाई देने लगी।

दादी का जो थोड़ा भी अनुराग लेडी और चेतक के प्रति था वह संयोगवश ही था। विभिन्न कारणों से यह संयोग हजारीबाग के दिनों तक ही सीमित था। बाबा की माधोपुर से अनुपस्थिति के दौरान यह संयोग विलुप्त होता गया। इन दोनों के प्रति दादी का व्यवहार धीरे-धीरे उदासीनता की गहराई में चलता गया और एक समय आया कि दादी को यह सुध भी न रहने लगी कि इनको खाना मिला या नहीं। अस्थिपंजर और जर्जर हुए शरीर के बावजूद बाबा की माँ ही कभी-कभी इन दोनों का खयाल रख लेती थीं। मांस और अंडा खिलाने का सिलसिला तो तकरीबन समाप्त ही हो चुका था क्योंकि दादी ने यह स्पष्ट कर दिया था कि वे कभी इन चीजों को नहीं बनाएँगी और न ही आँगन में एक अलग चूल्हे पर मांस पकने देंगी। तो बाबा की गैर मौजूदगी में इन दोनों जीवों—लेडी और चेतक—को दूध-भात मात्र से ही सन्तोष करना होता था। इतना ही इन दोनों का सौभाग्य था कि दूध मिल जाता

था। बाबा हजारीबाग से आते वक्त अपनी गायों को ले आए थे। परन्तु जिस तरह हजारीबाग में बाबा अपनी गायों पर ध्यान दे पाते थे उस प्रकार यहाँ अब सम्भव न था। वहाँ तो जिस प्रकार लोग लेडी को देखने आते थे उसी प्रकार वे बाबा की गायों को और बाबा के बागान को देखने आते थे। उस जमाने में अभी विदेशी नस्ल की हाइब्रिड गाय भारत में आई नहीं थी। बाबा की साहीवाल और थारपारकर गायें ही सबसे उन्नत देसी नस्ल मानी जाती थीं। दस से पन्द्रह सेर दूध देती थीं ये गायें और बाकायदा उनका दुलार भरा नामकरण भी किया गया था। नाम से पुकारे जाने पर वे सिर और पूँछ बड़े प्रेम से हिलाती थीं। बाबा और इन जानवरों के बीच की एकात्मता विलक्षण थी तथा एक और परिचायक थी न सिर्फ बाबा के प्रगाढ़ प्रकृति प्रेम की बल्कि उनके बहुमुखी व्यक्तित्व की। बाबा के बागान में दस-दस किलो के कद्दू फलते थे और वो भी बिना किसी केमिकल वाले खाद के। ऐसे ही बाबा ने अपने बागान में गुलाबों का जखीरा खड़ा कर रखा था।

विडम्बना यह थी कि माधोपुर आने के बाद बाबा के पैर एक साथ कई नावों में पड़ गए थे। इस बात का गहराई से बाबा को एहसास नहीं हुआ था। उन्हें तो अपनी अकूत क्षमता और बल पर विश्वास था। काश वास्तविक जिन्दगी में यह सम्भव होता।

बाबा के दो बेटे जो माधोपुर में थे उनका सुबह का समय मास्टर साहब की पढ़ाई में बीतता था और उसके बाद दिन भर का समय गाँव के दूसरे घरों में, अपने दोस्तों के साथ। वैसे भी लेडी और चेतक की देखभाल कर पाने की न उनमें कूवत थी और न उम्र के हिसाब से काबिलियत थी। घर के अन्दर दिन भर उनका कोई संगी-साथी नहीं था। घर में उन्हें कभी बाँधकर तो रखा जाता नहीं था। यह तो बाबा के उसूल के खिलाफ था। घर में कई दरवाजे थे—दो जो पिछवाड़े में खुलते थे। दो जो आगे के बरामदा और अष्टभुजाकार कोठरियों की ओर। मौका देखकर दोनों—लेडी और चेतक—घर से बाहर निकलने लगे। गाँव के और अगल-बगल के इलाके के सब लोग लेडी और चेतक को पहचानते थे। इन दोनों को गाँव में आवारा घूमते देख उनके आश्चर्य का पारावार न रहा। लेकिन किसी की भी हिम्मत न थी उनके नजदीक आने की। सबसे त्रासद तो यह बात थी कि ये दोनों खेतों में घूमते हुए मनुष्य के मल को भी खाने लगे। कई बार गाँव के आवारा कुत्तों ने भी इन पर

आक्रमण किया और लहूलुहान कर दिया। बाबा वैसे भी कहते थे कि अलसेशियन नस्ल के कुत्तों का स्वभाव प्राय: डरपोक होता है, अन्य कुत्तों से सामना करने के मामले में। उनकी आक्रामकता सीमित होती है। वे मनुष्य पर आक्रमण कर सकते हैं किन्तु कुत्तों के झुंड से अगर वे घिर जाएँ तो उनसे निपटने की क्षमता प्राय: इस नस्ल में बहुत कम होती है।

खैर, जो भी हो, बहरहाल बाबा की अकसर गैर मौजूदगी ने लेडी और चेतक के लिए खासकर इस मायने में बहुत दुखदायी स्थिति पैदा की कि बाबा द्वारा ही इनके लिए जो एक अत्यन्त आत्मीय और जादुई-सा संसार रचने की कोशिश इनके जीवन के आरम्भिक दौर में की गई थी वह दरकता हुआ-सा महसूस होने लगा था। जब भी बाबा माधोपुर में नहीं होते थे तब इन्हें ऐसा लगता था कि वे उनके वात्सल्य के संरक्षण से वंचित हैं। बाबा ने भी शायद ऐसी परिस्थिति के आसन्न हो जाने की कल्पना नहीं की थी। बाबा की भी भिन्न-भिन्न जिम्मेदारियाँ थीं, जिनमें से कुछ तो उन्होंने सम्भवत: बिना सोचे पाल रखी थीं, और ये सब अपने-अपने लिए अलग से तवज्जो खोजती थीं। इन सबके लिए समेकित तौर पर सामर्थ्य पैदा करना—यह ऐसा प्रश्न था जिसके बारे में बाबा की अकूत शारीरिक शक्ति से उद्वेलित एक विभ्रम की स्थिति पैदा हो गई थी जिसे बाबा स्वीकारना नहीं चाहते थे।

बाबा की माँ और दो बेटे, जो अभी माधोपुर में रहते थे, को इन दोनों जीव के प्रति प्रेम अथवा लगाव नहीं था ऐसा कहना वस्तुस्थिति के बयान में कमी का द्योतक होगा लेकिन इनकी देख-रेख और इनकी जरूरतों को पूरा करने की जिम्मेवारी का निर्वाह करना बाबा की माँ के लिए शारीरिक अक्षमता के कारण सम्भव नहीं था और बच्चों के लिए उनकी उम्र के कारण। तो अब बच जाती हैं सिर्फ दादी। दादी के विषय में जो कुछ भी मैंने सुना इस पूरे प्रकरण के सम्बन्ध में उसका वर्णन बाद में, पहले लेडी और चेतक के दास्तान की अन्तिम कड़ी का वर्णन जरूरी है।

बाबा की गैरहाजिरी और दादी का इन दोनों जीव की देखभाल में अरुचि का भाव रखना—ऐसे हालात का परिणाम यह हुआ कि लेडी और चेतक अब करीब-करीब गाँव में आवारा कुत्तों की तरह ही घूमते हुए अकसर नजर आने लगे। अपने संस्थान से बाबा जब गाँव आते थे तो गाँव के कुछ लोगों ने बाबा को यह बताना शुरू किया कि लेडी और चेतक को उन्होंने गाँव में घूमते देखा है। गाँव के लोगों

के लिए भी यह थोड़ा आश्चर्य की बात थी क्योंकि पहले तो उन्होंने कभी इनको यूँ ही गाँव में बाबा की अनुपस्थिति में घूमते नहीं देखा था।

ऐसे में इन दोनों प्राणियों की कौन सहायता कर सकता था। इस प्रश्न के इतने अन्तर्निष्ठ आयाम हैं कि मुझे खुद भी इसके अन्दर प्रवेश करने में डर लगता है। अगर दादी वास्तव में चाहतीं और अपनी ओर से थोड़ा ध्यान दे देतीं तो लेडी और चेतक जिस किस्म के देहान्त की ओर बढ़ रहे थे वो सम्भव था क्या? सम्भवतः दादी के पूरी तरह चाहने पर भी उनकी ऊर्जा, शक्ति और उनके शारीरिक श्रम कर पाने की अपनी सीमाएँ थीं जिनके कारण लेडी और चेतक की आसन्न स्थिति में कोई ऐसा मोड़ लाया जाना सम्भव नहीं था जहाँ से वे वापस पुनः एक स्वस्थ जीवन जी सकें। दोनों अब कुपोषण के शिकार होने के साथ-साथ पेट की वैसी बीमारियों के शिकार होने लगे थे जो गन्दगी और मल-मूत्र के अन्तर्ग्रहण से स्वतः पैदा होना शुरू हो जाती हैं। इन बेचारों का शरीर इन सबका आदी तो था नहीं। गाँव तो क्या बगल के शहर और जिला मुख्यालय में भी उस जमाने, यानी साठ के दशक में, जानवरों के ऐसे अस्पताल न थे जहाँ खासकर कुत्तों की बीमारियों का इलाज करवाया जा सके। जो थोड़ा-बहुत इलाज सम्भव भी था उसके लिए यह जरूरी था कि इन्हें कोई अस्पताल और डॉक्टर के पास ले जाने वाला हो। बाबा के बेटे छोटे थे और उनसे यह कार्य सम्भव न था। बाबा स्वयं अपने संस्थान से गाँव आते थे और अगली सुबह वापस चले जाते थे। शायद चाहकर भी वे इतना समय न निकाल पाते थे कि इन बेचारों की स्थिति की पड़ताल कर सकें। इसी बीच दादी अपने चचेरे भाई की शादी के सिलसिले में तकरीबन महीना भर के लिए अपने नैहर रमनपुर चली गईं, साथ में तीपू और वीनू भी गए। गर्मी की छुट्टियाँ थीं। छुट्टियों के दौरान समय निकालकर बाबा ने लेडी और चेतक की शुश्रूषा करने की कोशिश की लेकिन शायद तब तक काफी विलम्ब हो चुका था। लेडी के पेट में कीड़ों ने भयानक तरीके से घाव कर रखा था। बेचारी दर्द से पूरी रात कराहने की आवाज निकालती थी। आखिरकार कुछ हफ्तों में उसने एक दिन दम तोड़ ही दिया। लगभग इसी तरह की अवस्था से कुछेक महीनों बाद चेतक भी गुजरा। दादी ने इसकी काफी शुश्रूषा करने की कोशिश की क्योंकि तब तक दादी रमनपुर से वापस आ गई थीं। लेकिन तब तक चेतक का भी सन्ताप हद से आगे

निकल चुका था। पहले जब समय था तब दादी का ध्यान लेडी की हालत पर नहीं गया। क्या उनके मन में इन दोनों के प्रति एक अ-लगाव-सा हो गया था? इनकी जो अन्ततोगत्वा हालत हुई उसके सूक्ष्म संकेत तो कुछ समय पूर्व से मिलने लगे थे। लेडी बेचारी छह साल से कम समय में ही चल बसी और चेतक तो बेचारा अपनी जिन्दगी के मात्र साढ़े तीन साल ही पूरा कर पाया। सही खुराक मिलने पर और ठीक-ठाक तरीके से देखभाल होने पर दोनों के लिए कम-से-कम दस साल की सुखमय जिन्दगी जी पाना तो अवश्य सम्भव था।

जीवन में सब दुःखों से बड़ा दुःख तब होता है जब आपके आसपास कोई ऐसा नहीं हो जिसको आप अपना दुःख दिखा सकें या बता सकें। बाबा अगर इन दोनों के साथ पर्याप्त समय बिताते तो शायद उन्हें वस्तुस्थिति का गहराई से एहसास समय से हो जाता। लेकिन ऐसा हुआ नहीं। मुझे लगता है लेडी और चेतक का विषम परिस्थितियों से लड़ पाने का हौसला इसी कारण टूट गया। बाबा को तो बहुत सदमा पहुँचा लेकिन क्या वे खुद भी इस परिस्थिति के पैदा हो जाने के लिए जिम्मेदार नहीं थे?

दादी ने अपनी डायरी में एक जगह लिखा है कि बाबा का कुत्ता रखना उन्हें कभी पसन्द नहीं था। तो क्या लेडी और चेतक की जिन्दगी के शुरुआती दौर में दादी ने जो थोड़ा-बहुत अनुराग या लगाव दिखाया था इन दोनों जीवों के प्रति वह उन्होंने बाबा के दबाव में किया था? क्या लगाव का स्वभाव कुछ ऐसा नहीं होता कि किसी भी जड़ अथवा चेतन वस्तु के साथ लगातार समय बिताने के क्रम में चाहे-अनचाहे उससे एक लगाव-सा पैदा हो जाता है?

लेकिन किसी दबाव में पैदा हुए लगाव की अपनी सीमा होती है। इतनी छोटी सी किन्तु फिर भी बड़ी बात की ओर बाबा ने कभी ध्यान ही नहीं दिया। इसका खमियाजा तो मैंने भी भुगता है। इसलिए तो मैं यह समझने की कोशिश कर रही हूँ अपनी इस दास्तान के माध्यम से कि ऐसा क्या था दादी और बाबा के रिश्ते में जो दादी को लेडी और चेतक के प्रति अ-लगाव की भावना की ओर ले गया। शायद दादी के इस रवैये की जड़ बाबा से उनके सम्बन्ध के इतिहास से लिपटी हुई हैं।

दादी की डायरी

देश को आजाद हुए लगभग तीन साल हो गए थे। हमारे दरवाजे पर जो पुलिस कैम्प हुआ करता था वह कब का हट गया था। मैं अब बीसवें वर्ष में प्रवेश करने वाली थी। घर की सबसे बड़ी बेटी होने के कारण यह बात अपने-आपमें बहुत महत्त्व रखती थी। मेरी माँ अब बहुत चिन्तित रहने लगी थीं। उस जमाने में अठारह वर्ष की उम्र तक में किसी लड़की का शादी न हो पाना सामान्य रूढ़िवादी परिवारों में चिन्ता का विषय माना जाता था। हमारे जैसे परिवारों की लड़कियों के बीच हाईस्कूल के बाद की शिक्षा को व्यर्थ का समय बर्बाद करने के बराबर माना जाता था। इसलिए खींच-खाँच कर मेरी जो पढ़ाई हो पाई वह मात्र हाईस्कूल पास करने तक सीमित रही। मुझे तो बहुत मन था पढ़ने का लेकिन जब आगे पढ़ने की बात मैंने अपने छोटका बाबूजी यानी चाचा से की तो वे एकाएक बिगड़ गए और कहने लगे कि अब तो तुम बड़ी हो गई हो, अब पढ़ने की क्या जरूरत है। ऐसी संकुचित सोच थी उस जमाने में। यहाँ तक कि मेरे छोटे भाई को पढ़ाने के लिए जो मास्टर आते थे उनसे पढ़ने की मैंने बात की तो उस पर भी चाचा ने एतराज जताया। एक वृद्ध पंडित जी मेरे भाई लोगों को पढ़ाने आते थे उन्हीं से मैंने थोड़ी-बहुत संस्कृत सीख ली। चाचा से आँख बचाकर। हिन्दी तो मैं पढ़ी थी इसलिए अपने बाबा के जमाने की जो किताबें थीं उनमें से बहुत-कुछ पढ़ लिया मैंने। रात में लालटेन जलाकर पढ़ती थी मैं। मेरी माँ बिगड़कर सो जाती थीं। मैं तब तक पढ़ती थी जब तक अकेले होने का डर घर नहीं करने लगता था। जब डर तेज हो जाता था तो मैं सो जाती थी। तेरह-चौदह साल की उम्र में पूरा महाभारत मैंने पढ़ लिया था और बाबूजी कहीं से कुछ भी पूछते थे तो मैं बता देती थी।

अपनी महाकथाओं और गाथाओं का ज्ञान एक चीज होती है किन्तु इससे भी ज्यादा महत्त्वपूर्ण होता है मनुष्य के सामान्य कौतूहलों का समाधान। हमारे बड़े घर की चहारदीवारी के बाहर की दुनिया, अखबारों में जो मैं पढ़ती थी वहाँ की दुनिया और रेडियो में जो प्रसारित किया जाता था उसकी दुनिया—इन सबके काल्पनिक स्वरूप से आगे इनके भौतिक स्वरूप को देख पाने अथवा कम-से-कम, इस

स्वरूप की सार्थक कल्पना के लिए इनसे मिलती-जुलती आकृतियों को देख पाने की प्रबल इच्छा अब अदम्य होने लगी थी। इस दिशा में बढ़ने वाले रास्ते का पहला कदम हमारे घर की चौखटों के पार होता था। चूँकि आगे की पढ़ाई पर हमारे तानाशाह चाचा ने पाबन्दी लगा दी थी इसलिए इस मामले में हमारा संसार निर्विकल्प हो चुका था।

साठ साल से भी अधिक समय बीत जाने के बाद कुछ मामले में हमारे समाज में स्थितियाँ किस तरह वहीं की वहीं, बिना कोई हिलडुल के पड़ी हैं। यह देखकर मैं कभी-कभी आश्चर्य करती हूँ और कभी-कभी लगता है कि सचमुच कुछेक मायनों में इन्हीं स्थितियों में कितना परिवर्तन आ गया है। मैंने कोई ऊँची डिग्री नहीं हासिल की, न कोई समाजशास्त्रीय शोध किया लेकिन पिछले तीन दशकों में किताबों और कहानियों की दुनिया के माध्यम से और जो कुछ भी अपने आसपास घटते देखा और सुना उसके माध्यम से मैंने अपना भी कुछ जायजा तैयार किया है अपने समाज के बारे में।

हमारे बचपन में हमने देखा कि गरीब तबके की बच्चियों के घर से बाहर जाने और घूमने-फिरने पर कोई रोक-टोक नहीं थी लेकिन यह भी सही था कि ऐसी बच्चियाँ उस जमाने में प्रायः स्कूली शिक्षा से वंचित ही रहती थीं और चौदह-पन्द्रह वर्ष की उम्र होते-होते तक उनका विवाह तकरीबन अनिवार्य रूप से हो जाता था। अस्सी के दशक से शुरू होकर अब तक स्थितियाँ बहुत बदली हैं। पहले मेरे गाँव माधोपुर में किसी लड़की का साइकिल चलाते हुए दीख जाना अकल्पनीय था। साइकिल से अपने स्कूल अथवा कॉलेज जाने की बात तो दूर थी। लेकिन अब तो लड़कियों का साइकिल से स्कूल अथवा कॉलेज जाना आम बात है। हमारे गाँव माधोपुर में एक सज्जन हैं अजय ठाकुर जो गाँव के रिश्ते में मेरे बेटों के चचेरे भाई लगते हैं। अजय की शादी सत्तर के दशक के उत्तरार्ध में हुई, मैट्रिक पास करने के तुरन्त बाद। जाहिर है उनकी पत्नी की उम्र भी शादी के समय सोलह-सत्रह साल से अधिक नहीं रही होगी। एक के बाद एक अजय की तीन बेटियाँ ही हुईं जबकि उन्हें एक बेटे की जबरदस्त चाह थी। खैर, कई वर्षों बाद एक बेटा हुआ तो लेकिन इस बीच अजय के घर में जो कहानी बनी वह अपने जमाने का दर्पण होने के साथ-साथ एक रोचक प्रसंग भी है।

बी.एड. की डिग्री हासिल कर लेने की हैसियत से अजय ठाकुर की बराबर से हाईस्कूल में मास्टरी करने की तृष्णा रही लेकिन राज्य सरकार की दो से अधिक दशकों की डाँवाँडोल की स्थिति के कारण नई बहालियों पर रोक लग गई थी। इस प्रकार बेचारे अजय ठाकुर को अपनी महत्त्वाकांक्षाओं को फलीभूत होते देखने के लिए दो दशकों से अधिक का इन्तजार करना पड़ा। इस इन्तजार के अन्तराल में उन्होंने एक छोटी सी दुकान बगल के बाजार में खोल रखी थी। इस दुकान की आय से बमुश्किल ही उनके घर का खर्च चल पाता था। गाँव में अपनी जात के सभी घरों की लड़कियाँ स्कूल जाती थीं। इसलिए अजय ठाकुर की बेटियाँ भी स्कूलों में पढ़ने लगीं। तीनों की तीनों पढ़ने में अच्छी थीं। समय आया तो तीनों ने बारी-बारी से अपने पिता से साइकिल खरीदवाई और स्कूल के बाद कॉलेज की पढ़ाई भी की। कॉलेज की दूरी गाँव से लगभग दस किलोमीटर की थी। पहले के जमाने में इसी दूरी के कारण लड़कियों का कॉलेज में पढ़ पाना लगभग असम्भव ही था। वैसे तो प्राय: सभी लड़कियों की शादी भी कॉलेज पहुँचने की उम्र तक हो जाया करती थी।

प्राय: सभी तथाकथित ऊँची जातियों में तिलक-दहेज का बोलबाला था। वैसे तो अन्य जातियों में भी छोटे-मोटे तौर पर यह कुप्रथा घर कर गई थी लेकिन इसकी असल मार अगड़ी जातियों की लड़कियों के पिता को झेलनी पड़ती थी। अजय ठाकुर की सबसे बड़ी बेटी ने बी.ए. करने के बाद मुजफ्फरपुर शहर में ही एक प्राइवेट स्कूल में पढ़ाना शुरू कर दिया था। तब तक अजय को सरकारी हाईस्कूल में नौकरी, जिसकी आस में वे अपना जीवन घसीट रहे थे, नहीं लगी थी। बेटी को पिता की निस्सहायता का एहसास हो चला था। उसकी अपनी भी उम्र अब समाज में स्वीकृति प्राप्त शादी की उम्र की सीमा से आगे निकल चुकी थी। इसलिए उसने हालातों की नजाकत को देखते हुए एक दिन अपने परिवार के सामने अपने प्रिंसिपल से विजातीय प्रेम विवाह कर लेने की घोषणा कर दी। ऊपर से अप्रसन्न तो जरूर दिखे अजय ठाकुर लेकिन मन-ही-मन तो आसन्न परिस्थिति को उन्होंने सहर्ष स्वीकार किया होगा। हमारे समय में ऐसी घटनाएँ अकल्पनीय थीं।

ऐसी ही एक और घटना हमारे माधोपुर में ही हाल-फिलहाल हुई। दिलीप कुमार स्थानीय विश्वविद्यालय के राजनीतिशास्त्र संकाय के हाल-फिलहाल के वर्षों के सबसे मेधावी छात्र में गिने जाते थे। बी.ए. और एम.ए. दोनों में उन्होंने विश्वविद्यालय में

प्रथम स्थान प्राप्त किया था। पुराने जमाने, यानी अस्सी के दशक में तो उन्हें मात्र इसी रिकॉर्ड के आधार पर विश्वविद्यालय में स्थायी न तो कम-से-कम तदर्थ रूप से लेक्चरर की नौकरी मिल जा सकती थी। लेकिन बेचारे दिलीप के लिए अब हालात बदल चुके थे। तदर्थ किस्म की बहालियों पर सख्त रोक लग चुकी थी और स्थायी बहालियाँ किसी न किसी अड़चन के कारण सालोसाल से रुकी हुई थीं। इसी दौरान दिलीप ने यू.जी.सी. की नेट परीक्षा भी पास कर ली और पी-एच. डी. में दाखिला लिया और चार वर्षों की निर्धारित अवधि में अपना शोध कार्य पूरा कर पी-एच.डी. की डिग्री भी हासिल कर ली। इसके कुछ ही महीने बाद राज्य स्तर पर लेक्चररों की नियुक्ति किए जाने की घोषणा हुई। सब मेरिट, सारी अर्हता रखते हुए भी दिलीप की नियुक्ति नहीं हुई। हल्ला था कि सारी नियुक्तियाँ पैसे और पैरवी के आधार पर हुई थीं, लगभग कुछेक हजार नियुक्तियाँ। हल्ला यह भी था कि एक मठाधीश महाशय थे, विश्वविद्यालयीय राजनीति के, जिनकी पूजा-अर्चना के बिना इन नियुक्तियों में कुछ भी नहीं हुआ। दस साल बाद पुनः बहालियाँ हुईं। दिलीप फिर असफल रहे। उनके पास न पहुँच थी, न पैसा। इस बीच उनकी दो बेटियों में से बड़ी बेटी एम.ए. पास कर चुकी थी। महज एम.ए. की डिग्री के आधार पर कोई छोटी-मोटी, एकदम मामूली तनख्वाह वाली नौकरी के सिवा और कुछ मिलना असम्भव था। महिलाओं के लिए तो मुजफ्फरपुर जैसे प्रान्तीय शहर में अवसर और भी अधिक सीमित थे। इसलिए दिलीप की बेटी ने अन्य विद्यार्थियों की ही तरह बैंकों में भरती के लिए होने वाले इम्तहानों की तैयारी के लिए शहर में एक कोचिंग संस्थान ज्वाइन कर लिया। लड़की तो तेज थी और उसकी उम्र भी तेईस-चौबीस के पास निकल चुकी थी। उसकी हमउम्र सहेलियों की शादियाँ या तो हो चुकी थीं या होने वाली थीं। दिलीप की बेटी अपने पिता की समस्या समझती थी। वह शादी की उम्र से आगे निकल चुकी थी। कोई समान हैसियत वाले परिवार में अगर लड़का मिलता भी था तो तिलक के लिए जो माँग होती थी उसे दिलीप को अपनी आय से पूरा करना असम्भव था। दहेज का कहर पूरे समाज में एक विषाणु की तरह फैला हुआ था। कई सारे परिवार तो ऐसे थे कि वे अपने घर की बेटियों को जानबूझकर उच्च शिक्षा के प्रति उत्साहित नहीं होने देते थे। उन्हें लगता था और शायद यही सच्चाई भी थी कि बेटी को अगर ज्यादा पढ़ने दिया, ऊँची

डिग्रियाँ हासिल करने दिया तो उसकी शादी के लिए लड़का खोजना मुश्किल होगा।

दिलीप की बेटी छोटे कद की आकर्षक व्यक्तित्व वाली प्रतिभावान लड़की थी। पिता की ही तरह वह भी पढ़ने में अच्छी थी और इम्तहानों में उसका रिजल्ट भी अच्छा रहा था। लेकिन उसने जो पढ़ाई की थी उसका बैंक में भरती के लिए होने वाले इम्तहानों में कोई उपयोग न था। फलतः कोचिंग में कुछ समय बिताने के बाद उसका मन उस पूरे प्रयास से उचट-सा गया। एक दिन वह कोचिंग के बाद शाम को घर लौटी ही नहीं। दिलीप उसे प्रतिदिन नियत समय पर कोचिंग संस्थान से घर ले आने जाते थे, मोटरसाइकिल से। बेचारे दिलीप परेशान-परेशान हो गए। अपनी बेटी की सभी सहेलियों से पता किया, उनके पास जितने मोबाइल नम्बर थे सब पर फोन किया लेकिन कोई परिणाम न निकला। थके-हारे वे घर लौटे और अपने परिवार में, अपने दोनों भाइयों के साथ यह समाचार साझा किया। अगले दिन बेटी का संवाद आया मोबाइल पर कि वे लोग चिन्ता न करें, वह सुरक्षित है। थाना में रिपोर्ट दर्ज करवाई गई। दिलीप ने अपने एक सम्बन्धी जो सरकारी महकमे में बड़े ऊँचे पद पर थे उनसे यह दुःखद समाचार साझा करते हुए यथासम्भव मदद का अनुरोध किया। एस.पी. से लेकर आई.जी. आदि सभी ने जोर लगाया तो मोबाइल की लोकेशन से पता चला कि लड़की चेन्नई पहुँच गई है। फिर घरवालों ने बताया कि वह रोज किसी लड़के से मोबाइल पर बहुत लम्बी बातें करती थी। घर के ही किसी बच्चे ने वह नम्बर भी बता दिया। मोबाइल की लोकेशन से पता चला कि वह भी चेन्नई में ही है। खैर सारे दाँव-पेच लगाए गए। लड़के के पिता से भी सम्पर्क किया गया। बहुत प्रयास के बाद दिलीप की बेटी लौटकर आई। लब्बोलुबाब पूरी घटना का यह निकला कि अब भूमिहार समाज में भी लड़कियाँ अपने बॉयफ्रेंड के साथ भाग जाने लगी हैं। तो इतना परिवर्तन आ गया है मेरी यौवनावस्था से लेकर अब के तकरीबन छह दशकों में।

तो बीस वर्ष की उम्र में मेरा घर की चौखठ को पार कर सांकेतिक तौर पर बाहर निकल पाना सिर्फ विवाह के माध्यम से सम्भव था और मेरे घर में एक विचित्र-सी स्थिति उत्पन्न हो गई थी। मुझे लगता है मेरी माँ ने अपने-आपको कभी इतना निस्सहाय नहीं महसूस किया था। उनकी स्वयं की शादी मात्र चौदह वर्ष की उम्र में हुई थी। इससे अनुमान लगाया जा सकता है कि अपनी क्या पूरे घर की पाँच

बेटियों में से सबसे बड़ी बेटी की बीस वर्ष की उम्र में भी शादी न होते देख उनका कलेजा कैसे फटता रहा होगा। मेरे चाचा उनकी एक न सुनते थे। वे तो पिछले कई वर्षों से, जबसे 'कोर्ट ऑफ वार्ड' समाप्त हुआ, जीवन का आनन्द लेने में इतने मदमस्त हो चुके थे कि उन्हें पारिवारिक जिम्मेदारियों की सुध ही न थी। उन्होंने तो पहले ही ऐलान कर दिया था कि वे बेटियों की शादी के लिए किसी का भी दरवाजा खटखटाने नहीं जाएँगे। मेरे बाबूजी तो मेरी माँ से भी ज्यादा निस्सहाय थे क्योंकि अपनी करीब-करीब बधिर अवस्था के कारण उनके लिए तो कुछ भी कर पाना असम्भव था, अपनी बेटी के लिए सुयोग्य वर खोज पाना तो दूर की बात थी। मेरा छोटा भाई, जो मुझसे दो साल छोटा था, उसी साल बनारस गया था बी.एच.यू. में पढ़ने। वहाँ वह हॉस्टल में रहता था। पहली छुट्टियों में जब वह करीब तीन महीने बाद घर लौटा तो मेरी माँ ने उससे कहा, "ए बबुआ, तुम तो बहुत नामी-गिरामी जगह में पढ़ते हो। वहाँ तो बहुत जगह से लड़के लोग आते होंगे। तुम हो तो छोटे भाई लेकिन क्या करोगे, तुम्हीं उन लड़कों में से किसी को देखकर बहन की शादी ठीक कर दो। तुम्हारे छोटका बाबूजी तो देख ही रहे हो कैसे अपना पल्ला झाड़ चुके हैं। उनको तो अपनी तबीयत की चीजों में लीन रहने से फुर्सत ही नहीं है। तभी तो तुम्हारी चाची दस वर्षों से अपने मायके से यहाँ नहीं आई हैं। उनका वश चलता तो वे तुमको पढ़ने भी जाने नहीं देते।"

माँ एकदम सही बात कह रही थीं। सारी जमींदारी की आमदनी, सारा राज-काज उनके हाथ में था लेकिन उनको लगा कि कुछ पैसा लगाकर बिजनेस करने से और भी आमदनी होगी। इस सिलसिले में वे घर छोड़कर राँची चले गए। बिजनेस तो उनसे क्या खाक होता लेकिन हम लोग घर पर बेसहारा-सा जरूर हो गए। हमारे बाबूजी को तो जमींदारी में क्या कहाँ था कुछ भी पता नहीं था, उसके ऊपर से छोटका बाबूजी ने क्या और कितना कुछ बेच दिया था अपनी बनारसी मौज-मस्ती के लिए यह तो बेचारे बाबूजी समझ भी नहीं सकते थे। इतना ही नहीं, राँची जाने के बाद कुछ समय तक तो वे वहीं से दबाव डालकर जमींदारी के कारिन्दों से पैसा मँगवा लेते थे। बाद में तहसीलदारों ने ऐसा करने से मना कर दिया क्योंकि उन्हें दिये गए पैसों की बाकायदा रसीद काटनी होती थी और उन्हें फिक्र होने लगी कि छोटका बाबूजी अगर काफी समय तक घर नहीं लौटे तो उनके लिए जिला ऑफिस

में जवाब देना मुश्किल हो जाएगा क्योंकि रसीद काटते वक्त बाकायदा आधिकारिक जमींदार से उनका दस्तखत प्राप्त किया जाता था। उन लोगों ने देखा कि सरकारी रिकॉर्ड में तो बाबूजी का नाम भी दर्ज था मालिक के रूप में। सरकारी महकमे के कारिन्दे बाबूजी की अपंगता से परिचित थे इसलिए छोटका बाबूजी से ही वे सारा लेन-देन करते थे। बाबूजी तो वैसे भी ठहरे सन्त। उन्हें इन सांसारिक काम-काज से कोई मतलब नहीं था। विकल्प के अभाव में उन्होंने जमींदारी की सारी वसूली बाबूजी के हाथ में थमाकर उन्हीं से प्राप्ति रसीद लेना शुरू किया। बाबूजी को तो हिसाब-किताब कुछ समझ में भी नहीं आता था। उन्होंने मुझे बुलाकर सारा पैसा मेरे हाथ में देना शुरू कर दिया। उस समय, जब उन्होंने ऐसा करना शुरू किया, मैं मात्र सत्रह वर्ष की थी और मैंने अपनी आँखों से इतना पैसा कभी देखा भी नहीं था। लेकिन अपनी माँ की देख-रेख में मैंने घर का सारा इन्तजाम और खर्च आदि का जिम्मा सँभाल लिया।

खैर मेरे भाई के पढ़ने का सिलसिला भी इसी वजह से जारी रह सका। उसने जब छोटका बाबूजी से जिक्र किया था हाईस्कूल से आगे की पढ़ाई का तो उन्होंने साफ कहा था कि आगे पढ़ाई से कोई फायदा नहीं होगा। बेहतर होगा कि वह घर पर ही रहे और यहीं पर कुछ काम-धाम करे। और अगर पढ़ना इतना ही जरूरी हो तो उसके लिए वह अपना खुद इन्तजाम करे। उसे तो आगे पढ़ाई करने का बहुत मन था। रोता हुआ मेरे पास आया और बोला, "दीदी, तुम अगर मेरी मदद करोगी तो मैं बी.एच.यू. में पढ़ने बनारस जाऊँगा। यहाँ घर पर रहकर मैं क्या करूँगा। छोटका बाबूजी तो मेरे भविष्य के बारे में सोचते भी नहीं हैं।" मैंने उससे कहा, "ठीक है, तुम जाओ और बेफिक्र जाओ। पैसा तो सारा मेरे हाथ में ही आता है। घर का खर्च कुछ कम करके तुम्हारे लिए पैसा बचाकर दूँगी। हालाँकि छोटका बाबूजी अब भी दबाव डालकर काफी पैसा अपने यहाँ राँची में मँगा लेते हैं लेकिन इसके बावजूद मैं तुम्हारे लिए पैसा बचाऊँगी।"

मेरी माँ तो बस एक ही बात को लेकर अतिशय रूप से चिन्तित थी और वह थी मेरी शादी। उनकी चिन्ता थोड़ी विकराल इसलिए भी हो गई थी क्योंकि उस बेचारी ने अपनी सीमित क्षमता में जो प्रयास किए थे वे बुरी तरह विफल हो रहे थे। कुछ तो शायद भाग्य भी साथ नहीं दे रहा था। मेरी फुआ की रिश्तेदारी मॉरिशस

में थी। उनके रिश्ते के लोग दो लड़कों को लेकर आए थे शादी के लिए लड़की देखने, भूमिहार समाज में और वह भी खासकर पूर्वी उत्तर प्रदेश के ही कुछेक सीमित इलाकों में। जब ये लोग हमारे यहाँ आए तो इनका स्वागत वगैरह किया गया, शादी की बात हुई और मामला कुछ तय पाया गया। लड़की, यानी मुझे, दिखाया नहीं गया उनको। दूसरे लड़के के लिए भी हमारी ही दूर की रिश्तेदारी में एक और लड़की मिल गई थी। सारी बात पक्की हो गई थी। इसी बीच लड़के की माँ के देहान्त की खबर आ गई और सब लोग तुरन्त मॉरिशस लौट गए। शादी की बात यहीं समाप्त हो गई। यही समय था जब मेरे चाचा घर छोड़कर राँची चले गए। शायद यही पृष्ठभूमि रही होगी उनके इस निर्णय की कि वे अब लड़कियों की शादी के सिलसिले में न कहीं जाएँगे और न किसी से बात करेंगे। अजीब जिद्दी किस्म के इनसान थे। थोड़ा भी धैर्य नहीं था उनमें। उनकी समझ से यह बात बाहर थी कि मॉरिशस से लोगों का आना-जाना उस जमाने में कोई इतना आसान न था कि किसी एक ही शादी के सिलसिले में कोई व्यक्ति बार-बार मॉरिशस से भारत की यात्रा करे। यह सिलसिला अभी कुछ ही दशक पहले शुरू हुआ था कि मॉरिशस के सम्पन्न भूमिहार परिवार के लोग पूर्वी उत्तर प्रदेश और बिहार के कुछ जिलों में अपने बेटों के लिए सुयोग्य परिवार में विवाह के लिए लड़की खोजने लगे थे। कोई चालीस-पचास साल पहले इसी इलाके से कई परिवारों से लोग मॉरिशस के गन्ना के खेतों में काम करने के लिए ले जाए गए थे। ऐसे लोगों की कम-से-कम दो पीढ़ियाँ तो लग गईं सम्पन्नता के छोर पर पहुँचने में। ऐसे परिवारों के पुरुषों के वैवाहिक सम्बन्ध स्थापित करने के लिए मॉरिशस से लोग उत्तर प्रदेश और बिहार के कुछ जिलों में आने लगे थे। बार-बार आना-जाना सम्भव नहीं था। पानी के जहाज से आने में समय और पैसा लगता था। इसलिए कोशिश होती थी कि लोग सारी तैयारी करके आवें। मामला तय हो जाने के बाद परिवार के अन्य सदस्यों को खबर जाती थी और बारात में शामिल होने के लिए लोग आते थे। मामला तय होने के लिए सामान्यतः वर पक्ष के लोगों द्वारा होने वाली वधू यानी लड़की को देखना तकरीबन एक शर्त होती थी। मेरे चाचा इसी बात पर अड़ गए थे कि विवाह से पहले वे अपने घर की बेटी को नहीं दिखाएँगे। जब बातचीत जारी थी उसी बीच में लड़के की माँ का देहावसान की खबर आ गई थी। वर पक्ष लौटकर जो गया

तो फिर वापस नहीं आया। एक रिश्ते का सुझाव काशी नरेश के परिवार से भी आया था। काशी नरेश की फुआ की शादी मेरे चचेरे बाबा से हुई थी। उन्हीं लोगों ने सुझाव दिया मेरे चाचा को कि वे जाकर बात करें काशी नरेश से उनके घर में रिश्ते के लिए। काशी नरेश सम्भवतः स्वयं इच्छुक थे हमारे परिवार में रिश्ते के लिए, ऐसा उनकी फुआ ने स्वयं जाहिर किया था। लेकिन चाचा बात करने नहीं गए और घर छोड़कर राँची चले गए।

रमनपुर में हमारा परिवार एकदम निस्सहाय-सा हो गया। बेचारी मेरी माँ एकदम अकेली पड़ गई थी। उसी साल मेरा भाई दुर्गा पूजा की छुट्टियों में बी.एच.यू. (बनारस) से घर आया तो उसने माँ को बताया कि उसने वहाँ विश्वविद्यालय में एक लड़के को देखा है जिसका काफी नाम है। अत्यन्त बलिष्ठ और सुन्दर शरीर वाला वह लड़का मुजफ्फरपुर के ही किसी कुलीन भूमिहार परिवार का है, ऐसा उसने पता किया है। माँ तो ऐसे प्रसन्न हो गई जैसे कि रिश्ता तय ही हो गया हो। पता नहीं लेकिन कुछ पूर्वाभास जैसा माँ को हो गया था। माँ ने हमारे पड़ोस के ही एक चाचा, जिनका ननिहाल बनारस में था, को बुलवा भेजा और बड़े ही विनीत भाव से माँ ने उनसे कहा कि अगली बार वे जब निकट भविष्य में बनारस जाएँ तो जरूर उनके भाई सजन से इशारा करवाकर उस लड़के को वह देख लें जिसकी चर्चा सजन ने मेरी शादी के सन्दर्भ में की थी।

पड़ोस के इस चाचा का नाम गिरिधर पांडेय था और हम सब भाई-बहन उनको गिरिधर काका जी कहकर बुलाते थे। गिरिधर काका जी ने बनारस से लौटने के बाद मेरी माँ से कहा, "भाभी, मैंने बनारस जाकर यह सोचा कि आखिर लड़के को मैं कैसे पहचानूँगा, मैंने तो कभी देखा नहीं है। मैंने सजन से अपनी दुविधा का जिक्र किया तो उसने कहा कि यह तो बहुत आसान काम है। आप मेरे साथ जिम्नेजियम चले चलिए शाम को पाँच बजे। वहाँ तो आप निश्चित रूप से उस लड़के को देख पाएँगे। और ऐसा ही हुआ भाभी। जिम्नेजियम में सजन ने मुझे दूर से ही इशारा से बता दिया शर्मा जी के बारे में। मैं तो हतप्रभ रह गया दूर से इस आदमी को देखकर। इतना सुन्दर शरीर और ओजपूर्ण, सौम्य चेहरा तो मैंने कभी देखा नहीं था। मैंने जिम्नेजियम में उन्हें व्यायाम करते देखा। शरीर की एक-एक मांसपेशियाँ इतनी सुडौल और गठी हुईं। वे आम पहलवानों से एकदम अलग दीख रहे थे।

बहुत झिझक के साथ मैं उनकी ओर बढ़ा और मैंने पूछा, "अगर आप बुरा न मानें तो दो मिनट आपका समय चाहूँगा।" और उन्होंने बेझिझक हमसे बात शुरू की। उनसे मिलते ही मुझे बाँध लेने वाली आत्मीय सहजता का बोध हुआ। मैं वैसे तो बनारस अनेक बार गया था किन्तु काशी विश्वविद्यालय की तरफ मैं कभी जा नहीं पाया था। विश्वविद्यालय सुविस्तृत अवकाशमय, सुव्यवस्थित, हरित-भरित परिसर को देख मैं तो वैसे भी मुग्ध था लेकिन इस परिवेश में ऐसे व्यक्ति से मिलना तो मेरी समझ से उस व्यक्ति को और भी विशिष्टता प्रदान करता है। मैं तो काशी की जीवन-शैली को भलीभाँति जानता हूँ और इस जीवन-शैली के व्यक्तित्व में कुटिल दबंगई की ही प्रधानता है। परन्तु इस व्यक्ति में मुझे स्वाभिमान और तेजस्विता के साथ-साथ विनम्रता का एक बहुत ही प्रभावकारी संयोग दिखाई पड़ा। यह व्यक्ति मुझे सुदर्शन और संस्कारी लगा और मैं तो समझता हूँ कि यह रिश्ता अगर तय हो जाए तो हम लोगों के लिए इससे अच्छी बात कुछ भी नहीं हो सकती। मैं नहीं जानता कि यह व्यक्ति आगे चलकर प्रोफेसर बनेगा या कि कोई अफसर। मैं इतना जरूर जानता हूँ कि एक अच्छे खानदान का यशस्वी युवक कुछ न कुछ तो बनेगा ही। कुश्ती के खेल के मैदान में तो इस व्यक्ति ने राष्ट्रीय स्तर तक की प्रतिस्पर्धा जीती हैं। मैंने पता किया तो उनके संगी-सहपाठी लोगों ने बताया कि इस वर्ष उनकी मनोविज्ञान में एम.ए. की पढ़ाई खत्म हो रही है। रिजल्ट के मामले में तो कोई उत्कृष्ट प्रदर्शन नहीं रहा है इनका लेकिन सभी लोगों ने इस विषय में शर्मा जी की गहरी रुचि का जिक्र जरूर किया। कुछ ने बताया कि यहाँ के मनोविज्ञान संकाय की पूरे देश में ख्याति है और प्रोफेसर भीखन लाल आत्रेय जैसे विद्वान तो देश की नामी-गिरामी हस्तियों में गिने जाते हैं।

भाभी, लेकिन एक बात है। शर्मा जी ने सही मायने में एक संस्कारी युवक होने का परिचय देते हुए मुझसे कहा कि उनकी शादी के सम्बन्ध में कोई भी निर्णय उनके पिता द्वारा ही लिया जाएगा और इसमें किसी प्रकार का समझौता सम्भव नहीं होगा। मैंने उनकी इस बात को सहर्ष स्वीकार किया और कहा कि अगर सही संयोग बैठा तो उनसे फिर मुलाकात होगी और इसे वे अपना सौभाग्य मानेंगे।

गिरिधर काका जी के इस बयान-बखान के बाद माँ ने अनायास ही अपनी छाती का बोझ हल्का होता हुआ-सा महसूस किया गोया कि मेरी शादी के लिए रिश्ता तय

ही हो गया हो। और भला ऐसा ही क्यों न हो? माँ ने तो शायद यह सोच लिया था कि हमारे घर पर दु:ख की परछाईं जैसी पड़ गई हो और यह परछाईं शायद आने वाले समय में बहुत दिनों तक बनी रहे। घर में चार-चार जवान बेटियाँ थीं। कोई काबिल अभिभावक नहीं था। एक चाचा जो थे तो उनके बारे में तो कम ही कहा जाए तो शायद परिवार की इज्जत सलामत रहे। पूरे इलाके में रमनपुर दरबार पर आसन्न दुर्दिन की चर्चा के साथ-साथ अपनी बेटियों की शादी समय से सम्पन्न कर पाने में दरबार की असमर्थता के बारे में खुसुर-फुसुर होने लगी थी। आज साठ वर्षों बाद जब मैं अपनी यह डायरी लिख रही हूँ तो मुझे विश्वास नहीं हो पाता है कि हम लोगों की निस्सहायता के उस दौर में मेरे चाचा जैसा भी कोई व्यक्ति हो सकता था जो मेरी माँ और बहनों की दशा-दुर्दशा से इतना नावाकिफ और निफिक्र रहेगा।

खैर गिरिधर काका जी द्वारा कही गई बात जब चाचा के कानों तक पहुँची तो शायद उन्हें किसी प्रकार का इल्हाम हुआ और उन्होंने बेटी की शादी के सिलसिले में किसी का दरवाजा न खटखटाने की अपनी जिद को त्यागा और लड़के को स्वयं देखने जाने का मन बनाया। ऐसा शायद शर्मा जी के बारे में गिरिधर काका जी द्वारा की गई गाथा का प्रताप रहा होगा या फिर मेरी किस्मत की कोई लकीर बलवती हो उठी होगी। अभी तक मेरी शादी के सिलसिले में जो भी हुआ था वह तो एक अत्यन्त प्रारम्भिक दौर की भूमिका थी। हालाँकि गिरिधर काका जी की बातों से माँ तो जरूर आशान्वित हुई थी लेकिन किसी को यह आभास नहीं था कि यह प्रकरण कितना लम्बा चलेगा। खैर चाचा ने हमारे खानदान और दरबार के राजपुरोहित सुकुल जी को बुलवा भेजा और लड़के को स्वयं देखने जाने के लिए शुभ दिन तय करवाया। आखिर मेरे चाचा भी अपने कौतूहल को कितना रोक सकते थे। वह भी तो आखिर एक साधारण मनुष्य ही ठहरे। घर की बेटियों की शादी के लिए कहीं न जाने और हाथ न फैलाने की अपनी जिद को उन्होंने अकारण नहीं त्यागा होगा। शर्मा जी के बारे में गिरिधर काका जी द्वारा बताई गई बातें जब चाचा के कान में पड़ी होंगी तो उनके मन में भी तो इच्छा जगी होगी इस व्यक्ति को देखने की जिसके वर्णन और जिसकी बड़ाई में गिरिधर काका जी ने किसी अलंकरण की कमी नहीं रहने दी।

राजपुरोहित सुकुल जी द्वारा जो शुभ दिन सुझाया गया था उस दिन चाचा स्वयं बनारस गए, गिरिधर काका जी को साथ ले गए। मेरा भाई सजन भी साथ गया।

शर्मा जी से मिलने के बाद जैसे आग के समक्ष मोम धीरे-धीरे स्वत: गल जाता है वैसे ही मेरे चाचा का स्वाभिमान और उनका हठ भी काफूर हो गया। चाचा तो शर्मा जी से बातें क्या करते, वे तो उनके राजसी व्यक्तित्व को निहारते भर रहे। बाकी जो कुछ कसर बचा था वह शर्मा जी के विनम्र व्यवहार ने पूरा कर दिया। लेकिन बात आखिरकार यहीं पर आकर रुक गई कि शादी के मामले में जो कुछ भी निर्णय लिया जाना होगा वह शर्मा जी के पिता लेंगे। अतएव चाचा को उनसे ही इस सिलसिले में बात करनी होगी। बात करने के लिए शर्मा जी के गाँव जाना होगा। उसी अनुसार चाचा ने फिर सुकुल जी से शुभ दिन निकलवाया और नियत दिन को रमनपुर स्टेशन से सीधे मुजफ्फरपुर के लिए ट्रेन पकड़ी।

इस दौरान एक रोचक घटना भी हुई। जमींदारी राजदरबार की आदत जो लगी थी तो चाचा तो कहीं भी इस तरह के काम में अकेले निकलते नहीं थे। पूरा लाव-लश्कर के साथ कहीं भी निकलना होता था उनका। तो साथ में दो नौकर, एक मंत्री और सुकुल जी थे। इन लोगों ने मुजफ्फरपुर स्टेशन पर ट्रेन से उतरकर एक्का की सवारी ली और पहुँच गए शर्मा जी के गाँव जहाँ उनके पिता, जो डॉक्टर साहब के नाम से जाने जाते थे, तिजोरी में अपने दिन भर की कमाई जमा कर रहे थे। चूँकि उनकी डॉक्टरी खूब चलती थी इसलिए पैसे की आमद भी अच्छी थी। हमारे चाचा लोगों ने डॉक्टर साहेब के दरवाजे पर सामान रखा और घर के अन्दर संवाद भिजवाया। संवादवाहक ने अन्दर जाकर बताया कि कोई व्यक्ति डॉक्टर साहब से मिलने आया है। साथ में चार और लोग हैं। डॉक्टर साहब के प्राण सूख गए। आखिरकार इन लोगों को पता कैसे चला कि वे तिजोरी में पैसे रख रहे हैं। कुछ ही दिनों पहले पड़ोस में एक डकैती हुई थी। भरी दिन-दोपहरी में। डरते-डरते डॉक्टर साहब घर से बाहर निकले। इसके पहले कि वे कुछ बोलते या आगन्तुकों से कुछ पूछते मेरे चाचा ने स्नेहाभिवादन किया और एक बेबाक अन्दाज में शुरू हो गए, "हम आपके सुपुत्र को लेने आए हैं," डॉक्टर साहब के तो प्राण सूखने लगे। यहाँ तो वे समझ रहे थे कि सम्भवत: इन डकैतों को भनक मिल गई थी उनके पैसों की और इसकी भी कि उन्होंने ढेर सारे पैसे अपनी तिजोरी में आज ही रखे हैं। लेकिन बात तो उससे और भी ऊपर की निकली। एक ही तो बेटा है उनका और उसे भी ये लोग उठा लेने आए हैं, अपहरण कर शायद फिरौती माँगेंगे।

पुरोहित सुकुल जी को डॉक्टर साहब का उदास और अवसादग्रस्त चेहरा सहन नहीं हो पाया और उन्होंने तुरन्त हस्तक्षेप करते हुए, डॉक्टर साहब से कहा, "आप चिन्तित न होंवे। हम लोग आपके बेटे की शादी के सम्बन्ध में बातचीत करने आए हैं।"

"अरे महाराज, यही बात शुरू में कहनी चाहिए थी न," डॉक्टर साहब ने छूटते ही कहा और अपना मन हल्का किया।

"हम लोगों ने लड़के से बात कर ली है। अगर आपकी इजाजत होगी तो हम लोग बात को आगे बढ़ावेंगे," सुकुल जी ने एक अत्यन्त शान्त मनोवृत्ति का परिचय देते हुए कहा। "मेरे लड़के का अभी एम.ए. का फाइनल एक्जाम चल रहा है इसके बाद जब वो यहाँ आएगा तब बात हो सकेगी। उससे राय-विचार किए बिना मैं आपको किसी प्रकार का वचन या आश्वासन नहीं दे पाऊँगा," डॉक्टर साहब ने फिलहाल किसी चिन्तन अथवा चयन की समस्या को टालने के लिए कहा।

हालाँकि आज के ज़माने में भी स्थिति कोई खास बदली नहीं है लेकिन उस जमाने में पारस्परिक रूप से लड़की वाले और लड़के वाले एक-दूसरे की हैसियत का अन्दाजा लगाने के लिए एक से एक तरकीब अपनाते थे। इन तरकीबों में सबसे महत्त्वपूर्ण तरकीब होती थी अतिथि पक्ष के स्वागत-सत्कार का स्टैंडर्ड। अब असली हैसियत चाहे दो टके की हो, लेकिन सत्कार और स्वागत, जिसका एक अभिन्न अंग होता था—खान-पान और पकवान और उसकी गुणवत्ता। तो मेरे चाचा और उनके साथ गए लोगों का खूब सत्कार हुआ, रात में इतनी कम नोटिस पर कई किस्म के पकवान बने। सब लोगों के सोने-ओढ़ने का बढ़िया से इन्तजाम किया गया। घर में काम करने वाले लड़कों को विशेष रूप से अतिथियों का पैर दबाकर उनकी थकान उतारने का जिम्मा दिया गया। रात में लालटेन की जगह पेट्रोमैक्स जलाए गए। बड़ा रमन-चमन रहा। गाँव के लोगों ने भी देखा किस तरह से रुचि लेकर डॉक्टर साहब ने अतिथियों का स्वागत किया।

डॉक्टर साहब कोई खानदानी रईस या पैसावाले नहीं थे। अपने अक्ल और अपने पेशे के बल पर उन्होंने अपने समाज में अपनी एक प्रतिष्ठा कायम की थी। समाज के जिस तबके से डॉक्टर साहब आते थे वहाँ यह बात दीगर थी कि कोई व्यक्ति शादी-ब्याह के सिलसिले में आए आगन्तुक का स्वागत-सत्कार और सम्मान

कैसे करता है। इस मद्देनजर डॉक्टर साहब ने अतिथियों के सत्कार आदि में कोई कसर नहीं छोड़ी। सब लोग प्रसन्न होकर वापस रमनपुर गए और सुकुल जी ने सविस्तार पूरे अनुभव का वर्णन मेरी माँ को सुनाया। माँ भी खुश हुईं क्योंकि उन्हें लगा कि शायद इस बार ईश्वर उनके प्रति कृपालु भाव रखेंगे।

मेरी जब शादी होने वाली थी उस जमाने में लड़के द्वारा अपनी होने वाली पत्नी के फोटो की माँग वधू पक्ष से करने का रिवाज अमूमन नहीं था। लेकिन रिवाज अगर नहीं था तो उसका अपवाद भी कुछेक परिवारों में हुआ करता था। ऐसे अपवाद प्रायः कुछ शिक्षित परिवारों में ही होते थे। वैसे तो निर्धन और अशिक्षित परिवारों में आज भी वर पक्ष वाले लड़की के फोटो की माँग नहीं करते। और शिक्षित परिवारों के लिए भी यह अन्दाज लगा पाना मुश्किल नहीं है कि इस रिवाज की शुरुआत आजादी के महज एक या दो दशक पहले हुई होगी क्योंकि तब तक तो स्टूडियो में की जाने वाली फोटोग्राफी ही कुछेक बड़े शहरों तक ही सीमित थी। वैसे भी आजादी के समय हमारे देश में प्रायः दस में से एक व्यक्ति ही शिक्षित हुआ करता था। ऐसे मूलतः निर्धन और निरक्षर समाज में फोटोग्राफी जैसी तकनीक का प्रसार सीमित होना स्वाभाविक था। यह अकारण नहीं था कि आजादी के बाद के कुछेक दशकों में, जैसे-जैसे शिक्षा का प्रसार बढ़ा और आम आदमी थोड़ी-बहुत सम्पन्नता हासिल करने लगा, छोटे शहरों में भी फोटोग्राफी के लिए स्टूडियो की संख्या बढ़ने लगी। स्टूडियो के अर्थोपाय के मूल स्रोत में से एक यह भी था कि अब शादी के लिए लड़कियों के फोटो की माँग प्रायः सभी शिक्षित नागर परिवारों के साथ-साथ कुछेक सम्पन्न ग्रामीण परिवारों में भी होने लगी थी। उस जमाने में तो रंगीन यानी कलर फोटोग्राफी तो हमारे छोटे शहरों में थी ही नहीं और न ही आज की तरह वीडियोग्राफी का चलन था। तो ऐसे छोटे स्टूडियो वाले लोगों के लिए शादी-ब्याह के सिलसिले में की जाने वाली फोटोग्राफी उनकी जीविका का मुख्य साधन हुआ करती थी।

खैर, जो भी हो, सम्भवतः शर्मा जी से उनके पिता यानी डॉक्टर साहब ने मेरे चाचा के माधोपुर आगमन की चर्चा पत्र के माध्यम से की होगी और उसके उद्देश्य के सार-संक्षेप की चर्चा भी की होगी। तभी तो शर्मा जी का परिणय-सम्बन्धी कौतूहल इतना जागा कि उन्होंने मेरे भाई सजन से उसके हॉस्टल में जाकर मुलाकात

की और अपने पिता का हवाला देते हुए मेरे फोटो की माँग कर दी। सजन ने तुरत बनारस से संवाद भेजा और उसी दिन मेरे चाचा ने गिरिधर काका जी के हाथों मेरा एक फोटो सजन को भेज दिया और सजन ने उसे शर्मा जी के हाथों कर दिया। इस प्रकार मेरा फोटो शर्मा जी के माता-पिता के यहाँ पहुँच गया।

यह तो शादी-सम्बन्धी लेन-देन का एक अत्यन्त आरम्भिक दृष्टान्त था। अभी तो मेरे परिणय प्रसंग को कई सारे घुमावदार मोड़ों से गुजरना बाकी था। ये प्रसंग सिर्फ रोचक ही नहीं, महत्त्वपूर्ण भी हैं क्योंकि इनसे एक झलक मिलती है उस समय के हमारे समाज की कुछेक परिपाटियों की जिनकी ओट में हम कुछेक कुरीतियों के उद्गम स्रोत को भी देख सकते हैं और समाज के कतिपय रूढ़िवादी पहलुओं में भी झाँक सकते हैं।

शर्मा जी मूलतः एक किसान परिवार से आते थे। उनके पिता यानी डॉक्टर साहब ने अपने परिवार में शिक्षा का अलख जगाने के लिए घर से आठ कोस दूर के एक हाईस्कूल तक रोज पैदल जाकर शिक्षित हो पाने का बीड़ा उठाया। वैसे भी बीसवीं सदी की शुरुआत में हिन्दुस्तान के इस इलाके में प्रायः एक जिले में मुश्किल से दो-एक हाईस्कूल होते थे और जिलों का क्षेत्रफल आज के जिलों की अपेक्षा कई गुना अधिक हुआ करता था। परिवर्तन और प्रगति की जोत शिक्षा तो जलाती है लेकिन किसी परिवार या व्यक्ति विशेष द्वारा इस निमित्त किए गए अनुष्ठान का भी कितना प्रभाव पड़ता है न सिर्फ उस परिवार पर बल्कि सार्थक बदलाव के एक कारक तत्त्व के रूप में, आसपास के पूरे समाज पर इस किस्म की घटना का, यह शर्मा जी का जीवनवृत्त और उनके परिवार के इस दौर का इतिहास को रेखांकित करता है।

मेरे फोटो का शर्मा जी के माता-पिता के यहाँ पहुँच जाना एक बात थी, उससे किस कौतूहल अथवा किस शंका का समाधान किया जाना था यह एक अलग और दीगर बात थी। लड़की का चेहरा-मोहरा, चाल-ढाल, रंग-रूप ये सब कई सारे तत्त्व थे इस कौतूहल के जिसका समाधान, कौन जाने, शायद वर पक्ष करना चाहता रहा होगा। या फिर, शर्मा जी स्वयं भी करना चाहते रहे होंगे लेकिन एक आज्ञाकारी सुपुत्र होने के नाते इच्छा रहते हुए भी उन्होंने इसका इजहार नहीं किया होगा।

इस जमाने में तथाकथित सम्पन्न और शिक्षित परिवारों में भी शादी से पहले वर

पक्ष द्वारा लड़की को देख पाना साधारणतः सम्भव नहीं था और इसकी माँग किया जाना तो वधू पक्ष का अपमान किए जाने के बराबर माना जाता था। तथाकथित कुलीन परिवारों में फोटो देखने की परम्परा भले ही शुरू हो गई थी लेकिन उससे आगे जाकर लड़की को देखने की इच्छा जाहिर करना उस समय की स्थापित मान्यताओं के खिलाफ था।

मेरे बेटे के एक मित्र हैं जो उससे कुछेक साल बड़े हैं और भारतीय पुलिस सेवा से रिटायर किए हैं। मेरे बेटे ने मुझे बताया था कि उनका बाल-विवाह तो नहीं हुआ था किन्तु कॉलेज में पढ़ने की शुरुआत में ही, यानी अपेक्षाकृत तौर पर बहुत कम उम्र में ही उनकी शादी हो गई थी। शायद अठारह या उन्नीस वर्ष की उम्र में। उनका बेटा अब अमेरिका की किसी नामी-गिरामी यूनिवर्सिटी में प्रोफेसर है। मुझे स्मरण आता है कि मेरे बेटे ने अपने इस मित्र से इस सम्बन्ध में बड़ी रोचक बातचीत की थी।

"सर आपका बेटा जो शादी कर रहा है उसमें क्या आपने भी वधू के चयन में कोई भूमिका निभाई है या आपके बेटे ने सब कुछ स्वेच्छा से किया है?" मेरे बेटे ने उनसे पूछा।

"मेरे बेटे की यह दूसरी शादी है, यह शायद आप न जानते हों। पहली शादी जब वह अमेरिका गया था उसके कुछ ही दिनों बाद टूट गई थी। उस शादी को तय करने में मैंने ही लड़की को देखा और पसन्द किया था। इस बार लड़की के चयन में मेरी कोई भूमिका नहीं थी।" मेरे बेटे के मित्र ने बताया।

"तो क्या आपने अपनी शादी के वक्त अपनी होने वाली पत्नी को शादी के पहले देखा था?" मेरे बेटे ने उनसे पूछा।

"अरे जनाब आप तो गजब करते हैं। मेरी शादी में मुझे क्या मेरे पिताजी तक को लड़की नहीं देखने दिया गया था, लड़की वालों द्वारा," मेरे बेटे के मित्र ने जवाब दिया।

सार-संक्षेप यह कि शादी से पहले लड़की देखने का रिवाज उस जमाने में नहीं था। लेकिन समाज के रीति-रिवाज सभी व्यक्तियों के ऊपर समान रूप से नहीं लागू होते हैं और समय के साथ-साथ इनके स्वरूप में भी बदलाव आता है। शर्मा जी अपने गाँव के पहले व्यक्ति थे एम.ए. की डिग्री हासिल करने वाले। रीति-रिवाजों

से थोड़ा हटकर अपनी भावनाओं और आकांक्षाओं को तरजीह देना उनका हक बनता था। बतौर इस सोच शर्मा जी ने अपने गाँव के एक मित्र को पत्र लिखकर यह जाहिर किया कि घर के किसी महत्त्वपूर्ण व्यक्ति द्वारा लड़की को देख लिया जाना अच्छा होगा। रमनपुर दरबार के तथाकथित वैभव और इतिहास के बारे में तो उन्होंने सुन रखा था, लेकिन परिणय-सम्बन्धी मामले को महज सामाजिक मान्यताओं और रीति-रिवाजों के दायरे में सीमित रखने के पक्ष में न होने का मत उन्होंने स्पष्ट रूप से जाहिर कर दिया। इस सम्बन्ध में एक घटना का जिक्र जरूरी होगा क्योंकि पितृसत्तात्मक समाज की कई सारी मान्यताएँ सम्भवत: इससे उजागर होंगी।

कुछ किस्से हम विरासत के रूप में पाते हैं और उनमें से कुछ पुस्त दर पुस्त थोड़ा-बहुत कुछ नया-पुराना जोड़कर सुनाया जाता है और उनसे जो सत्य उजागर होता है वह सटीक अथवा एकदम सही भले न हो, प्रभावशाली जरूर होता है। ऐसा ही एक किस्सा यह है जो मैं बताने जा रही हूँ।

जब शर्मा जी के मित्र ने उनके परिवार में उनकी इच्छा को सुनाया तो किसी को भी, यहाँ तक कि उनके पिता को भी, इसका विरोध करने की हिम्मत नहीं हुई। आखिरकार शर्मा जी पहले एम.ए. थे अपने इलाके के। पहले व्यक्ति थे इलाके से दूर जाकर काशी विश्वविद्यालय में पढ़ने वाले। यह था उच्च शिक्षा का दम्भ।

तो शर्मा जी के परिवार ने लड़की को किसी भाँति देखने का अनुष्ठान ठाना। उस समय हमारे बलिया जिले के ही एक पंडित जी शर्मा जी के गाँव (माधोपुर) के पास किसी गाँव में रहते थे। उन्हें खोज निकाला गया और शर्मा जी के चाचा ने उनके साथ हमारे रमनपुर जाने की योजना बनाई। उन लोगों ने सोचा कि लड़की जब कभी घर से बाहर होगी, सड़क पर या पास के बाजार में तो वे लोग उसे दूर से देख लेंगे और काया-काठी के साथ-साथ उसके रंग-रूप का भी अनुमान लगा लेंगे। लेकिन उनका ऐसा सोचना सरासर भ्रामक था। उन्हें अनुमान न था कि हमारे घर में कितना पर्दा था। घर की लड़कियाँ तो घर के दरवाजे से बाहर पैर तक नहीं रखती थीं। आसपास सगे-सम्बन्धियों के घर में अगर कोई शादी या अन्य किस्म का जलसा होता था तो लड़कियों को पालकी में ले जाया जाता था। शर्मा जी के चाचा और पंडित जी ने आस-पड़ोस के लोगों से आम बातचीत का स्वाँग रचकर तरकीब निकालने की कोशिश की।

उस दिन मेरे चाचा कोर्ट-कचहरी के सिलसिले में बलिया शहर गए हुए थे। दोपहर को जब घर लौटकर आए तो घर के एक नौकर ने मेरे चाचा से कहा, "महाराज, अपने बलिया वाले पंडित जी आए हुए हैं। उनके साथ एक और आदमी है।"

"पंडित जी आए हुए हैं तो उन्हें बिठाओ। भोजन का समय है। उन्हें खाना खिलाओ और आराम करने के लिए ऊपर में, छत पर किसी कमरे में बिस्तर लगाओ। आराम कर लेंगे तो जाएँगे," मेरे चाचा ने कहा।

"जमुना बाबू, काम तो नहीं बना। अब हम लोग शाम की ट्रेन पकड़कर वापस चलते हैं।" मेरे चाचा ने पंडित जी को अपने दोस्त से कहते हुए सुना। चाचा ने जब यह नाम जमुना बाबू सुना तो वे पंडित जी से बोले, "पंडित जी, आपने पहले क्यों नहीं बाताया कि आपके दोस्त जो आपके साथ आए हैं वे शर्मा जी के चाचा हैं?"

मेरे चाचा जमुना बाबू के नाम से तो परिचित थे लेकिन जाहिर है, उन्हें कभी देखा नहीं था। फिर भी, जब आप लड़की के लिए रिश्ता तय करने निकलने हैं तो लड़के के खानदान के बारे में कुछ महत्त्वपूर्ण जानकारियाँ तो इकट्ठा करते ही हैं। "पंडित जी, आपने बताया नहीं कि आपका रमनपुर आने का प्रयोजन क्या था?" मेरे चाचा ने पंडित जी से फिर कहा, "महाराज, अब आपसे क्या छुपाएँ। आए तो हम लोग शर्मा जी की शादी के ही सिलसिले में हैं। लेकिन यहाँ तक तो हम मजबूरी में आए हैं। बात दरअसल ऐसी है कि लड़का जानना चाहता है कि फोटो के अलावा उसके परिवार में किसी ने लड़की को कहीं, किसी प्रकार से देखा है या नहीं। लड़के को जवाब देने से पहले हम लोगों ने सोचा कि हमारे यहाँ जिस तरीके से इस काम को साधा जाता है हम उसी उपाय से आपकी बेटी को देख लेंगे और लड़के को अपना रिपोर्ट दे देंगे, लेकिन यहाँ आने पर तो हमें लगा कि यह कार्य असाध्य है। गलती मेरी ही है। हम लोगों के गरीब बाह्मण परिवार में तो लड़कियाँ घर से बाहर जाती ही रहती हैं, किसी न किसी काम से, चाहे वह रिश्तेदारी में जाना हो या खरीद-फरोख्त के लिए बाजार में। इसी दरम्यान लड़की को देख लिया जाता है और आगे का निर्णय लिया जाता है। पर महाराज हमसे गलती हुई। हमने दरबार के प्रतिष्ठित तौर-तरीकों की अनदेखी करते हुए ऐसा सोचने की जुर्रत की। हम क्षमायाचना करते हैं।" पंडित जी ने मेरे चाचा को अपनी सफाई दी।

शाम हो चुकी थी। अमावस्या का पखवारा चल रहा था। मेरे चाचा ने निर्विकार

रूप से पंडित जी से कहा, "पंडित जी, आप और शर्मा जी के चाचा इतना कष्ट करके, इतनी दूर से आए हैं तो हम आपके प्रयास को यूँ ही व्यर्थ नहीं जाने देंगे। वैसे तो हमारे यहाँ रिवाज नहीं है शादी से पहले लड़की को दिखाने का, खासकर जब फोटो भेज दिया गया तब तो इसकी जरूरत नहीं होनी चाहिए थी। लेकिन हम लोग शर्मा जी के व्यक्तित्व से बहुत प्रभावित हैं और हम चाहते भी हैं कि यह रिश्ता बने। इसीलिए हम आपको निराश नहीं होने देंगे। आप लोग आज हमारे यहाँ ही रात को विश्राम करें। कल सुबह हम अपनी बेटी को यहीं ऊपर के किसी कमरे में लेकर आवेंगे और आपसे मिलवाएँगे," मेरे चाचा ने सहज भाव से पंडित जी से कहा।

मेरे खयाल से पहली बार मेरे चाचा ने किसी व्यक्ति के साथ इतना विनम्र और सन्तुलित व्यवहार किया होगा। वधू पक्ष का वर पक्ष से रिश्ता, खासकर उस दौर में जब शादी के सिलसिले में एकदम आरम्भिक दौर की बातचीत हो रही हो, अत्यन्त ही नाजुक होता है। अपने सारे मनमानेपन वाले व्यवहार के बावजूद शायद चाचा इस नजाकत को समझते थे। इसी क्रम में चाचा ने मेरी माँ को कमरे में नीचे आकर बताया कि शर्मा जी की ओर से लोग लड़की देखने आए हैं।

मेरी माँ तो एकदम स्तब्ध रह गईं यह जानकर। घोर रूढ़िवादी संस्कारों से आप्लावित मेरी माँ को विश्वास ही नहीं हो पाया कि इस तरह की माँग किसी सभ्य सुसंस्कृत परिवार द्वारा की जा सकती है। उनकी मान्यताओं में तो विवाह के रिश्ते में केवल परिवार की प्रतिष्ठा और हैसियत देखी जाती है और इस मामले में तो शर्मा जी स्वयं जो भी हों, हमारे परिवार की हैसियत से उनके परिवार की हैसियत की तुलना अकल्पनीय है।

एक बड़े से, तकरीबन महलनुमा कोठी की चहारदीवारियों के अन्दर रहते-रहते मेरी माँ बाहर हो रहे बदलाव की जानकारी से महरूम हो गई थीं। लेकिन साथ-ही घर के अन्दर अनब्याही बेटियों के दर्द से वे अछूती नहीं थीं। इसीलिए उन्होंने मेरे चाचा के किसी प्रस्ताव का प्रतिकार नहीं किया।

अगले दिन सुबह माँ ने मुझे तैयार कराया और ऊपर वाले भाग में चाचा का जो कमरा था वहाँ मुझे लेकर गईं। माँ स्वयं बाहर रहीं। कमरे के एक-दूसरे दरवाजे से मेरे चाचा आए, साथ ही जमुना बाबू और पंडित जी भी थे। चाचा ने मुझे दोनों लोगों का पैर छूने के लिए कहा। मैंने पैर छूकर प्रणाम किया। किसी प्रकार की

बातचीत नहीं हुई। वे लोग बाहर निकल गए और माँ के साथ मैं नीचे उतर आई। घर के बाहर एक इक्का खड़ा था उसी को पकड़कर वे लोग स्टेशन चले गए। हमारे घर में सबको विश्वास हो गया कि मेरी शादी अब जल्द ही हो जाएगी।

मेरी कहानी या यूँ कहिए मेरे जीवन के आरम्भिक दौर की कहानी, में मृग-मरीचिकाओं और आशा तथा नैराश्य के इसी किस्म की पारस्परिक क्रियाओं का दौर चला। एक रूढ़िवादी, सामन्ती परिवार में बिना किसी जिम्मेदार अभिभावक के, शादी की पारम्परिक उम्र सीमा पार करने के बाद किसी महिला को क्या संत्रास झेलना पड़ता है, उसकी कहानी। ये मेरी अपनी कहानी है जिसे मेरे ही जैसी औरतों ने अलग-अलग समय में जिया होगा। अतः इसके कथन और स्वरूप पर अधिकार और नियंत्रण भी मेरा है। आप देखते चलिए कि इसमें कितने घुमावदार मोड़ हैं।

वधू पक्ष द्वारा शादी के बारे में यकीन के साथ सोचने, यह सोचने कि वर पक्ष द्वारा उनके प्रस्ताव पर स्वीकृति दे दी गई है, आरम्भ तब होता है जब फलदान की आरम्भिक रस्म पूरी हो जाती है। मेरी माँ तो फलदान लड़के के यहाँ भिजवाने के लिए बेचैन हो रही थीं। उनकी बेचैनी भी स्वाभाविक थी। फलदान की रस्म में कन्या के पक्ष की ओर से सांकेतिक तौर पर कुछ रुपये, मिठाई, अक्षत, फूल आदि वस्तुएँ लोकप्रथा के अनुसार शुभ मुहूर्त में वर के घर भेजा जाता है।

मेरा भाई गर्मी की छुट्टियों में बनारस से घर आया। मेरी माँ ने उससे पूछा कि शर्मा जी छुट्टियों में घर गए होंगे क्या। सजन ने माँ को बताया कि उसने एहतियाती तौर पर स्वयं शर्मा जी से इस बारे में पूछा था और उसे पता चला कि शर्मा जी निश्चित तौर पर छुट्टियों में घर जा रहे हैं। मेरी माँ ने अपने देवर यानी मेरे चाचा से ये सब बातें बताईं। वैसे तो चाचा ने अपनी जिद पहले ही तोड़ दी थी लेकिन मेरी माँ को संशय था कि विवाह के सम्बन्ध में निर्णायक बातचीत करने से वे फिर कहीं बिदक न जाएँ। बहुत ही स्वेच्छाचारी और निरंकुश स्वभाव के थे वे। अगर उन्हें थोड़ा भी पूर्वाभास हो जाता कि बेटी की शादी के सिलसिले में उन्हें अपने स्वाभिमान से समझौता करना पड़ेगा तो वे निश्चित तौर पर फलदान आदि रस्म के लिए तैयार न होते, न ही उससे पहले की बातचीत और आदान-प्रदान के लिए।

इस मुकाम पर मेरे भाई सजन ने बहुत महत्त्वपूर्ण भूमिका निभाई। उसने चाचा को तैयार किया फिर से माधोपुर जाने के लिए। चाचा को इस बात से नाखुशी थी

कि शर्मा जी के परिवार ने उनकी पिछली और प्रारम्भिक मुलाकात में, उन्हें ऐसा लगा, थोड़ा टालमटोल का रवैया अपनाया था। उनकी कल्पना में यह बात कहीं न थी कि कोई बाप अपने बेटे की शादी के बारे में कोई निर्णायक बातचीत नहीं कर सकता है। बड़े, सामन्ती दरबार के वारिस थे मेरे चाचा। जब से उन्होंने होश सँभाला अपने मन का किया। कोर्ट ऑफ वाड्‌र्स खत्म होने के बाद जब उन्हें जमींदारी की मिल्कियत फिर से हाथ लगी, तब से तो उनकी स्वेच्छाचारिता अपने चरम की ओर बढ़ने लगी।

लेकिन खैर सजन के कहने पर चाचा तैयार हुए फिर से माधोपुर जाने के लिए। पुरोहित सुकुल जी से शुभ दिन निकलवाया गया और सब लोगों ने इसी दिन माधोपुर के लिए प्रस्थान किया। चाचा के साथ एक हुजूम किस्म का था—नौकर, कारिन्दे, हज्जाम, पंडित, सब के सब साथ गए। वहाँ पहुँचने पर लोगों ने गाँव में डॉक्टर साहब के परिवार के जो मित्र परिवार थे उनसे सम्पर्क किया और अपने आगमन का प्रयोजन बताया।

यूँ तो पहले जमाने में अमूमन बाप और बेटा के बीच सीधी बातचीत न होने का चलन था लेकिन शर्मा जी और उनके पिता यानी डॉक्टर साहब के बीच तो यह बात खासकर लागू होती थी। आपस में बात करते वक्त अगर डॉक्टर साहब का चेहरा पूरब दिशा में होता था तो शर्मा जी का दक्षिण या पश्चिम दिशा में। कभी आमने-सामने नहीं। वैसे तो ऐसा होना समाजशास्त्रीय विश्लेषण का विषय हो सकता है किन्तु मैं तो यही समझती हूँ कि पहले जब संयुक्त परिवार होता था तो किसी भी बाप का अपने बेटे के साथ प्रेमपूर्ण बर्ताव, खासकर परिवार के अन्य सदस्यों की उपस्थिति में, निषिद्ध था। लेकिन शर्मा जी के मामले में तो एक और खास बात थी। डॉक्टर साहब तो गाँव से दूर रहते थे। शर्मा जी ने बचपन से ही अपने बाबा को बाप के ही रूप में जाना। पिता से कोई बातचीत नहीं हो पाती थी। शर्मा जी जब सत्रह साल के थे तब उनके बाबा गुजर गए। तो बाप के साथ शर्मा जी की बोली वहीं अटक गई। वधू पक्ष के लोगों ने तो यह समझा था कि वे लोग सीधे-सीधे शर्मा जी और उनके पिता से बात कर सकेंगे। लेकिन उस जमाने में ऐसे मौकों पर गाँव और रिश्तेदारी के अन्य लोग ही ज्यादातर मध्यस्थता करते थे। शर्मा जी कहीं और बैठे थे। शादी की बातचीत चल रही थी।

इधर-उधर की बातें दोनों पक्ष में होती रहीं और जब इस क्रम में लेन-देन का मुकाम आया तो वधू पक्ष कितना पैसा देगा इस पर बात आकर अटक गई। चाचा वहाँ से उठकर थोड़ी दूर हट गए और उन्होंने मेरे भाई को बुलाया। गुस्सैल और घोर निरंकुश तो थे ही मेरे चाचा। वे लगे मेरे भाई को लताड़ने। सब लोग सुन पा रहे थे और मेरे चाचा जोर-जोर से अपशब्द निकालते हुए मेरे भाई को डाँट रहे थे, "देखा तुमने? कहाँ ले आए हो मुझको? बेइज्जती करवाने?" मेरे चाचा जोर-जोर से बोल रहे थे। उनकी उत्तेजना और सामन्ती क्रोध और हाव-भाव को देखकर शर्मा जी के गाँव के कुछ लोग, जो वहाँ बातचीत में शामिल थे, हतप्रभ रह गए। वे कल्पना भी नहीं कर पा रहे थे कि वधू पक्ष का कोई व्यक्ति इस प्रकार व्यवहार कर सकता है। इसी बीच शर्मा जी के गाँव के ही उनके एक मित्र ने आकर शर्मा जी को सारे घटनाक्रम का वर्णन किया। शर्मा जी को भी आश्चर्य हुआ। उनकी भी कल्पना से बाहर थी यह बात कि शादी की बातचीत के सिलसिले में किसी भी प्रकार के रोष की भावना का प्रदर्शन किया जाए और जब उन्हें मालूम हुआ कि इसका सूत्रपात पैसे-रुपये या दहेज को लेकर हुआ था तब तो वे भी बुरी तरह विचलित हो गए। उनका आदर्श बोध आहत हो गया।

इसके पहले कि बात आगे और बिगड़ती शर्मा जी अपने मित्र को लेकर मेरे चाचा के नजदीक पहुँचे और उनसे उन्होंने कहा, "आप चिन्ता न करें, शादी मैं आपके यहाँ ही करूँगा और मैं अपने पिताजी को भी यह बात कह देता हूँ।"

मेरे चाचा का सारा क्रोध धीरे-धीरे शर्मा जी के सदाशय और उनकी शालीनता के बौछार से कृतज्ञता के भाव में परिणत हो गया।

उस जमाने में यह अकल्पनीय था कि शादी-विवाह के मामले में लड़का स्वयं किसी प्रकार का निर्णय ले ले, बिना अपने पिता और अपने परिवार के बड़े-बुजुर्गों से सलाह-मशविरा किए और उससे भी ज्यादा महत्त्वपूर्ण था, बिना इन सबकी घोषित सहमति के। लेकिन शर्मा जी भी तो नए, आजाद भारत के नवयुवक थे। एक ऐसे युवक जिन्होंने एक ऐसे उच्च शिक्षण संस्थान में शिक्षा प्राप्त की थी जो नए भारत के आदर्शों की जमीन तय करने में अपना योगदान कर रहा था, जिसके परिसर के मध्य से होकर स्वतंत्रता के नए आदर्शों की बयार चली थी। पिता और पुत्र के बीच के पारस्परिक व्यवहार के पुराने नैतिक आदर्शों को यह बयार अब

गुदगुदी दे रही थी। डॉक्टर साहब भी समझदार व्यक्ति थे। अपने पुत्र की इस मौन अवज्ञा को उन्होंने समझ लिया।

खैर इतने सारे नाटक के बाद तय हुआ कि शादी के लिए फलदान की रस्म उसी दिन शाम को पूरी की जाएगी। वधू पक्ष की ओर से पारम्परिक तौर पर जो चीजें दी जाती हैं—कुछेक अशर्फियाँ, चाँदी का कटोरा आदि—वे दी गईं। वर पक्ष के पंडित ने फलदान के सभी रस्म-रिवाजों को सन्ध्या पहर पूरा किया। दूसरे दिन वधू पक्ष के लोगों की बाकायदा विदाई की गई। सब लोग प्रसन्न थे। प्रस्थान पूर्व वधू पक्ष ने विवाह की तिथि के सम्बन्ध में मशविरा किया और तय हुआ कि ठीक एक महीने बाद जून के पहले सप्ताह में परिणय संस्कार पूर्ण होगा। मेरे भाई ने लौटकर मेरी माँ से सारी बातें बताईं तो मेरी माँ बहुत खुश हुईं। उन्हें लगा उनकी छाती पर से कोई बहुत बड़ा भार उठ गया हो।

एक जमाना बीत गया था जबसे हमारे यहाँ दरवाजे पर शहनाई बजी थी। चाचा की शादी को शायद बीस वर्ष से अधिक हो गए थे और वही पिछली शादी थी हमारे घर में।

शादी की तैयारियाँ होने लगीं। सबसे पहले तो तीन आँगनों वाले रमनपुर दरबार की कोठी की मरम्मती का कार्य प्ररम्भ हुआ। कोर्ट ऑफ वाड्र्स समाप्त होने के बाद भी यह कोठी मेरे चाचा के मनमौजी स्वभाव के कारण उपेक्षा के आलम में ही कई वर्षों से पड़ी हुई थी। इसलिए घर-मकान की साफ-सफाई का काम भी मरम्मती के साथ-साथ ही प्रारम्भ किया गया। तीन आँगनों वाले इस मकान को ठीक से तैयार किया जाना था क्योंकि इतने वर्षों बाद रमनपुर दरबार में बेटी की शादी हो रही थी। सारे दूर और नजदीक के सगे-सम्बन्धी लोग पधारने वाले थे। वे सभी आखिरकार घर के अन्दर ही ठहराए जाने थे। उनके ठहरने के लिए घर के अन्दर जगह और कमरों की कमी तो नहीं थी लेकिन उन कमरों में से कई की मरम्मती की भी जरूरत थी। कई कमरे तो वर्षों से खोले भी नहीं गए थे। दशकों पहले जब यह मकान बना था तब परिवार की जमींदारी उत्कर्ष पर थी। जैसा कि होता था, कोठी का आकार परिवार के सभी सदस्यों की जरूरत पर आधारित न होकर दरबार के वैभव का सूचक हुआ करता था। अब चूँकि इस बड़ी सी कोठी के रख-रखाव का दायित्व छोटका बाबूजी यानी मेरे चाचा पर एकमात्र रूप से निर्भर

था इसलिए इसका बाह्य और आन्तरिक स्वरूप उनकी इसके प्रति उदासीनता का भी सूचक बन गया था। मेरे बाबूजी तो जैसा मैंने पहले भी जिक्र किया है, पूरी तरह सन्त थे इसलिए उनकी निर्लिप्तता को घर के सभी लोगों ने जैसे स्वीकार-सा लिया था। बेचारी मेरी माँ बाबूजी की ऐसी अवस्था के कारण अपने-आपको भी बहुत हद तक निस्सहाय मान चुकी थीं। घर-बार के खर्चे और पैसे सँभालने के मामले में उनकी भागीदारी लगभग गौण थी। इस मामले में कुछ हद तक मैं ही घर का हिसाब-किताब देखती थी जब से मुझे इस काबिल छोटका बाबूजी समझने लगे थे।

इस पूरे माहौल में अगर किसी की अनुपस्थिति लोगों को खलने लगी थी तो वह मेरी चाची थीं। लम्बे समय से वह अपने मायके में रह रही थीं। चाचा के साथ उनकी खटपट कोई नई बात नहीं थी लेकिन एक बार जब बड़ी खटपट हुई तो चाची ने इसका प्रतिकार अपनी लम्बी गैर मौजूदगी से करना तय कर लिया। लगभग नौ वर्षों से वह अपने मायके में ही रह रही थीं। मेरी माँ को तो कुछ भी मालूम नहीं था कि घर में बेटी की शादी में क्या और कैसे किया जाता है। इन सब बातों को बताने के लिए चाची का यहाँ घर में होना जरूरी था लेकिन यह बात चाचा से कहने की किसी में हिम्मत नहीं थी।

घर के सभी लोग चाचा के दुर्दान्त स्वभाव से भलीभाँति परिचित थे। सामन्ती दुश्चरित्र क्या होता है यह तो मेरे चाचा के व्यवहार से देखा जा सकता था। कहीं भी जाते थे तो अकेले नहीं, साथ में कम-से-कम एक मुसाहिब और एक नौकर जरूर साथ जाता था। कुल्ला करने के लिए भी पानी अपने हाथ से नहीं उठाते थे। ऐसे वक्त में नौकर खड़ा रहता था पानी हाथ में देने के लिए और अगर वह मौजूद न हो तो उसकी खैरियत नहीं रहती थी। पीट-पीट कर उसे जमीन पर गिरा देते थे। पैर और थप्पड़ दोनों से उसकी धुनाई करते थे और साथ में रंग-बिरंगी गाली निकालते रहते थे। मेरे दो भाई थे। एक तो मुझसे मात्र दो साल छोटा था और दूसरा उससे दो साल। इन दोनों भाइयों को भी चाचा उतनी ही बेरहमी से पीटते थे। पिटाई इतनी करते थे कि उनका बदन नीला पड़ जाता था। मेरी माँ बेचारी देखकर रोने लगती थी लेकिन मजबूर होकर देखती रहती थी। कुछ कर पाने की उनमें हिम्मत ही नहीं थी। बड़ा वाला भाई सजन सोलह वर्ष की उम्र में पढ़ने के लिए बनारस चला गया तब जाकर उसकी पिटाई छूटी। छोटा वाला भाई मनन तो बी.ए. की परीक्षा

पास करने तक रमनपुर में ही रहा। तब तक उसकी पिटाई चलती रही। छोटी-छोटी गलतियों पर चाचा उसको धुन दिया करते थे। यहाँ तक कि अगर चाचा ने एक बार पुकारा और जवाब नहीं मिला तो इन दोनों भाइयों की खैरियत नहीं होती थी। घर का नौकर हो या नौकरानी किसी को भी छोटी-छोटी गलतियों के लिए पीटने से बाज नहीं आते थे चाचा। उनके साथ कोई रहना नहीं चाहता था लेकिन सब की अपनी-अपनी मजबूरी थी। आज का समय होता तो कोई नौकर टिकने वाला नहीं था। अब तो आँख दिखाने पर भी कोई बर्दाश्त नहीं करता है।

एक बार का वाकया तो मुझे अच्छी तरह याद है। एक धुनिया को घर की रजाई में रुई भरनी थी। नियत दिन पर किसी कारणवश वह आ नहीं सका। दूसरे दिन जब वह आया तो उसको देखकर चाचा आगबबूला हो गए। सामने एक छड़ी मिल गई। उसी से उसको पीटने लगे। जब पीटते-पीटते छड़ी टूट गई तो उसे पैर-हाथ से मारने लगे। बेचारा धड़ाम से जमीन पर गिर गया। उसके मुँह से झाग निकलने लगा। तब भी उनका हाथ नहीं रुका। उन दिनों मेरी मौसी आई हुई थीं हमारे यहाँ। मेरी दादी को लेकर वह छत पर गईं जहाँ यह सब घट रहा था।

"अरे उसको मौत के घाट उतार देंगे क्या? जात का धुनिया है अगर मर गया तो प्रायश्चित्त में मुसलमान पूजना पड़ेगा, जानते नहीं क्या?" मेरी मौसी ने उनसे कहा।

"अरे आप चुप रहिए," यह कहकर उन्होंने मौसी को धक्का दिया और वह बेचारी गिर गईं। उनका सिर फूट गया और खून बहने लगा। मेरी दादी बूढ़ी और कमजोर थीं। उन्होंने मेरी माँ को आवाज लगाई। तब माँ आवाज सुनकर छत पर गईं और मौसी को लेकर आईं लेकिन नृशंस चाचा को तनिक दया तक नहीं आई।

मेरे छोटे भाई मनन की पिटाई तो मेरे चाचा उसकी शादी के बाद तक करते रहे। एक बच्ची हो गई थी उसको, तब तक। आज की तारीख में कोई ऐसा करने की सोच भी नहीं सकता। यही खैर था कि उन्होंने मुझे कभी नहीं मारा। हाथ तक नहीं लगाया। शायद सामन्ती चेतना में घर की बेटियों को मारना अनुकूल नहीं बैठता था। लेकिन मेरी माँ पर तो एक बार वे हाथ छोड़ते-छोड़ते रह गए थे। हुआ यह था कि मेरी शादी के लिए फलदान की रस्म के समय पुरोहित, हज्जाम और नौकर लोग चाचा के साथ माधोपुर गए थे। इनमें एक नौकर था जो मेरे बाबा के जमाने का बहुत विश्वासी था। फलदान की रस्म निर्विघ्न पूरी करके लोग रमनपुर वापस

लौटे थे। लौटने पर इस नौकर ने मेरी माँ से कहा, "मालकिन, वहाँ का चाल-चलन तो बहुत मोटा है। परदे का रिवाज तो एकदम नहीं के बराबर है। बबुनी (घर की लड़कियों को इसी नाम से पुकारा जाता था) वहाँ कैसे रह पाएगी?"

अपने-आपको चाचा ने किसी तरह तैयार किया था घर की बेटी की शादी के लिए किसी अन्य परिवार के सामने अपने कद को नीचा रखने को, अभिमान की अपनी प्रवृत्ति को संवरित रखने के लिए। चाचा को लगा कि उनके इस सत्प्रयास में कोई विघ्न पड़ने जा रहा है। मेरी माँ ने कौतूहल वश उस नौकर से कुछ पूछना चाहा। उन्होंने महज दो शब्द कुछ कहा होगा कि चाचा मेरी माँ को मारने के लिए दौड़े। वो तो मेरे बाबूजी की फूआ वहाँ मौजूद थीं उस आँगन में जहाँ यह सब घटित हो रहा था, और उन्होंने चाचा का हाथ पकड़ लिया नहीं तो उस दिन तो जुल्म हो जाता। चाचा तो अकल्पनीय काम कर बैठते।

चाचा की शादी तो बड़े जमींदार घर में हुई थी क्योंकि वे तो एक बड़े घराने के वारिस थे। मेरे बाबूजी तो बेचारे बचपन से बधिर थे। घर पर संस्कृत पढ़ाने वाले पंडित जी से सीमित स्तर की शिक्षा उन्हें मिल पाई थी। जबसे वयस्क अवस्था उनकी हुई तभी से एकदम शान्त, सन्त प्रवृत्ति के थे। दुनियादारी से उनका कोई वास्ता नहीं था। उनके व्यक्तित्व की निर्मलता और उनका बधिर होना—ये दो कारण थे कि सामान्यतः इलाके के लोग उन्हें मन्दबुद्धि समझते थे और यह मान लिया गया था कि वे दोनों भाइयों में बड़ा होने के बावजूद रमनपुर दरबार के वारिस नहीं हो पाएँगे। किसी बड़े जमींदार घराने से उनकी शादी के लिए रिश्ता भी नहीं आया। मेरी माँ के पिताजी का खानदान अपेक्षाकृत तौर पर रमनपुर खानदान से बहुत कम समृद्ध था। मेरी माँ वैसे तो काया से सुदर्शन थीं लेकिन बुद्धि और व्यवहार के हिसाब से वह भी थोड़ी मन्द ही थीं। यही कारण था कि मेरे चाचा उन्हें वह आदर नहीं देते थे जैसा सामान्यतः अपने बड़े भाई की पत्नी को किसी सुसंस्कृत और सम्पन्न परिवार में दिया जाता था। अगर ऐसा न होता तो उस दिन चाचा मेरी माँ के ऊपर हाथ उठाने की हिम्मत तक नहीं करते।

मेरी शादी की तैयारियों के लिए मेरी चाची का घर में होना जरूरी था लेकिन जैसा मैं पहले बता चुकी हूँ, उनको मायके से बुला लाने का उपक्रम बिना चाचा की स्पष्ट अनुमति के सम्भव नहीं था। चाची नौ वर्षों से अपने मायके में रह रही

थीं इसका मुख्य कारण भी चाचा का स्वभाव ही था। चाचा के किसी भी उलाहने का उत्तर अपनी लम्बी गैर मौजूदगी से देना एक तरह मेरी चाची का स्वभाव-सा बन गया था। मेरे पिता की फूआ शादी के सिलसिले में बुलाई गई थीं। घर में वही सबसे उम्रदराज थीं। उन्होंने ही पहल की और बिना चाचा से पूछे हुए मेरे छोटे भाई मनन को एक नौकर के साथ चाची को लाने के लिए भेज दिया। भेजने से पहले उन्होंने टेलीग्राम भी भिजवा दिया था। उस जमाने में सामान्यत: घर की लड़की को उसके ससुराल के लिए यूँ ही विदा नहीं किया जाता था। उसके ससुराल से किसी निकट सम्बन्धी को न्योता लेकर आना आवश्यक माना जाता था। मेरा भाई मनन वैसे तो अभी पूरी तरह वयस्क नहीं हुआ था लेकिन फिर भी मेरी चाची के पीहर के लोगों ने चाची को ससुराल के लिए विदा कर दिया। चाची लेकिन ससुराल आईं तो वह भी अन्यमनस्क ढंग से। चाची ने अपनी तीन बेटियों और एकमात्र बेटे में से बड़ी दोनों बेटियों को अपने पीहर में ही छोड़ दिया। चाची रमनपुर आ तो गईं लेकिन मेरी माँ को वह शादी की तैयारियों के सम्बन्ध में कुछ भी बताने से परहेज ही करती रहीं। इतने अन्तराल के बाद घर में बेटी की शादी हो रही थी लेकिन इस बात को लेकर उन्होंने कभी किसी तरह के उत्साह का प्रदर्शन नहीं किया। यह भी शायद मेरे चाचा द्वारा उनके प्रति किए गए व्यवहार का मौन प्रतिकार जैसा ही था।

मेरे चाचा को शायद अब यह एहसास हो चुका था कि अपनी मनमानी के स्वभाव के बावजूद वे घर की बड़ी जिम्मेदारियों से अपने-आपको निर्लिप्त नहीं रख सकते थे। यही कारण था कि मेरी शादी की तैयारियों में उन्होंने अपनी ओर से यथोचित निर्देश जारी करना शुरू कर दिया था। घर में कई सारे सगे-सम्बन्धी इकट्ठा हो गए थे। सभी के खान-पान का उन्होंने भरपूर इन्तजाम करवाया। तीन आँगनों में से एक में बड़े-बड़े चूल्हे लगे। कई सारे हलवाई और रसोइयों की व्यवस्था की गई। बड़े-बड़े कड़ाहों और बटलोइयों में दिन भर खाना और पकवान आदि बनने लगे। पूड़ी-मिठाई, दिन भर गाँव-घर के लोग आकर ले जाने लगे। उत्तम कोटि के बनारसी पान और पान-मसाला की व्यवस्था थी। दोनों शाम दरवाजे पर भाट-भाटिन का गायन होने लगा। शादी के कई दिन पहले से ही रोज बनारस की स्थानीय नर्तकी लोगों का नाच दरवाजे पर होने लगा। शादी के लिए मंडप बनवाने की सारी तैयारियाँ होने लगीं। नियत दिन को मंडप को सजाया गया। मेरे

दोनों भाइयों को बनारस और अन्य स्थानीय बाजारों में भेजा जाता था, रोज। बेचारे दोनों कभी इस काम से तो कभी उस काम से दौड़ते ही रहते थे। मेरे चाचा कोठी की बैठक में मसनद लगाए बैठे रहते थे और वहीं से फरमान जारी करते रहते थे। घर में कई सारे लोग थे और गाँव के सगे-सम्बन्धी भी थे लेकिन मेरा छोटा भाई सबसे ज्यादा मुस्तैदी से सारे काम करवा रहा था। पूजा-मटकोर की रस्म के दिन बहुत बड़ा भोज सम्पन्न हुआ। सभी लोगों के लिए भोज का इन्तजाम घर के बाहर ही हुआ। घर में आगत अतिथियों में कुछ ऐसे लोग भी थे जो बाहर के रसोइया के द्वारा पकाया भोजन नहीं ग्रहण करते थे। उनके लिए घर के अन्दर ही एक रसोई वाली का इन्तजाम था। हमारे घर के रसोई वाले आँगन में एक हैंड पम्प था उसी से घर के अन्दर रहने वाले मेहमानों की पानी की जरूरतें पूरी होती थीं और बाहर के लोगों के लिए एक पक्का चबूतरा का कुआँ था। उस जमाने में मेरे गाँव रमनपुर में गिन-चुन कर दो-चार घरों में ही हैंड पम्प लगा हुआ था। मेरे घर में मेरी शादी से दस साल पहले हैंड पम्प लग चुका था।

शादी से पहले की सारी रस्में और विधि-व्यवहार को पूरा किया जाने लगा। मेरे दोनों भाइयों का यज्ञोपवीत संस्कार भी मेरी शादी से दो दिन पहले सम्पन्न हुआ। साथ ही मेरी छोटी बहन, जो मुझसे सोलह वर्ष छोटी थी, का भी मुंडन सम्पन्न कराया गया। अब वर्ष 1959 के ज्येष्ठ शुक्ल पंचमी, जो शादी की नियत तिथि थी, का इन्तजार होने लगा।

जिस ट्रेन से बारात आने वाली थी वह हमारे रमनपुर स्टेशन सुबह में पहुँचती थी। शादी का वक्त चाहे जो भी हो, बारात लड़की वालों के दरवाजे पर चाहे जब भी पहुँचनी हो, रिवाज यह था कि सभी बारातियों का लड़की के घर या गाँव पहुँचने पर स्वागत किया जाता था। उनके ठहरने का इन्तजाम बाकायदा तम्बुओं में किया गया था। उस जमाने में ठहरने के होटल वगैरह तो, खासकर गाँवों में, थे भी नहीं। ऐसे में सामन्ती वैभव का प्रदर्शन तो बारातियों के ठहरने वगैरह के प्रबन्ध की उत्तमता और गुणवत्ता पर ही निर्भर करता था। इसलिए तम्बुओं के साथ-साथ एक बड़े शामियाने का भी प्रबन्ध किया गया था जहाँ नर्तकियों की महफिल लगनी थी और बारात में आए लड़के के गाँव वाले लोगों की मुलाकात-बात लड़की के घर-गाँव वाले लोगों से होनी थी। बनारस की सबसे प्रसिद्ध बैंड पार्टी को बुलाया

गया। बारात के स्वागत के अलावा दिन में बारातियों के मनोरंजन के लिए भी बैंड पार्टी द्वारा फरमाइशी गान व फिल्मी धुन बजाया जाना था। शाम को आतिशबाजी का पर्याप्त प्रबन्ध किया गया था। शाम को बारातियों को उनके ठहरने की जगह से लेकर लड़की वालों के दरवाजे तक ले जाने के लिए हाथी, घोड़ा और ऊँट की सवारी का प्रबन्ध किया गया था। दूल्हे के लिए एक मंडित पालकी सजाई गई थी।

रिवाज के अनुसार शाम को बारात जनवासा (बारातियों के ठहरने का स्थल) से चलकर हमारे घर के दरवाजे पर आई। सभी बाराती लोग सज-धजकर निकले थे। प्राय: सभी बुजुर्ग सदस्य धोती-कुर्ता और टोपी में थे। बाकी लोग कुर्ता और पाजामा में थे। सभी के सिर पर टोपी थी। हाथी और घोड़े की सवारी में प्राय: छोटे बच्चे या कम उम्र के वयस्क लोग ही थे। हाथी, घोड़ा और ऊँट बारातियों के पीछे थे। आगे में तरह-तरह के वाद्य यंत्र बजाए जा रहे थे। उनमें से कई तो अब देखने को भी नहीं मिलते। पेशेवर आतिशबाज लोग अपना करतब दिखा रहे थे। सजी-धजी बारात मानो एक जुलूस की तरह आगे बढ़ रही थी। इस जुलूस का एक फोटो था मेरी शादी के एलबम में। कई वर्षों तक उसे मेरे सबसे छोटे बेटे तीपू ने बाकायदा मढ़वाकर अपने ड्राइंग रूम में किताबों की अलमारी में सजाकर रखा था। वह मुझसे बताता था कि यह फोटो एक छोटी सी ब्लैक एंड व्हाइट तसवीर होकर भी हमारे सामाजिक इतिहास के अत्यन्त महत्त्वपूर्ण पहलू को बयाँ करता था। घर वगैरह बदलने के सिलसिले में शायद यह तसवीर कहीं खो गई लेकिन मुझे याद है कि हमारे परिवार के विलुप्त सामन्ती वैभव की एक झाँकी इस तसवीर में मिलती थी। साथ ही, बदलते परिवेश और समय के साथ आम लोगों के पहरावे में कैसे बदलाव आता है इस बात को भी यह तसवीर बखूबी बयाँ करती थी। इसके खो जाने का अफसोस मुझे बराबर बना रहा। अब हमारे ससुराल के इलाके यानी पुराने तिरहुत क्षेत्र में शादी-विवाह में शायद ही कोई सिर पर टोपी पहनता है और धोती-कुर्ते का पहरावा एकदम विलुप्तप्राय है, तब इस तसवीर को देखने से समय के साथ होने वाले बदलाव का भी एहसास हो पाता है।

बारात मेरे घर के दरवाजे पर पहुँची। हमारे घर की एवं आस-पड़ोस की औरतों का हुजूम हमारी कोठी की छत पर था और बारात के ऊपर फूल बरसाए जा रहे थे। दूल्हा के अगल-बगल दो नौकर चँवर और तलवार लेकर खड़े थे। गाना गाने

वाली घर-गाँव की औरतों के अलावा पेशेवर गानेवालियाँ भी बुलाई गई थीं। प्रचलित रस्म के अनुसार सभी द्वारा गाली के गाने गाए जा रहे थे। यह भी बारात के स्वागत का हमारे बिहार और पूर्वी उत्तर प्रदेश में एक अनूठा तरीका है। हमारे घर-परिवार के लोग भी सज-धज कर बारातियों के स्वागत में खड़े थे। दूल्हा के दरवाजे पर पहुँचने पर द्वार पूजा की गई जिसके उपरान्त बारातियों का किस्म-किस्म की मिठाई और शर्बत से स्वागत किया गया। इसी वक्त दोनों समधी लोगों के मिलन की रस्म भी पूरी हुई और तब फिर बारात जनवासे में लौट गई, जहाँ बड़े शामियाने के नीचे महफिल लगी। देर रात तक नर्तकियों एवं बाई जी का नृत्य चला, गाना-बजाना हुआ। पूरे उत्सव-सा माहौल बना रहा। बड़ी-बड़ी पेट्रोमैक्स की बत्तियाँ जली हुई थीं। शामियाने से थोड़ी ही दूर पर खाने-पीने का इन्तजाम था। लगातार एक पंगत के बाद दूसरे पंगत में भोज का क्रम भी जारी था। पूरे माहौल में हर्ष और उल्लास की गमक फैली हुई थी।

इसी उत्सव के माहौल में एक खुसफुसाहट का दौर निकल पड़ा। बारात के ही किसी व्यक्ति को सम्भवतः मेरे गाँव के किसी परिवार के व्यक्ति ने यह कह दिया कि शर्मा जी के घर के लोग जिस लड़की को देखकर गए थे, दरअसल, शादी उस लड़की की नहीं होकर किसी और लड़की की हो रही है। यह लड़की देखने में तो अच्छी नहीं ही है, बहरी भी है। बस क्या था! पलक झपकते यह खुसफुस एक अफवाह की तरह पूरे बारातियों के बीच फैल गई। बारातियों ने कहना शुरू किया कि वे लौटकर जा रहे हैं। शादी नहीं होगी। बात हमारे चाचा के कानों तक पहुँची। वे सुनकर आगबबूला हो गए। छत पर अपने कमरे में गए और अपनी पिस्तौल निकालकर ले आए। बारातियों के बीच जाने को तैयार हो गए। कहने लगे कि सभी को शूट कर देंगे। लड़का समेत उसके पिता को भी। यह बात जब मेरे भाई सजन को मालूम पड़ी तो वह गस खाकर गिर पड़ा। उसने तो इस रिश्ते को तय करने में अपना खून-पसीना लगा दिया था। उसका इस तरह आहत होना तो स्वाभाविक था। उसको लोगों ने पानी का छींटा देकर होश में लाने की कोशिश की। वह जब होश में आया तो दौड़े-दौड़े शर्मा जी के पास गया और उनसे चुपचाप कहा कि चलिए मैं आपको अपनी बहन दिखाता हूँ। अभी-अभी।

मेरा भाई दौड़े-दौड़े घर में वापस आया। मेरी शादी की रस्म के लिए मंडप

जाने के पूर्व, जैसा रिवाज था, मुझे नहलाने के बाद मेरी चाची वगैरह ने मुझे शादी की साड़ी पहनाकर घर में तैयार कर दिया था। नहलाकर नए कपड़े पहनने के बाद नजर उतारने की रस्म होती है। इसके बाद लड़की को विवाह के मंडप पर लाया जाता है और विवाह की वैदिक रस्में बाकायदा वर-वधू की उपस्थिति में पंडितों द्वारा पूरी की जाती हैं। मंडप हमारे घर के आँगन के बीचोबीच अवस्थित था और घर के सारे लोग, खासकर महिलाएँ, अब इन्तजार कर रहे थे विवाह की रस्म के शुरू होने का।

"माँ, माँ आप जल्दी से दीदी को ऊपर छत पर ले चलिए," मेरे भाई सजन ने माँ से हाँफते हुए कहा। "क्या हो गया? अभी तो बबुनी (मेरे लिए घर के लोग, खासकर मेरी माँ, इसी सम्बोधन का इस्तेमाल करते थे।) को शादी के मंडप पर बैठना है। कुछ ही देर में अब तो लड़का भी मंडप पर आने वाला है।" मेरी माँ ने कहा। "अभी यह सब पूछने का वक्त नहीं है। लड़के की ओर से यह माँग की गई है कि वह जब दीदी को देख लेगा उसके बाद ही मंडप पर आवेगा।" मेरे भाई ने मेरी माँ की चिन्ता को भाँपते हुए फौरन जवाब दिया।

"काहे, ए बबुआ, अब क्या हो गया? यह तो हम लोगों के रस्म-रिवाज में नहीं है कि मंडप पर बैठने से पहले लड़का द्वारा लड़की को देखा जाए। कुछ तो जरूर हुआ है?" माँ का प्रश्नवाचक सम्बोधन उसकी चिन्ता को जाहिर कर रहा था।

"यह सब पूछने का अभी वक्त नहीं है। तुम जल्दी से दीदी को लेकर छोटका बाबूजी के कमरे में पहुँचो और मैं लड़के (शर्मा जी) को लेकर आता हूँ।" सजन ने माँ को अन्य लोगों से अलग ले जाकर कहा।

"बबुआ कुछ तो बताओ कि एकाएक यह क्या हो गया है?" मेरी माँ अपनी परेशानी को आसानी से विराम नहीं दे पा रही थीं।

"यह जान लो कि छोटका बाबूजी बाहर बारातियों पर पिस्तौल ताने खड़े हैं। बात बिगड़ने वाली है। तुम जल्दी मैं जो कह रहा हूँ उसे करो," मेरे भाई ने लगभग हताशा के स्वर में कहा।

इतना सुनना था कि मेरी माँ फौरन मेरे पास आईं और मुझे ऊपर के कमरे में ले गईं। मुझे मौका तक नहीं मिला कि उनसे इस प्रयोजन के सम्बन्ध में कोई विशेष प्रश्न पूछ सकूँ। माँ के चेहरे से चिन्ता साफ झलक रही थी। ऐसे में मैंने

उनकी दुविधा को और बढ़ाना कतई उचित नहीं समझा। ऊपर छोटका बाबूजी के कमरे में मुझे खड़ा करके माँ स्वयं दरवाजे पर ही खड़ी रहीं।

मेरा भाई जब किसी को साथ लेकर कमरे में आया तो मैं समझ गई कि यह व्यक्ति और कोई नहीं, मेरे होने वाले पति ही हैं। मेरे भाई ने मुझसे उनका पैर छूकर प्रणाम करने को कहा और कहा कि वे जो कुछ भी पूछें उसका जवाब दूँ।

मेरे लिए तो यह एक अकल्पनीय स्थिति थी। घर की चहारदीवारियों के अन्दर पली-बढ़ी, मुझे तो इस बात को स्वीकार पाना ही मुश्किल लग रहा था कि विवाह की रस्म से पहले कोई लड़का अपनी होने वाली पत्नी को न सिर्फ देखे बल्कि उससे संवाद भी करे। खैर, शर्मा जी ने मुझसे मेरी पढ़ाई के बारे में पूछा। मैंने खरा-सा जवाब दिया कि आखिर मेरी शिक्षा तो जो भी थी वह घर की चहारदीवारियों के बीच रहकर ही हुई। मैं कोई स्कूल वगैरह तो गई नहीं। खैर जो भी हो, उनका मेरी शिक्षा के बारे में यह कौतूहल उस वक्त आत्मीय लगा क्योंकि उससे मेरे मन में यह आशा बँधी कि शायद बाहर की दुनिया को देख पाने के लिए मेरा मार्ग प्रशस्त करने की उत्कंठा उनके मन में भी बसी हो। इस संक्षिप्त साक्षात्कार के बाद मुझे वापस ले गईं मेरी माँ। थोड़ी देर बाद 'परछन' की रस्म के बाद मुझे मंडप में बिठाया गया और विवाह का कार्यक्रम प्रारम्भ हुआ। जब शर्मा जी भी आकर मंडप पर बैठ गए और पंडित ने बाकायदा मंत्रोच्चार आदि का कारोबार शुरू किया तो मैं थोड़ी सहज हो पाई।

मंडप में बैठ जाने के बाद मैं सहज तो हो गई लेकिन सहजता की मन:स्थिति में आने के बाद मेरा मन एक दूसरे किस्म के कौतुक और आशंका से घिरने लगा। मेरे घर से बाहर बारात के लोगों के बीच क्या कानाफूसी हुई थी, क्या अफवाह फैलाई गई थी इसके बारे में मेरे भाई ने तो मुझे कुछ भी नहीं बताया था। तीन आँगनों वाला मेरा घर इतना बड़ा था कि घर के अन्दर लोगों के बीच भी यह बात फैल नहीं पाई थी जिससे मुझे इसका सूत्र मिल सके कि विवाह की रस्म से पूर्व मेरे होने वाले पति यानी शर्मा जी की ओर से मुझे देखने की यह माँग क्यों और कैसे आई थी।

पंडित जी लगातार मंत्रोच्चार कर रहे थे। विवाह सम्बन्धी सारी कवायद हम दोनों से करवाई जा रही थी। दो या तीन घंटे के अन्दर ही सिंदूर दान की अन्तिम और निर्णायक रस्म पूरी होने वाली थी। इसके बाद पाणिग्रहण का संस्कार लगभग

पूरा माना जाता है लेकिन मेरे मन में लगातार प्रश्नों की लड़ी उद्वेलित हो रही थी। मेरे भाई ने तो मुझे बताया था कि उसने शर्मा जी से मेरे सौन्दर्य और रूप के बारे में बढ़-चढ़कर चर्चा की थी और उसके प्रमाण स्वरूप मेरा फोटो भी उनको दिखाया था उसने। क्या इसके बावजूद उनके मन में मेरे रूप-रंग को लेकर किसी प्रकार का असन्तोष बाकी रह गया था? मंत्रोच्चार के स्पन्दनों के साथ-साथ यह प्रश्न मेरे मन के अन्दर हिलोरें ले रहा था और रह-रहकर मुझे भीतर से अशान्त भी कर रहा था। यह सिलसिला बहुत देर तक चलता रहा। फिर एकाएक मेरा मन एक दूसरे मुकाम पर जा बैठा। मुझे एकाएक ध्यान आया कि शर्मा जी ने मुझसे मेरी पढ़ाई-लिखाई के बारे में भी पूछा था। मैं सोचने लगी कि मेरे द्वारा दिये गए उत्तर ने तो कहीं उनकी अपेक्षाओं में कोई विसंगति नहीं पैदा कर दी। आखिरकार शर्मा जी एक पढ़े-लिखे डॉक्टर के बेटे थे। स्वयं उन्होंने एक नामी-गिरामी विश्वविद्यालय में उच्च शिक्षा प्राप्त की थी। हॉस्टल में रहते थे। जरूर वहाँ अन्य ऐसी महिलाओं से उनका परिचय हुआ होगा जिन्होंने उच्च शिक्षा प्राप्त की थी। जरूर वे उनके शिक्षा-प्रदत्त संस्कारों से अभिभूत हुए होंगे। कहाँ उनका व्यक्तित्व और कहाँ रूढ़िवादी, सामन्ती परिवेश में गढ़ा हुआ मेरा गँवई व्यक्तित्व! कहाँ विशाल विश्वविद्यालय की विविधताओं से परिपूर्ण परिवेश से प्लावित उनका व्यक्तित्व और कहाँ एक सामन्ती हवेली की चहारदीवारियों की सीमा द्वारा सीमित संकुचित मेरा व्यक्तित्व। उनकी अपेक्षाओं में विसंगति की कोई जमीन तो नहीं तैयार हो गई थी? यह सोच-सोच कर मेरा मन थोड़ा भयभीत और थोड़ा उदास भी हो रहा था। सिंदूर दान की रस्म के वक्त का एक फोटो आज भी मेरी शादी के उस फटे-पुराने एलबम में, जिससे मेरे बेटे तीपू ने वह बारात की मंडली वाला फोटो निकालकर मढ़वाया था, मौजूद है। साठ वर्षों के बाद भी आज जब उसे देखती हूँ तो मेरी इस समय की मनःस्थिति का मानो एक चलचित्र-सा आ खड़ा होता है मेरी आँखों के आगे।

कई सारे प्रश्न मेरे मन में उठ रहे थे। शर्मा जी को देखने के बाद, खासकर उनके पहरावे के बावजूद उनका निखरा हुआ सौष्ठव और उस पर अत्यन्त सहजता से बैठा उनके सौम्य और गाम्भीर्य को देखने से मैं प्रभावित तो थी किन्तु साथ ही मुझे यह आशंका भी सताए जा रही थी कि मैं कहीं उनकी अपेक्षाओं के समक्ष अपने को अपर्याप्त तो नहीं पाऊँगी। आगे मुझे एक अनजान राह पर सफर करना

था। पता नहीं कैसे-कैसे हिचकोले इस सफर में मेरा इन्तजार कर रहे होंगे। शिक्षा के साथ-साथ कुश्ती और कसरत के क्षेत्र में भी शर्मा जी ने ख्याति प्राप्त की थी। मेरे भाई ने बताया था कि इन दोनों के संयोग से उनके व्यक्तित्व में एक ऐसा तेज था जिससे विश्वविद्यालय के उस बृहत् समुदाय में उनकी एक अलग पहचान थी और अच्छे से अच्छे महानुभाव भी उनके इस तेज से अपने-आपको अप्रभावित नहीं महसूस कर पाते थे।

मेरे घर के आँगनों के बरामदों में अलग-अलग तरीके से शादी से सम्बन्धित गीतों और उनके गायन का कार्यक्रम जारी था। एक बरामदे के चिक के पीछे सभी औरतें मंगल-गीत गा रही थीं। दूसरे बरामदे में भाटिन और कथकिन लोग ढोलक और झाल बजाकर गाने में मस्त थीं। दरवाजे पर बाई जी का नाच चल रहा था। बनारस या भभुआ की कोई प्रसिद्ध बाई जी को बुलाया गया था मेरे चाचा द्वारा। उनको तो ऐसे मामलों में विशेषज्ञता हासिल थी। पिस्तौल निकालने वाले प्रकरण के बाद के तनाव से उन्होंने अपने-आपको मुक्त पाया।

सिंदूर दान की रस्म के बाद मेरी चाची ने मुझे और शर्मा जी को ले जाकर इस निमित्त बने कमरे में कोहबर की रस्म को पूरा करवाया और इसके बाद चाची ने मुझे अपने कमरे में ले जाकर मिठाई खिलाई। यह सब होते-होते करीब-करीब सुबह हो गई।

दूसरे दिन समधी को भात खिलाने का रिवाज था। मेरे चाचा ने तरह-तरह के व्यंजन बनवाए थे। समधी के साथ-साथ सभी बाराती लोगों का ब्याही जाने वाली लड़की के घरवालों के साथ-साथ बैठकर भात खाने की प्रथा थी। तो ऐसा ही हुआ। इसके बाद बारात के लोगों ने लड़की यानी मेरी विदाई की माँग की। मेरे चाचा ने कहा कि विदाई आज नहीं कल होगी। थोड़ी-बहुत कहा-सुनी हुई लेकिन बारात के लोग किसी तरह मान गए। शादी के तीसरे दिन विदाई हुई। बारात के ज्यादातर लोग तो भात खाने के बाद प्रस्थान कर गए। शर्मा जी के घर के कुछ खास-खास लोग ही रुक गए मेरी विदाई होने तक।

विदाई के दिन सबसे बाहर वाले आँगन में मेरी पालकी सजाकर रखी हुई थी। मेरी माँ तो बेचारी इतना रो रही थीं कि उनको कुछ भी सुध-बुध नहीं थी। विदाई के पहले कोहबर में पूजा की एक महत्त्वपूर्ण रस्म होती है मेरी चाची ने ही यह रस्म

मुझसे पूरी करवाई क्योंकि माँ से तो वह जिस हाल में थीं उसमें कुछ भी सम्भव नहीं था। कोहबर के बाद मुझे पालकी में लाकर बिठा दिया गया। घर की छत पर उधर समधी मिलन का कार्यक्रम हो रहा था और इधर आँगन में पालकी में बैठे-बैठे मैं लगातार रोए जा रही थी। घर में काम करने वाली दाई लोग मुझे बैठकर समझा रही थीं। इसी बीच छोटका बाबूजी यानी चाचा आए और फूट-फूटकर रोने लगे। आखिर मैं ही तो अकेली थी जिसे उन्होंने अपने गुस्से का लक्ष्य कभी नहीं बनाया था। शायद मुझे बहुत प्यार करते थे। मैं भी उनका पैर पकड़कर रोने लगी। तब अन्य लोगों ने उन्हें समझा-बुझा कर हटाया। मेरे बाबूजी को तो फिट आ गया था और वे वहीं पर गिर पड़े थे। फिर मेरी पालकी का दरवाजा बन्द किया गया और कहार लोग उसे उठाकर शिव मन्दिर ले गए। प्रणाम करने के बाद वापस जब मैं बैठने लगी तभी मेरी छोटी बहन, जो मुझसे उम्र में तकरीबन अठारह वर्ष छोटी थी, एक दाई की गोद में आ गई और उसने मेरा गला पकड़ लिया और कहने लगी 'मैं भी दीदी के साथ जाऊँगी।' किसी तरह घर की दाई लोगों ने उसको मुझसे छुड़वाया लेकिन मेरे तो दुःख का पारावार नहीं था। मेरी बहन तो बेचारी दो-ढाई साल मात्र की थी। उसका रोता हुआ चेहरा देखना मेरे लिए तो हृदय विदारक था।

पालकी उठी। कहार लोग उसे रमनपुर स्टेशन ले गए। कोई एकाध घंटे का सफर रहा होगा। जिन्दगी में पहली बार मैं ट्रेन से सफर करने जा रही थी। मैंने तो मोटरगाड़ी की सवारी भी कभी नहीं की थी। सुनती थी कि फलाँ इस्टेट वालों के यहाँ मोटरगाड़ी है लेकिन आँखों से पहली बार रमनपुर स्टेशन जाने के रास्ते में ही देखा मैंने। स्टेशन पर पालकी ट्रेन के डिब्बे के दरवाजे से सटाकर रखी गई। पालकी के दरवाजे को ट्रेन के दरवाजे से मुँह में मुँह मिलाकर रखा गया। इस किस्म का परदा था उस जमाने में कि कोई बाहरी व्यक्ति नई दुल्हन की सूरत गलती से भी न देख सके।

खैर, पूरा एक डिब्बा रिजर्व था हम लोगों के लिए। शर्मा जी के अलावा मेरे ससुर और उनके भाई और दामाद जैसे लोग ही मेरे डिब्बे में थे। बाकी बाराती लोग दूसरे डिब्बे में बैठे थे। शेरवानी और टोपी पहने हुए शर्मा जी मुझसे अलग एक सीट पर अपने बहनोई के साथ बैठे हुए थे और खूब मस्त होकर बातचीत कर रहे थे। बाकी अन्य लोग भी बातचीत में व्यस्त थे। कुछ देर बाद शर्मा जी के बहनोई

मेरे सामने वाली सीट पर आकर बैठे, अपना परिचय दिया और मुझसे वार्तालाप की कोशिश की। बहुत कुछ बातचीत तो नहीं हुई बस यूँ ही कुछ इधर-उधर की बातें। उनके बात करने के तौर-तरीके से लगा कि वे एक हँसमुख और मजाकिया किस्म के व्यक्ति हैं। और कोई नहीं था मुझसे बात करने वाला, पूरे डिब्बे में। यही पहली झाँकी थी मेरी बदली हुई दुनिया की। किसी भी व्यक्ति से, खासकर अगर वह मर्द हो, बातचीत शुरू कर पाने की आजादी अब मुझे नहीं थी। बातचीत जिस व्यक्ति से करनी हो उसके साथ मुझे अपने रिश्ते का ध्यान आवश्यक था। कुछ रिश्ते ऐसे थे जिनमें बात-व्यवहार प्रतिबन्धित थे। अगर बात करनी जरूरी हो भी तो सिर उठाकर, सामने उस व्यक्ति के चेहरे को देखते हुए नहीं। आँखें मिलनी नहीं चाहिए। यह सब मुझे मेरे मायके में बताया गया था। मुझे एहसास होने लगा था कि मेरे जीवन में अब कितना बदलाव होने वाला है। हम घर की चहारदीवारी के भीतर ही रहती थीं अपने मायके में, लेकिन किसी से भी बोलने-बतियाने में कोई प्रतिबन्ध नहीं था। अपने हर्ष और दुःख दोनों को स्वतंत्र रूप से शब्द देने की आजादी थी हमारे पास। यह सब अब बदलने वाला था। मेरा पूरा नैतिक संसार अब बदलने वाला है, ऐसा एहसास लगातार सताए जा रहा था। इस अज्ञात जगत में मेरा साथी कौन होगा जो मुझे रास्ता बताएगा, असहज और असामान्य परिस्थितियों से पार पाने में सिर्फ साथ ही नहीं देगा बल्कि मेरा मार्गदर्शन भी कर पाएगा। बार-बार मुझे अपने घर की याद आ रही थी। कैसे मेरी माँ रहेगी मेरे बिना। मेरे बाबूजी के लिए तो मैं भरोसा का पर्याय थी। उनकी देख-रेख और सेवा-शुश्रूषा अब कैसे होगी। इतने सारे प्रश्न कौंध रहे थे मेरे मन में लेकिन वहाँ, मेरे होने वाले नए घर में कोई तो नहीं होगा ऐसा जिसके साथ मैं अपनी भावनाओं और प्रश्नों को साझा कर पाऊँगी।

पर की बेटी से मैं अब घर की बहू हो गई थी। मुझे स्मरण हुआ कि मुझे अपने होने वाले पति का पैर छूने के लिए कहा गया था। मेरी माँ तो बहुत ही कम पढ़ी-लिखी थीं लेकिन बाबूजी तकरीबन पूरी तरह बधिर होने के बावजूद धर्मशास्त्रों और ग्रन्थों का काफी ज्ञान रखते थे। वे ही मुझे बताते थे कि *मनुस्मृति* में लिखा है कि एक लड़की को हमेशा अपने पिता के संरक्षण में रहना चाहिए, शादी के बाद पति उसका संरक्षक होना चाहिए, पति की मौत के बाद उसे अपने बच्चों की दया पर निर्भर रहना चाहिए, किसी भी स्थिति में एक महिला आजाद नहीं हो सकती।

हमारे घर में गीताप्रेस, गोरखपुर से निकलने वाली मासिक पत्रिका *कल्याण* नियमित रूप से आती थी। बाबूजी मुझे बराबर सलाह देते थे इस पत्रिका को पढ़ने की।

घर-गृहस्थी में आचार-विचार और परिवार के साथ, उसके विभिन्न सदस्यों के साथ व्यवहार के तौर-तरीकों पर कई सारी सीख उस पत्रिका में देखने में मिलती थी। मुझे अब इन सब सीखों को अपने जीवन में अवतरित करना होगा।

ट्रेन में घर से लाए गए रात के खाने को सभी लोगों के बीच दिया गया। शर्मा जी के बहनोई ठाकुर साहब ने मुझसे भी खाने को कहा लेकिन मैंने तो मुँह में पानी भी नहीं दिया था तो खाने का क्या प्रश्न उठता था। बहुत जिद किया उन्होंने लेकिन मैंने नहीं खाया। गाड़ी भोर के वक्त मुजफ्फरपुर स्टेशन पहुँच गई। गर्मी के दिन थे इसलिए जल्द ही सवेरा भी हो चला। माधोपुर जाने के लिए स्टेशन से एक फिटन गाड़ी भाड़े पर ठीक की गई। उसी से हम और शर्मा जी मेरे ससुराल के घर पहुँचे करीब आधे घंटे के सफर के बाद। हमारे पहुँचते ही अगल-बगल से गाँव की अनेक औरतें दरवाजे पर आ गईं। सभी औरतें गीत-गाना गा रही थीं। हमारे घर में प्रवेश से पहले चुमावन की रस्म पूरी हुई, फिर वहाँ से कोहबर जहाँ बना था वहाँ ले जाकर पूजा कराई गई। इतने में दिन की रोशनी हो चली थी। एक-एक कर गाँव की औरतें आ रही थीं और मेरी सास या मेरी ननद बारी-बारी से मेरे सिर से घूँघट को थोड़ा हटाकर मेरे चेहरे का उन्हें अवलोकन करा रही थीं। एकाध घंटे तक यह सिलसिला जारी रहा। मैं तो किसी को पहचान नहीं रही थी। अन्दाज से ही मुझे पता चल पाया कि दो प्रमुख महिलाएँ मेरी सास और मेरी ननद हैं। आजकल के जमाने में तो बाकायदा नाम या रिश्ता बताकर परिचय कराने का रिवाज पुख्ता हो गया है लेकिन उस समय तो बहुत से बहुत बताया जाता था कि जो महिला मेरा मुँह देख रही हैं वो मेरे रिश्ते में कौन लगेंगी। अगर कोई गाँव के रिश्ते की महिला नहीं है तो फिर किसी वैकल्पिक परिचय का उपयोग किया जाता था। और जब यह सब कुछ भी सम्भव न हो तो मात्र घूँघट उठाकर मुँह दिखा दिया जाता था और यह मान लिया जाता था कि इससे आगे कुछ और करने या कहने की जरूरत नहीं है।

"मुझे तो उम्मीद ही नहीं थी कि मेरी किस्मत इतनी अच्छी निकलेगी दयासुन्दरी जी, मेरी पतोह तो एकदम स्वर्ग की सुन्दरी है, है कि नहीं?" मैंने अपनी सास को किसी घर की ही महिला से कहते हुए सुना।

"हमें दहेज क्या और कितना मिला इसकी मुझे चिन्ता नहीं है। मेरी पतोहू तो इतनी सुन्दर है कि देखकर मन नहीं अघाता है।" मेरी सास के इतना कहने पर दयासुन्दरी देवी, जो मुझे बाद में पता चला शर्मा जी की फूआ थीं, ने हामी भरते हुए कहा, "अरे हाँ, देखिए तो रंग भी कितना गोरा है, एकदम दूध जैसा सफेद।"

यह सब बातचीत जिस भाषा में चल रही थी वह मेरे यहाँ बोले जाने वाली भाषा से एकदम अलग लग रही थी। चूँकि मूल शब्द तो हिन्दी के ही थे इसलिए मोटे तौर पर मुझे इन सभी महिलाओं की बातें तो समझ में आ रही थीं लेकिन साथ में मुझे यह चिन्ता भी सताने लगी थी कि मैं उनसे आखिर किस बोली में बातचीत करूँगी। मेरी बोली तो इन लोगों से अलग है तो मेरा बोला हुआ क्या कुछ समझ आ पाएगा इन लोगों को। वैसे तो एक नई-नवेली दुल्हन से बहुत ज्यादा कुछ बोलने की कोई अपेक्षा नहीं होती थी लेकिन बोली की यह चिन्ता अब एक दूसरी चिन्ता को आवेग देने लगी थी। जीवन में पहली बार मुझे यह एहसास सताने लगा था कि अब मैं अपने घर से दूर, बहुत दूर एक पूरी तरह नए परिवेश में आ चुकी हूँ। मेरे आसपास न मेरी माँ थीं, न बाबूजी, न मेरी कोई चचेरी बहन। यहाँ तक कि छोटका बाबूजी की कमी भी मुझे महसूस होने लगी थी। चाहे उनका जैसा भी व्यवहार रहा हो अन्य लोगों के साथ, उन्होंने मेरे साथ कभी ऊँची आवाज में बात नहीं की। मुझे घर में सबसे ज्यादा जिम्मेदार व्यक्ति समझते थे और उनका मेरे ऊपर अगाध स्नेह हुआ करता था। तो इसी अनजान परिवेश को मुझे अपना नया घर बनाना होगा और जब यह बात दिमाग में आने लगी तो बार-बार मेरा ध्यान शर्मा जी के घर के भौतिक स्वरूप पर सबसे पहले जाने लगा।

भोर होने से पहले जब मैं फिटन की सवारी से स्टेशन से यहाँ पहुँची थी तब तो सबसे पहला कौतूहल तो इसी बात को लेकर था कि आखिर मेरा नया घर, माधोपुर का घर, कैसा होगा। शर्मा जी बहुत पढ़े-लिखे थे, उनके पिता भी डॉक्टर थे लेकिन इतना तो मुझे एहसास था कि हमारे खानदान और हमारे घर की तुलना में उनके यहाँ वैभव तो नहीं के बराबर ही था। ये लोग एक अच्छे खाते-पीते घर के थे लेकिन थे मूलतः किसान परिवार के ही। इसलिए जब मैं यहाँ पहुँची तो छँटते हुए अँधेरे में फिटन से उतरते समय मैंने घूँघट के कोने से देखा कि मकान के सामने वाले भाग में दो अष्टभुजाकार सुन्दर कमरे बने हुए थे और इन दोनों

कमरों के बीच बरामदा था। इसी बरामदे पर घर के अन्दर जाने वाले दो दरवाजे थे। बरामदे की छत खपरैल की थी लेकिन दोनों कोठरियों की छत पक्की थी। कुल मिलाकर घर का सामने वाला भाग तो अपने हिसाब से सुन्दर ही लगा, खपरैल छत के बावजूद, लेकिन हमारा घर तो महल जैसा था। घर के अन्दर मात्र एक आँगन था जबकि मेरे नैहर में तीन-तीन आँगन थे। अब मुझे देखना था कि आखिर घर की अन्दरूनी अवस्था क्या है।

मुँह दिखाई के इस कार्यक्रम की समाप्ति के उपरान्त मुझे मेरे कमरे में ले जाया गया। यह मकान के पूर्वी भाग में था और मैंने देखा कि एक लम्बी छत, जो पक्की थी, के नीचे तीन अलग-अलग कमरे बने हुए थे और मेरा कमरा उन्हीं में से एक था। मकान के आगे में एक कुआँ था। जब मैंने स्नान करने की इच्छा जाहिर की तो मुझे आँगन में ही एक खुले, अर्द्धगोलाकार दीवार से घिरी जगह में ले जाया गया जहाँ कोई परदा नहीं था और एक घर में काम करने वाली औरत ने कुएँ का पानी लाकर मेरे नहाने के लिए रख दिया। हमारे घर की तरह यहाँ हैंड पम्प नहीं था। शौच करने के लिए भी टाट और बाँस से घेरा हुआ, घर के पिछवाड़े में एक खुला स्थान था। हमारे यहाँ की तरह पक्का मकान के अन्दर बना न तो स्नानघर था और न ही कोई शौचालय। मेरे जीवन के लिए यही थी नई व्यवस्था। इसी सच्चाई के साथ मुझे सामंजस्य बिठाना था।

लोरा का आख्यान

बाबा मुझे लाए तो थे लैब्राडोर समझकर लेकिन जब मैं थोड़ी बड़ी हुई, तकरीबन पाँच-छह महीने की, तब उन्हें समझ आया कि कर्नल राणा, जिनके कैनेल से बाबा ने मुझे खरीदा था, ने उनके साथ धोखा तो नहीं किया, क्योंकि ऐसा उनके लिए करना सम्भव नहीं था, लेकिन बाबा को उन्होंने पूरी बात शायद नहीं बताई। मेरा रंग विशुद्ध रूप से काला है और इस रंग के पिल्लों में लैब्राडोर और डाबरमैन प्रजाति का अन्तर कर पाना कभी-कभी काफी मुश्किल हो सकता है।

वैसे तो बाबा को कुत्तों की नस्लों आदि के बारे में अपने ज्ञान पर बड़ा गुमान था लेकिन इस मामले में वे धोखा जरूर खा गए। उन्होंने पहले तो केवल अलसेशियन ही पाला था इसलिए शायद वे बहुत बारीकी से फर्क नहीं कर सके। तीस वर्षों के अन्तराल के बाद बाबा फिर से कुत्ता पालने चले थे।

कर्नल राणा का केनेल दिल्ली के सरिता विहार कॉलोनी में अवस्थित था। बाबा पिछले दो-तीन वर्षों में हर साल यहाँ सरिता विहार अपने बड़े बेटे के यहाँ एकाध महीना बिताने आते थे। कर्नल राणा ने फौज से रिटायर होने के बाद सरिता विहार में ही अपना आशियाना बनाया था। सरिता विहार अस्सी के दशक के उत्तरार्द्ध में डी.डी.ए. द्वारा दिल्ली के दक्षिण-पूर्वी भाग में बनाई गई एक काफी बड़ी कॉलोनी है। रिटायर होने के बाद सही समय से कर्नल राणा ने यहाँ जगह खरीद ली थी क्योंकि इसके कुछ ही वर्षों बाद दिल्ली शहर में मकानों आदि के दाम बेतहाशा बढ़ने शुरू हो गए थे। सस्ती के दौर में ही खरीदी हुई प्रॉपर्टी में ही ग्राउंड फ्लोर पर कर्नल साहब ने केनेल खोल रखा था। फौज में भी वे रिमाउंट एंड वेटेनरी कोर में थे। इस कारण उन्हें घोड़ों और कुत्तों के बारे में अच्छा ज्ञान था क्योंकि यही उनका दायित्व था फौज में—अच्छी नस्ल के घोड़े, खच्चर और कुत्ते आदि की ब्रीडिंग करना और उन्हें पालना। फौज में अपनी नौकरी के दरम्यान अर्जित किए अनुभव को उन्होंने अच्छी ब्रीड के कुत्तों की ब्रीडिंग कर उन्हें व्यावसायिक दर पर बेचने का काम रिटायर होने के बाद शुरू किया था। बड़े कद के कुत्तों में मुख्यतः लैब्राडोर, अलसेशियन और डाबरमैन ही दिल्ली के लोगों में पॉपुलर थे। इसलिए कर्नल राणा ने मात्र इन्हीं तीन ब्रीड के कुत्तों की ब्रीडिंग करने का निर्णय लिया था। आमदनी अच्छी होती थी कर्नल साहब को अपने इस कारोबार से। दिल्ली शहर में खरीदारों की कमी नहीं थी। हालाँकि उस वक्त तक अभी इंटरनेट का दौर नहीं चल पड़ा था इसलिए अखबारों और फ्लायरों के माध्यम से अपने केनेल का प्रचार करने के अलावा एकमात्र वैकल्पिक माध्यम था वर्ड ऑफ माउथ यानी दोस्तों और शौकीन लोगों द्वारा किसी भी ब्रीडर के पप्स के बारे में दूसरे इच्छुक लोगों से, जो उनके जान-पहचान के हैं, चर्चा करना।

अपने हरेक दिल्ली प्रवास के दौरान बाबा दो काम नियमित रूप से करते थे। पहला था अपने दस वर्षीय पोते को कॉलोनी के बगल में ही अवस्थित स्कूल

में पैदल ले जाकर छोड़ना और वहाँ से मॉर्निंग वाक करते हुए अपने बड़े बेटे के घर लौटना और दूसरा था सुबह तन्मयता से एक घंटे अखबार पढ़ना। अखबार पढ़ने के ही इस क्रम में एक दिन बाबा की नजर क्लासिफाइड कॉलमों में लैब्राडोर पप्स के एक विज्ञापन पर पड़ी। बस क्या था। पिछले कुछ समय से तो बाबा के मंसूबों में से एक दीगर मंसूबा तो यह था ही, एक लैब्राडोर कुत्ता को पालना। उन्होंने विज्ञापन में दिये हुए पते के बारे में अपने बेटे से मशविरा किया। बेटे ने बताया कि वे किसी एक और व्यक्ति को भी जानते हैं जो कुत्तों के शौकीन हैं और निश्चित तौर पर उन्हें भी इस विज्ञापित केनेल के बारे में पता होगा। बेटे ने उस व्यक्ति से एक शाम बाबा को मिलवाया। उस व्यक्ति ने बाबा को आश्वस्त किया कि जिस केनेल (कर्नल राणा का) का उन्होंने विज्ञापन देखा है वो केनेल बहुत विश्वसनीय है और उसकी अच्छी-खासी ख्याति है आसपास के इलाके में।

दूसरे दिन अपने पोते को स्कूल छोड़ने के बाद बाबा अपने मॉर्निंग वाक के दौरान निकल पड़े कर्नल राणा के केनेल की ओर और वहाँ पहुँचकर उन्होंने कर्नल राणा से अपना परिचय किया। कर्नल राणा ने उन्हें मेरे साथ मेरे सभी भाई-बहनों का मुआयना करवाया। कर्नल साहब को श्वान प्रजातियों के बारे में अपने अनुभव पर गुमान था तो बाबा को भी इस क्षेत्र में अपने ज्ञान पर दंभ था। तो बाबा ने पूछा, "क्या कर्नल साहब आप इस बात की गारंटी दे पाएँगे कि आपकी कुतिया के इस ब्यांत के सभी बच्चे प्योर ब्रीड के होंगे और इनमें कोई मिक्स्चर नहीं होगा?"

"अरे, आप ऐसा क्यों कह रहे हैं साहब? फौजी आदमी हूँ। पचीस वर्ष अपनी नौकरी के मैंने जानवरों को पालते और बड़ा करते हुए देखा है। थोड़ा मेरे अनुभव पर भरोसा रखिए," कर्नल ने छूटते ही बाबा से कहा।

ज्ञान और गुमान के बीच की नोक-झोंक में इस सम्भावना पर गौर न हो सका कि कर्नल के केनेल में लैब्राडोर नस्ल के अलावा दो और नस्ल के कुत्ते थे जिनको अलग-अलग रखा तो जाता था लेकिन जब मौसम आता हो तब किसी कुतिया का प्रणय निवेदन नस्ल की सारी बाधाओं को लाँघ सकता था।

खैर बाबा ने कर्नल से तय किया कि वे अगले दिन आकर कर्नल से रुपये-पैसे का हिसाब करेंगे और मुझे ले जाएँगे। उसके अगले दिन बाबा माधोपुर लौटने वाले थे। उनके बेटे ने ट्रेन में उनका थ्री टियर ए.सी. में रिजर्वेशन करवा रखा था।

सामान्यतः बाबा कभी ए.सी. में नहीं चलते थे। लेकिन इस बार मई महीने की गर्मी को देखते हुए उनके बेटे ने आग्रह कर उनका टिकट ए.सी. में करवाया था। मेरे लिए एक मोटे कूट के डिब्बे का इन्तजाम करवाया गया और उसी में मुझे डालकर बाबा ट्रेन से चल पड़े और घर पहुँचने पर दादी के साथ जो वाकया हुआ उसके बारे में तो आप इस दास्तान की शुरुआत में ही जान चुके हैं। बाबा की ट्रेन की यात्राएँ ज्यादातर आनन्ददायक ही रहा करती थीं क्योंकि बाबा अपने सहयात्रियों से बातचीत करते हुए इतना घुल-मिल जाते थे कि उन्हें ट्रेन की यात्रा कभी बोझिल नहीं महसूस होती थी, खासकर अगर ट्रेन में ढंग की सीट मिल गई हो, रिजर्वेशन के साथ और कोई बिना वजह भीड़-भाड़ न इकट्ठी हो गई हो कम्पार्टमेंट में। मेरे लिए बाबा ने दूध और पानी का पर्याप्त इन्तजाम कर रखा था और कूट के डिब्बे को अगर मैं अपने शौच से गन्दा कर देती थी तो उसके लिए भी साफ करने का पर्याप्त इन्तजाम कर रखा था उन्होंने। मैंने भी कोई फालतू की हरकत नहीं की और बिना वजह कोई आवाज़ नहीं निकाली जिससे बाबा के सहयात्रियों को कोई आपत्ति हो सके। मैं अभी एक बहुत छोटी सी बच्ची जरूर थी लेकिन बाबा और मेरे बीच एक-दूसरे के जीवन के सन्दर्भगत सीमाओं की पारस्परिक समझ का यह पहला संयोग था।

बाबा तीस वर्षों के अन्तराल के बाद कुत्तों को पालने के अपने शौक को अंजाम देने जा रहे थे। बाबा की लेडी को गुजरे हुए तीस वर्ष बीत गए थे। लेडी ने बाबा को जो सुख और सम्मान दिया था उसे बाबा कभी भूल नहीं पाए थे। लेकिन साथ ही उनकी अपनी परेशानियों और मजबूरियों के कारण लेडी और उसके बेटे चेतक का अन्त कितना दुखमय हुआ था इस बात से उठी टीस भी बाबा को कभी नहीं छोड़ती थी। इन तीस वर्षों का समय बाबा के लिए जिम्मेदारियों को निभाते, जिन्दगी की उलझनों से निपटते और सुख-दुःख को झेलते हुए कटा होगा जिनके बारे में आप अभी तक थोड़ा-बहुत जान पाए होंगे लेकिन मैं इन वर्षों के बारे में बहुत प्रामाणिक तौर पर कुछ भी कहने की हकदार नहीं हूँ क्योंकि ये सब सुना-सुनाया मामला ही है मेरे लिए।

बाबा जब मुझे लेकर आए तो वे सत्तर साल के हो चुके थे। नौकरी से रिटायर हुए उन्हें दस साल हो गए थे। आम तौर पर इस उम्र में कोई व्यक्ति अपने घर में

कुत्ता नहीं लाता है अपने साथ रखने के लिए जब तक कि उसे यह सुविधा न प्राप्त हो कि उसके गुजर जाने की दशा में वह जीव पूरी तरह निस्सहाय न हो जाए। कोई भी जीव प्रेमी व्यक्ति सामान्यतः ऐसा नहीं करता है। लेकिन बाबा को अपने शरीर पर इतना भरोसा था कि उन्होंने उम्र के कारण जीवन शक्ति के क्षरण की सम्भावना को अपनी सोच में कभी जगह ही नहीं दिया।

बाबा जिस साल रिटायर हुए थे उस साल भी उन्होंने अपने श्वान प्रेम को अमली जामा पहनाने का प्रयास किया था। हुआ ऐसा कि बाबा के सबसे छोटे बेटे तीपू ने उन्हें पत्र लिखा कि उसकी दोस्ती हाल-फिलहाल में एक रिटायर्ड पुलिस अधिकारी से हुई है। ये अधिकारी भी कुत्तों के बड़े शौकीन हैं। रिटायर होने के बाद उन्होंने भी अपने गाँव में ही रहने का मन बनाया था। गाँव में उनका अच्छा, बड़ा-सा मकान था जहाँ उन्होंने डाबरमैन कुत्ते पाल रखे थे। उनकी एक कुतिया ने एक ब्यांत में पाँच पिल्लों को जन्म दिया था। एक बार उन्होंने बाबा के बेटे तीपू को अपने गाँव आने का न्योता दिया और कम-से-कम एक रात बिताने को कहा। तीपू के लिए यह मन की बात थी क्योंकि उनके लिए यह कौतूहल का विषय था कि एक पुलिस अधिकारी कैसे रिटायरमेंट के बाद वापस अपने गाँव जाकर रहता है। आम तौर पर तो यही सिलसिला चल पड़ा था कि अगर कोई भी व्यक्ति सरकारी नौकरी में किसी ऊँचे ओहदे से रिटायर होता है तो वह उसके बाद गाँव में जाकर रहना पसन्द नहीं करता है। नौकरी के दरम्यान कमाए हुए पैसे, जायज और नाजायज दोनों, से अमूमन किसी शहर में ही मकान बनवाता है। बाबा जैसे लोग तो बिरले ही होते हैं जो जानबूझकर अपने जीवन में यह निर्णय लेते हैं कि जब नौकरी की जिम्मेदारी समाप्त हो जाए तब वे अपने गाँव आकर रहें। यह शायद छोटे ओहदे वाली नौकरी करने वालों के लिए भले सत्य न हो लेकिन वह भी इसलिए है कि उनके पास शहर में रहने के लिए पर्याप्त संसाधन नहीं जमा हो पाता हो। अगर किसी के पास संसाधन हो तो वह गाँव में कभी न रहे। एक अजीब सी प्रवृत्ति घर कर गई है लोगों में, गाँव में न रहने की, लेकिन बहुत अन्य बातों के ही समान बाबा इस मामले में भी अपवाद थे।

खैर तीपू इस पुलिस अधिकारी के गाँव उनके बुलाने पर गए और रात्रि विश्राम भी उनके घर पर ही किया। रात को जब वे अपने कमरे में सो रहे थे

तो उनकी नींद एकाएक कमरे में किसी के घुसने की आवाज से खुली। उन्होंने जब मुड़कर देखा तो काले रंग का एक कुत्ता उनके बेड के बगल में खड़ा था और उन्हें ऐसा महसूस हुआ कि वह प्यार करवाने या ऐसे ही किसी नेक इरादे से उनके पास आया था। उसका इरादा कतई खौफनाक नहीं था। आमतौर पर डाबरमैन नस्ल के कुत्ते अतिथियों के साथ बहुत नेकी का वास्ता नहीं रखते हैं। और आप कल्पना करें वैसे समय का जब रात के अँधेरे में कोई डाबरमैन कुत्ता आपके कमरे में घुस आए और उसका मालिक उसके साथ न हो। कोई भी ऐसा आदमी जो इनकी प्रवृत्तियों से भलीभाँति परिचित न हो उसकी तो हालत खराब हो जाए। लेकिन तीपू जानते थे कि उनके मेजबान इस तरह की भूल कभी न करेंगे कि बिना ट्रेनिंग के पालतू कुत्ते को, और वह भी डाबरमैन नस्ल के कुत्ते को, रात में घर के अन्दर यूँ ही खुला नहीं छोड़ेंगे, खासकर जब घर में कोई अतिथि आया हुआ हो।

तो कुल मिलाकर तीपू के इस अधिकारी के घर आने का फल ये हुआ कि वे डाबरमैन नस्ल के कुत्तों से भी काफी प्रभावित हुए। पहले वे समझते थे कि डाबरमैन कुत्ते घर में रखे जाने के लिए ठीक नहीं थे। वे खौफनाक होते हैं और बहुत भरोसेमन्द नहीं होते। लेकिन इस यात्रा और रात्रि विश्राम के फलस्वरूप उनको अपनी धारणा बदलनी पड़ी। उनके पुलिस अधिकारी मित्र ने उन्हें उन पाँच पिल्लों में से एक को उन्हें देने की पेशकश की। तीपू ने उन्हें बताया कि फिलहाल तो वे खुद कुत्ता पालने का इरादा नहीं रखते किन्तु उनके पिता की शायद रुचि हो इसको पालने में क्योंकि वे तो कुत्तों के शौकीन रहे थे। उन्होंने अपने रिटायर्ड पुलिस अधिकारी मित्र से बताया कि वे अपने पिता से पूछेंगे और बताएँगे। उनके मित्र ने कहा कि वे उनके जवाब का इन्तजार करेंगे। लेकिन यह इन्तजार बहुत ज्यादा लम्बा नहीं हो पाएगा क्योंकि पिल्ले बहुत जल्द ही बड़े हो जाएँगे और फिर उनको सँभालना एक अतिरिक्त जिम्मेदारी हो जाएगी।

तीपू ने बाबा को पत्र लिखकर इस पूरे प्रकरण का बयान किया और पूछा कि क्या वे एक डाबरमैन कुत्ता पालना चाहेंगे। अगर हाँ तो उनको एक पिल्ला वे उपलब्ध करा देंगे। बाबा ने तीपू को पत्र के जवाब में लिखा, "मैं आपके इस प्रस्ताव से बहुत उत्साहित हूँ। हालाँकि डाबरमैन नस्ल से मैं बहुत परिचित नहीं हूँ

फिर भी आपके मित्र के पास अच्छी पेडिग्री का कुत्ता है तो मैं उसे लेना चाहूँगा। रिटायरमेंट के बाद यहाँ गाँव आकर रहने के बाद मैंने कई बार यह सोचा है कि अब मुझे फिर से एक बढ़िया कुत्ता पालना चाहिए। यहाँ गाँव के इस घर में आपकी माँ और मेरे सिवा स्थायी रूप से रहने वाला कोई और है नहीं। ऐसे में एक बढ़िया श्वान मित्र से बेहतर कोई और संगी नहीं हो सकता है। लेडी को गए अब तीस साल हो गए। उसकी और उसके बेटे चेतक की कभी-कभी बहुत याद आती है और यह सोचकर कभी-कभी मन भी बहुत भारी हो जाता है कि उनके साथ इतना लगाव रखकर भी मैं उन्हें एक भरा-पूरा और सामान्य, सुखमय जीवन नहीं दे पाया। अपनी मजबूरियों के कारण उनके जीवन के उत्तरार्द्ध में उनकी भलीभाँति देखभाल नहीं कर पाया और समय से बहुत पहले वे दोनों चल बसे। आप भाइयों की परवरिश और पढ़ाने-लिखाने की मेरी जिम्मेदारी भी अब समाप्त हो चुकी है। सामान्य अभावों का दौर भी अब मेरे जीवन में शायद नहीं रहा। ऐसे में सोचता हूँ कि मुझे अब फिर से अपने शौकों को तरजीह देनी चाहिए। ऐसा करने से शायद मेरी भावनाओं का संसार परिपूर्ण हो पाएगा और अगर ईश्वर की कृपा रही तो एक सुखमय जीवन व्यतीत कर पाऊँगा। अतः आप उचित समझें तो अपने पुलिस अधिकारी मित्र को हामी भर दें।"

जिस समय बाबा ने यह पत्र लिखा था उस समय दादी अपने बड़े बेटे के यहाँ दिल्ली गई हुई थीं, अपने नवजात पौत्र को देखने और कुछ महीनों तक उसकी देखभाल करने में अपनी पुत्रवधू का हाथ बँटाने के लिए। दिल्ली में रहते हुए ही दादी को बाबा की नई योजना की भनक मिल गई। शायद उनके बेटे ने ही बाबा की इस नई योजना का खुलासा उनसे किया था। फिर क्या था, दादी ने तुरत तीपू को पत्र लिख डाला।

"प्रिय तीपू,

मैं यहाँ अपने नवजात पौत्र के साथ आनन्द से समय बिता रही हूँ लेकिन इसी बीच मुझे तुम्हारे बड़े भाई से पता चला है कि तुम अपने पिताजी के लिए एक कुत्ता पालने का इन्तजाम करने वाले हो। आज तक तो तुम्हारे पिताजी अपनी मन की मर्जी से सब कुछ करते आए

हैं। किसी भी काम को करने के लिए उन्होंने मुझसे कभी राय-विचार नहीं किया है आज तक। लेकिन अब मैं यह स्पष्ट बता देना चाहती हूँ कि अगर तुमने उन्हें ऐसा करने दिया तो मैं अब माधोपुर कभी नहीं आऊँगी। माधोपुर के घर में या तो कुत्ता रहेगा या मैं। मुझसे अब तुम्हारे पिता की मनमानी बर्दाश्त नहीं होगी। कुत्ता तो वे ले आवेंगे लेकिन मैं जानती हूँ कि उसकी देखभाल का सारा जिम्मा मेरे ऊपर ही पटक देंगे। मैंने पहले यह सब करके देख लिया है। मुझसे अब नहीं सम्भव है कुत्ते के लिए घर में मांस पकते हुए देख पाना और उसके मल-मूत्रों को साफ करते हुए घर की शुचिता को बरकरार रख पाना। अपने दाम्पत्य जीवन को किसी प्रकार की किरकिरी से बचा लेने की खातिर शुरू के दौर में मैंने तुम्हारे पिताजी की मनमानी को बहुत बर्दाश्त कर लिया लेकिन अब मुझसे यह सब नहीं चल पाएगा।

अगर ऐसी ही परिस्थिति बन पड़ती है तो मैं अब अपना शेष जीवन अपने गुरुजी के आश्रम में हरिद्वार में काट लूँगी और तुम लोगों से किसी प्रकार की सद्भावना की उम्मीद नहीं रखूँगी। तुम्हारा जैसा भी निर्णय बन पड़ेगा मुझे सूचित कर देना। मैं उसी अनुसार आगे का रास्ता तय करूँगी।

तुम्हारी स्नेहमयी
माँ"

माँ के इस पत्र ने तीपू के लिए निर्णय लेना आसान कर दिया। दादी और बाबा के बीच मतान्तरों और विवादों में किसी प्रकार से पक्ष लेना उनको कभी अच्छा नहीं लगता था लेकिन कभी-कभी ऐसी परिस्थिति बन ही पड़ती थी कि वे पक्ष लेने से बच नहीं पाते थे। वैसी ही स्थितियों में से एक स्थिति अब उनके सामने आ पड़ी थी। उन्होंने दादी की भावनाओं को तरजीह दी और उस रिटायर्ड पुलिस अधिकारी को कहलवा भेजा कि वे उनके डाबरमैन के बच्चे को इस बार नहीं ले सकेंगे। उन्होंने यह भी कहलवा भेजा कि आने वाले समय में अगर वे स्वयं कुत्ता पालने का मन बनाते हैं तो वे फिर उनसे सम्पर्क करेंगे और आग्रह करेंगे।

तीपू ने बाबा को पत्र लिखकर यह सारी बात बता दी और बाबा को अपनी यह राय भी जाहिर कर दी कि उन्हें बिना दादी की सहमति के कुत्ता पालने की बात सोचने से परहेज करना चाहिए।

बाबा बहुत उदास हो गए। लेकिन बेचारे क्या करते। बेटे के निर्णय को अस्वीकार करना उन्होंने ठीक नहीं समझा। बेटा बड़ा हो चुका था। एक बड़ा अधिकारी था। उन्हें यह समझ थी कि उसने अपनी माँ की भावनाओं का आदर करने के लिए ही उन्हें कुत्ता न पालने की सलाह दी थी। बाबा बहुत मामलों में अपने मन की ही करते थे, दूसरों से कोई राय-विचार करने में ज्यादा विश्वास नहीं रखते थे। लेकिन दादी के साथ उनके सम्बन्ध की कुछ लक्ष्मण रेखाएँ थीं जिनको पार करना बाबा की सोच और सम्भावना में कतई नहीं था। यह प्रकरण भी बाबा की इसी सोच में उलझकर रह गया। बाबा नहीं चाहते थे कि माँ और बेटे के बीच उनके कारण किसी प्रकार का कोई मनमुटाव पैदा हो। वैसे यह भी सत्य था कि बाबा अपनी इस सोच को एक सीमा तक ही तरजीह दे पाते थे। यह सब मेरा निष्पक्ष कथन है जिसका आधार मेरा स्वयं का अनुभव के अलावा सुनी-सुनाई बातें भी हैं।

तो इस प्रकार बाबा द्वारा अपने जीवन में तीस वर्षों के अन्तराल के बाद दूसरी बार कुत्ता पालने की योजना मूर्त रूप न ले सकी। इसका अफसोस बाबा के मन से कभी गया नहीं। तो यह तो तय था कि अपने जीवन में बाबा कभी किसी चीज या बात को लेकर जिद कभी-कभी ही ठानते थे लेकिन यह भी तय था कि बाबा अगर किसी काम को करने का मन में ठान लेते थे तो उसको देर-सवेर पूरा कर ही लेते थे। दुर्भाग्यवश इस बार बाबा दादी की जिद के कारण असफल रहे। बाबा के नैराश्य के इस क्षण और उनके जीवन में मेरे आगमन के बीच तकरीबन दस वर्षों का अन्तराल निकल गया।

वर्ष 1966-67 में बिहार में भीषण अकाल आया था। विपन्नता का दौर तो माधोपुर जैसे गाँव में पहले से ही व्याप्त था लेकिन इस अकाल ने स्थिति को और भी गम्भीर बना दिया था। गाँव की ज्यादातर आबादी खेतों में मजदूरी करके अपना जीवन-

यापन करती थी। सामान्य रकबा वाले कुछेक किसान थे और बहुत थोड़े से लोग थे जिनके पास दस-बीस एकड़ से ज्यादा खेत थे। अकाल के समय हालत यह हो गई कि मजदूरों को तो दो जून रोटी के लाले पड़ ही गए, कुछ जमीन वाले जो किसान थे उनके घर में भी कुल पाँच-सात मन से ज्यादा अनाज नहीं रह गए थे।

अकाल के इस दौर के एकाध वर्ष पूर्व ही बाबा बाल सुधार विद्यालय (हजारीबाग) में दस वर्षों तक कार्य करने के बाद माधोपुर से बीस किलोमीटर दूर एक संस्थान में व्याख्याता के रूप में ट्रांसफर होकर आए थे। अकाल के इस दौर ने उन्हें विचलित कर दिया था। वे देखते थे कैसे उनके परिवार से जुड़े और अन्य भी, गरीब मजदूर लोग उनकी माँ के यहाँ आते थे महज दो-चार रोटियाँ माँगने।

"मालकिन आज किसी तरह गेहूँ की दो मोटी रोटी मिल जाए तो ऊपर वाला आपको सब दिन सुखी रखेगा," गरीब मजदूरों को उन्होंने अपनी माँ से याचना करते हुए देखा था। उनकी इच्छा होती थी कि घर में उपलब्ध सारे अनाज को गरीबों के बीच बाँट दें। लेकिन फिर वे यह भी सोचते थे कि शायद यह समस्या का सबसे प्रभावी समाधान न हो। बाबा बोलते थे कि उस वक्त गाँव की गरीब औरतों को देखकर उन्हें बार-बार सत्यजित रॉय की प्रसिद्ध फिल्म *पाथेर पांचाली* की चरित्र बूढ़ी इन्दिर की याद आती थी। चूँकि *पाथेर पांचाली* अपने जमाने में बड़ी प्रसिद्ध हुई थी तो बाबा ने इस फिल्म को देखने का मन बनाया था और हजारीबाग के प्रवास के दौरान वहाँ के बंगाली मित्रों के सौजन्य से उनका इस फिल्म का देखना सम्भव हो पाया था। कलकत्ता से कोई फिल्म डिस्ट्रीब्यूटर आया था जो विभिन्न शहरों में घूम-घूमकर इस फिल्म को दिखाता था। एक लाहा साहब थे जिनके घर के बड़े से लॉन में परदा टाँगकर और प्रोजेक्टर लगाकर उसने यह फिल्म दिखाई थी और वहाँ का सारा बंगाली समाज देखने को इकट्ठा हुआ था।

बाबा ने कभी कल्पना नहीं की थी कि बंगाल के पचास साल से ज्यादा पुराने जिस वृत्तान्त को रॉय ने अपनी फिल्म में उघाड़ने की कोशिश की थी कुछ वैसा ही दृश्य उन्हें अपने ही गाँव में सजीव रूप में देखने को मिलेगा। दरिद्रता के कगार पर पहुँच चुके अपने ही घर से जुड़े खेतिहर-मजदूरों का दर्द बाबा ने नजदीकी से देखा। दरिद्रता के खिलाफ बंगाल में लोगों ने हथियार उठाया लेकिन बाबा मानते थे कि हथियार उठाना समस्या का समाधान नहीं हो सकता। वैसे भी बाबा

कोई क्रान्तिकारी नहीं थे और न ही वे क्रान्तिकारी विचारों के पक्षधर थे। लेकिन रचनात्मक बदलाव को लेकर उनके मन में बराबर समाज में कुछ न कुछ अपना योगदान करने की उत्कंठा रहती थी।

जीव प्रेम और वनस्पति प्रेम—ये दो विचार बाबा की जीवन-वृत्तियों को परिभाषित करते थे। यही दौर था जब देश में हरित क्रान्ति प्रस्फुटित हो रही थी। अपनी वृत्तियों को एक परिष्कृत रूप से साधने का—खासकर अपने वनस्पति प्रेम को—मौका इस दौर में बाबा देख पा रहे थे।

प्रशिक्षण संस्थान में पदस्थापन के दौरान अब बाबा ज्यादातर अपने गाँव माधोपुर में ही रहने लगे थे। वहीं से रोज लगभग बीस किलोमीटर साइकिल से अपने काम पर जाने लगे थे। किसी सामान्य व्यक्ति के लिए इस प्रकार का परिश्रम रोज कर पाना अकल्पनीय था लेकिन बाबा की शारीरिक क्षमता असाधारण थी इसलिए वे ऐसा सहज रूप से कर लेते थे। रोज जब बाबा गाँव लौटते थे तो घर में जाने से पहले अपने खेतों पर जाते थे। उन्होंने निश्चय किया था कि वे भी उन्नत खेती करेंगे और इसी बहाने हरित क्रान्ति को अपनी जमीन पर, अपने गाँव की जमीन पर, उतारेंगे।

बाबा ने कृषि अनुसंधान परिषद की पत्रिकाओं को डाक से मँगाना शुरू किया। गेहूँ और आम पर परिषद से प्रकाशित प्रामाणिक पुस्तकों को मँगवाया। इससे उन्हें हरित क्रान्ति के क्षेत्र में हो रहे प्रयासों की जानकारी मिलने लगी। उन्हें यह समझ में आने लगा कि उन्नत खेती के लिए उन्हें क्या-क्या उपाय करने पड़ेंगे। संकर नस्ल के बीज बोने पर सबसे पहले रबी के मौसम में खेतों में पानी उपलब्ध कराने की आवश्यकता होगी। अभी तक पूरे गाँव में, सीमित तौर पर ही सही, जो भी रबी फसल लगाई जाती थी उसकी सिंचाई कुएँ के पानी से ही की जाती थी। ट्यूबवेल के बारे में माधोपुर के लोगों ने मात्र सुन रखा था। गाँव में एक भी ट्यूबवेल अभी तक नहीं लगा था और न ही आसपास से कोई नहर निकलती थी जिससे सिंचाई का साधन उपलब्ध हो। इन सबके बावजूद बाबा ने पहली बार अपने खेतों में से करीब दस एकड़ के रकबे में गेहूँ की फसल लगाने का निश्चय किया। पुराने समय का खोदा हुआ एकमात्र कुआँ था बाबा के खेतों में पानी डालने के लिए। ढेंकुली से पानी निकालने के अलावा कोई और विकल्प नहीं था। हल-बैल से

खेतों की जुताई होती थी। ट्रैक्टर अब भी माधोपुर और आसपास के गाँवों के लिए एक अपरिचित सम्पदा थी।

बाबा ने उन्नत खेती के लिए जो अनुष्ठान उठाया उसके लिए सबसे पहले उन्होंने अपने सीमित वेतन से किए सीमित बचत का पैसा लगाया। मजदूरों की कमी गाँव में नहीं थी। दर्जनों के हिसाब से रोज बाबा के खेतों में मजदूर काम करने लगे। अकाल से उबरने के बाद इस गाढ़े वक्त में उन्हें यह एक बहुत बड़ा सहारा मिला। कुछ ढेंकुली चलाने में लग गए, कुछ खेतों की जुताई में और कुछ बीज आदि की बुवाई में। जिला मुख्यालय से उन्नत किस्म के गेहूँ के बीज खरीदकर मँगवाए गए। संकर नस्ल के गेहूँ के लिए जरूरी था कि खेत की जुताई ऐसी हो कि मिट्टी एकदम पाउडर के समान हो जाए। सीमित संख्या में ही हल-बैल उपलब्ध थे। बुवाई का सीजन बहुत छोटा था और निकलता जा रहा था। अन्ततः शहर में कृषि विभाग से भाड़े पर लेकर डेविड ब्राउन ट्रैक्टर मँगाए गए। बीज बोने के पहले की आवश्यक जुताई का काम ड्राइवर ने एक ही दिन में पूरा कर दिया। माधोपुर के गाँव के लोगों ने पहली बार देखा खेती में मशीन का यह क्रान्तिकारी उपयोग।

गेहूँ की कटाई तक जन-मजदूर बाबा के खेतों में लगे रहे। पहले फसल के पटवन में, फिर निकौनी आदि में और अन्त में फसल काटने में। फसल अच्छी हुई। पैदावार जिसकी लोग कल्पना नहीं करते थे वैसी हुई। बाबा जब अपना यह सब उन्नत खेती का अनुष्ठान कर रहे थे तब गाँव के कुछ लोग उनकी पीठ पीछे कटाक्ष भी करते थे—यह कहकर कि वे देखेंगे कि विज्ञान के आधार पर की गई खेती आखिर क्या रंग लाती है। स्पष्टतः वे सब कामना कर रहे थे कि बाबा का प्रयोग विफल रहे और वे हतोत्साहित हो जाएँ। लेकिन बाबा के मुँह पर किसी भी व्यक्ति को इस आशय की बात करने की हिम्मत नहीं थी।

बाबा के प्रयोग के अन्तिम परिणाम ने सबका मुँह बन्द कर दिया। कटाई के बाद खेत से खलिहान तक गेहूँ की फसल के बोझे ढोने वाले मजदूरों की लड़ी लगी रही। कई दिनों तक खलिहान एकदम गुलजार-सा रहा। जिस अहाते में बाबा के मवेशी, यानी गाय और बैल रहते थे उसी जगह खलिहान बना था। बैलों के द्वारा फसल की दँवरी या मड़ाई कई दिनों तक चलती रही। दिन में मजदूरों के

लिए पेट भर भोजन का भी प्रबन्ध इसी अहाते में था। बथान और खलिहान एक ही अहाते में होने के कारण लगातार चल रहे काम-काज और मजदूरों एवं अन्य काम करने वालों की उपस्थिति तथा रात को कभी-कभार गैस बत्ती की रोशनी में भी चलने वाले काम के कारण अहाते में एक उत्सव-सा माहौल का एहसास लोगों को होने लगा था। गाँव के बूढ़े-बुजुर्गों से लेकर जवान किसानों का बाबा से मिलने के लिए आना-जाना लगा रहा। हर कोई नई फसल और उसको उगाने की नई तरकीबों के बारे में अपने कौतूहल को तरजीह देना चाहता था। हालाँकि बाबा के पिताजी यानी डॉक्टर साहब का बाबा के इन सारे प्रयासों पर कोई उत्साहवर्धक कथन किसी को सुनने को नहीं मिलता था। उनके पिताजी वैसे भी माधोपुर से तीस किलोमीटर दूर रहते थे और उन्होंने अपने कृषि कर्म के लिए एक अलग इकाई बना रखी थी और अपनी डॉक्टरी के साथ-साथ खेती-बारी का काम करते थे। उनका विश्वास हरित खाद पर आधारित कृषि पर ज्यादा था। ऐसा नहीं था कि वे हरित क्रान्ति के नए उपायों और नई तकनीकों से अनभिज्ञ थे लेकिन उन्होंने इसे अभी तक आजमाया नहीं था।

डॉक्टर साहब को बराबर लगता था कि बाबा अपने किसी नए काम की ओर बढ़ते तो बहुत उत्साह के साथ थे लेकिन उनकी किसी भी चीज में दिलचस्पी बहुत लम्बे दौर तक ठहर नहीं पाती थी। तो बाबा का उन्नत खेती का अनुष्ठान दो साल तक चला और इससे जो कुछ भी बचत हुई उसे बाबा ने सिंचाई की उन्नत और प्रभावी व्यवस्था में लगाने का मन बनाया। बाबा ने ऐसा ट्यूबवेल लगवाने का सोचा जिससे न सिर्फ उनकी खेती के लिए पर्याप्त सिंचाई हो सके बल्कि आसपास के अन्य किसानों को भी सिंचाई का लाभ मिल सके। लोग उनकी प्रगतिशील सोच की सराहना कर सकें।

यह साठ के दशक के अन्तिम दो-एक वर्ष थे। पूरे माधोपुर गाँव में किसी ने अभी तक ट्यूबवेल नहीं लगवाया था। बाबा जैसा ट्यूबवेल लगाना चाहते थे उसके लिए उनकी बचत के पैसे पर्याप्त नहीं पड़ते थे। तो उन्होंने अपने पिता, डॉक्टर साहब से पैसे की माँग की। डॉक्टर साहब बाबा के इस प्रोजेक्ट के बारे में बहुत उत्साहित तो नहीं थे लेकिन अपने इकलौते बेटे की माँग को अकारण ही अस्वीकार भी नहीं कर सकते थे। बड़े बेमन से उन्होंने बाबा को चन्देक हजार रुपये दे दिये।

जिला मुख्यालय से बड़ी रिंग मशीन भाड़े पर मँगवाई गई और चार इंच व्यास का ट्यूबवेल गाड़ा गया। पूरे जिले में भूगर्भ जल मात्र पचीस से तीस फुट पर मिल जाता था लेकिन बाबा ने अपना ट्यूबवेल तकरीबन तीन सौ फुट तक गड़वाया। जमीन के अन्दर जो पाइप गई उसके चारों ओर, पूरी गहराई भर, बजरी-कंकड़ डाला गया ताकि बोरिंग दीर्घकालिक तौर पर सलामत रहे। उसी वर्ष माधोपुर गाँव में बिजली आई। बाबा ने विशेष आग्रह कर अपने ट्यूबवेल तक बिजली का तार लगवाया। यह माधोपुर गाँव का ही नहीं उस पूरे इलाके का पहला ट्यूबवेल था और ऐसा जैसा फिर कोई दूसरा किसान अपने खेत में लगा न सका। जिस दिन अपोलो मिशन की मार्फत मनुष्य पहली बार चाँद पर पहुँचा उसी दिन ट्यूबवेल से पहली बार पानी निकला, ऐसा पानी जिसकी मिठास का कोई जवाब नहीं। बाबा ने अपने ट्यूबवेल का नाम रखा अपोलो बोरिंग हाउस।

इसी बीच बाबा का ट्रांसफर एक दूसरे जिले में किसी प्रशिक्षण संस्थान में हो गया था। यह संस्थान माधोपुर से बहुत दूर था और यहाँ से बाबा वैसे प्रतिदिन आना-जाना नहीं कर सकते जैसे उन्होंने अपनी उन्नत खेती के शुरुआती दो वर्षों में किया था। वहाँ जाने के लिए ट्रेन बदलनी पड़ती थी और कुछ दूरी बस से भी तय करनी होती थी। सतत तौर पर अब खेती के लिए समय दे पाना सम्भव न था। बाबा अपोलो ट्यूबवेल का इष्टतम उपयोग न कर सके। डॉक्टर साहब को यह कहते हुए सुना गया कि वे बाबा की उन्नत खेती के मामले में किए गए सत्प्रयासों की परिणति जानते थे। वैसे यह अलग बात थी कि इस किस्म के अपने विचारों को डॉक्टर साहब कभी बाबा के समक्ष प्रकट नहीं करते थे। बाप-बेटे के सम्बन्धों के बीच यह एक लक्ष्मण रेखा थी जिसका डॉक्टर साहब कभी अतिक्रमण नहीं कर पाते थे।

अपोलो बोरिंग हाउस के लगने के बाद एक-दो वर्षों के अन्दर ही माधोपुर के कई बड़े और मध्यम किसानों ने अपने खेतों में बोरिंग लगवाया और कई उन्नत खेती की तकनीकों को अपनाना शुरू किया लेकिन अगुआई बाबा द्वारा ही की गई थी। पथ-प्रदर्शक वही थे।

अब बाबा तो खेती में ज्यादा समय नहीं दे पाते थे। प्रशिक्षण संस्थान के अपने दायित्वों से लम्बी अवधि के लिए अवकाश ले पाना अब उनके लिए सम्भव न था।

उन्नत खेती के प्रति बाबा के श्रद्धा की इतिश्री यहीं से होने लगी। अपोलो बोरिंग हाउस का संचालन और अन्य कृषि कार्यों का दायित्व बाबा ने अब अपने घर से जुड़े विश्वासी मजदूरों पर छोड़ दिया। खर्च और आमदनी आदि का हिसाब रखना अब दादी के जिम्मे रह गया। जीवन के कई अन्य आयामों की ही तरह बाबा के कृषि कार्यों में श्रद्धा के प्रति भी दादी का उत्साह अत्यल्प ही था। पूरे मामले को जटिल यह बात भी बनाती थी कि बाबा के खेत और कृषि कार्यों के स्थल माधोपुर में उनके घर से तकरीबन एक कोस की दूरी पर अवस्थित थे। तथाकथित प्रतिष्ठित घरों की महिलाओं के लिए पारम्परिक तौर पर कृषि कार्य तो दूर खेतों पर जाना तक वर्जित था। अत: जो दो-चार विश्वासी मजदूर थे उन्हीं के आसरे अब सब कुछ चलता था। जो आकर जो हिसाब-किताब देते थे उसी से दादी को सन्तोष करना पड़ता था। बाबा बीच में कभी-कभार ही आते थे, कभी महीने में एक बार तो कभी दो महीने में एक बार। इस दौरान उनका ज्यादा समय दादी के निर्णयों और कृषि कार्य के रिमोट कंट्रोल की नुक्ताचीनी में ही गुजरता था।

यही वह दौर था जब बाबा के चारों बेटे बड़े हो रहे थे। सभी को बाबा ने हॉस्टलों में रहकर पढ़ने दिया, प्रतियोगी परीक्षाएँ पास कर उन सभी ने अच्छे संस्थानों में बारी-बारी से दाखिला पाया, लेकिन इससे उनकी पढ़ाई पर होने वाला खर्च कहीं से कम नहीं हो पाया। बाबा की तनख्वाह की रकम से उनकी फीस पूरी नहीं हो पाती थी। बाबा के जीवन की सादगी और उनकी मितव्ययी वृत्ति भी इस मामले में अपर्याप्त रहती थी। न चाहते हुए भी बाबा को इस कारण अपने पिता डॉक्टर साहब से वित्तीय मदद माँगनी पड़ती थी। अपने बेटों को वे स्तरीय शिक्षा देना चाहते थे इसलिए उन्हें अपने अहम को थोड़ा दरकिनार करना लाजिमी था। स्तरीय शिक्षा के लिए, बाबा ऐसा समझते थे, उन्हें अपने बेटों को अपने घर या गाँव-समाज के स्थानीय माहौल से दूर किसी संस्थान में पढ़ाना जरूरी था। लेकिन बाबा का यह अनुष्ठान उनके लिए भारी पड़ रहा था। वैसे तो जीवन की विषम परिस्थितियों से जूझने की बाबा में अप्रतिम क्षमता थी लेकिन बाबा की कमर तब टूट गई जब इसी दौर में डॉक्टर साहब बीमार पड़े और देखते-देखते पाँच महीनों के अन्दर ही कैंसर की बीमारी उन्हें उठा ले गई। बाबा के भावनात्मक संसार का एक अनन्य कोना तो सूना हो ही गया उन्हें ऐसा लगने लगा कि डॉक्टर साहब की

निलहा कोठी भी अब अपने चालीस वर्षों के गुंजायमान इतिहास का खँडहर मात्र बनकर रह जाएगी। बाबा टूट-से गए। लेकिन उन्होंने अपने इस विश्वास को टूटने नहीं दिया कि अपने बेटों की स्तरीय शिक्षा का जो उपक्रम उन्होंने अपने जिम्मे किया था उसे अगर उन्होंने तार्किक परिणति तक पहुँचा पाने में सफलता प्राप्त कर ली तो वे अपने जीवन की सार्थकता के प्रति आश्वस्त रहेंगे।

बाबा की तंगहाली में एक लघु विराम तब आया जब उनके पिता के गुजर जाने के तकरीबन एक साल बाद उनके सबसे बड़े बेटे सेना में अफसर बने। बाकी बेटों की फीस तो अब भी बाबा ही भरते थे लेकिन तीनों छोटे भाइयों को अब जेब खर्च के लिए कुछेक रुपये नियमित रूप से मनीऑर्डर के माध्यम से उनके हॉस्टलों में पहुँचने लगे। इन लोगों के लिए यही बहुत बड़ी बात थी।

अगले दस वर्षों में एक-एक कर बाकी तीनों बेटे उत्कृष्ट संस्थानों से पढ़ाई पूरी करते हुए बड़े अफसर बन गए। बाबा का यज्ञ पूरा हुआ। उत्कृष्टता की अवधारणा में बाबा की आस्था कायम रही। उन्होंने ऐसा कुछ कर दिखाया जैसा पूरे इलाके में कोई नहीं कर पाया था। मध्यवर्गीय शहरी परिवारों में इस तरह का दृष्टान्त तो कभी-कभार देखने को मिल भी जाता था, जहाँ एक ही पिता के चार पुत्रों ने अलग-अलग इस तरह की उपलब्धि हासिल की हो लेकिन बाबा की उपलब्धि अन्यतम इसलिए भी थी कि वे तो अपने बेटों के पढ़ने-लिखने और बड़े होने के पूरे दौर में गाँव में ही जुड़े और जमे रहे। उनके बेटों को शहर में रहने का मौका पहली बार तभी मिला जब स्कूली शिक्षा के उपरान्त उच्च शिक्षा के लिए वे बाहर गए।

इस दौर में उनके बेटों का छुट्टियों में अपने गाँव माधोपुर आना-जाना लगा रहा। बाबा अपनी नौकरी में व्यस्त रहा करते थे लेकिन बेटों के साथ समय बिताने के लिए उनकी छुट्टियों के दौरान माधोपुर कुछेक दिनों के लिए ही सही लेकिन आ जरूर जाया करते थे। वैसे दादी ऐसे मौकों पर बाबा के ऊपर कटाक्ष करने से बाज नहीं आया करती थीं। उनका मानना था कि बाबा जितना वास्तव में व्यस्त नहीं हुआ करते थे उससे ज्यादा व्यस्त होने का दिखावा करते थे गोया वे दादी के बेटों से बड़े अफसर हो गए हों।

बेटों की छुट्टियों के इस दौर में दादी एकदम चहकती रहती थीं, बावजूद इसके कि उन्हें यह भी मालूम था कि उन्हें यह सुख साल में चन्देक महीनों के

लिए ही प्राप्त होने वाला है। उसके बाद तो फिर से वही उनका सूना आँगन और लगातार बाबा के छुट्टियों में कभी-कभार घर आने के लिए बाट जोहना। इसी दरम्यान एक-एक कर सभी बेटों की शादियाँ हुईं। सबके अपने परिवार बनाने-बसाने का सिलसिला शुरू हो गया। सूत्र जो उन्हें माधोपुर से बाँधता था अब थोड़ा-थोड़ा क्षीण होने लगा। वे लोग अब माधोपुर से दूर छोटे-बड़े शहरों में रहने लगे। बेटों को अच्छी परवरिश देते हुए उन्हें बड़ा करने का बाबा का सपना अब पूरा हो चुका था और अब वे इससे जुड़े हुए दायित्वों से मुक्त हो गए।

मैंने बड़े-बुजुर्गों को यह कहते हुए सुना है कि जीवन की दशा सतत तौर पर समान नहीं रहती है। कुछ बना है तो कुछ टूट भी जाता है। जीवन भले ही शून्य जमा का खेल, जिसे अँगरेजी में 'जीरो सम गेम' कहते हैं, न हो किन्तु यह भी तय है कि इसका धरातल बराबर समान रूप से समतल नहीं होता है। बाबा अब एक-डेढ़ साल में अपने होने वाले रिटायरमेंट के बाद एक चिन्ता-मुक्त जीवन माधोपुर में बिता पाने का सपना देख ही रहे थे कि एक अनहोनी ने उनकी और दादी की जिन्दगी को छिन्न-भिन्न कर दिया, ऐसा मानो बिजली गिर गई हो उनके जीवन पर। फौज में अफसर उनके सबसे बड़े बेटे की आंशिक रूप से अज्ञात कारणों से अकाल मृत्यु हो गई। पूरा और प्रामाणिक कारण कभी पता नहीं चल पाया। वे नगालैंड के राजद्रोह प्रभावित इलाके में उस वक्त पोस्टेड थे। पुत्र शोक में दादी और बाबा गहरे सदमे में डूब गए।

बाबा के परिवार के लिए शोक और सन्ताप का और गहरा हो जाने का यह भी कारण था कि उन्हें बेटे की मृत्यु के बारे में फौज ने जो बताया उस पर परिवार का पूरा विश्वास नहीं हो पाया। नगालैंड और असम की सीमा पर कोई मिलिटरी कैम्प था जहाँ बड़े बेटे का शव रखा गया था। बाबा और उनके दो अन्य बेटे उस मिलिटरी कैम्प में मृत्यु के दो दिन बाद पहुँच पाए। तब तक शव का पोस्टमॉर्टम हो चुका था। शरीर की चीर-फाड़ व्यापक रूप से की जा चुकी थी। किसी भी सामान्य व्यक्ति के लिए उस शव को देखकर मृत्यु के प्रामाणिक कारण का अनुमान लगा पाना सम्भव नहीं था। फौज द्वारा परिवार को बताया गया कि मृत्यु मैसिव मायोकार्डियल इन्फार्कशन से हुई थी। यह एक तरीके का हार्ट अटैक ही होता है। यह मिलिटरी कैम्प से बाहर शाम को इवनिंग वाक के दौरान हुआ और लाश सुबह

में मिली। बाबा और उनके दोनों बेटों ने उनके सबसे बड़े बेटे के चीरे-फाड़े गए इस पार्थिव शरीर को देखा था। उनके यह भाई चारों भाइयों में अकेले थे जिनका शरीर-सौष्ठव बाबा की बराबरी का बन पाया था। उम्र मात्र पैंतीस साल की। वे मिलिटरी एकेडेमी के सबसे अच्छे स्पोर्ट्समैन रह चुके थे। नगालैंड में इनसर्जैंसी उफान पर थी। संशय के लिए काफी जगह बची रह गई। इस संशय का कोई निदान नहीं था। इसने बाबा के परिवार के शोक और सन्ताप को और गहरा बना दिया।

दु:ख से हर व्यक्ति अपने-अपने तरीके से लड़ता है। उसकी इस लड़ाई का स्वरूप बहुत कुछ उसकी मानसिक बनावट पर भी निर्भर करता है। दादी एकदम चीत्कार फाड़कर रोती थीं और बाबा एकदम गुमशुम हो गए।

सान्त्वना के लिए बाबा का सारा नजदीकी कुटुम्ब माधोपुर के घर में इकट्ठा हुआ। फिर धीरे-धीरे सब लोग वापस चले गए। कुछेक सप्ताह बाद दादी को उनके तीसरे बेटे (वे भी फौज में अफसर थे) अपने साथ ले गए जहाँ उनकी पोस्टिंग थी। बाबा की नौकरी के अभी डेढ़ साल बाकी थे। वे भी अपनी नौकरी पर वापस चले गए। बाकी दोनों बेटों की नौकरियों का तो अभी शुरुआती दौर था। उनके लिए बहुत दिन छुट्टी पर रह पाना सम्भव नहीं था तो वे दोनों भी वापस चले गए। नीरवता और शान्ति ओढ़े हुए माधोपुर का बाबा का घर उनके परिवार के शोक की मानो गवाही देता हुआ वहीं खड़ा रहा।

इसी शोक-सिक्त घर में रिटायरमेंट के बाद बाबा माधोपुर वापस आए। अकेले। दादी दिल्ली में थीं, अपने दूसरे बेटे के यहाँ, अपने नवजात पौत्र की देखभाल में हाथ बँटाने के लिए। अपने शोक से लड़ पाने के लिए उन्हें यह एक मुकम्मल सहारा मिल गया था। वे माधोपुर के घर से अभी दूर रहना चाहती थीं। यह स्वाभाविक था क्योंकि अगर वे माधोपुर में इस दुर्घटना के बाद ठहर गई होतीं तो उन्हें गहरे शोक को अकेलेपन के आलम में ही झेलना पड़ता क्योंकि बाबा को तो वापस अपनी नौकरी पर जाना था। वैसे भी हजारीबाग के दस वर्षों के शुरुआती दौर के बाद बाबा ने दादी को कभी अपनी पोस्टिंग की जगह पर साथ नहीं रखा था, महज एक छोटे से अन्तराल के अपवाद को छोड़कर। तथाकथित रूप से दादी माधोपुर की गृहस्थी और घर की मालकिन थीं। इस मिल्कियत की क्या कीमत चुकानी पड़ती थी ये तो दादी ही जानती थीं। एक चौकोर आँगन के चारों तरफ फैले सात

अलग-अलग कमरों और बरामदे वाला माधोपुर का यह घर तब का बना हुआ था जब बाबा के पिता और उनके चाचा का परिवार संयुक्त था। उसके बाद साठ के दशक की शुरुआत में बँटवारा हुआ क्योंकि कई कारणों को लेकर पिता और चाचा के परिवारों के बीच मनमुटाव एक हद को पार कर गया और दोनों परिवारों को लगने लगा कि इस समस्या का निदान बँटवारा ही है। इस बँटवारे के बाद आँगन के बीचोबीच एक दीवार खड़ी की गई। बाद में, सात-आठ वर्षों के बाद, दोनों परिवारों को यह लगा कि बँटवारे के फलस्वरूप चूल्हा अलग हो जाना भले ही समझ आता हो परन्तु आँगन में दीवार खड़ा किया जाना किसी के भी हित में नहीं था। इसलिए दीवार को हटाया गया। इसके बाद आँगन फिर से एक हो गया लेकिन घर के बाकी हिस्से सब दिन के लिए बँटे रहे। दोनों बँटे हुए परिवारों के भविष्य की लकीर अलग-अलग खिंच गई जिसकी एक अलग विस्तृत अन्तर्कथा है जिसमें मैं अभी पड़ना नहीं चाहती क्योंकि यह मुझे मेरी कहानी से दूर ले जाएगी।

माधोपुर के इस घर में जब बाबा वापस आए तो उनके लिए कतई आसान नहीं था यहाँ रह पाना। घर के आँगन के दूसरी ओर के निवासियों के साथ बाबा की बोलचाल कम-से-कम थी। घर के इस भाग के लोगों का बाबा के साथ कोई दुराव नहीं था लेकिन कभी-कभी कुछ रिश्तों की पृष्ठभूमि ऐसी बन जाती है कि दोनों पक्षों में से किसी एक को भी पारस्परिक संवाद के प्रति उत्साह नहीं रह जाता है। उनके चचेरे भाई उनसे उम्र में आठ वर्ष छोटे थे और बाबा के प्रति बराबर एक हीन भावना से ग्रस्त रहते थे क्योंकि, अन्य बातों के अलावा, जीवन में सारे प्रयासों के बावजूद वे बी.ए. की परीक्षा में तीन बार फेल हो चुके थे और कुछ अपनी अकर्मण्यता का संस्कार उन्होंने अपने दोनों बेटों को भी दे रखा था। इन सब बातों के अलावा उन्हें इस बात का बराबर मलाल रहा कि उनके जीवन की बेहतरी में बाबा ने अपनी ओर से कुछ भी योगदान नहीं दिया।

खैर, बहरहाल बाबा की स्थिति यही थी कि इस घर में वे अकेले थे और पुत्र शोक की इस घड़ी में उन्हें इस सन्ताप को अकेले ही झेलना था, कम-से-कम तब तक जब तक कि दादी दिल्ली से लौटकर नहीं आतीं। दादी तो अपने बेटे के यहाँ थीं। वे घोर रूप से धर्मपरायण थीं। विस्तृत रूप से पूजा-पाठ करती थीं। उनके लिए जो कुछ भी हुआ था वह तथाकथित रूप से ईश्वर की इच्छा के कारण हुआ

था। इस विश्वास ने उन्हें शनैः-शनैः अपने दुःख से लड़ पाने की शक्ति को आधार दिया। उनके साथ बात करने, समझाने और सान्त्वना देने के लिए बेटा और उसकी पत्नी थे। बाबा के साथ फिलहाल ऐसा कोई नहीं था। गाँव के अन्य लोगों का बाबा के घर में आना-जाना होता था परन्तु इससे कोई खास बात नहीं बनती थी। बाबा का धर्म में विश्वास तो था लेकिन वे ईश्वरवादी नहीं थे। उनकी परिकल्पना में मनुष्य के जीवन के दुःख-सुख का संचालन किसी अज्ञात सत्ता द्वारा होता था और इस अज्ञात सत्ता के बारे में उन्हें कुछ भी मालूम नहीं था। पूजा-पाठ में उनका कतई विश्वास नहीं था। बाबा नास्तिक तो नहीं थे लेकिन उनके लिए अपनी आस्था के खम्भों को टटोल पाना भी असम्भव तो नहीं, परन्तु बेहद मुश्किल जरूर था।

ऐसे वक्त में बाबा को घर में अपने परिवार के किसी भी व्यक्ति का उपस्थित न होना बहुत सालता था।

'क्या मैंने अपने जीवन की सारी मेहनत इसी उद्‌देश्य की पूर्ति के लिए लगाई थी कि एक भरा-पूरा परिवार के बीच रह पाने के अवसर के बजाय आज मुझे अपने शोक और दुःख के दिनों को यूँ अकेले इस घर में झेलना पड़े?' बाबा का मन बार-बार इस प्रश्न की ओर अनायास लौट आता था और इसका उत्तर खोजने में वे प्रश्नों के एक अन्य, अनन्त चक्र में खिंचे जाते थे।

'क्या सोचा होगा मेरे बेटे ने अपने जीवन की अन्तिम साँस लेने के समय? उस एक लघु क्षण में किसका-किसका खयाल आया होगा उसके मस्तिष्क में? अपनी नन्ही दोनों बेटियों का? अपनी माँ का? मेरा?' ऐसे-ऐसे प्रश्न बराबर बाबा को झकझोरते रहते थे।

जीवन में जब कतिपय जटिल प्रश्न अनुत्तरित रह जाते हैं तो मनुष्य के ऊपर वे भारी आघात कर जाते हैं। ऐसे ही आघात को बाबा दिन-रात झेल रहे थे। अपने स्वर्गीय पुत्र के जीवन का पूरा घटनाक्रम उनके मन में टुकड़े-टुकड़े में कौंधता रहता था। एक बार जब वह मात्र आठ वर्ष का था तो उसने देखा कि खानाबदोशों का एक दल हजारीबाग में उनके आवास स्थल से थोड़ी दूर पर डेरा डाल रखा था। शायद ये लोग अफगानी खानाबदोश थे जो कुछ दिनों के लिए इधर से गुजर रहे थे। दल के साथ उनके घोड़े भी थे—अच्छे और ऊँचे डील-डौल के अफगानी घोड़े। किसी भी सामान्य आदमी के लिए इन घोड़ों पर चढ़ना और उन्हें काबू में

रख पाना आसान बात नहीं थी। उनका बेटा हेमंग स्कूल पैदल आते-जाते इन घोड़ों को रोज देखता था। पता नहीं उसके मन में कौन सा भाव कौंधा होगा, एक दिन वह एक थोड़ा-सा अलग चरते हुए उनमें से एक घोड़े को नाक की रस्सी से पकड़कर घर भगाकर ले आया। थोड़ा-बहुत जहमत उठाते हुए उसने उस घोड़े पर सवार होने की कोशिश की। घोड़े की गर्दन को खूब थपथपाते हुए जब वह उसके ऊपर बैठा तो उन नन्हे हाथों की पुचकार से शायद पुलकित होकर घोड़ा धीरे-धीरे चलने लगा। हेमंग ने अपने से तीन साल छोटे भाई उमंग को पुकार लगाई और बड़े गर्व से उसको घोड़े पर चलकर दिखाने लगा। बड़े भाई का अनुयायी छोटा भाई उसके साहस और करतब को देखकर इठला रहा था। दोनों भाइयों ने खूब मजा लिया होगा। घोड़ा देर शाम तक हेमंग के पास ही था। मैं जब लौटा तो देखा दो-तीन अफगान/पठान लोग घर पहुँचे हुए थे। मैंने सारे मामले की तहकीकात की और पठानों को समझाते हुए माफी माँग ली अपने बेटे की हरकत के लिए। सामान्यत: तो हेमंग ऐसे मौकों पर मेरे हद से ज्यादा गुस्से का शिकार बनता लेकिन पता नहीं क्यों उस दिन मुझे उस पर जरा भी गुस्सा नहीं आया। मुझे उसकी इन हरकतों में कहीं से कोई बदमाशी नजर नहीं आई। उलटे मैं तो सोचने लगा कि उसने तो अनन्य बहादुरी का परिचय दिया है ऐसा कुछ करके जो उसके उम्र के बच्चे करने की कल्पना भी नहीं कर सकते थे। बिना किसी अभ्यास या ट्रेनिंग के उतने बड़े घोड़े को महज काबू में ही रख पाना एक आठ साल के बच्चे के लिए विलक्षण बात थी। शायद कोई अन्यतम क्षण ही रहा होगा यह कि मैंने अपने बेटे की किसी हरकत को बदमाशी के रूप में न देखकर एक प्रतिभा के प्रस्फुटन के रूप में देखा। वह प्रतिभा जो मनुष्य को अपनी क्षमता का सही आकलन करा सके और सामान्य हदों और सीमाओं से आगे जाने का आत्मविश्वास उसमें पैदा कर सके। इसलिए मैंने उस दिन उसे शाबाशी नहीं दी लेकिन मेरा मौन मात्र उसके लिए उस दिन शाबाशी से लेश मात्र भी कम नहीं था। वह तो खुद भी अचम्भित था। छोटी-छोटी तथाकथित गलतियों पर मैं उसे इतनी निर्ममता से पीटता था तो फिर आज मेरा मौन मात्र तो उसे अवश्य अचम्भित करने वाला था।

आज जब सोच रहा हूँ तो मुझे भी लगता है कि मैं अपनी सन्तान के प्रति इतना निर्मम कैसे हो सकता था। बाबा स्मृतियों के ऐसे मुकाम पर फफककर रो

उठते थे। ऐसा तब जब वास्तविक जिन्दगी में बाबा को वास्तव में रोते हुए शायद ही किसी ने देखा होगा।

'छोटी-छोटी गलतियों के लिए भी उसे कितनी निर्ममता से पीट बैठता था मैं कभी-कभी। एक बार तो जब वह मात्र सात साल का था तो ऐसी ही किसी पिटाई के बाद वह घर से भाग गया। शाम को लौटा ही नहीं तब बाल सुधार विद्यालय के कुछ स्टाफ लोगों को भेजा गया चारों ओर के समीपस्थ इलाकों में उसको खोजने के लिए। सब लोग खाली हाथ आ गए। अगले दो दिनों तक खोज जारी रही लेकिन व्यर्थ में। उसकी माँ तो दिन-रात रो-रोकर बेहाल थी। साथ-साथ मुझे खरी-खोटी सुनाने का सिलसिला भी उन्होंने जारी रखा क्योंकि उनका मन उन्हें यही कहता था कि उसने मेरी निर्ममता की प्रतिक्रिया में ही घर से भाग जाने का सोचा होगा। चौथे दिन एक दूध वाले ग्वाला ने आकर बताया कि उसने तकरीबन पाँच मील दूर सड़क के किनारे की एक चाय-मिठाई की दुकान में हेमंग को ग्राहकों को चाय परोसते देखा था। उसी के बताने पर फिर विद्यालय से लोग गए और उसको दुकानवाले के यहाँ से वापस लेकर आए। कितना कुछ तमाशा हुआ था उन चार दिनों के अन्दर।'

'काश कि मैंने कभी अपने बच्चे के साथ निर्ममता के साथ व्यवहार नहीं किया होता।'

'इतना निर्दयी मैं कैसे हो जाया करता था, उसको उसकी छोटी-छोटी गलतियों के लिए पीटते वक्त! मेरे निर्मम होने और इसके बारे में सोचने का ही शायद यह नतीजा था कि उसने मिलिटरी स्कूल में दाखिला के बारे में जब सुना तो जी-जान से मेहनत करना शुरू किया और प्रतियोगी परीक्षा में पास हो गया, जबकि मुझे इसकी उम्मीद कम ही थी। उसका दस वर्ष की उम्र में दाखिला हुआ और फिर हॉस्टल में चला गया। कितना रोई थी उसकी माँ जब वह स्कूल में दाखिले के लिए जा रहा था। सही मायने में तो उसकी नाभि रज्जु उसी दिन कटी। उसके बाद तो फिर वह हम लोगों के साथ एक-दो महीने से ज्यादा कभी नहीं रह पाया।' पश्चात्ताप और अफसोस की झड़ी बाबा को रह-रह कर परेशान किए जाती थी।

हेमंग बाबा की सबसे पहली सन्तान थे। बाबा को अब याद नहीं हो पा रहा था कि अपनी इस सन्तान को उन्होंने गोद में खिलाने के दौर के गुजर जाने के बाद कभी भींचकर गले लगाया हो, जैसा हम अतीव वात्सल्य के क्षणों में अपनी सन्तान

के साथ यदा-कदा करते हैं। एकाध बार जब हेमंग ने कुछ सफलता हासिल की भी, जैसे मिलिटरी स्कूल में दाखिला, फौज में अफसर बन जाना आदि तो महज पीठ थपथपाकर शाबाशी देने से अधिक बाबा ने कभी कुछ नहीं किया था। वैसे मुकाम जहाँ चाहकर भी मनुष्य न लौट पाए उनसे जुड़ी स्मृतियों का पुंज सबसे सघन होता है। ऐसा ही बाबा के साथ हो रहा था। इसी में बार-बार बाबा का अवचेतन मन लौट जाता था। बाबा को कभी-कभी, और ज्यादातर, आश्चर्य भी होता था। यही अफसोस और आश्चर्य का युग्म लगातार बाबा को विचलित करता रहता था। अफसोस के कारणों को ढूँढ़ने के लिए तो उनकी स्मृतियों में बहुत दूर का सफर तय करने की जरूरत नहीं पड़ती थी लेकिन उन्हें आश्चर्य बराबर इस बात का होता था कि कैसे जब दस वर्ष की उम्र में हेमंग हॉस्टल में चले गए तब से उनका अपने बेटे के साथ व्यवहार में एकाएक इतना परिवर्तन आ गया कि किसी गलती को लेकर निर्ममता से पीटना तो दूर वे अब उसके साथ बराबरी के दर्जे में जो बर्ताव किया जाना चाहिए वैसा करने लगे। पुत्र ने मित्र की जगह ले ली। इसमें शायद बाबा की चालाकी भी थी। बाबा इसके लिए अपने मनोविज्ञान की शिक्षा को दाद देते थे। उन्होंने शायद यह पढ़ रखा था कि अपनी सन्तान के साथ किशोरावस्था में आप जो व्यवहार करते हैं उसकी प्रतिध्वनि आपके पारस्परिक सम्बन्धों में जीवन-पर्यन्त बनी रहती है। बाबा की निजी महत्त्वाकांक्षाएँ तो अब विराम स्थल पर पहुँच चुकी थीं। एक मध्यवर्गीय व्यक्ति की महत्त्वाकांक्षाएँ जीवन के एक दौर के बाद उसकी सन्तानों के कंधे पर ही संबल पा सकती हैं। यह संबल बराबर दुरुस्त बना रहे इसके लिए मनुष्य को सतत तौर पर सूझ-बूझ का सहारा लेना जरूरी होता है।

बाबा चाहते थे कि उनकी सबसे पहली सन्तान पढ़-लिख कर जीवन में अच्छा करे, एक अफसर बने और साथ में एक आकर्षक व्यक्तित्व भी बना पाए। तो अब बेटे को उसकी गलतियों के लिए किसी भी तरह का उसके ऊपर आघात करना उनके लिए सर्वथा वर्जित होगा। उसे मिलिटरी स्कूल भेजने से पहले जिस तरह उसकी छोटी-छोटी गलतियों के लिए बाबा उसे प्रताड़ित करते थे वह अब नहीं कर सकेंगे वरना उनके किए की प्रतिक्रिया में हेमंग के व्यक्तित्व और उसकी सोच में उनके प्रति एक अनादर का भाव सब दिन के लिए बस जाएगा। बाबा कभी ऐसा नहीं चाहेंगे।

हेमंग तो अब चला गया। बाबा का मन इस प्रश्न का उत्तर ही नहीं दे पाता था कि आखिर उनके और हेमंग के सम्बन्धों के बीच वे जिस किस्म की ऊष्मा की बराबर चाह करते रहे वो कभी उभर क्यों नहीं पाई। अपूर्णता ही तो दु:ख का सबसे बड़ा कारण होता है। सम्बन्धों में हम जो चाहते हैं उसका अपूर्ण रह जाना। भरे-पूरे जीवन के बाद जाने वाले, खासकर दीर्घायु, व्यक्ति का दु:ख और मातम हम नहीं मनाते हैं। ऐसे में हम जो भी करते हैं वह एक आवश्यक औपचारिकता के तौर पर करते हैं। हमारे दिल पर कोई बड़ा आघात नहीं होता है।

देहान्त से पहले हेमंग ने फौज में बतौर एक अफसर ग्यारह वर्षों के करीब नौकरी की थी। इस दौरान उनकी पोस्टिंग अलग-अलग जगहों में रही। हिमाचल की सुन्दर पहाड़ियों के बीच बने कैंटोनमेंट से लेकर मध्य भारत में अवस्थित एक बड़े कैंटोनमेंट में जहाँ फौज के कुछ अत्यन्त प्रतिष्ठित प्रशिक्षण संस्थान अवस्थित थे। बाबा को घूमने-फिरने का शौक बराबर से था। स्वाभाविक था कि बाबा अपने बेटे की पोस्टिंग की इन जगहों को देखने में रुचि रखते थे। लेकिन इन ग्यारह वर्षों में वे कभी एक बार भी इनमें से किसी जगह पर नहीं जा पाए। आखिर क्यों? अपने और बेटों की पढ़ाई के खर्चों को लेकर आर्थिक तंगी के दौर से अवश्य गुजर रहे थे बाबा इन दिनों लेकिन ऐसा भी नहीं था कि वे अपनी इस मामूली सी इच्छा को पूरी नहीं कर सकते थे। बाबा इस प्रश्न का उत्तर ढूँढ़ने की बार-बार कोशिश करते थे और बार-बार अपने मन को व्यथित करते थे। क्या इन वर्षों में बाप और बेटे के सम्बन्धों के बीच कोई असहजता पनप गई थी? बाबा अपने पारस्परिक सम्बन्ध के इतिहास पर नजर डालने की कोशिश करते थे और बार-बार नैराश्य के मुकाम से उनका व्यथित मन लौट आता था। असहजता के सूत्र को तलाशते-तलाशते बाबा अतीत में खो जाते थे।

एक दौर था, हेमंग के मिलिटरी एकेडेमी चले जाने और उसके चार साल बाद फौज के अफसर के रूप में कमीशन पा लेने के बाद, जब बाबा बेसब्री से इन्तजार करते थे, उनके छुट्टियों में घर आने का। साल में दो बार होती थीं ये छुट्टियाँ—करीब दो महीने के लिए गर्मियों में और एक महीना से थोड़ा कम सर्दियों में। सिर्फ बाबा ही नहीं उनका सारा परिवार—दादी और तीन अन्य बेटे—भी उतनी ही बेसब्री से इन्तजार करते थे। दादी का तो जैसे प्राण बसता था हेमंग में। बाकी

तीन भाइयों के लिए तो हेमंग हीरो के समान थे। उमंग तो वहीं मुजफ्फरपुर के एक पुराने प्रतिष्ठित कॉलेज में पढ़ने लगे थे लेकिन तीसरे और चौथे भाई मिलिटरी स्कूल में, घर से दूर, पढ़ते थे। हेमंग जिस साल मिलिटरी एकेडेमी गए उसी साल इन दो भाइयों का मिलिटरी स्कूल में दाखिला हुआ था। इन दोनों भाइयों की छुट्टियाँ भी तकरीबन उसी समय हुआ करती थीं जब हेमंग की।

रात के खाने के पहले और उसके बाद बाकायदा बैठक लगती थी माँ-बाप और चारों बेटों की। फिर हेमंग सुनाते थे मिलिटरी एकेडेमी में अपने जीवन का वर्णन, उससे सम्बन्धित विभिन्न कहानियाँ। मुख्य कथावाचक की भूमिका में आ जाते थे हेमंग। दादी जानना चाहती थीं उनकी पूरी दिनचर्या—सुबह में उठने से लेकर रात में सोने के लिए अपने आवंटित कमरे में बिस्तर पर सोने तक की दिनचर्या। बाबा का कौतूहल मुख्यत: खेलकूद में हेमंग का प्रदर्शन कैसा होता था इसी पर केन्द्रित होता था। क्या-क्या पढ़ना पड़ता था उन्हें, इसमें भी बाबा की रुचि होती थी।

"हमारे एकेडेमी के मेस में एक साथ पन्द्रह सौ कैडेट खाना खाते हैं। माना जाता है कि यह दुनिया का दूसरा सबसे बड़ा डाइनिंग हॉल है। और सब कैडेट जब खाना खाते हैं तब एकदम निस्तब्धता-सी रहती है डाइनिंग हॉल में। किसी को भी खाते वक्त बोलने की इजाजत नहीं होती है। एकदम मिलिटरी डिसिप्लिन!" हेमंग का बखान करना बाबा को याद आ रहा था।

'तुम मांस और अंडा वगैरह तो ज्यादा नहीं खाते हो न?' बेचारी रूढ़िवादी संस्कारों से मजबूर शाकाहारी दादी ने पूछा था। बहुत कोशिश की थी बेचारी ने कि उसके बेटे कभी मांसाहारी न बनें, हालाँकि अपने उस प्रयास में वे महज आंशिक रूप से ही सफल हो सकीं। तीन बेटों ने तो शाकाहारी होने का रास्ता ही छोड़ दिया। सबसे छोटे तीपू ने थोड़ा माँ का सम्मान रखा था लेकिन वह भी बाद में अंडा खाने लगे थे।

"कितने गर्व के साथ वह बताता था कि व्यायाम करने के और सुन्दर, सुगठित और बलवान शरीर बनाने के जितने भी उपाय मैंने उसे सिखाए थे उन सबका उसने अनुसरण किया। यही तो राज था उसके सुन्दर और स्नेहिल व्यक्तित्व का, ऐसा जैसा कि भीड़ में भी दूर से उसे पहचाना जा सके। अपनी एकेडेमी की टीम के लिए फुटबॉल खेलता था वह। अपने स्क्वॉड्रन का कप्तान बना था

वह। एथलेटिक्स में तो उसे सर्वोच्च सम्मान मिला था—शॉट पट और जैवेलिन में चैम्पियन होने के कारण। कितने गर्व से इस सम्मान में मिले एथलेटिक्स ब्लू को वह अपने कोट की पॉकिट पर लगाकर पहनता था। कितनी अच्छी अँगरेजी बोलता था वह। इसी अँगरेजी भाषा के लिए जब वह पादरियों के स्कूल में हजारीबाग में पढ़ता था—मिलिटरी स्कूल में दाखिला लेने से पहले—तो कितनी झिड़कियाँ मुझसे सुनी होंगी उसने और टीचर की डाँट भी। उसकी टीचर बराबर शिकायत भेजती थी कॉपियों में लिखकर। उसकी लिखावट पर अजीब-अजीब कमेंट आते थे। फिर मेहनत लगाकर कितना परिवर्तन किया उसने अपने-आपमें। उसको अँगरेजी बोलते सुनना एक अनुभव हुआ करता था। उसकी अँगरेजी और हिन्दी दोनों की लिखावट में जैसी सुन्दरता थी वैसी मैंने किसी की लिखावट में नहीं देखा। एकदम अलौकिक-सी लगती थी उसकी लिखी हुई चीजें। एक अति उत्कृष्ट कैलीग्राफी के समान। वह खुद भी शायद था ही अलौकिक। शायद इसलिए उसे इस दुनिया में ज्यादा दिन रहना नहीं था।" बाबा तो न जाने कहाँ तक चले जाते थे सोचते-सोचते।

फौज में अफसर बनने के पहले चार वर्षों की ट्रेनिंग होती थी—पहले तीन बरस पूना की नेशनल डिफेंस एकेडेमी यानी एन.डी.ए. में और फिर अन्तिम एक साल देहरादून के इंडियन मिलिटरी एकेडेमी यानी आई.एम.ए. में। दोनों जगहों पर प्रशिक्षण समाप्त होने पर दीक्षान्त समारोह होता था—एक भव्य पासिंग आउट परेड इसका मुख्य आकर्षण हुआ करता था। बाबा ने इतना कुछ सुन रखा था हेमंग से इन परेडों के बारे में। बाबा की तमन्ना थी अपने बेटे को अपना स्क्वॉड्रन कमांड करते हुए देखने की। इतना मन था उनका पूना में पासिंग आउट परेड देखने का लेकिन यह सम्भव नहीं हो पाया क्योंकि उस समय में बाबा के पिता यानी डॉक्टर साहब मृत्यु शैया पर थे। परेड के कुछ दिन पहले ही उनका देहान्त भी हो गया। ऐसे वक्त में तो चाहकर भी बाबा जाने की नहीं सोच सकते थे। वैसे पूना शहर तो बाबा अपनी नौकरी के शुरुआती दिनों में एक बार घूम चुके थे लेकिन उनकी इच्छा थी डिफेंस एकेडेमी के भव्य कैम्पस को देखने की, जिसके बारे में उन्होंने हेमंग से इतना कुछ सुन रखा था। बाबा ने जहाँ अपनी एम.ए. की पढ़ाई की थी—काशी हिन्दू विश्वविद्यालय—उसका भी प्रांगण अपने-आपमें भव्य था किन्तु डिफेंस एकेडेमी

स्वतंत्रता के बाद निर्मित किए गए एक भव्य आधुनिक प्रासाद की मिसाल थी जो बाबा के कौतूहल को उकेरती थी।

डिफेंस एकेडेमी में हेमंग जिस कोटि का अन्तिम परिणाम अपने लिए चाहते थे वैसा वे हासिल न कर सके थे। अन्तिम मेरिट लिस्ट खेल-कूद और पढ़ाई दोनों के परिणामों को मिलाकर तैयार किया जाता था और सर्वोच्च स्थान प्राप्त करने वाले कैडेट को 'स्वोर्ड ऑफ ऑनर' दिया जाता था और उसके बाद अन्य अवार्ड जैसे स्वर्ण पदक आदि। पढ़ाई के कुछेक विषयों में कुछ-कुछ अति साधारण कोटि के परिणाम ने हेमंग को सर्वोच्च सम्मान की रेस में पछाड़ दिया था। कितने रुआँसे लहजे में पत्र लिखकर उन्होंने इस असफलता के लिए बाबा से माफी माँगी थी।

पता नहीं यह धुन कहाँ से समाई थी हेमंग में कि जो कुछ भी करना है उसे सर्वोत्कृष्ट तरीके से करना है। बचपन में बड़े होते हुए शायद उसने अपने पिता को देख-देखकर सोचने के इस तरीके को आत्मसात् कर लिया था। पिता का शरीर सौष्ठव, पिता का छोटे-छोटे कामों को भी करने का तरीका, चाहे वह बागान में फूल और सब्जी लगाना हो या फिर कुत्ता पालना हो, अपने इर्द-गिर्द के लोगों के साथ व्यवहार और बर्ताव की बारीकियाँ और सबसे अधिक महत्त्वपूर्ण यह बात थी कि वे पूरी शिद्दत से लगे रहते थे अपने बेटों को सभी प्रकार के अभावों से महफूज रखते हुए उनकी पढ़ाई को बिना किसी अवरोध के चलते रहने देने के लिए। बाबा जानते थे कि सामान्य मध्यवर्गीय जीवन में व्यक्ति के मन में न जाने कितने दरवाजों से कितने किस्म की हीन भावनाएँ दबे पाँव पहुँच जाती हैं। पढ़ाई से लेकर पहरावे तक और तथाकथित उच्चवर्गीय समाज के लोगों के साथ बातचीत के तौर-तरीके—इन सभी मामलों में बाबा जानते थे अपने तबके के लोगों की नाजुकता।

देहरादून के मिलिटरी एकेडेमी में सर्वोच्च सम्मान पाने से हेमंग फिर चूक गए, लेकिन इस बार किसी प्रकार का कोई रिजल्ट कारण नहीं बना। पासिंग आउट से कुछ दिन पहले ही उनसे कोई छोटी सी अनुशासनिक चूक हो गई थी—उन्होंने कप्तान होते हुए अपने स्क्वॉड्रन के कुछ कैडेट को छुट्टियों में ऐसी ढील दे दी थी जो मान्य नहीं थी। खीज में उनके चीफ इंस्ट्रक्टर ने उन्हें प्रथम स्थान से हटाकर चौथे स्थान पर कर दिया था। अपने पिता को यह बात बताते हुए उन्हें इतनी शर्मिन्दगी महसूस हुई थी कि वे पिता के सामने रोए नहीं बस यही काफी था। चूँकि यह बात

पासिंग आउट से मात्र तीन-चार दिन ही पहले हेमंग को बताई गई थी इसलिए इसका जिक्र वह पत्र के माध्यम से नहीं कर पाए थे। जब बाबा स्वयं पासिंग आउट के लिए देहरादून आए तभी हेमंग उनसे आमने-सामने बता पाए। बाबा ने उनसे कहा कि इन चीजों को कभी दिल पर नहीं लेना चाहिए। प्रयास करना मनुष्य का धर्म है, आगे जो फल निकले उस पर बहुत ज्यादा गौर करना अनावश्यक है। हाँ खुद को यकीन होना चाहिए कि पूरे तन-मन से प्रयास किया गया और उसमें कोई कसर नहीं छोड़ी गई। फिर बाबा ने हेमंग से कहा कि निश्चय ही उन्हें सर्वोच्च सम्मान से वंचित करने का कारण उनकी प्रतिभा या प्रयास में कोई कमी नहीं थी। यह तो महज संयोग था कि उन्होंने पूरी साफ नीयत से कुछ कैडेट्स को एकेडेमी से बाहर छुट्टी पर जाने की इजाजत दे दी थी और वे लोग नियत समय से एकेडेमी वापस नहीं आए। उनके समय से वापस न आने के लिए आंशिक रूप से हेमंग को भी दोषी माना गया—यही मिलिटरी डिसिप्लिन है। मगर भविष्य में इसका खयाल रखना जरूरी होगा। बाबा ने बस इतना कहकर हेमंग को इस पूरे प्रसंग पर और कुछ सोचने से परहेज करने की हिदायत दी। हेमंग को विश्वास ही नहीं हो पा रहा था कि समय के साथ बाबा इतना बदलेंगे। बचपन की पिटाई याद आने लगी और जब पिटाई का दौर बन्द हुआ तब किसी भी गलती पर पिता का क्रोध—सब याद कर उन्हें आश्चर्य होने लगा कि आज वही पिता उनके प्रति इतनी सहानुभूति रख रहे हैं। पिता-पुत्र सम्बन्धों में यह एक सर्वथा नया मोड़ था। और यह सिर्फ हेमंग और उनके पिता के बीच के सम्बन्ध में ही नया मोड़ नहीं था बल्कि हेमंग के फौज में अफसर बन जाने के बाद पिता का अपने अन्य पुत्रों के साथ व्यवहार के तौर-तरीकों में भी नया मोड़ था। बेटों की किसी चूक अथवा गलती के लिए उन्हें किसी भी तरह प्रताड़ित करने की बात तो दूर थी, बाबा अब अपनी असहमतियों को अपने मौन से प्रकट करने लगे। किसी भी प्रकार से परुष वचन का उपयोग करने से बाबा ने सर्वथा परहेज करना शुरू कर दिया। वास्तव में एक मनोवैज्ञानिक जैसी समझ दिखाने लगे और यह जाहिर होता था इस बात से कि उन्होंने अब अपने बेटों को बेटे से ज्यादा एक मित्र का दर्जा दे रखा था। वे अब कोशिश करने लगे कि अपनी भावनाओं और अपने विचारों को अपने बेटों के सामने प्रकट करने में आवेश अथवा आवेग को कोई स्थान न मिले। यह बदलाव वैसे एकाएक नहीं

आया था। मनुष्य के व्यवहार और विचार में बदलाव का एक काल-खंड होता है जो उसके जीवन की परिस्थितियों में बदलाव से प्रभावित होता है। बाबा अब एक फौजी अफसर के पिता बन चुके थे। एक सर्वथा ग्रामीण परिवेश के गृहस्थ परिवार से आए पिता के लिए इससे ज्यादा फख्र की बात और क्या हो सकती थी। किसी समय में तो बाबा की भी यह आकांक्षा थी कि वे भी अफसर बनें लेकिन उनके जीवन की परिस्थितियों का संयोग कुछ ऐसा रहा कि वे कोई बड़े अधिकारी न बन सके। उनकी आकांक्षाओं के नए दौर में उनका ज्येष्ठ पुत्र अब वाहक बना था। उसी की बदौलत अब उनके बाकी तीन बेटे भी उनकी आकांक्षाओं को अमली जामा पहनाएँगे, ऐसा उनका विश्वास था। उनका विश्वास था कि उनका बड़ा बेटा अपने सभी तीन भाइयों के लिए पथ प्रदर्शक बनेगा।

पासिंग आउट परेड में अपने बेटे को कमांड करते हुए देखना बाबा के लिए गर्व का क्षण तो था ही उनके दो बेटों—तीपू और वीनू—के लिए भी एक अत्यन्त रोमांचकारी पल था। और दादी को ऐसा लग रहा था जैसे वह किसी दूसरी दुनिया की सैर कर रही हो। वैसे हजारीबाग के अपने दिनों में, बाबा के प्रोत्साहन पर, दादी ने होमगार्ड की ट्रेनिंग ली थी जिसमें बन्दूक चलाने के साथ-साथ उन्हें परेड करना भी सिखाया गया था। उस समय के दो-तीन छोटे-छोटे ब्लैक एंड व्हाइट फोटो दादी ने बहुत जतन से परिवार के एलबम में सँभाल के रखा था, सम्भवतः अपनी आधुनिकतायुगीन रुझानों के प्रमाण स्वरूप। वैसे माधोपुर आने के बाद दादी की ऐसी आकांक्षाओं को फिर कोई पनाह नहीं मिल पाई। वैसे भी हजारीबाग तो उनके जीवन में अब एक सुदूर सपना मात्र ही रह गया था। परेड देखने के रोमांचित पलों में दादी को तो कुछ क्षणों के लिए ऐसा महसूस होने लगा कि वे खुद परेड ग्राउंड में उतर गई हैं और लेफ्ट-राइट, लेफ्ट-राइट करती हुई अन्य कैडेटों के साथ मार्च कर रही हैं। रोमांच के इन क्षणों ने दादी को मानो चहका-सा दिया। इतने आत्म-सन्तोष का अनुभव उन्होंने शायद ही कभी किया हो।

रोमांच और पुलक का दौर सिर्फ दादी तक ही सीमित नहीं था। वीनू और तीपू के लिए तो रोमांच का दौर देहरादून की यात्रा के लिए ट्रेन में बैठने के साथ ही प्रारम्भ हो गया था। यह उनके लिए राज्य से बाहर की पहली यात्रा थी। रास्ते में ट्रेन बदलने के लिए लखनऊ में चंदेक घंटों के लिए रुकना पड़ा था। गर्मी की छुट्टियों

के बाद अपने स्कूल वापस जाने पर वे अपने सहपाठियों से इस नए अनुभव के बारे में बता सकते थे। आखिरकार उनकी क्लास के कितने बच्चों ने ट्रेन की इतनी लम्बी यात्रा की होगी और लखनऊ तथा देहरादून जैसे शहर घूमे होंगे। लम्बी यात्रा करने का स्कूल की तरफ से तो पहला मौका तभी मिलता था जब सीनियर क्लासों में बच्चों को एन.सी.सी. के या पर्वतारोहण के कैम्पों के लिए भेजा जाता था। उन्हें तो इसके लिए अभी कम-से-कम एक और साल का इन्तजार करना था। तीपू ने तो स्कूल लौटने पर अपने स्कूल मैगजीन के लिए यात्रा के अनुभवों पर एक लेख भी लिखा था। यह भी सोचने की बात है कि इसी तीपू ने बाद में चलकर न जाने कितनी यात्राएँ कीं देश-विदेश की।

स्मृतियों का क्रम बाबा के मन में कभी थमता ही नहीं था इन दिनों। कोई एक बात याद आती थी तो उससे दूसरी बात निकलती थी और फिर उससे तीसरी, उससे चौथी...। स्मृतियों और अवसाद के मिश्रण का कोहरा बाबा के लिए गहराने लगता था, तभी दिल को सुकून पहुँचाने वाली कोई बात या याद एक टीस की तरह उनके मन के सामने से गुजर जाती थी। ऐसी ही एक बात बाबा को याद आ रही थी...उन्होंने अपनी ओर से दादी को कभी किसी लम्बे सफर पर ले जाने और तीर्थाटन कराने की कोई पेशकश तो की नहीं थी लेकिन उनका मन तो बराबर करता था कि वे दादी को यह सुख प्राप्त करा सकें। तो यह एक सुनहरा मौका उनके सामने आया था। यह अलग बात थी कि चारों बेटों को हॉस्टल में रखकर पढ़ाते हुए अपनी सीमित आय के अन्दर घूमने-फिरने की योजनाएँ बना पाना वैसे भी उनके लिए सम्भव नहीं था लेकिन अभी तो जो मौका आसन्न था उसे गँवाना तो मूर्खता ही होगी।

'जानती हैं? यहाँ से हरिद्वार मात्र दो घंटे की दूरी पर है। मैं सोच रहा था कि हम लोग क्यों न वापसी की ट्रेन पकड़ने से पहले एक दिन समय निकालकर हरिद्वार और ऋषिकेश घूम लें।' बाबा ने दादी से प्रश्न किया।

'जरूर। क्यों नहीं? ऐसे नेक खयाल तो आपके पास भटकते हुए ही आते हैं।' दादी अपनी तरफ से बाबा पर कटाक्ष का मौका कभी छोड़ती नहीं थीं।

तो इस प्रकार पासिंग आउट परेड के बाद बाबा, दादी और उनके दो बेटे—वीनू और तीपू—दूसरे दिन बस से हरिद्वार गए। हर की पौड़ी पर स्नान किया गया,

लक्ष्मण झूला पर चला गया, चोटीवाला की दुकान में मिठाई खरीदी गई। वीनू और तीपू के भूख से प्राण निकल रहे थे। चोटीवाला की दुकान में थाल में खाना परोसा जाता देखकर उनकी भूख को अतीव प्रेरणा प्रदान हुई लेकिन बाबा से कौन इशारा करे खाने के बारे में। बाबा तो अपनी धुन में चले जा रहे थे। उनको भूख जैसी मामूली चीज कैसे सता सकती थी। अपने समय में पहलवान जो रहे थे! उसके बाद वर्षों का अनवरत योगाभ्यास! दोनों लड़कों को ज्यादा गुस्सा अब दादी पर आ रहा था। वो चाहतीं तो बाबा के सामने सबल रूप से उनकी बात रख सकती थीं। एक बार उन्होंने बाबा को टोका भी लेकिन बाबा ने बस इतना कहा कि हरिद्वार पैदल पहुँचकर खाना खाएँगे। दोपहर डेढ़ से अधिक बजे का समय हो रहा था। सब लोग सुबह का हल्का नाश्ता, हेमंग के मेस में करके चले थे। लड़के तो लड़के होते हैं। बाबा जैसी सहनशक्ति उनमें कहाँ थी।

खैर हरिद्वार पहुँचकर खाने के होटल की तलाश शुरू हुई। सभी दुकानों में दोपहर के भोजन का समय अब प्रायः समाप्त हो चुका था। उस पर मुश्किल यह कि दादी को ऐसी जगह चाहिए थी जहाँ खाने में लहसुन-प्याज न हो। वैसे हरिद्वार में ऐसी जगह का मिलना मुश्किल नहीं था लेकिन ऐसी सारी जगहें ऋषिकेश के समीप पीछे छूट गई थीं। बहुत खोजने के बाद एक अत्यन्त दीन-हीन-सी दिखने वाली दुकान मिली जहाँ मजदूरों जैसे दीखने वाले लोगों को चावल, दाल और सतह पर तैरते हुए तेल और लाल मिर्च के पाउडर से तर कोई सब्जी मिल रही थी। बाबा ने तो ऐसा खाना खाने से साफ मना कर दिया। दादी ने कहा कि वो फल खाकर रह लेंगी। वीनू और तीपू ने मौका मिलते ही अपनी क्षुधा शान्त की। उन्हें तो सब्जी खाने में बहुत रस आया। इस प्रकार हरिद्वार यात्रा की इतिश्री हुई। इसी हरिद्वार शहर से बाद के वर्षों में दादी का गहरा वास्ता हुआ। वे गायत्री परिवार की एक बहुत उत्साही सदस्य बन गईं और कई वर्षों तक उनका नियमित रूप से हरिद्वार में गायत्री परिवार के आश्रम में आना-जाना होता रहा। लेकिन यह सब बहुत बाद की बात थी, जब दादी एक तरह से गृहस्थी की तथाकथित जिम्मेदारियों से निवृत्त हो गईं तब।

कालान्तर में हरिद्वार के गायत्री परिवार का आश्रम दादी के लिए एक हथकंडा भी बन गया। दादी एक सामन्ती परिवार से आई थीं। उनको बराबर यह लगता रहा

कि भले ही सामन्ती परिवेश में औरतों को विचारों अथवा निर्णय की स्वतंत्रता की कोई प्राथमिकता न हो लेकिन उनकी इच्छाओं के दमन का एक सीमित दायरा था। लेकिन उन्हें लगने लगा था कि उनके विवाहित जीवन में एक तरफ बात-व्यवहार में शालीनता तो बड़ी शिद्दत से बरती जाती थी लेकिन उनकी इच्छाओं का जहाँ जैसी जरूरत आ पड़ती थी, बेरोक-टोक दमन किया जाता था। इसके किरदार मुख्यत: बाबा ही थे। तो जब समय आया तो दादी ने भी धीरे-धीरे अपनी भी स्वतंत्रता—विचारों की और निर्णय लेने की भी—का दावा करना शुरू कर दिया। इसी किस्म के दावों का एक निमित्त बना हरिद्वार का आश्रम। बाबा या उनके कोई बेटे कभी भी ऐसा न सोचें कि उनके नैहर का आश्रय अब तकरीबन समाप्त हो गया है तो वे जीवन में कभी पूर्णत: निराश्रय भी रह सकती हैं। उनके पास आश्रम की स्थायी निवासी बन जाने का विकल्प बराबर खुला रहेगा। वैसे अपनी इस दलील का उपयोग उन्हें सिर्फ तीपू के साथ ही करने की कभी-कभी जरूरत पड़ती थी, वैसे वक्त जब माँ-बेटे के बीच आत्मीय किस्म की बहस होते-होते एक सीमा पार हो जाती थी तो दादी कह बैठती थीं कि उन्हें अब न तो माधोपुर में रहना है और न किसी बेटे के यहाँ।

दादी अपने कुनबे को यह जता देना चाहती थीं कि असामान्य परिस्थितियों में भी वे पूरी तरह से निर्विकल्प नहीं थीं। वे कभी-कभार अपने चाचा यानी छोटका बाबूजी से मिलने—दो-चार वर्षों में एकाध बार ही सही—वृन्दावन जाया करती थीं। वहाँ उन्होंने बंगाल के कुलीन ब्राह्मण परिवार की कई अनाश्रित विधवाओं को छोटे-मोटे आश्रमों में जीवन-यापन करते देखा था। पहला धागा तो दादी ने यहीं से खींचा था और उनके छोटका बाबूजी की भी कहानी—उनके जीवन के आखिरी दो दशकों की—तो घर छोड़कर चले जाने की ही जैसी थी।

स्मृतियों का एक अनन्त चक्र बाबा की आँखों के सामने चलता रहता था, एक उदास, धूसर-सी छाया लटकी रहती थी। क्या चूक हुई, कब हुई, क्यों हुई उनसे। अवसाद के क्षणों में मन बराबर ऐसे प्रश्नों से टटोलता है अपने-आपको। हेमंग तो चला गया। उसने अपने पीछे एक भयावह दु:स्वप्न छोड़ दिया था बाबा के लिए जो कभी उड़कर बिखरने का नाम ही नहीं लेता था। जब भी बाबा अपने-आपको समेटने की कोशिश करते थे तो हेमंग के जीवन से जुड़ी यादों

का कोई न कोई सिरा फिर उड़कर आ बैठता था उनके जेहन में। खयालों की कोई सीधी लकीर नहीं निकलती थी, सब गड्डमड्ड, वक्र-चक्र, एक-दूसरे में उलझे हुए।

बाबा माधोपुर के अपने इस मकान में निपट अकेले रह रहे थे। ऊपर के जिस कमरे में वे रहते थे उसके सामने एक करकट का ढलवा छत वाला बरामदा है। घर में बाबा के हिस्से वाले भाग में छत पर तीन कमरे थे, जुड़े हुए और उनमें से एक कमरा था जो भूकम्प के बाद सन् 1934 में बने नीचे के कमरे के ऊपर बना था। ऊपर का यह कमरा हेमंग की शादी के ठीक पहले बना था। नीचे का कमरा, अपने समय के हिसाब से ऊँची छत वाला बना था, वैसा जैसा अब अमूमन नहीं बनाया जाता है। उस जमाने में गाँवों में अगर पक्के मकान बनते थे तो उनके छतों की ढलाई आज की तरह छड़ों के माध्यम से कंक्रीट को ढालकर नहीं होती थी। गाँवों में मिलने वाले पुराने ताड़ के पेड़ों को काटकर उसमें से लम्बी शहतीर काटी जाती थीं और उन्हीं के ऊपर रोड़ी-गिट्टी बिछाकर चूना और सुर्खी डालकर ढलाई की जाती थी।

पहले के जमाने में तो वैसे भी माधोपुर जैसे गाँवों में पक्की छत के मकान इक्के-दुक्के ही दिखाई देते थे। जिस तरह गाँव दीखते थे वे अपने-आपमें तत्कालीन सामाजिक-आर्थिक व्यवस्था का दस्तावेज पेश करते थे। गाँवों में तथाकथित बड़ी जोत के मालिकों के पास भी ऐसे पक्के मकान नहीं थे जैसे आज अमूमन गाँवों में दिखाई दे जाते हैं। बड़े खेतिहर भी अगर अपना घर बनाते थे तो टुकड़ों-टुकड़ों में ही। कभी एक साल एक कमरा बना लिया। तब फिर जब थोड़ा और पैसा घर में आया तो अगले साल एक और कमरा या बरामदा जोड़ दिया। बड़े परिवारों के लिए अकसर घर एक आँगन के चारों ओर बनते थे। एक आयताकार या फिर वर्गाकार बनावट में। बाबा का माधोपुर का मकान कोई अपवाद नहीं था। बनावट का यह प्रकार परिवार में सदस्यों की संख्या ज्यादा होने के कारण जरूरी हो जाता था। अब परिवार की आर्थिक स्थिति पर यह निर्भर होता था कि सभी कमरे और सारे बरामदे और आगे दरवाजे की ओर की कोठरियों पर पक्की छत

पड़ी है या खपरैल या मिली-जुली। जिन घरों में खेती के अलावा आय का कोई दूसरा भी स्रोत होता था उन घरों के लिए ही यह सम्भव हो पाता था कि सीमेंट की पक्की ढलाई के घर बनें। उस पर भी आम तौर पर परिवारों की आय इतनी सीमित थी कि एक बार में पूरा घर बना पाना शायद ही किसी परिवार के लिए सम्भव हो पाता था।

आजकल तो मैं देखती हूँ कि गाँवों में भी लोग एक ही बार में बड़े, पक्के घर बना लेते हैं। अगर योजना के अनुसार पूरा घर एक बार में न भी बनता है तो उसका ज्यादातर भाग तो जरूर बना लेते हैं। लेकिन अब गाँवों में भी पुराने फैलाव वाले और आँगन वाले घरों के बजाय शहरों जैसे हू-ब-हू तो नहीं लेकिन उनसे मिलते-जुलते किस्म के, बिना आँगनों वाले, घर बनने लगे हैं।

किश्त-किश्त में बनने और कालान्तर में जरूरत पड़ने पर कुछ हिस्से को तोड़कर बनाने का माधोपुर के इस घर का भी अनूठा इतिहास है, लेकिन मैं तो जबसे यहाँ आई तब से इसको उसी रूप में देख रही हूँ जैसा शुरू में देखा था। आज यह घर जैसा दीखता है उस स्वरूप में पिछली यानी बीसवीं शताब्दी के अन्तिम दशक के शुरू होने के पहले ही इसे देखा जा सकता था। मैंने तो इस घर या मकान के इतिहास के बारे में जो कुछ भी जाना वह बाबा या दादी के मुँह से सुनकर जाना।

बाबा के पिताजी यानी डॉक्टर साहब के पास जितनी खेती की जमीन थी उससे ज्यादा जमीन गाँव में दो-तीन और लोगों के पास भी थी लेकिन डॉक्टर साहब की डॉक्टरी से होने वाली कमाई इन लोगों के पास नहीं थी। यही कारण था कि डॉक्टर साहब का माधोपुर का घर इस गाँव के अन्य घरों के मुकाबले दूसरा सबसे बड़ा घर था। उनके घर के सामने उनके चचेरे भाई का घर भी कम से कम सामने की ओर से देखने में काफी बड़ा लगता था और उसमें भो बरामदायुक्त आयताकार आँगन था। यह घर भी अपने इस आकार में इसलिए बन पाया क्योंकि डॉक्टर साहब के चचेरे भाई भी थोड़ी-बहुत डॉक्टरी कर लेते थे लेकिन उनकी ज्यादातर कमाई अपने बड़े बेटे को डॉक्टरी की पढ़ाई पटना मेडिकल कॉलेज में कराने और उसके बाद इंग्लैंड में एम.आर.सी.पी. के लिए भेजने में लग गई। यह बात अलग है कि बेटा इंग्लैंड से लौटकर नहीं आया और वहीं का निवासी बन गया। उस जमाने के

कई बापों को अपने बेटों के इस तरह के निर्णय को अंगीकार करना पड़ा, ज्यादातर मामलों में न चाहते हुए भी।

बाबा ने अपने पिता का वह घर देखा था जिसे अँगरेज निलहा साहब से खरीदा गया था। यह कोई बहुत बड़ा बँगला तो नहीं था लेकिन छोटे ही आकार में निराला-सा सौन्दर्य लिये हुए एक घरनुमा भवन था जिसे निलहा साहब अपने विश्राम स्थल के रूप में इस्तेमाल किया करता था। बाबा सौन्दर्य के पारखी थे। यही वजह थी कि माधोपुर के अपने इस घर के अपने वाले हिस्से को, सिर्फ दादी वाले ऊँची छत वाले कमरे को छोड़कर, तोड़कर वे अपने हिसाब से बनाना चाहते थे। अपनी नौकरी के पहले पचीस-छब्बीस वर्षों में तो उनके पास पैसों की बराबर किल्लत रही जिसके कारण घर के खपरैल भाग की छतों की भी ढंग से मरम्मती करवा पाना उनके लिए कभी सम्भव न हो पाया।

हेमंग के चले जाने के तकरीबन डेढ़ साल बाद बाबा रिटायर हो गए। तीनों बेटे अब अच्छी नौकरियों में थे। इस लिहाज से अब बाबा के पास पैसों की वैसी तंगी न थी जैसी उन्होंने कुछ ही साल पहले तक अपने जीवन में देखी थी। कुछ पेंशन के पैसे और कुछ खेती से आई मामूली सी बचत के पैसों को जोड़कर बाबा ने माधोपुर के घर के अपने हिस्से के खपरैल भाग को तोड़कर धीरे-धीरे बनाना शुरू किया। इस उपक्रम को पूरा करते-करते उन्हें तकरीबन तीन वर्ष लग गए। इस दौरान बाबा ज्यादातर माधोपुर में ही रहे। साल में एकाध बार, कुछेक सप्ताह के लिए वे अपने तीनों बेटे में से किसी एक के यहाँ चले जाते थे। दादी का ज्यादा समय बेटों के यहाँ ही गुजरता था। बाबा माधोपुर के घर को छोड़कर बहुत कम बाहर जाते थे लेकिन एक बार दादी के साथ उन्होंने अपने तीसरे बेटे वीनू के यहाँ कुछ समय बिताने का मन बनाया। वीनू ने अपने माँ-बाप से बहुत आग्रह किया था कि वे उनके यहाँ आकर थोड़ा समय बिताएँ। दादी तो ऐसे आग्रहों को स्वीकार करने के लिए बराबर तैयार रहती थीं लेकिन बाबा के साथ ऐसा नहीं था। हेमंग के चले जाने के बाद उनका मन उदासी की गिरफ्त से लड़ पाने में अकसर अपने-आपको असमर्थ महसूस करता था। वैसे यह बाबा की प्रकृति और प्रवृत्ति दोनों के विपरीत था। बाबा जल्दी हारना जानते नहीं थे लेकिन शायद उम्र के ढलान पर आकर अब उनकी भी इच्छाशक्ति थोड़ी-बहुत लड़खड़ाने लगी

थी। ऐसे समय में दादी का साहचर्य उनके लिए बहुमूल्य हो जाता था। तो दादी ने ही बाबा को सुझाव दिया कि वीनू के यहाँ कुछेक हफ्तों का समय बिताना उन दोनों के लिए अच्छा रहेगा।

वीनू फौज में कप्तान थे। इस समय उनकी पोस्टिंग अरुणाचल प्रदेश के एक सुदूर, सीमावर्ती इलाके में थी। चीन के साथ लगे बॉर्डर से सटे एक अत्यन्त खूबसूरत घाटी थी वह जगह जहाँ वीनू की बटालियन का मुख्यालय था। प्राकृतिक सौन्दर्य से लबालब थी यह ऊँचे पहाड़ों और हरे-भरे पेड़ों वाली जगह। बाबा जब यहाँ पहुँचे तो उन्हें बहुत अच्छा लगा। लगा कि कुछ दिनों के लिए वे दुःख से अपने-आपको दूर कर पाएँगे। जिस जगह फौजी अफसरों के लिए यहाँ पर कॉलोनी बनी हुई थी उसके आसपास वनस्पतियों का अपार संसार था और हरियाली इतनी कि उसे आप मन भर अपनी आँखों में सिमटा ले सकते थे। यह सब तो बाबा को खासकर पसन्द आने वाली चीजें थीं। दादी और बाबा के मन को बहलाने के लिए सबसे महत्त्वपूर्ण था वीनू के घर में उसके आठ महीने के बेटे का होना। उसकी किलकारी और चहक से दोनों का मन दिन भर बहला रहता था। वीनू की पत्नी के साथ गप-शप करने में भी दादी और बाबा का मन लगा रहता था।

कुल मिलाकर स्थिति यह थी कि दादी का वश चलता तो वे तो कई महीनों तक वीनू के यहाँ ही रह जातीं। लेकिन बाबा के साथ ऐसी बात नहीं थी। कुछ दिनों तक तो उनका मन बहल गया था इस नए माहौल में लेकिन वे अपने-आपको अपने माधोपुर के घर से कभी इतनी दूर नहीं ले जा पाते थे कि उसके बारे में सोचना बन्द कर दें। माधोपुर के अधूरा बने हुए घर को पूरा करना अब उनके लिए एक अनुष्ठान जैसा बन चुका था। इसलिए एक महीना वीनू के यहाँ रहने के बाद दोनों लोग अरुणाचल के उस सीमान्त इलाके से बस और उसके बाद ट्रेन द्वारा लम्बी यात्रा करते हुए माधोपुर लौट आए हालाँकि दादी का एकदम मन नहीं था अपने पोते को छोड़कर लौटने का। बाबा की सोच ही कुछ अलग थी। वे सोचते थे कि बाल-बच्चों का मोह और स्नेह अपनी जगह है किन्तु उसमें उनके द्वारा स्थायी तौर पर आश्रय और पुत्र शोक का कोई निदान ढूँढ़ना शायद ठीक नहीं था। उनके लिए स्थायी आश्रय तो माधोपुर का घर ही था। वैसे भी अपने सीमित अध्ययन में बाबा ने पढ़ रखा था कि पुराणों में 'शोक' को मृत्यु का पुत्र

कहा गया है। वैसी किसी भी अवस्था को वे अंगीकार नहीं करना चाहते थे जो उन्हें मृत्यु के समीप खींचे। इसलिए वे लगातार कुछ ऐसा उपक्रम करना चाहते थे जिससे इस तरह के भाव उनके मन को घेर न सके। हार मानना उनकी प्रवृत्ति और प्रकृति दोनों के खिलाफ था।

जब बाबा नौकरी कर रहे थे उसी दौरान उन्होंने अपने मन में एक दीर्घकालीन योजना कायम की थी। वे वैज्ञानिक ढंग से एक बार फिर अपनी जमीन पर उन्नत खेती करना शुरू करेंगे। इसमें माधोपुर तो शामिल था ही किन्तु उन्होंने सोचा था कि कई वर्षों से उपेक्षित विशुनपुर में अपने स्वर्गीय पिता यानी डॉक्टर साहब की जागीर को भी सँवारने की कोशिश करेंगे।

डॉक्टर साहब की जागीर तो पन्द्रह वर्षों से यूँ ही उपेक्षा को झेल रही थी, उनकी छोटी सी निलहा साहब के रेस्ट हाउस वाली कोठी अब ढहने लगी थी। जिस साल हेमंग गुजरे थे उसी के दूसरे साल पूरे उत्तर बिहार में भीषण बाढ़ आई थी। विशुनपुर और उसके आसपास के कई गाँवों में तम्बाकू की खेती होती थी और तम्बाकू की खेती भीठ जमीन पर ही होती है। किसी भी जमीन का वर्गीकरण भीठ के रूप में तभी होता है जब उसमें कभी भी जल-जमाव नहीं होता है, चाहे कितनी भी बारिश हो। इसके बावजूद उस साल की बाढ़ में पूरा विशुनपुर डूब गया और बेचारी कोठी भी। चार से पाँच फुट पानी लग गया था उसके चारों ओर। कच्ची ईंटों की मोटी दीवारों से बनी थी यह कोठी, सो पानी के सप्ताह-दस दिन ठहर जाने पर उसकी नींव की ईंटें भी धीरे-धीरे घुलकर कमजोर हो गईं। कुछ समय बाद पानी तो निकल गया लेकिन नींव के कमजोर हो जाने के कारण धीरे-धीरे दीवारें धँसने लगीं और डॉक्टर साहब की कोठी देखते-देखते ढह गई, ऐसे जैसा दर्द से बिलखता कोई अनाथ बच्चा राहगीरों के बीच उनके देखते-देखते ढहराकर गिर पड़े और बेहोश हो जाए। विशुनपुर के लोगों ने तो ऐसा ही देखा।

ऐसा नहीं था कि बाढ़ में आए पानी की निकासी और उससे बचाव का कोई तरीका नहीं था। लेकिन बड़ा सवाल तो ये था कि यह सब करता कौन। बाबा ने विशुनपुर गाँव के ही एक ज़हूर मियाँ को अपने पिता के गुजर जाने के बाद

केयरटेकर बना रखा था। ज़हूर मियाँ डॉक्टर साहब के जमाने से ही कोठी से जुड़े हुए थे। ब्रिटिश हुकूमत में जो ओहदा या जिम्मेदारी गुमाश्ता लोगों की थी तकरीबन वैसा ही काम डॉक्टर साहब ने ज़हूर मियाँ को अपने लिए दे रखा था। खेती के लिए मजदूरों को लाना, उनकी दर तय करना, खेती से जो उपज होती थी उसका दाम तय करना, डॉक्टर साहब के क्लिनिक के लिए दवा जो पार्सल से आती थी उसे रेलवे स्टेशन से पार्सल छुड़वाने के बाद लाना आदि—यह सब काम ज़हूर मियाँ के जिम्मे रहता था। उनके द्वारा की गई सेवा की एवज में डॉक्टर साहब ज़हूर मियाँ को क्या देते थे इसकी जानकारी डॉक्टर साहब और ज़हूर मियाँ के अलावा किसी तीसरे आदमी को नहीं थी। बेशक ज़हूर मियाँ अहले सुबह कोठी पर आ जाया करते थे और देर शाम को कोठी पर ही भोजन करके वापस अपने घर जाते थे। उनका घर कोठी से कोई दो किलोमीटर की दूरी पर ही था। घर जाने से पहले ज़हूर मियाँ डॉक्टर साहब को दिन भर की, अगल-बगल की खबरें सुना जाते थे। दरअसल, ज़हूर मियाँ अपने बचपन के दिनों से ही डॉक्टर साहब से जुड़े हुए थे और डॉक्टर साहब उन्हें घर के एक सदस्य जैसा मानते भी थे। अपने घर की गरीबी से तंग आकर ज़हूर मियाँ पहले तो घर से भागकर कलकत्ता चले गए और वहाँ के किसी जूट मिल में बाल मजदूर के रूप में लग गए थे। उनका घर-परिवार बहुत दिनों तक रोता-बिलखता रहा। कुछ साल बाद गाँव के ही एक परिचित व्यक्ति के साथ वे मिल की मजदूरी छोड़कर वापस आ गए।

जब वे वापस आए तो डॉक्टर साहब ने ही उन्हें आश्रय दिया और उसी समय से ज़हूर मियाँ डॉक्टर साहब से जुड़े रहे। लेकिन अकेले बेचारे ज़हूर मियाँ करते भी क्या? बाढ़ के प्रकोप से कोठी को बचा पाना उनसे सम्भव न था। इसके लिए जो संसाधन चाहिए था वह भी तो ज़हूर मियाँ के पास नहीं था। इस प्रकार सन् 1987 की बाढ़ में डॉक्टर साहब की कोठी विशुनपुर के लोगों की आँखों के सामने, देखते-देखते ढह गई। इस दृष्टान्त के कुछेक महीने बाद ही बाबा विशुनपुर पहुँच पाए। गिरी हुई कोठी के मलबे और किसी एक जमाने के एक अत्यन्त सुन्दर, फूलों के घेरे में घिरे अहाते के टूटे तारों को देखकर उन्हें रुलाई आ गई। वे अपने को असहाय तो महसूस कर ही रहे थे, साथ ही उन्हें कुछ अपराधबोध-सा भी महसूस हो रहा था। उन्हें लग रहा था जैसे उन्होंने ही इस कोठी को अनाथ छोड़

दिया था, डॉक्टर साहब के गुजर जाने के बाद, और इसी कारण आज इसकी ऐसी दुर्दशा हो गई थी।

बाढ़ से आई बर्बादी के इस प्रकरण ने बाबा के दिल को एकदम झकझोरकर रख दिया। बाबा का विशुनपुर कोठी के साथ रिश्ते की भी एक अप्रतिम कहानी थी। उनके पिता ने अपनी जिन्दगी के उत्तरार्ध के लगभग पैंतीस साल यहीं गुजारे थे। लेकिन उनका देहावसान अन्ततः माधोपुर के घर में ही हुआ। लीवर के कैंसर से ग्रस्त होने के बाद जब वे खाट पर पड़ गए तो बाबा उन्हें उनकी इच्छा के विरुद्ध माधोपुर के घर में ले गए जहाँ उनको घर के दरवाजे के बरामदा के दोनों ओर बनी अष्टभुजाकार कोठरियों में से एक कोठरी में रखा गया। यह कोठरी बाबा के हिस्से वाली थी। परिवार में बँटवारे के बाद घर के कमरे, आँगन और बाहर की कोठरियों का बँटवारा दस साल पहले हो गया था।

उस जमाने में कैंसर का कोई इलाज तो था नहीं, बस इन्तजार करना उस अन्तिम साँस का, यही एक विकल्प था। बाबा इतना निःसहाय महसूस करने लगे थे अपने-आपको। मुजफ्फरपुर के सबसे बड़े डॉक्टर ने कह दिया था कि अब अन्तिम घड़ी का इन्तजार करने के अलावा कोई विकल्प न था। दादी ही थीं जो हर तरह से डॉक्टर साहब की सेवा-शुश्रूषा करती रहीं, उनकी अन्तिम घड़ी तक। अन्त के करीब दो महीने तो डॉक्टर साहब बिस्तर पर यूँ ही तकरीबन बेहोश से पड़े रहते थे और बातचीत करने या समझने में भी असमर्थ हो गए थे। इस दौर में उन्हें कितना होश था, वे क्या सोचते रहे होंगे इसके बारे में कुछ भी कह पाना मात्र कल्पना के सहारे ही हो सकता था। समझने लायक कुछ भी बोल पाने में अब वे असमर्थ हो चुके थे। लेकिन कल्पना के सहारे इतना तो कहा ही जा सकता है कि डॉक्टर साहब को इतना तो भान जरूर रहा होगा कि वे अपना अन्तिम समय अपने प्रिय विश्राम स्थल यानी विशुनपुर की अपनी कोठी में न गुजारकर माधोपुर के अपने ही घर में गुजार रहे हैं। माधोपुर का घर जिसके प्रति उन्होंने एक लम्बे समय के दौरान अनासक्त भाव-सा बना लिया था। जो ज़हूर मियाँ उनकी विशुनपुर की कोठी में सुबह से शाम तक विचरण किया करते थे वे अब कहाँ हैं? इसी प्रश्न को लेकर मुझे लगता है कि ज़हूर मियाँ पर एक संक्षिप्त आख्यान जरूरी है। उसे प्रस्तुत करती हूँ।

जिन्दगी के मेले और ज़हूर मियाँ

वर्ष 1962 की गर्मियों में डॉक्टर साहब के आम के बगीचे में आम की अच्छी फसल आई थी। बाबा ने गर्मी की छुट्टियों के दौरान हेमंग और उमंग को अपने पिता यानी डॉक्टर साहब के यहाँ छोड़ दिया था ताकि वे दोनों अपने बाबा के साथ कुछ दिन रहें और बगीचे में फलने वाले तरह-तरह की आम की प्रजातियों—बम्बइया, मालदह, मीरजाफर, सिपिया और सुकुल आदि का रसास्वादन कर सकें। उस वक्त हेमंग नौ साल के तथा उमंग छह साल के थे। दोनों भाई दिन भर बगीचे में घूमते थे, खेत में काम करने वाले मजदूरों के साथ थोड़ा-बहुत गप-शप करते थे और इन सबसे जब मन भर जाता था तो डॉक्टर साहब के क्लिनिक में आ जाते थे जहाँ प्रायः ज़हूर मियाँ अकसर दिख ही जाते थे। इसके बाद दोनों भाइयों का मन बहलाने की जिम्मेदारी ज़हूर मियाँ अपने ऊपर ले लिया करते थे। बस क्या था। ज़हूर मियाँ शुरू हो जाते थे अपनी विभिन्न किस्म की कहानियों के साथ—असली कांचन नगर छुरी की गाथा, कलकत्ता शहर के चौरंगी के दृश्यों का बखान, शहर में चलने वाली ट्राम गाड़ी का वर्णन और उन्होंने कलकत्ता शहर में अपने प्रवास के दौरान जो भी सिनेमा देखा था उसका बढ़ा-चढ़ा कर ब्योरा। आजादी के तुरन्त बाद ही एक फिल्म आई थी जिसका नाम था *मेला*। बारह-चौदह वर्ष की उम्र में जब ज़हूर मियाँ अपने गाँव को छोड़कर कलकत्ता आए थे तब अपनी मजदूरी में मिले पैसों में से थोड़ा बचाकर उन्होंने धर्मतल्ला में अपनी खोली में साथ रहने वाले साथियों के साथ यही पहली फिल्म देखी थी। फिल्म में एक गाना था—ये जिन्दगी के मेले दुनिया में कम न होंगे, अफसोस हम न होंगे—जो ज़हूर मियाँ को कंठस्थ हो गया था। अब बच्चों को गाने में क्या कहा जा रहा था यह तो कुछ समझ में नहीं आता था लेकिन ज़हूर मियाँ जिस अदा और जिस भाव में इस गाने को बच्चों को सुनाते थे उससे वे दोनों मुग्ध हो जाते थे और जब न तब, मौका मिलते ही, ज़हूर मियाँ से इस गाने को गाने की फरमाइश कर बैठते थे। बच्चों को लगता था कि ज़हूर मियाँ के पास सुनाने के लिए किस्से-कहानियों का खजाना था—तिलिस्मी कहानियों के

साथ-साथ उनके कलकत्ता के जीवन की गाथा। कलकत्ता प्रवास ज़हूर मियाँ के जीवन का एक महत्त्वपूर्ण प्रसंग था।

ज़हूर मियाँ का जन्म विशुनपुर के मुसलमान टोला के एक अत्यन्त गरीब परिवार में हुआ था। विशुनपुर के कई मजदूर उस जमाने में कलकत्ता शहर के आसपास की जूट मिलों में काम किया करते थे। अपने घर में तंगी की हालत से जब सोलह-सत्रह वर्ष के ज़हूर मियाँ तबाह हो गए तो गाँव के ही किसी साथी के साथ उन्होंने कलकत्ता शहर की ट्रेन पकड़ी और वहाँ पहुँचकर अपने गाँव के ही साथी मजदूरों की मदद से हुगली के निकट किसी जूट मिल में काम खोज लिया। उनका विश्राम स्थल भी वहीं धर्मतल्ला की उस खोली में बना जहाँ एक ही कमरे में उनके गाँव के तकरीबन दर्जन भर और लोग रहते थे। चूँकि मैं तीपू द्वारा अपने भाइयों को बताए जाने वाली कहानियों को सुनती रहती थी तो ज़हूर मियाँ के इस प्रकरण से मुझे याद आया कि तीपू बराबर चर्चा करते थे कि उन्होंने कुछ साल पहले जर्मनी के बर्लिन फिल्म स्कूल के पढ़े हुए एक फिल्म निदेशक द्वारा जूट मिलों में व्याप्त बाल मजदूरों के शोषण पर एक फिल्म देखी थी। फिल्म में दिखलाया गया है कि बाल मजदूरों और उनके युवा साथियों को किन विषम परिस्थितियों का सामना करना पड़ता था और अपने घर-परिवार से दूर रहते हुए वे आर्थिक तंगी के साथ-साथ परिस्थितिजन्य एकाकीपन को किस तरह झेलते थे। ज़हूर मियाँ अपनी माँ को मनीऑर्डर के माध्यम से कुछ रुपये दो-चार महीने में एकाध बार भेज पाते थे। वे अकेली सन्तान थे और उनके पिता का देहान्त जब वे बहुत कम उम्र के थे तभी हो गया था। उनकी माँ गाँव के आसपास के किसानों के घर में खेती के मजदूर के रूप में काम किया करती थी और अपना गुजारा करती थी। रहने के लिए घर के नाम पर मात्र एक छोटी सी झोंपड़ी थी, आम राहगीर जिस सड़क का इस्तेमाल करते थे उसी के किनारे। तकरीबन दरिद्रता की कगार पर अपना गुजर-बसर करने वाली माँ की याद तो ज़हूर मियाँ को बहुत आती थी लेकिन बेचारे अपना मन मसोसकर रह जाते थे। आखिर वे वापस अपने गाँव विशुनपुर जाएँ तो कैसे जाएँ। उनके गाँव वापस चले जाने पर उनकी माँ को नियमित मनीऑर्डर का जो एक छोटा सा सहारा था वह कैसे मिल पाएगा। खेतों में मजदूरी तो साल में कुछ सीमित दिनों के लिए ही मिल पाती थी। साल-दो साल

में एक बार समय निकालकर ज़हूर मियाँ बमुश्किल अपनी माँ के पास एकाध महीना गाँव में रह पाते थे। इस महीने भर का अन्त होते-होते बचत के पैसे खत्म होने लगते थे और दो जून रोटी के भी लाले पड़ने लग जाते थे। मजबूरी में ज़हूर मियाँ को वापस कलकत्ता का रुख करना पड़ता था। बहुत बेमन से ज़हूर मियाँ कलकत्ता लौट जाते। यही सिलसिला तकरीबन सात-आठ वर्षों तक चलता रहा। ज़हूर मियाँ द्वारा माँ को मनीऑर्डर भेजना जारी रहा। जब वे गाँव आते थे तो माँ के लिए एक सस्ती ताँत की साड़ी जरूर लाते थे, बंगाल के ताँत की साड़ी, जिसे उनकी माँ बड़े गर्व से पहनकर गाँव में निकलती थीं।

मनीऑर्डर फॉर्म के नीचे के दो इंच के हाशिए में खाली जगह हुआ करती थी, लिखित संवाद के लिए। इसी खाली जगह में ज़हूर मियाँ अपने किसी लिख पाने की हैसियत रखने वाले मित्र से अपनी माँ के लिए सान्त्वना का सम्बोधन लिखवाते थे, जैसे 'अम्मा, तुम अपना खयाल रखना। बिना वजह किसी मालिक से उधार मत लेना। अगर कुछ उधार-बाकी है तो ये जो पैसे भेज रहा हूँ उससे हो सके तो चुकता कर देना। इस बार धान की कटनी के समय मैं आऊँगा।' इत्यादि-इत्यादि। इससे ज्यादा संवाद के लिए या किसी विशेष व्याख्या के लिए तो जगह ही नहीं होती थी मनीऑर्डर फॉर्म में।

सन् 1955 के जून के महीने में कलकत्ते में भीषण गर्मी पड़ रही थी। शाम को पसीने से लथपथ जब ज़हूर मियाँ धर्मतल्ला में अपनी खोली लौटे तो उनके किसी साथी ने कहा, 'ऐ, जहूर तुम्हारे लिए यह खत आया है,' इतना कहते हुए उनके हाथ में एक पोस्ट कार्ड थमा दिया। ज़हूर मियाँ तो हतप्रभ भी थे और उल्लसित भी। उल्लास इसलिए कि वे पूर्णतः निरक्षर तो थे और इसीलिए पोस्टकार्ड कहाँ से आया है और उसमें क्या लिखा है यह पढ़ तो नहीं सकते थे लेकिन उन्हें पूरा यकीन था कि उनको खत लिखने वाला दुनिया में उनकी माँ के सिवा और कोई नहीं हो सकता था। हतप्रभ इसलिए कि अगर माँ ने खत भेजा भी है तो आखिर किसलिए। सात-आठ वर्षों में कुल मिलाकर दो या चार खत आया होगा उनकी अम्मा का—बराबर यही पूछने के लिए कि इस बार रमजान के पर्व में वे गाँव आ रहे हैं या नहीं। तो आखिर क्या प्रयोजन रहा होगा इस खत को लिखवाने का या भेजने का।

उनकी खोली में कोई भी ऐसा साथी मजदूर नहीं था जिसे पढ़ना आता था। सभी के सभी पूर्णतः निरक्षर थे, जैसा कि उस जमाने में अमूमन हुआ करता था। बगल की ही बिल्डिंग में विशुनपुर के बगल के गाँव का सिकन्दर नाम का एक युवक रहता था जिसकी धर्मतल्ला के ही एक कोने में बीड़ी की दुकान थी। इलाके के अकेले प्राइमरी स्कूल के मास्टर साहब की छड़ी की पिटाई खा-खाकर उसने थोड़ा-बहुत पढ़ना-लिखना सीख लिया था। अपनी अम्मा को मनीऑर्डर भेजने में ज़हूर मियाँ उसी से मदद लिया करते थे। उसी को जाकर उन्होंने पोस्टकार्ड दिया और सिकन्दर ने ज़हूर मियाँ को पढ़कर सुनाया—

"बेटा ज़हूर,

अब तुम गाँव वापस आकर यहीं रहो। मुझे कमाई करने में बहुत दिक्कत होती है। अब हाथ-पैर ठीक से नहीं चलते। खेत में निकौनी का काम करने के बाद ठेहुना में बहुत जोर का दर्द उठ जाता है। तुम्हें अब शादी भी कर लेनी चाहिए। घर में बहू के आ जाने से मेरी बहुत मदद हो जाएगी। कल मैं बिशुनपुर कोठी गई थी। डॉक्टर साहब के पास। गाँव में कोई उधार पैसा नहीं दे रहा था। इस वास्ते मैंने बहुत हिम्मत कर डॉक्टर साहब से ही कुछ उधार पैसा माँगा। डॉक्टर साहब ने भी मुझसे कहा कि अब ज़हूर को बोलिए वापस आ जाए। उसको कलकत्ता में जितना पैसा मिलता है, उतना मैं भी उसे दे दूँगा। दिन-भर कोठी पर ही रहेगा और मेरी खेती-बारी में मदद करेगा।

तुम्हारी अम्मा।"

गाँव लौटने का सोचकर थोड़ी देर तक तो ज़हूर मियाँ का मन विचलित हुआ लेकिन डॉक्टर साहब का ध्यान कर उन्हें एक प्रकार का सुकून-सा महसूस हुआ। इसका कारण था कि बचपन से ज़हूर मियाँ ने डॉक्टर साहब को देखा था। उनका इलाके में नाम था और वे अपनी दयालुता के लिए जाने जाते थे। किसी भी दृष्टिकोण से वे बड़े आदमी थे और अगर उनका साया ज़हूर मियाँ को मिल जाए तो उनको विशुनपुर गाँव में ही कमाने-खाने में कोई तकलीफ न होगी। वे जब बच्चे थे तो ईद

के मौके पर बराबर अपनी माँ के साथ कोठी पर जाते थे, डॉक्टर साहब को ईद की सेवइयाँ देने के लिए। डॉक्टर साहब बराबर ज़हूर मियाँ के हाथ में एक या दो आना पैसा जरूर थमाते थे, ईद के मेले में जाकर कुछ खरीदने के लिए। डॉक्टर साहब में बराबर उन्हें एक पिता समान छवि दिखती थी।

अपने साथियों को छोड़कर जाने का सोचकर ज़हूर मियाँ के मन में एक टीस तो जरूर उठी मगर अपनी अम्मा का ध्यान आते ही उनकी सारी दुविधा मानो काफूर हो गई। अगले ही दिन वे जूट फैक्ट्री के मेट के पास गए और अपनी बकाया मजदूरी उससे माँग ले आए। मेट ने पूछा भी कि उनका वापस आने का कोई इरादा है या नहीं तो ज़हूर मियाँ ने उससे कह दिया कि वे देखेंगे अगर गाँव में जिन्दगी गुजर-बसर करने के लिए ठीक उपाय हो जाएगा तब तो वे शायद नहीं आ पाएँगे लेकिन अन्यथा उन्हें तो जूट मिल में मजदूरी का आसरा देखना ही पड़ेगा।

विशुनपुर लौटते ही ज़हूर मियाँ डॉक्टर साहब के यहाँ गए। डॉक्टर साहब ने कहा, "ज़हूर, मेरे यहाँ खेती का काम बहुत बढ़ गया है। क्लिनिक में आए मरीजों से मुझे फुर्सत नहीं मिल पाती है कि देखूँ कौन क्या कर रहा है। हलवाहे ठीक से खेत जोत रहे हैं या नहीं। बैलों को ठीक तरह से दाना-पानी दिया जाता है या नहीं। बाहर से जो दवाई आती है उसका पार्सल छुड़वाने के लिए भी किसी को जाना पड़ता है। खाद-बीज आदि भी बाजार से खरीदकर लाने का काम होता है। चार-चार अच्छी नस्ल की गाय हैं अपने पास। उसकी देखभाल में भी बहुत मशक्कत है। खेतों में फसल की रखवाली और आम के सीजन में आम के फल की रखवाली आदि का भी काम है। बहुत सारा काम है। इन सब कामों को करने के लिए मेरे पास कोई भरोसेमन्द आदमी नहीं है। तुम्हारे अब्बा को जब टी.बी. हुई थी उसके एक-दो साल पहले मैंने उन्हें देखवारी का जिम्मा दिया था लेकिन वे तो जल्दी ही गुजर गए। अब तो इतने साल बीत गए। मुझे तुम्हारी माँ की खबर मिलती रहती है। बेचारी ज्यादातर तो कष्ट के ही दिन गुजारती है। इसीलिए मैंने उनको कहा कि वे तुमको यहाँ बुला ले। अब तुम यहीं रहो। मेरे गुमाश्ता की तरह। दिन का खाना तुम कोठी पर ही खाना और क्लिनिक में या उसके आसपास ही रहना। वैसे तो क्लिनिक के दो कमरों में चारों तरफ जँगले लगे हैं जिनसे मैं बैठे-बैठे अपने खेतों

में चल रहे कामों को देख सकता हूँ लेकिन इससे पूरी बात बनती नहीं है। तुम समझ रहे हो मैं क्या कह रहा हूँ?"

"जी जनाब, मैं पूरी कोशिश करूँगा आपके विश्वास को निभा पाने का," ज़हूर मियाँ ने प्रत्युत्तर में डॉक्टर साहब से कहा।

तो इस प्रकार ज़हूर मियाँ लग गए डॉक्टर साहब के, एक प्रकार से कहिए तो मैनेजर के रूप में। मैंने तो यही सुना है, पता नहीं कितनी सच्चाई है इसमें कि उस जमाने में इस इलाके के बड़े किसान अमूमन मुसलमान नौजवानों या नेपाली बहादुर को ही मैनेजर के रूप में रखते थे। इन्हें ही पारम्परिक तौर पर ज्यादा विश्वासी माना जाता था।

उम्र में ज़हूर मियाँ डॉक्टर साहब के पुत्र यानी बाबा की बराबरी के ही थे। शायद दो-चार साल बाबा से छोटे ही रहे होंगे लेकिन बाबा उनके लिए बराबर आदरसूचक सम्बोधन का ही उपयोग करते थे। यही कारण है कि ज़हूर मियाँ से सम्बन्धित इस वृत्तान्त के लिए मैं भी आदरसूचक सर्वनाम का ही प्रयोग कर रही हूँ अपनी इस लम्बी गाथा में। आखिर मेरा अस्तित्व तो बाबा के ही कारण था तो उनकी भावनाओं का भला मैं कैसे निरादर कर सकती हूँ वह भी इस किस्म के महत्त्वपूर्ण सन्दर्भ में।

यही वह दौर था जब बाबा हजारीबाग में पोस्टेड थे। माधोपुर के घर में डॉक्टर साहब के परिवार का बँटवारा नहीं हुआ था। आँगन शामिलात था परन्तु बरामदे और उससे लगे कमरों का इस्तेमाल बँटा हुआ था। डॉक्टर साहब की पत्नी यानी बाबा की माँ अपनी जिन्दगी अपने हिस्से के एक बरामदे में गुजर-बसर करती थी। डॉक्टर साहब के भाई के परिवार के साथ उनकी बहुत बनती नहीं थी। मनमुटाव के कई अलग-अलग कारण थे जैसा कि संयुक्त परिवारों में अकसर हुआ करता था। ऐसे में डॉक्टर साहब को बराबर यह अपराधबोध सताता रहता था कि उन्होंने शायद अपनी पत्नी की उपेक्षा को हद से बाहर धकेल रखा था। वैसे उस जमाने में यह कोई बहुत अजूबी बात नहीं थी, खासकर संयुक्त परिवारों के सन्दर्भ में। अपने अपराधबोध से ही कुछ हद तक निजात पाने के लिए डॉक्टर साहब अब थोड़े-थोड़े अन्तराल पर ज़हूर मियाँ को माधोपुर के घर भेजने लगे ताकि पता चलता रहे कि उनकी पत्नी को किसी प्रकार की माली आवश्यकता को पूरा करने में कोई कष्ट तो

नहीं हो रहा है। ज्यादातर तो यह काम ज़हूर मियाँ ही करते थे लेकिन बीच-बीच में कभी-कभार, इस काम के लिए हरदंगी, जो डॉक्टर साहब का रसोइया था, को भी प्रतिनियुक्त किया जाता था। वह भी समान रूप से डॉक्टर साहब का विश्वासी था।

देह को तोड़ने वाली जूट मिल की मजदूरी के बाद तो जैसे ज़हूर मियाँ को अब डॉक्टर साहब के यहाँ गुमाश्ता या मैनेजरी का काम क्या मिला उन्हें जीवन सुधा की प्राप्ति हो गई। उनका जीवन विशुनपुर कोठी में रच-बस गया। यही कारण था कि 1962 की गर्मी की छुट्टियों में अपने बाबा यानी डॉक्टर साहब के यहाँ आए दोनों पोतों—हेमंग और उमंग के मनोरंजन की जिम्मेवारी ज़हूर मियाँ ने बिना किसी के कहे अपने ऊपर ले ली थी। ज़हूर मियाँ थोड़ा-बहुत हकलाते जरूर थे लेकिन अपनी याद के फिल्मी गानों को बच्चों को सुनाने से कभी चूकते नहीं थे। और एक गाना था जिसकी याद आते ही ज़हूर मियाँ मानो किसी दूसरी दुनिया में चले जाते थे। कारण कोई जटिल मनोविज्ञान में खोजने की जरूरत नहीं थी। सन् 1955 में कलकत्ता छोड़ने के पहले ज़हूर मियाँ ने अपने साथियों के साथ जो अन्तिम फिल्म देखी थी उसी का यह गाना था जिसे लावण्य से लबरेज उस जमाने की मशहूर अदाकारा नरगिस ने उस फिल्म में गाया था। ज़हूर मियाँ के जेहन में उस अदाकारा की सारी अदाएँ मानो अविस्मरणीय रूप से कैद थीं। तो बच्चों का मनोविनोद करते हुए, मौका मिलते ही, ज़हूर मियाँ फूट पड़ते थे—इचक दाना बिचक दाना, दाने ऊपर दाना। मिल मजदूरी का जीवन चाहे जितना भी कष्टप्रद रहा हो कलकत्ते के जीवन की स्मृतियाँ ज़हूर मियाँ को कभी न छोड़ पाती थीं। वैसे भी अतीत की स्मृतियों के जेहन में आते ही उदासी और खुशी की एक मिली-जुली तरंग इनसान को थोड़ा विचलित कर जाती है।

बच्चों की छुट्टी समाप्त हुई। बाबा उन्हें लाने के लिए विशुनपुर गए थे। डॉक्टर साहब और ज़हूर मियाँ ने भरे मन से उनको विदा किया। आने वाले कई वर्षों तक कोठी पर बच्चों की धमा-चौकड़ी से गुलजार रहने का यह दौर वापस न आया। सब लोग अपनी-अपनी मजबूरियों के गिरफ्त में थे। बाबा की नौकरी, बच्चों की पढ़ाई, डॉक्टर साहब की खेती-बारी आदि। हाँ, दस वर्ष बाद एक और ऐसा मौका आया जरूर था। डॉक्टर साहब के चारों पोते एक साथ इकट्ठे हुए थे विशुनपुर कोठी पर, गर्मी की छुट्टियों में। यह अकेला और आखिरी मौका था जब चारों भाई एक

साथ जुटे थे अपने बाबा के यहाँ लेकिन मेरे बाबा न जाने किन कारणों से डॉक्टर साहब के इस समवेत उल्लास में शामिल न हो पाए थे। क्या गजब का माहौल था डॉक्टर साहब के प्रांगण में। बगीचे से तोड़कर लाए हुए आम पानी की बाल्टियों में रखे जाते थे और बाल्टी के चारों ओर बैठकर लगातार चूस-चूस कर आम खाए जाते थे। कौन सबसे अधिक खाएगा इस बात को लेकर कम्पीटीशन लगता था। अब इसमें बेचारे तीपू कैसे बराबरी करते हेमंग की जो उन दिनों मिलिटरी एकेडेमी के टॉप एथलीटों में से एक थे और फुटबॉल, हॉकी आदि के बेहतर खिलाड़ी थे। लाजिमी था उनकी भूख तीपू से कहीं ज्यादा होगी। उम्र का भी सात-आठ साल का अन्तराल था दोनों भाइयों में।

डॉक्टर साहब तो मानो दिन भर चहकते ही रहते थे। क्लिनिक में अगर उनको पुराना जाननेवाला कोई दोस्तनुमा व्यक्ति आ जाता था तो उसे बड़े गर्व से तीपू द्वारा लाए हुए स्कूल मैगजीन में छपा उसका लेख दिखाते और कहते, "देख रहे हैं? यह लेख मेरे ग्यारह वर्ष के पोते ने लिखा है। यहाँ विशुनपुर में तो इस उम्र के बच्चे को ठीक से हाफ पैंट भी नहीं पहनने आता है। आधे तो ऐसे ही खुले देह या कभी-कभी लँगोटे में भी घूमते रहते हैं।" इसी लहजे में डॉक्टर साहब उनके लिए हेमंग द्वारा लाए हुए उस फोटो को भी दिखाते थे जिसमें वे किसी एथलेटिक प्रतियोगिता में कोई शील्ड प्राप्त कर रहे थे। "है कोई विशुनपुर या इसके आसपास के गाँव में जिसका शरीर इतना गठा हुआ और सुन्दर हो?" बड़े गर्व से डॉक्टर साहब अपने दोस्तों के साथ चर्चा करते थे। ब्लैक एंड व्हाइट फोटो में हेमंग उजले फुलपैंट के ऊपर सैंडो गंजी पहने हुए थे जैसा कि अकसर खेल प्रतियोगिताओं के दौरान मिलिटरी एकेडेमी में कैडेट लोग पहना करते थे। फोटो में शील्ड को किसी वी.आई.पी. से लेने के लिए उनका हाथ बढ़ा हुआ था और गठी हुई, मांसल बाँहें फोटो में चार चाँद लगा रही थीं। हाथ आगे बढ़ाने की सधी हुई मुद्रा, चेहरे पर सफलता और विजय की हल्की मुस्कान—ये सब काफी थे किसी भी आम आदमी को उस फोटो से प्रभावित करने के लिए।

इस दौरान सभी बच्चों का जहूर मियाँ से भी अतिशय लगाव हो गया। विशुनपुर में बिताई गई इस छुट्टी के मायने बिना ज़हूर मियाँ को केन्द्र में रखे निकाले ही नहीं जा सकते थे। पोतों की छुट्टियाँ खत्म हो रही थीं। जहूर मियाँ और डॉक्टर

साहब दोनों ने चारों लड़कों को विदा किया। डॉक्टर साहब बेचारे रोए नहीं बस इतना ही कम था। ज़हूर मियाँ की आँखें भी डबडबा गईं। आना और जाना, मिलना और बिछुड़ना—ज़हूर मियाँ को लगा जैसे जिन्दगी का मेला ऐसे ही चलता रहता है। उन्हें क्या मालूम था कि डॉक्टर साहब अपनी जिन्दगी के आखिरी मुकाम पर साल-दो साल में ही पहुँच जाएँगे।

अपनी अन्तिम साँस डॉक्टर साहब ने माधोपुर के घर में ही ली। ज़हूर मियाँ विशुनपुर कोठी के मोर्चे पर डटे रहे। लेकिन ज़हूर मियाँ के डटे रहने का भी क्या था। डॉक्टर साहब के चले जाने के बाद कोठी तो जैसे वीरान हो गई। न तो मरीजों की भीड़ की चहल-पहल और न खेती से सम्बन्धित मजदूरों का आना-जाना। वैसे कुछ मरीज भूले-भटके फिर भी आ जाते थे, दूर-दराज के गाँवों से। वह इसलिए कि उन तक डॉक्टर साहब के गुजर जाने की खबर नहीं पहुँच पाई। संचार के माध्यम अब भी लगभग मध्ययुगीन ही थे। जिला मुख्यालय को जाने वाली मेन रोड विशुनपुर गाँव से लगभग तीन किलोमीटर दूर थी। इसी सड़क पर बसें चलती थीं और आधी दूरी तक यह सड़क भी अभी तक पक्की यानी, स्थानीय भाषा में, पिच रोड नहीं बनी थी। तो फिर गाँवों के बीच की सड़कों का क्या कहना था। साल में तकरीबन नौ महीने इन सड़कों पर धूल उड़ती थी और बाकी समय, यानी बरसात के मौसम में, इनमें कीचड़ भरा होता था। पैदल चलने के अलावा साइकिल या बैलगाड़ी ही साधन थे एक जगह से किसी दो कोस या उससे अधिक के गन्तव्य की दूरी को तय करने के लिए। शायद यही कारण था कि दूरस्थ गाँवों से बैलगाड़ियाँ अभी भी आया करती थीं डॉक्टर साहब के क्लिनिक की देहरी पर। थोड़े समय के बाद यह सिलसिला भी समाप्त हो गया। सब लोग कालान्तर में जान गए कि इलाके के प्रसिद्ध और लोगों के प्यारे डॉक्टर साहब अब नहीं रहे।

पिता के न रहने का सदमा बाबा को गहरा लगा। पितृ शोक तो अपनी जगह था ही, उनके सामने एक और विकट समस्या थी। उनके चारों बेटे अभी पढ़ाई कर रहे थे। सभी अलग-अलग संस्थानों के हॉस्टल में रह रहे थे। पिता जब जीवित थे तो उनसे बड़ा सहारा मिल जाता था बाबा को अपनी इस जिम्मेदारी को निभाने में।

हेमंग का अभी साल भर बचा था अपनी ट्रेनिंग पूरी करने में, उसके बाद ही वे फौज में अफसर बनने वाले थे। लेकिन तब तक के लिए तो बाबा को आर्थिक भार उठाना ही था। बाबा जैसे टूट से गए इस पूरे प्रसंग में। आखिर कितनी तनख्वाह होती थी एक प्राध्यापक या प्राचार्य की उस जमाने में? सबसे बड़ी बात तो यह थी कि आखिर नौकरी में रहकर, विशुनपुर से दूर रहकर बाबा वहाँ की जागीर को सँभालेंगे भी तो कैसे। जहूर मियाँ पर आखिर कितना और कहाँ तक भरोसा कर पाएँगे बाबा।

जब कोई समस्या मनुष्य के रास्ते में आ खड़ी होती है तो बराबर उसके पास दो विकल्प होते हैं। आप किसी भी मनोचिकित्सक से पूछेंगे तो वह इस पर विस्तार से चर्चा करेगा। यह एक आम परिघटना होती है मनुष्य के साथ। या तो वह अपनी पूरी ताकत लगाकर उस समस्या से जूझता है या फिर अपना रास्ता ही बदल लेता है ताकि समस्या का उसे सामना ही न करना पड़े। बाबा के साथ भी कुछ ऐसा ही हुआ। जब डॉक्टर साहब की कैंसर की बीमारी का पता चला उसके तीन महीने बाद ही उनकी बेचारी माँ भी काल-कवलित हो गई थीं। कमर से तो वे स्थायी तौर पर कई साल पहले झुक गई थीं और उनकी उम्र सत्तर-पचहत्तर से ऊपर ही थी। उस जमाने में औरतों की उम्र बराबर अन्दाज के ही दायरे में गिनी जाती थी, आज के जैसा नहीं कि सबको अपना डेट ऑफ बर्थ एकदम ठीक-ठीक मालूम हो और बर्थ डे भी मनाया जाता हो। लेकिन उन्हें वास्तव में क्या बीमारी हुई और क्यों उन्होंने खाट धर ली इसका तो कभी किसी को ठीक से पता भी न चला। बीच-बीच में गाँव के ही एक लोकल डॉक्टर थे जो उन्हें देख जाते थे और अपनी सीमित समझ के मुताबिक कुछ दवा लिख जाते थे। गाँव की ज्यादातर बूढ़ी औरतों का यही हश्र होता था। अगर अभाव ने उन्हें नहीं पटका तो उपेक्षा तो जरूर एक कारण बनती थी उनके शरीर के भीतर से प्राण के धीरे-धीरे रिसने का। उसके परिजन कातर भाव से देखते रहते थे इस रिसाव को और अपनी विवशता को कोसते रहते थे। बाबा ने अपनी माँ को शहर के किसी बड़े डॉक्टर को मुश्किल से एकाध बार दिखाया होगा। पता नहीं उसने बाबा को क्या अंड-बंड बताया कि बाबा पूरी तरह नैराश्य के घेरे में आ गए और दादी के ऊपर अपनी माँ की तीमारदारी का जिम्मा छोड़ दिया। उनकी माँ बेचारी ने जो खाट पकड़ी तो फिर कभी उठी नहीं और देखते-

देखते तीन महीने के अन्दर स्वर्गवासी हो गईं। इसी दौरान डॉक्टर साहब की कैंसर की बीमारी का भी पता चला तो अपनी माँ के गुजर जाने और श्राद्ध कर्म पूरा हो जाने तक बाबा ने घर में किसी को नहीं बताया। बाबा की माँ का देहान्त दिसम्बर महीने में जाड़े की छुट्टियों के दरम्यान हुआ था। बाबा के चारों बेटे माधोपुर में ही थे। श्राद्ध कर्म के दौरान सभी ने अपना सिर छिलवाया। बड़े शौक से अपने पिता को कुर्सी पर बीच में बिठाकर उनके और अपने बेटों के साथ बाबा ने एक फोटो खिंचवाया, तीपू के लिए उनके आग्रह पर दो साल पहले दादी द्वारा दिल्ली से लाए गए बन्नी कैमरे से। दादी के जीवन की यह पहली दिल्ली यात्रा थी सो उन्होंने तीपू से पूछा था कि उन्हें दिल्ली से क्या चाहिए तो तीपू ने अपनी फोटोग्राफी करने की मुराद पूरी करने के लिए माँ से कैमरे की माँग की थी। माँग करते समय तीपू के मन में संशय जरूर था क्योंकि उस जमाने के हिसाब से कैमरा एक महँगी चीज मानी जाती थी और तीपू को लगा कि पता नहीं दादी उनकी इस माँग को पसन्द करेंगी या नहीं। लेकिन दादी तीपू की उम्मीदों पर खरी उतरीं। हिम्मत बाँधकर उन्होंने अपने बचाए हुए पैसों में से पचास रुपया निकाला और अपने छोटे भाई के साथ कनाट प्लेस जाकर यह कैमरा खरीदा था। उनके भाई एक वरिष्ठ पत्रकार थे और उनका दफ्तर कनाट प्लेस में ही हुआ करता था। उन्होंने कनाट प्लेस में कैमरे की दुकानों में पहले से ही छानबीन कर रखा था कि दादी यानी उनकी बड़ी बहन के छोटे से बजट में कौन सा कैमरा मिल पाएगा। वैसे तो आगफा के क्लिक-2 या क्लिक-3 कैमरे सबसे ज्यादा प्रचलित थे लेकिन इनका दाम दादी के बजट से थोड़ा ज्यादा था। बन्नी कैमरा दादी के बजट में एकदम फिट बैठता था। कैमरा खरीदा गया और बड़े गर्व से दादी ने तीपू को पत्र द्वारा यह सूचना दी। डॉक्टर साहब के जीवन का यह अन्तिम फोटो था। फोटो के खींचे जाने के समय सिर्फ बाबा को यह एहसास था।

जब सभी बच्चे छुट्टियों के बाद अपने-अपने हॉस्टल चले गए तब बाबा ने उन्हें बारी-बारी से पत्र लिखकर अपने पिता की कैंसर की बीमारी के बारे में बतलाया। वीनू और तीपू जब अगली छुट्टियों में माधोपुर के अपने घर आए तब तक डॉक्टर साहब अपनी अन्तिम साँसें गिन रहे थे। दोनों भाइयों ने बहुत कोशिश की अपने बाबा से दो शब्द की बातचीत करने की लेकिन डॉक्टर साहब बमुश्किल अपनी

आँखें खोलते थे और थोड़ी देर तक उन्हें निर्निमेष ताकते और फिर पलकें बन्द कर लेते थे। दो दिनों बाद उनकी पलकें सदा के लिए बन्द हो गईं। डॉक्टर साहब का वह फोटो (अपने बेटे और पोतों के साथ) अब परिवार के एलबम में एक अमूल्य जगह बना गया अपने लिए। माधोपुर के घर के इतिहास में एक अनन्य मोड़ का सूचक बन गया यह फोटो।

डॉक्टर साहब के गुजर जाने के बाद विशुनपुर कोठी तो मानो एकदम लावारिस हो गई। बाबा कभी समय दे नहीं पाते थे उसको देखने के लिए। कुछ अन्तराल के बाद वहाँ जाते भी थे तो उसमें कितना कुछ कर पाते? उनकी नौकरी की अपनी मजबूरियाँ थीं, लेकिन दीगर बात तो यह थी कि यौवन के समय से संचित उनकी सारी शारीरिक ऊर्जा भी अब क्षरण के मुहाने पर आ चुकी थी। बाबा अब पचास की उम्र के नजदीक आ रहे थे। वैसे भी उम्र के इस मुकाम पर पहुँचते-पहुँचते अच्छे-अच्छे पहलवान भी इस शाश्वत सत्य का सामना करने लगते हैं। बाबा को तो वैसे भी कुश्ती और पहलवानी छोड़े हुए अब पचीस वर्ष से ऊपर हो चुके थे। हाँ, पहलवानी छोड़ने के बाद बाबा ने योग का, उसमें भी चरम पादान के योग का, अभ्यास इन वर्षों में जरूर जारी रखा था। योगाभ्यास बाबा ने अपने समय के प्रसिद्ध योग गुरु स्वामी सत्यानन्द के मुंगेर के आश्रम में कुछ समय बिताकर सीखा था। वैसे इसके पहले भी सन् 1956-57 में बम्बई के टाटा इंस्टीट्यूट ऑफ सोशल साइंसेज में अपने साल भर के प्रवास के दौरान, समय निकालकर, दादर में अवस्थित रामतीर्थ योगाश्रम में बाबा ने योग की शिक्षा ली थी। यही कारण था कि बाबा जब बहुत गहराई से महसूस करने लगते थे कि उन्हें विशुनपुर जाना चाहिए तो वे साइकिल उठाते थे और माधोपुर से विशुनपुर की तीस किलोमीटर की दूरी सहजता से तय कर लेते थे। साइकिल पर इस किस्म का बाबा का श्रम पचहत्तर की उम्र पहुँचने तक जारी रहा, हाँ यह जरूर था कि उम्र के बढ़ते जाने के साथ इसकी आवृत्ति में कमी आने लगी थी। बाबा के सभी बेटों के पास अपनी-अपनी कार हो गई थी लेकिन अपने को यह सुख देने की दिशा में बाबा ने कभी सोचा नहीं। तीपू जब नौकरी में आए तो कभी-कभी उन्हीं की कार पर चढ़कर बाबा इस

सुख का उपभोग कर पाते थे, वह भी जब तीपू माधोपुर आते थे और उनके पास विशुनपुर जाने के लिए समय और इच्छा दोनों रहते थे।

शरीर अगर साथ दे भी तो कभी-कभी मन थक जाता है। पिता के गुजर जाने के बाद बाबा के साथ भी यही हुआ। बाबा अपने को चारों ओर समस्याओं से घिरा हुआ पाते थे। चारों बेटों की पढ़ाई के खर्च का इन्तजाम करना, बदहाल होती हुई विशुनपुर की जागीर को सँभालना, अपनी नौकरी की प्रतिबद्धताओं को निभाना, माधोपुर में अकेलेपन से जूझती दादी की समस्या का निवारण—समस्या के इन आयामों के बारे में सोच-सोच कर बाबा थक-से जाते थे। लेकिन इसी थकान के बीच उनके मानस में एक चेतना की लहर-सी उठती थी। उन्होंने जीवन में एक अनुष्ठान शुरू किया था। वह यह कि किसी भी हालत में वे अपने बच्चों की पढ़ाई में कोई बाधा नहीं आने देंगे। सब के सब अपने रास्ते पर निकल चुके थे। उनका एक बेहतरीन जीवन का मार्ग प्रशस्त रहे, इसी को वे अपने जीवन की सबसे बड़ी जिम्मेदारी समझते थे और यह भी समझते थे कि उनका यही आत्मबोध उन्हें उनके समाज में एक अलग और विशिष्ट पहचान बनाता था। बाबा अहंकारी थे और कर्तव्यबोध के हर सन्दर्भ में उनका अहंकार सर्वोपरि होता था। वे हर हालत में टूटने से बचना चाहते थे।

डॉक्टर साहब के गुजरने के कुछ महीने बाद जब बाबा विशुनपुर गए तो उन्हें रुलाई आ गई। कोठी एकदम उदास-सी दिख रही थी। खूँटे पर जो गाय-बैल बचे थे उन सबके पेट धँस गए थे। ऐसा लगता था कि उन्हें महीनों से दाना-पानी ठीक से नहीं दिया गया था। खेती के नाम पर कोई भी ढंग की गतिविधि का निशान नहीं था। आम के बगीचे में क्या फल आए, उनका क्या हुआ, कौन खाया उसको इस सबका कुछ अता-पता नहीं था। ज़हूर मियाँ से जब बाबा ने पूछा तो उनका एक ही उत्तर था कि बगीचे के लिए आम के फलों के सीजन में कोई रखवार नहीं था। सब आम धीरे-धीरे चोर तोड़कर ले गए। पैसे नहीं थे तो मवेशियों के लिए पुख्ता इन्तजाम जैसा डॉक्टर साहब करते थे वैसा नहीं किया जा सकता। खेती में खाद-बीज के लिए भी पैसे नहीं थे। ज़हूर मियाँ ने कहा कि उनसे जितना बन पड़ा

उन्होंने खेतों को आबाद रखने की कोशिश की बाकी खेतों को खाली छोड़ दिया, मुख्यतः पैसों की कमी के कारण।

नैराश्य के इस अंधकार में बाबा को एक लय दिखी रौशनी की। उन्होंने गाय-बैल को खूँटे से खुलवाया और औने-पौने दाम पर गाँव के गृहस्थों के हाथ बेच दिया। शीशम के कुछ मोटे-मोटे पुराने पेड़ थे। उनमें से कुछ को कटवाकर बगल के कस्बे के आरा मिल को बेच दिया। कोठी के अन्दर अनाज का एक छोटा सा गोदाम था उसको खुलवाकर बाबा ने आधा से ज्यादा गेहूँ और चावल ज़हूर मियाँ की मार्फत बेचवा दिया। डॉक्टर साहब के जीवन काल में इस किस्म की परिघटना तो सोच से परे थी। इस पूरे प्रकरण का सबसे मार्मिक दृश्य तो खासकर बाबा के लिए, बैलों और गायों को खूँटे से खोलकर उनके नए मालिकों के हवाले करने का था। उनके गले की रस्सी खोलकर जब ले जाया जा रहा था तो कुछ दूर जाने के बाद वे वापस खूँटे की ओर भागने लगे, मानो उन्हें भान हो गया था कि उन्हें अब घर से बेघर किया जा रहा था। अपने परिचित ठिकाने, चाहे वह जैसा भी हो, से बेदखल किया जाना शायद जानवरों को भी व्यग्र कर देता है। यह दृश्य देखकर तो बाबा की आँखें भी डबडबा गईं।

बेचने के इस कारोबार से बाबा का अनुमान था कि आने वाले एक साल का खर्च शायद बिना परेशानी के निकल जाएगा। लेकिन बाबा को कुछ भीतर ही भीतर सालने लगा था। बाबा भावुक होने लगे थे, खासकर अपने पिता द्वारा बड़े नाज से पाले गए गायों और बैलों को अपने दरवाजे से जाता हुआ देखकर और उससे भी ज्यादा उनके द्वारा बार-बार भागकर खूँटे पर लौटने की कोशिश करता हुआ देखकर। लेकिन वर्तमान के साथ-साथ भविष्य को भी देखना जरूरी था।

बाबा ने सोचा यह साल निकल जाए तो फिर उनका अनुष्ठान अपने गन्तव्य की ओर शायद बढ़ ही जाएगा। बस एक साल तो बचा था हेमंग के फौज में अफसर के रूप में कमीशन होने में। फिर तो उसको सेकेंड लेफ्टिनेंट की तनख्वाह मिलने लगेगी जो उनकी तनख्वाह से अधिक नहीं तो कम-से-कम बराबर जरूर होगी। वैसे तो मिलिटरी एकेडेमी में ट्रेनिंग के दौरान बाबा को सबसे कम खर्च हेमंग पर ही करना पड़ता था, लेकिन अब तो छोटे भाइयों को कम-से-कम अपनी पॉकेट मनी तो उससे माँगने का अधिकार बन जाएगा। भाइयों के बीच रिश्तों और

वात्सल्य की गरमाहट इतनी थी कि हेमंग तो इस बात को सहर्ष स्वीकारेंगे और भाइयों को पॉकेट मनी देने में गर्व महसूस करेंगे। बाबा का बोझ शायद थोड़ा कम हो पाएगा। जीवन के किसी सन्दर्भ में हर्ष और विषाद एक-दूसरे में कैसे विन्यस्त होते हैं बाबा ने जीवन में पहली बार नहीं महसूस किया था।

वैसे तो बाबा का व्यक्तित्व एक तरह जुझारू किस्म का था परन्तु उम्र के साथ-साथ समस्याओं से जूझने की शक्ति भी थोड़ी-बहुत क्षीण हो ही जाती है। डॉक्टर साहब के चले जाने के बाद विशुनपुर के मामले में भी कुछ वैसा ही हुआ जैसा समस्याओं के सन्दर्भ में होता है। बाबा ने अनुमान लगाया कि विशुनपुर तो अब उनसे सँभल नहीं पाएगा। उनके लिए अब सम्भव नहीं था कि वे अपनी नौकरी भी करें और विशुनपुर के लिए भी समय दे पाएँ। इसलिए उन्होंने विशुनपुर की जिम्मेदारी करीब-करीब पूरी तरह ज़हूर मियाँ के ऊपर छोड़ दी। अब जो होगा देखा जाएगा, ऐसा बाबा ने सोचा। उनके पास कोई विकल्प भी नहीं था। उन्होंने एक-एक कर सारे खेतों को बँटाई पर लगा दिया। ज़हूर मियाँ की जिम्मेदारी अब बँटाई पर खेत लेने वाले काश्तकारों से अपना हिस्सा वसूलने तक सीमित रह गई। ज़हूर के लिए तो यह सोने में सुहागा जैसा हो गया। अब तो इसी वसूली में से उन्होंने चुपचाप अपना खर्च भी निकालना शुरू कर दिया। बाबा जब कभी बीच-बीच में लम्बे समय के अन्तराल पर विशुनपुर जा पाते थे तो ज़हूर मियाँ कुछ किस्सा-कहानी बाबा को सुनाते थे और बताते थे कि इस सीजन में मुबलिग इतना ही रुपया या अनाज वसूल हो सका था। यह राशि एक साल के बाद दूसरे साल घटती ही जाती थी। वसूली के बारे में बाबा और ज़हूर मियाँ के बीच बहस भी होती थी लेकिन ज़हूर मियाँ के गोल-मटोल, लम्बे तर्कों के सामने बाबा अन्ततः निरुत्तर हो जाते थे।

यह सिलसिला उस साल तक चलता रहा जिस साल विशुनपुर कोठी बाढ़ में ढह गई। बाढ़ के एकाध महीने बाद बाबा जब विशुनपुर गए तो सारा दृश्य देखकर उनका मन एकदम क्लान्त हो गया। बाबा के मन में तरह-तरह के भाव और विचार कौंधने लगे, "बाबूजी ने अपना समस्त जीवन लगाकर विशुनपुर की यह जागीर संचित की थी। क्या-क्या अरमान रहे होंगे इस जागीर को लेकर उनके मन में? सारा जीवन यहाँ अकेले रहते हुए उन्होंने यह तो अकसर जरूर सोचा होगा

कि उनका सारा परिवार एक दिन यहाँ इकट्ठा होगा और उनको अपने पूरे कुनबे के साथ यहाँ पर अकसर लम्बा समय बिताने का मौका मिलता रहेगा। क्या-क्या सपने सँजोए होंगे उन्होंने? अकेलेपन में तो सपने और भी तीव्रता से उभरते हैं और उनकी संख्या भी उसी प्रकार से बढ़ी हुई होती है। मैं तो उनका अकेला पुत्र था। मुझसे उनकी क्या-क्या अपेक्षाएँ रही होंगी? अपनी अर्जित अचल सम्पत्ति के किसी भी अंश को बेचने का तो उन्होंने कभी सोचा भी नहीं होगा। तो क्या उन्हें भी अपने पिता के इन्हीं विचारों का अनुसरण करना चाहिए? बाबूजी ने तो अपने जीवनकाल में ही देखा होगा कि आसपास के गाँवों में कुछेक परिवार थे, खासकर कायस्थ जाति के, जिन्होंने अपने बाल-बच्चों को पढ़ाया और जब सब-के-सब अलग-अलग नौकरियों में लग गए तो इन परिवारों ने अपने गाँव की जायदाद को बेच दिया और अलग-अलग शहरों में बस गए। बाद में इन्हीं गाँवों में अब उनका नाम लेनेवाला भी कोई नहीं बचा था। चाहे छोटी ही सही बाबूजी ने अपने जीवन काल में एक कीर्ति अर्जित की थी। मैं आज यहाँ उनके गुजर जाने के पन्द्रह साल बाद खड़ा हूँ फिर भी उनके प्रति विनम्र भाव रखने वाले लोग मुझे मिलते हैं। डॉक्टर साहब पहले व्यक्ति थे इस पूरे इलाके में जिन्होंने कालाजार की बीमारी का पता किया था। लोग अब भी इस बात को याद करते हैं और यह भी याद करते हैं कि कैसे बाबूजी के यहाँ गरीब से गरीब मरीज का भी इलाज हुआ करता था। विपन्न लोगों के लिए वे एक बहुत बड़ा सहारा थे। लोग उनके कृषि के क्षेत्र में किए गए नवाचार को याद करते हैं, अब भी। कैसे उनको एक साल सरकार ने कृषि रत्न की उपाधि दी थी। लोग बाबूजी की दयालुता को भी याद करते हैं। अगर मैं यह सारी जागीर-जायदाद को बेचकर चला जाऊँ तो क्या बाबूजी यहाँ के लोगों की स्मृतियों से पटाक्षेप नहीं कर जाएँगे।"

बाबा के मानसिक द्वंद्व का सिलसिला जारी रहा लेकिन उनके जीवन में तत्काल अन्य आसन्न परिस्थितियों ने उनका ध्यान मोड़ दिया और उनके अनिर्णय की अवस्था बनी रही। आगे आने वाले समय में भी यह अनिर्णय की स्थिति बरकरार रही।

अरुणाचल प्रदेश से लौटने के बाद बाबा लग गए अपनी उन दीर्घकालीन योजनाओं को मूर्त रूप देने में जिनके लिए नौकरी में रहते हुए वे समय या संसाधन नहीं जुटा सके थे। अब वे रिटायर हो चुके थे इसलिए समय की तो कमी नहीं

थी उनके पास। वैसे भी खाली बैठना बाबा के स्वभाव में नहीं था और पुत्र शोक को पीछे छोड़ पाने के लिए तो यह जरूरी था ही कि वे कुछ न कुछ में लगे रहें, व्यस्त रहें, तल्लीन रहें।

भाग्यवश बाबा को इसी दौर में वन विभाग का एक विज्ञापन दिखा। वन विभाग किसानों से उनकी जमीन किराए पर लेना चाह रही थी, सामाजिक वानिकी के तहत लोगों के बीच पौधे बाँटने के लिए नर्सरी उगाने के लिए। आप सरकार को जमीन दें और सरकार उस पर नर्सरी लगाएगी और बदले में आपको हर साल जमीन के रकबे के मुताबिक एक नियत राशि देगी। विशुनपुर की समस्या के लिए बाबा को इसमें एक मुकम्मल समाधान दिखाई दिया। हर्र लगे न फिटकरी, साल में कुछ अच्छी राशि बिना किसी मेहनत के बाबा को प्राप्त हो जाएगी। इससे अच्छा क्या हो सकता था। ज़हूर मियाँ की सदाशयता और उनकी प्रबन्धन क्षमता तो आजमा ही ली गई थी। तो ज़हूर मियाँ से बाबा अब पूरी तरह मुक्त हो सकते थे। आम का बगीचा जहाँ था उस जमीन को छोड़कर बाकी जमीन का तकरीबन आधा यानी करीब आठ एकड़ वन विभाग को तीन वर्षों के लीज या किराए पर दे दिया गया। बाकी जमीन जो बची उसे स्थानीय किसान, जो डॉक्टर साहब के जमाने के विश्वासी लोगों में से थे, के बीच सालाना किराए पर सुपुर्द कर दी गई। बार-बार विशुनपुर आने के झंझट से बाबा निबट गए। अब तो सिर्फ समय पर आकर पैसा वसूलना था, चाहे वह जितनी भी रकम हो।

जब आदमी की मन:स्थिति किसी शोक या ऐसी ही जटिल समस्या से जूझती रहती है तब अकसर वह कुछ ऐसा नया काम शुरू कर लेता है जिसे वह उस काम के तार्किक अन्त तक पहुँचाने में अपने-आपको असमर्थ पाता है। अरुणाचल से लौटने के बाद बाबा ने एक ऐसा ही काम शुरू किया, वह था माधोपुर में गन्ने की खेती। धान और गेहूँ की खेती को तो बाबा ने अपनी जवानी के दिनों में बहुत शिद्दत से आजमाया था और फिर परिस्थितिजन्य बाधाओं के कारण छोड़ दिया था, लेकिन गन्ने की खेती की जटिलताओं से वे पूरी तरह अपरिचित थे।

माधोपुर से तकरीबन दस कोस की दूरी पर एक पुराना चीनी मिल था। बाबा ने सोचा वे अपना गन्ना इसी मिल को भेजेंगे, कोई दिक्कत नहीं होनी चाहिए। पहले यह मिल प्राइवेट थी, मालिकों के हाथ में। साठ-सत्तर के दशक में माधोपुर

के आसपास के गाँवों में सैकड़ों एकड़ में गन्ने की खेती हुआ करती थी। खासकर कुछेक बड़े किसान थे, जिनकी जमीन अभी सीलिंग में नहीं ली गई थी, उनके द्वारा अपने समूचे रकबा में गन्ने की खेती कराई जाती थी। मैनेजर लोग इस खेती का जिम्मा सँभालते थे। नेपाली बहादुरों को इन खेतों की रखवाली का जिम्मा हुआ करता था। इन नेपाली बहादुरों से जुड़े कई किस्से प्रचलित हुआ करते थे। यह प्रचलित था कि वे थोड़ा-बहुत खूँखार स्वभाव के भी थे। बराबर अपने कन्धे पर एक दोनाली बन्दूक लेकर चलते थे, गाँवों में किसी से घुलते-मिलते नहीं थे। गन्ने के खेतों में अगर चोर दीख जाए तो उस पर बन्दूक से प्रहार भी कर सकते थे, हालाँकि हुआ ऐसा कभी नहीं। बन्दूक से फायर किए जाने का इस्तेमाल प्रायः नीलगायों को डराने और भगाने के लिए ही बहादुर लोग करते थे। ऐसा भी लोग कहते थे कि उनके द्वारा कभी-कभी चुपके से इन नीलगायों को मारकर खाया भी जाता था, हालाँकि वे जानते थे कि गाँवों में ऐसा किया जाना अनौपचारिक रूप से निषिद्ध था, क्योंकि नीलगाय की मान्यता गाय के बराबर ही थी।

सत्तर के दशक के अन्त होते-होते तक प्रदेश के चीनी मिलों की हालत खराब होने लगी और जल्द ही इन मिलों को सरकार ने टेक ओवर कर लिया। माधोपुर के निकट वाली मिल भी इसमें शामिल थी। इसका संचालन अब सरकारी तौर-तरीकों से होने लगा।

बाबा को गन्ने की खेती का न तो कोई अनुभव था और न ही वे अब सरकारी हो गई इस मिल के तौर-तरीकों से परिचित थे। जिन्दगी भर उन्होंने सरकारी नौकरी की थी, इसलिए सरकारी व्यवस्था के प्रति उनका कोई दुराव न था। वन विभाग से विशुनपुर के खेतों के लिए किराए में जो पैसे मिले उसे बाबा ने गन्ने की खेती में झोंक दिया। एक ट्रैक्टर भी खरीदा उन्होंने, कुछ अपना पैसा लगाकर और कुछ बन्धक बैंक से लोन लेकर। बाबा के इस पूरे उपक्रम को लेकर दादी बहुत उत्साहित नहीं थीं लेकिन उनकी सलाह को बाबा ने नजरअन्दाज कर दिया और अपने उद्यम में लगे रहे। पेराई के सीजन में इस ट्रैक्टर का भरपूर उपयोग किया गया, मिल तक गन्ना पहुँचाने के लिए और गन्ने की खेती के अन्य कामों के लिए।

एक दफा तीपू किसी छुट्टी के दिन माधोपुर आए हुए थे। तब उनकी पोस्टिंग बगल के ही जिले में थी। दो-तीन सप्ताह के अन्तराल पर वे अकसर अपने माँ-

बाप को देखने आ जाया करते थे। भरी दोपहर में घर पहुँचने पर जब उन्होंने दादी से पता किया तो मालूम चला कि बाबा गन्ने के खेत पर हैं। खेत कोई कोस भर दूर था। वे पैदल ही निकल पड़े बाबा से मिलने क्योंकि शाम-रात तक उन्हें अपने मुख्यालय भी लौटना था। खेत पर पहुँचे तो उन्होंने देखा कि बाबा भी अन्य मजदूरों की ही तरह लगे हुए थे, उतने ही श्रम के साथ, गन्ने के खेत से पुराने गन्ना के पेड़ों को उखड़वाने और खेत को नया गन्ना रोपने के लिए तैयार करवाने में। बाबा अब बासठ की उम्र पार कर चुके थे। उनका अपने शरीर को इस तरह कष्ट देना तीपू को कतई नहीं अच्छा लगा।

"पिताजी, अब इस उम्र में आपको खेत में इस तरह की अनावश्यक मेहनत नहीं करनी चाहिए," तीपू ने बाबा से कहा। "क्यों?" बाबा ने थोड़ी रुखाई से पूछा। "आप बीमार पड़ सकते हैं शरीर पर इस प्रकार जोर देने से," तीपू ने बड़े विनम्र भाव से अपनी राय रखी।

"मुझे ऐसा कुछ नहीं होगा। मैं जानता हूँ मेरा शरीर कितना श्रम बर्दाश्त कर सकता है," तीपू द्वारा टोका जाना बाबा को कतई अच्छा नहीं लगा।

"आप तो अपनी ही बात पर बराबर टिके रहते हैं। कभी तो आपको हमारा सुझाव भी मानना चाहिए।"

"मैंने तो कहा न कि मुझे कुछ नहीं होगा," बाबा ने थोड़ा तैश में आकर कहा।

तीपू और बाबा की बहस जारी रही। कुछ हद तक यह बहस झड़प में भी बदल गई। उसके बाद नाराज होकर तीपू वहाँ से चले गए और फिर दादी के साथ थोड़ा समय बिताकर अपने मुख्यालय वापस चले गए। यह पहली वारदात थी, बाप और बेटे के जीवन में, जब एक ने दूसरे से तैश में आकर बात की, ऊँची आवाज में।

खैर, दो-तीन साल तक गन्ने की खेती में बाबा जुटे रहे। मिल द्वारा समय से कभी पैसे का भुगतान नहीं हुआ। पैसा महीनों तक बकाया रहने लगा। सरकारी गन्ना मिलों का हर जिले में यही हश्र था। गन्ने की खेती में अच्छी पूँजी लगती थी। किसानों के बकाया का भुगतान दो-दो, तीन-तीन साल तक नहीं हुआ करता था। अन्ततः बाबा ने खुद गन्ने की खेती छोड़ दी। बगल के ही गाँव में एक मुस्लिम लड़का था, खांडसारी का व्यापार करता था। उसी ने बाबा को प्रस्ताव दिया कि मिल के चक्कर में फँसने के बजाय वे उसे ही गन्ने की खेती करने दें। वह बाबा

के खेत में गन्ना की पेराई की व्यवस्था करेगा और उससे गुड़/खांडसारी निकालने की व्यवस्था करेगा, वहीं पर भट्टी जलाकर। इस नौजवान का उत्साह दो-तीन साल तक टिका जिसके बाद उसने भी अपना हाथ उठा दिया। बाबा के इस उपक्रम की यही इतिश्री हुई।

मिल में जो पैसे फँसे थे उनको निकालने के लिए बाबा को मामूली यत्न नहीं करना पड़ा। पैसे दो-तीन साल से फँसे थे। मिल का मैनेजमेंट बाबा को बहुत दौड़ा रहा था। इसी मौके पर बाबा ने तीपू के पास होने के महत्त्व को जाना। तीपू का बड़ा अफसर होना यहीं काम आया। उन्होंने मिल के मैनेजर को धमकाया तो उसने कुछ-कुछ यत्न करके महीने भर के अन्दर बाबा को गन्ने की बकाया राशि का भुगतान करवा दिया।

खैर बाबा के गन्ना उपक्रम का तो जो हुआ सो हुआ, पाँच-सात सालों के अन्दर मिल भी बन्द हो गई। इसका मुख्य कारण सरकार की नीति थी या मिल का कुप्रबन्धन इसकी विवेचना करने का कोई महत्त्व नहीं था लेकिन बाबा के तर्कों को कमजोर साबित करने में दादी के लिए यह पूरा प्रकरण सहायक रहा।

वैसे तो बाबा के तीनों बेटे अच्छे पदों पर नौकरी कर रहे थे लेकिन तीपू ने पूरे इलाके में बाबा का सम्मान बढ़ा दिया था क्योंकि वे आई.ए.एस. अफसर थे और उस इलाके में इक्के-दुक्के बाप को ही यह गर्व प्राप्त था। दिल्ली के सबसे प्रसिद्ध कॉलेज और यूनिवर्सिटी में उन्होंने शिक्षा प्राप्त की थी और अपने पिता का एक बहुत बड़ा अरमान पूरा किया था, आई.ए.एस. की परीक्षा में सफलता प्राप्त कर। बाबा तो सातवें आसमान पर थे उस साल जब तीपू आई.ए.एस. की नौकरी में आए और उन्हें होम काडर यानी बिहार राज्य ही आवंटित हुआ। यह सौभाग्य तो सफल परीक्षार्थियों में से मात्र एक-तिहाई लोगों को प्राप्त होता था क्योंकि यही नियम था उस समय केन्द्रीय सरकार में और संघ लोक सेवा आयोग (यू.पी.एस.सी.) में। अब जाकर बाबा का अनुष्ठान पूरा हुआ था। उनके चारों बेटे अब अच्छी-अच्छी नौकरियों में अफसर बन गए थे। लेकिन विधि का विधान भी कुछ अजीब था। तीपू को आई.ए.एस. की नौकरी में योगदान किए मात्र तीन महीने ही हुए थे कि हेमंग के देहान्त की सूचना आई। बाबा ने जीवन में बहुत दुःख और कष्ट देखे थे। लेकिन हेमंग के गुजर जाने के इस समाचार से बाबा और दादी के दुःख

का पारावार न रहा। दादी तो चूँकि ईश्वरीय सत्ता की घोर विश्वासी थीं इसलिए उन्होंने तो समझ लिया कि भगवान ने उन्हें किसी कर्म की सजा दी है—उनकी आराधना में कोई त्रुटि अथवा कमी। थोड़ा समय बीतने पर बाबा ने अपने जीवन के इस प्रकरण को एक दार्शनिक तौर पर समझने की कोशिश की। वह यह कि जीवन में हर भाव एक जोड़े में बँधा हुआ होता, अपने विलोम के साथ। जब भी एक आता है तो यह धागा खुलता है और कालान्तर में—चाहे जब भी—उसके विलोम का आना अवश्यम्भावी होता है। आखिर ऐसा ही तो हुआ है उनके साथ। एक तरफ आनन्दित, आह्लादित कर देने वाला तीपू के आई.ए.एस. में आने का समाचार और उसके कुछ ही दिनों बाद वज्रपात-जैसा हेमंग के चले जाने का यह समाचार। शुरू में तो बाबा को लगा कि वे इस सन्ताप से उबर नहीं पाएँगे, लेकिन मन को लगातार टटोलते रहने के बाद उन्हें इस दृष्टि का आभास हुआ कि जीवन तो कभी रुकता नहीं है।

जीवन तो सचमुच चलता रहा बाबा का लेकिन दैनन्दिन जीवन में अतीत के ऊहापोह में खिंचे जाने की आवृत्ति भी साथ-साथ चलती रही। सुख और दुःख का विस्मयकारी संयोजन बाबा को बार-बार परेशान करता था।

बाबा के दूसरे बेटे उमंग अपनी पढ़ाई के दौरान विश्वविद्यालय की छात्र राजनीति में सक्रिय थे। दो-तीन साल ही हुए थे उन्हें कॉलेज की पढ़ाई में दाखिला लिये हुए। मैट्रिक और इंटर के इम्तहानों में उनके रिजल्ट साधारण से बमुश्किल थोड़ा ऊपर थे। बाबा बहुत प्रसन्न नहीं हुए थे लेकिन किसी प्रकार का भाव उमंग के रिजल्ट के बारे में उन्होंने नहीं प्रकट किया था। जो भी था उसका संकेत उन्होंने अपने मौन से देना ही बेहतर समझा। उनकी मनोवैज्ञानिक समझ के अनुसार किसी प्रकार की नाराजगी या असन्तोष जाहिर करने का परिणाम बालक में विद्रोही तेवर पैदा करने के सिवा और कुछ भी नहीं कर सकता था। तो बाबा चुप रहे। इसी अन्दाज में जब उनके पास उमंग की छात्र राजनीति के किस्से पास आए तो उन्होंने न चाहते हुए भी उनके सभी कृत्यों को मौन स्वीकृति देते रहना ही स्वीकार किया, लेकिन चिन्ता तो बनी रहती थी। हेमंग तो पढ़-लिख कर फौज में अफसर बन गए थे और

बाकी दोनों बेटे भी स्कूल की पढ़ाई में अच्छा ही कर रहे थे। जो ढर्रा था उस पर चलते रहने पर वे जीवन में कुछ अच्छा ही कर लेंगे इस बात से बाबा आश्वस्त थे। लेकिन बिहार में कॉलेज की पढ़ाई और उसके साथ-साथ छात्र राजनीति के घोल से कितना कुछ हासिल कर पाएँगे उमंग, बाबा को इस बारे में किसी भी तरह अपने-आपको आश्वस्त कर पाना मुश्किल लगता था।

सत्तर के दशक के मध्य का दौर था। बिहार में राजनीति एक नए मोड़ पर खड़ी थी। चारों ओर असन्तोष व्याप्त था। कॉलेज, यूनिवर्सिटी में छात्र उग्र हो रहे थे। जयप्रकाश नारायण के आवाहन पर छात्र आन्दोलन में कूद पड़े थे। लगातार सवा साल तक असन्तोष और आन्दोलन का यह दौर चलता रहा। देशव्यापी हड़ताल होने लगे थे। परिणामस्वरूप इन्दिरा गांधी ने इमरजेंसी की घोषणा कर दी। विपक्ष के बड़े-बड़े नेता गिरफ्तार होने लगे। छात्र नेता भी गिरफ्तार होने लगे। उमंग को भी उनके हॉस्टल से उठा ले गई पुलिस और उन्हें मुजफ्फरपुर जेल में ठूँस दिया गया। मात्र अठारह साल की उम्र थी उस वक्त। बाबा उस समय प्रदेश के दूसरे छोर पर छोटानागपुर के किसी शिक्षक प्रशिक्षण विद्यालय में प्रिंसिपल थे। सहजता से उमंग को जेल में देखने और ढाढ़स बँधाने भी नहीं जा सकते थे बाबा। उमंग के जेल चले जाने का समाचार ही बाबा को सप्ताह भर बाद मिला था। समाचार मिलने पर तो बाबा को ऐसा लगा मानो दु:ख का पहाड़ उनके ऊपर आ गिरा हो। जल्दी-जल्दी बाबा ने छुट्टी की अर्जी अपने वरीय अधिकारियों के यहाँ दी और पूरे दिन की लम्बी यात्रा तय कर माधोपुर पहुँचे जहाँ बेचारी दादी ने अकेले ही मोर्चा सँभाल रखा था। बाबा जब वहाँ पहुँचे तो दादी ने उलाहना के पुल बाँध दिये।

"मैंने तो आपसे पहले ही कह रखा था कि उसको हॉस्टल में न जाने दीजिए," छूटते ही दादी ने बाबा से कहा।

"तो आपको क्या लगता है कि मेरे मना करने से वह मान जाता?" बाबा ने प्रत्युत्तर में कहा।

"अरे मैं तो कहती हूँ क्या जरूरत थी उसको हॉस्टल में रहने की? गाँव और आसपास के इतने लड़के हैं जो कॉलेज आते-जाते हैं साइकिल चलाकर। क्या उमंग नहीं कर सकता था ऐसा? मैं तो यहाँ अकेली रहती हूँ, मुझे भी कम-से-कम एक बेटे का साथ तो हो जाता। इस घर का अकेलापन तो काटने दौड़ता है। लेकिन

इसकी फिक्र आपको कहाँ है। दस वर्षों से भी अधिक हो गए आपको घर से दूर-दूर ही रहते हुए।" दादी कभी चूकती नहीं थी मौका मिलते ही अपने उपालम्भों को बाबा के ऊपर ठोंकते हुए।

"आपने क्यों नहीं मना लिया था उसको आपके साथ यहाँ माधोपुर में रहने के लिए और यहीं से रोज साइकिल से कॉलेज जाने के लिए?"

"अपने बच्चों को बनाने-बिगाड़ने का तो एकाधिकार हथिया रखा था आपने। उसके बचपन में जब उसे बेरहमी से पीटते थे तब तो यही सोचा होगा न आपने कि उसके मन पर बराबर शासन-जैसा चलेगा आपका?" दादी का पुराना संचित गुस्सा तुरन्त फूटा।

"आप तो गजब करती हैं। पिछले चार-पाँच वर्षों में मैंने कब हाथ उठाया है उमंग पर?" दादी के आक्रोश को शान्त करने का प्रयास किया बाबा ने।

"अरे यह तो आपके नजरिये के प्रति ही उसका विद्रोह था कि घर से दूर हॉस्टल में रहने में ही उसको अपनी भलाई दिखी, नहीं तो क्या कमी थी मेरी देखभाल में जो वह ऐसा करना चाहता?" दादी के तेवर इतनी आसानी से शान्त नहीं होने वाले थे।

"अरे उसको लगा होगा कि सभी और भाई हॉस्टल में पढ़ रहे हैं तो वह भी क्यों न हॉस्टल में रहकर पढ़े। उसको लगा होगा कि शायद उसके साथ मैं भेद का बर्ताव कर रहा था उसको हॉस्टल न भेजकर," बाबा ने अपने पक्ष में एक कमजोर दलील पेश की।

"अब चाहे जो हो, आप कल जेल जाकर उससे मिलिए। बेचारे बच्चे का मन कैसा हो रहा होगा! दस दिन हो गए और उसके पिता अभी तक उससे मिलने नहीं आए हैं, यही सोचता होगा न वह? मैं जब खबर आने के बाद मुजफ्फरपुर से उसके फूफा को साथ लेकर जेल गई थी उससे मिलने तो सलाखों के पीछे खड़े होकर इतना उदास दिखाई दे रहा था बेचारा। सलाखों के पीछे खड़े हुए हाथ बढ़ाना चाह रहा था, मुझे गले लगाने को। मैं तो रोने लगी थी लेकिन वह मुझे ही ढाढ़स बँधा रहा था। मैं तो जानती थी कि उसका भी मन रोने को कर रहा था।" दादी ने पूरा वृत्तान्त उड़ेलकर रख दिया बाबा के सामने।

"आपसे कहा क्या उसने, जब आप मिलने गई थीं तब?" बाबा ने दादी की बातों को टरकाने के लहजे में कहा।

"वह कहता क्या बेचारा! बताया कि उसके बहुत सारे जानने वाले लोग, नेता लोग, उसके साथ कैद हैं। आम बन्दियों के साथ जैसा व्यवहार जेल के स्टाफ करते हैं उससे भिन्न व्यवहार इसके मित्रों के साथ किया जाता है। ये लोग अलग श्रेणी के बन्दी हैं। राजनीतिक बन्दी कहलाते हैं ये लोग। इन्हें आम अपराधियों से अलग रखा जाता है और थोड़ी-बहुत बेहतर हालातों में। माधोपुर के तीन-चार मल्लाह, जो पिछले वर्ष गाँव में डकैती के मामले में पकड़े गए थे, वे भी उसी जेल में बन्द हैं। बड़ी अजीब-सी बात है लेकिन उमंग बोल रहा था कि उन सबों को देखकर उसे बहुत अपनापन-सा महसूस हुआ। आखिर अपने गाँव के लोग थे।" दादी का उपालम्भ का स्वर कब बखान में बदल गया उन्हें खुद नहीं पता चला।

"और क्या कह रहा था मेरा बेटा आपसे?" बाबा की बेचैनी विराम नहीं पा रही थी।

"और क्या कहता बेचारा? उसने कहा कि पिताजी से बोलना मुझे जल्दी से बेल करवाएँ और जेल से निकालने का इन्तजाम करवाएँ।" दादी ने बहुत जोर देकर कहा।

"बात तो सही है। बेचारा कैसे रहता होगा जेल में, कैसे-कैसे लोगों के बीच में रहना पड़ता होगा उसको—चोर, बदमाश, लफंगे और न जाने कौन-कौन लोग। पता नहीं क्या खाने को मिलता होगा। ये कोई उम्र है जेल की सजा भुगतने की! उसकी उम्र के लड़कों को तो ठीक से पैंट-शर्ट पहनने का भी शऊर नहीं आता है।"

"अगर बात सही लगती है तो फिर जल्दी किसी अच्छे वकील को पकड़िए मुजफ्फरपुर में और उसके जेल से निकल पाने का इन्तजाम कीजिए। अपने गाँव के कुछ नजदीकी लोग भी गए थे उससे जेल में मिलने। वे लोग भी बता रहे थे कि बेचारा काफी व्यग्र था यह जानने के लिए कि वह जेल से कब निकल पाएगा," दादी ने अपनी रिपोर्ट पूरी की।

खैर, बाबा वकीलों से मिले। बेल की अर्जी कोर्ट में डाली गई। अर्जी खारिज हो गई। बाबा को वकीलों ने बताया कि कोई मीसा और डी.आई.आर. कानून के तहत बन्द किया गया है उमंग को, यूनिवर्सिटी में छात्रों का जुलूस निकालने और सरकार के खिलाफ नारे लगाने के जुर्म में। इस कानून के अन्तर्गत बेल मिलना

लगभग असम्भव है। बिना हाई कोर्ट का दरवाजा खटखटाए तो कुछ भी कह पाना मुश्किल है।

बाबा ने जितनी छुट्टी ली थी वह खत्म हो रही थी। हाई कोर्ट में जा पाने के लिए उनके पास अब समय नहीं बचा था। हार-दार कर बाबा ने सोचा कि वे अब अपने संस्थान लौट जाएँगे और फिर लौटने का प्रयास करेंगे। वे लगातार दो चिन्ताओं से सन्तप्त थे। पहली तो यह कि छोटानागपुर से आने-जाने और हाई कोर्ट में बेल का प्रयास करने के चक्कर में कहीं उनकी नौकरी पर ही न आफत आ जाए क्योंकि वे समझ रहे थे कि इस पूरे प्रकरण में जितना समय लगना था उतना अवकाश उनके पास बचा नहीं था। दूसरी चिन्ता थी हाई कोर्ट के वकीलों में लगने वाले खर्च की। कहीं वकीलों ने अनाप-शनाप फीस की माँग की तो वे इतनी धनराशि कहाँ से इकट्ठा कर पाएँगे। अभी तो वीनू और तीपू के स्कूल और हॉस्टल की फीस भी दी जानी बाकी है। आधी से ज्यादा तनख्वाह तो इसी में चली जाएगी। बचत के नाम पर कुछ है नहीं। खेती-बारी भी तो तकरीबन ठप्प ही पड़ी है, पिछले पाँच-छह वर्षों से। जब तक खुद न खड़े होकर खेती कराई जाए तब तक तो कोई खास लाभ होता नहीं है खेती में, ऐसा बाबा सोच रहे थे। आर्थिक रूप से कभी-कभी कितना निस्सहाय हो सकता है एक मध्यवर्गीय, नौकरीपेशा इनसान भी, बाबा सोचने लगे।" क्या यही दशा देश में मेरे जैसे हर किसी मध्यवर्गीय आदमी की होती होगी? क्या यही कारण है कि माधोपुर और उसके आसपास के कई गाँवों में शायद ही कुछ ऐसे परिवार हैं जिन्होंने अपने बच्चों को बाहर हॉस्टलों में अच्छे स्कूलों में भेजकर पढ़ाने की जहमत नहीं उठाई है। आज मेरे पिता जिन्दा रहते तो मेरा भार कितना कम हो जाता! आखिर उन्हीं के संबल की बदौलत तो मैंने हिम्मत किया था कि सभी बच्चों को अच्छी से अच्छी शिक्षा दिलवाऊँगा। उनकी कमी आज सबसे ज्यादा खल रही है। हेमंग तो अभी-अभी नौकरी में साल भर पहले आए हैं। बेचारे को आखिर कितनी तनख्वाह मिलती होगी। एक सेकेंड लेफ्टिनेंट को क्या तनख्वाह मिलती होगी।" इसी प्रकार के कई प्रश्न बाबा को लगातार तबाह करते रहे।

अन्त में बाबा ने मन बनाया कि वे वापस अपने संस्थान जाएँगे और जितनी जल्दी हो सके लौटकर उमंग की बेल की अर्जी दाखिल करेंगे। वापस

लौटने से पहले वे एक बार फिर उमंग से मिलने मुजफ्फरपुर जेल जाएँगे, उसको ढाढ़स बधाएँगे और आश्वस्त करेंगे कि उसको जेल से निकालने में वे पूरी तरह लगे हुए हैं।

बाबा उमंग से मिलने गए। उन्हें लग रहा था कि अपने बेटे के निराश और उदास चेहरे का वे कैसे सामना कर पाएँगे लेकिन जब वे उमंग से मिले तो उन्हें सुखद आश्चर्य हुआ कि वह तो कहीं से भी विचलित या उदास नहीं दिख रहा था। लेकिन उमंग के मन में उनके प्रति क्या भाव उठ रहे होंगे, बाबा इसके प्रति कतई आश्वस्त नहीं थे। एक संशय उनके मन में लटका हुआ था। एक महीना से ज्यादा हो गया था उमंग को जेल में रहते हुए। ऐसी स्थिति में अपने पिता की उसको जेल से निकलवा पाने में नाकामयाबी पर उसका गुस्सा होना स्वाभाविक था। आखिर एक अठारह-उन्नीस साल के लड़के में कितनी हिम्मत होती होगी इस किस्म की विषम परिस्थिति से लड़ पाने की। लेकिन फिर बाबा यह भी सोचते थे कि शायद उनके बेटे ने उनके जैसा धैर्य और साहस भी पाया होगा, विरासत में।

'क्या कोई मेरे प्रति आक्रोश भी होगा मेरे बेटे के मन में? उसके जेल चले जाने के तकरीबन एक महीने बाद ही आ सका था मैं उसको देखने। कैसा लगता रहा होगा उसको? अकेलेपन और विवशता के क्षणों में उसका ध्यान जरूर जाता होगा मेरे द्वारा उसके साथ किए गए व्यवहार की ओर। आखिर स्मृतियाँ तो ऐसे ही क्षणों में उद्वेलित होती हैं। जरूर सोचता होगा वह कि पहले तो मैंने उसको बचपन में उसकी छोटी से बड़ी सभी गलतियों पर निर्दयता से पीटा और जब स्कूल की पढ़ाई खत्म करके वह कॉलेज में गया तो कॉलेज और हॉस्टल की फीस के बारे में पूछने के सिवाय कुछ भी और बातचीत ही बन्द कर दी मैंने। बाप-बेटे के बीच संवाद तकरीबन शून्य-सा हो गया था। इस निरन्तर संवादहीनता को वह अपने प्रति मेरी किसी प्रकार की अनबूझ अस्वीकृति के रूप में नहीं लेता होगा?' बाबा का मन इस प्रकार के अनेक प्रश्नों से जूझता रहा।

जेल पहुँचने पर बाबा वहाँ पहुँचे जहाँ उमंग सलाखों के पीछे खड़े थे। बाबा ने थोड़ी दूर से ही देख लिया था उनको।

"कैसे हो?" बाबा ने पूछा।

"मैं ठीक हूँ, पिताजी," बस यही छोटा-सा जवाब आया उमंग की ओर से।

बाबा थोड़ा सा अवाक् थे। मात्र इन्हीं दो शब्दों का संवाद हुआ पिता और पुत्र में जिसके बाद एक निस्तब्धता-सी लटक गई दोनों के बीच में। उमंग एकदम शान्तचित्त खड़े थे। बाबा ने सोचा था कि वे परेशान दिखेंगे, उनमें घबराहट दिखाई देगी। लेकिन यह क्या! उमंग तो एकदम पूरी तरह एक प्रौढ़ पुरुष जैसा बाबा का सामना कर रहे थे। उनमें आत्मविश्वास की कहीं से कोई कमी नहीं झलक रही थी। "आप ठीक हैं न पिताजी?" काफी देर, जिसमें दोनों को ऐसा लगा कि महज कुछ क्षण एक शाश्वत काल-खंड में परिणत हो गए हैं, बाद में उमंग ने निस्तब्धता को तोड़ते हुए बाबा से पूछा। बाबा को उसी क्षण यह एहसास हुआ कि उन दोनों के सम्बन्ध के इतिहास में यह पहली बार था कि पुत्र ने पिता का कुशल-क्षेम पूछा था। बाबा लगातार जमीन की ओर देख रहे थे। वे सोच रहे थे कि बेटे के इस प्रश्न का वे क्या सार्थक जवाब दें। क्या उनके लिए सम्भव था कि बेटे को किसी किस्म की दिलासा दे सकें कि वे उसको जेल से जल्द ही बाहर निकलवा पाने में सफल हो सकेंगे।

"मैं तो ठीक हूँ लेकिन तुम्हारी माँ चिन्तित रहती हैं। मैंने उन्हें बहुत समझाया है कि मेरा बेटा कमजोर नहीं है, डरनेवाला नहीं है। इन सभी विषम परिस्थितियों का वह बहुत बहादुरी से सामना करेगा," बाबा ने वात्सल्य और सान्त्वना के मिले-जुले स्वर में अन्ततः अपनी कुछ देर की चुप्पी तोड़ी।

"मुझे यहाँ जेल में कोई दिक्कत नहीं है। न खाने-पीने की, न किसी और बात की। बहुत सारे संगी-साथी बन गए हैं यहाँ। दिन बहुत आसानी से कट जाता है। जो लोग बन्द हैं उनमें से कई लोग समाज के प्रतिष्ठित लोगों में से हैं। चोर-डकैत लोगों के लिए अलग वार्ड बने हुए हैं।" उमंग ने बड़े आत्मविश्वास के साथ अपने पिता को यह सूचना दी। "तुम अपना खयाल रखना। जेल में रहते हुए कभी-कभी लोगों की संगति भी पथभ्रष्ट हो जाती है, यह याद रखना। तुम्हें अभी जीवन में बहुत आगे जाना है। कहा गया है कि जब जागो तभी सवेरा है। सारी तकलीफों के बावजूद अपनी पढ़ाई का खयाल रखना। याद रखो कि तुम्हारा अभी बी.ए. तक नहीं हुआ है। यूनिवर्सिटी के सेशन वैसे ही साल-दो साल लेट चल रहे हैं।" बाबा ने माहौल में थोड़ी तरलता का अनुभव करते ही उपदेशात्मक भाव ग्रहण कर लिया। "पढ़ाई-लिखाई के लिए जेल में बहुत उपयुक्त माहौल तो नहीं है लेकिन फिर भी मैं कोशिश कर रहा हूँ। जेल में लीडरों की जो मीटिंग होती है उसमें मुझे

भी बुलाया जाता है लेकिन मैं कभी-कभी ही जाता हूँ इन मीटिंगों में। अपने गाँव का सरजुग मल्लाह बहुत खयाल रखता है मेरा। बीच-बीच में पूछता रहता है कि 'बउआ जब कहिएगा तो मालिश-वालिश के लिए आ जाएँगे। यहाँ पर एकदम घबराना नहीं है। हम लोग पूरे दल-बल के साथ हैं यहाँ। आपको कोई छूने तक की हिम्मत नहीं कर सकता है यहाँ। आप निःफिक्र रहिएगा।' तो मैं भी घबराता नहीं हूँ यहाँ पर," उमंग ने कहा।

उमंग ने जब इतना कुछ बताया अपनी जेल की जिन्दगी के बारे में तब जाकर बाबा थोड़ा सहज हो पाए। उन्हें तो लग रहा था कि बेटे ने पता नहीं क्या-क्या सोचा होगा उनके बारे में। यह भी डर लग रहा था उन्हें कि उसके अन्तर्मन में कहीं कोई संचित क्रोध तो नहीं है उनके लिए। कहीं ऐसा न हो कि सारा संचित क्रोध फूट पड़े इसी मुलाकात के दौरान। लेकिन नहीं, बाबा अब सहजता से बात कर सकते हैं अपने बेटे से, ऐसा उन्हें लगने लगा। तो उन्होंने पूछ डाला, "सिगरेट वगैरह पीना तो नहीं शुरू कर दिया है तुमने यहाँ जेल में आने के बाद? इन सब बातों का विशेष खयाल रखना होगा तुमको यहाँ। जेल में अकसर गलत आदतों को पकड़ लेने की आशंका रहती है। मैंने तुमको एक बार देखा है सिगरेट पीते हुए इसीलिए यह सब कह रहा हूँ।"

बाबा ने अपने प्रश्न को इस तरह घुमाकर पूछा जिससे उमंग को लगे कि बाबा ने उसे सिगरेट पीते देखा तो जरूर है लेकिन शायद अब उनके पास विश्वास करने का कारण है कि उसने सिगरेट पीना छोड़ दिया होगा। बाबा ने जब उमंग को सिगरेट पीते देखा था वह प्रकरण अत्यन्त नाटकीय था। बाबा उमंग से उसके हॉस्टल में मिलने गए थे। उमंग अपने सिंगल सीटेड कमरे में बिस्तर पर लेटे थे। बाबा कमरे के बाहर पहुँचे और दरवाजे को एकदम हल्का सा खुला देखकर सीधे अन्दर घुस गए। वे जैसे ही अन्दर घुसे उनके मुँह पर सिगरेट के धुँए का एक गाढ़ा सा छल्ला आकर चिपक गया। बाबा एकदम पीछे मुड़े और बिना किसी संवाद के तेज कदमों से लौट गए। उमंग में कोई हिम्मत ही नहीं हुई उनको रोक पाने की या अपनी ओर से कुछ कह पाने की। आखिर कहते भी तो क्या। अपने पिता की स्वीकृतियों की परिधि से तो वे भलीभाँति परिचित थे और यह भी जानते थे कि उस परिधि से बाहर किसी मुद्दे पर कोई भी बहस उनके साथ नहीं सम्भव थी।

पिता जब किसी बात पर अस्वीकार स्वरूप मुँह मोड़ लेते हैं तो वह उनकी अन्तिम प्रतिक्रिया होती है उस मामले में।

ऐसी ही कई सारी बातों को लेकर बाबा के मन में आशंका थी कि कहीं उमंग मुलाकात के समय में पूरी तरह असहज न हो जाएँ। लेकिन ऐसा कुछ नहीं हुआ और बाबा ने वहाँ से चलने के पहले उमंग को कुछ अपने मन की बातें बता दीं।

"देखो मुझे राजनीति से और विद्रोह वगैरह से कोई चिढ़ नहीं है। मैंने बराबर आम लोगों से थोड़ा अलग सोचने की कोशिश की है अपनी जिन्दगी में। तुम छात्र राजनीति से निकलकर आम राजनीति में नेता बनना चाहते हो तो मुझे उसमें कोई आपत्ति नहीं है लेकिन सिर्फ दो बातों का तुम्हें खयाल रखना होगा। एक तो यह कि इमरजेंसी का यह दौर कब तक चलेगा यह कहना मुश्किल है। राजनेताओं और राजनीतिक बन्दियों के साथ आगे क्या-क्या करेगी सरकार यह कह पाना मुश्किल है। दमन और यातना के कई प्रकार के रूप हो सकते हैं। तुम तो देख ही रहे हो किस प्रकार एक सिरे से सारी बेल की अर्जियाँ खारिज की जा रही हैं सेशन कोर्टों में। इससे तुमको व्यक्तिगत तौर पर घबराने की जरूरत नहीं है। मैं जहाँ तक जाना होगा, जाऊँगा तुम्हारी बेल कराने के लिए लेकिन इस पूरे प्रसंग और अनुभव से तुमको सीख लेनी होगी। अपनी सोच की परिष्कृत और परिपक्व करनी होगी। तुम कभी अपने-आपको आम नेताओं की कतार में मत खड़ा देखना और इसके लिए सबसे जरूरी होगा अपनी पढ़ाई को ठीक तरीके से पूरा कर पाना, बी.ए. और एम.ए. की डिग्रियाँ कम-से-कम ठीक नम्बरों से प्राप्त करना।

दूसरी बात जिसका तुम्हें खयाल रखना होगा वह यह है कि मेरे पास कोई इफरात पैसा नहीं है। अब राजनीति का जो स्वरूप बनता जा रहा है उसमें बिना पैसे के इसमें टिका रह पाना आसान नहीं है। तुम्हारी पढ़ाई के लिए जो भी जरूरत है उतना तो मैं तुम्हें हर हालत में दे पाऊँगा लेकिन उससे आगे मेरे लिए बहुत कुछ कर पाना शायद सम्भव न हो पाएगा। तुम्हारे दोनों छोटे भाई अभी तो स्कूल में ही पढ़ रहे हैं। उनकी पढ़ाई के खर्च को भी मुझे अभी कई वर्षों तक देखना है। इससे ज्यादा मैं तुमसे क्या कहूँ। तुम तो खुद अब समझदार लड़के हो गए हो।" इतना कहकर बाबा ने अपने लम्बे उपाख्यान को विराम देकर यह देखना चाहा कि आखिर बेटे की क्या प्रतिक्रिया है उनके विचारों को सुनने के बाद। कुछ

समय तक दोनों के बीच खामोशी का आलम बरकरार रहा। नजरें नहीं मिल रही थीं बाप और बेटे की।

बहुत देर के मौन के बाद बाबा को लगा कि उनका लम्बे समय तक कुछ न कहना कहीं उनकी ओर से किसी अस्वीकृति का भान न बने उमंग के लिए। बाबा ऐसा कतई नहीं चाहते थे। वे तो चाहते थे कि पिता-पुत्र संवाद के इन क्षणों को वे एक उत्प्रेरक क्षण बना सकें ताकि उमंग को अगर खुद यह एहसास हो जाए कि उसे अपने जीवन में कुछ रचनात्मक बदलाव लाना है तो वह ऐसा करने की ओर स्वयं प्रयास करे। वे नहीं चाहते थे कि उमंग को कहीं से भी ये लगे कि उनके कुछ भी कहने में कहीं से भी आलोचना का भाव निहित है। मार-पीट और डंडे के इस्तेमाल का जमाना अब बहुत पीछे जरूर छूट चुका था, लेकिन बाबा यह भी जानते थे कि उमंग के मानस से उनकी स्मृतियाँ पूरी तरह अभी नहीं गई होंगी। अवशिष्ट स्मृतियाँ कहीं कारक न बन जाएँ एक नए सिरे से उमंग को उद्वेलित करने के लिए। बाबा ने इसी खयाल से अपनी बातचीत का रुख थोड़ा बदला।

"मैं अभी तो वापस अपने संस्थान जाऊँगा क्योंकि मेरी छुट्टी खत्म हो रही है लेकिन मैं प्रयास करता रहूँगा कि हम लोग जल्द ही हाई कोर्ट में तुम्हारी बेल का पेटीशन दाखिल कर दें। वैसे जानकार लोगों का कहना है कि अगर लोअर कोर्ट से बेल खारिज हो चुका है तो उसके कुछ समय (कम-से-कम तीन महीना) बाद ही हाई कोर्ट इस पर विचार करने के लिए तैयार होता है। इस बीच मैंने हाई कोर्ट के कुछ वकीलों को खोजने के लिए भी अपने लोगों से अनुरोध किया है। पटना शहर में मेरी बहुत जान-पहचान तो नहीं है मगर अपने इलाके से पुराने एम.पी. थे रमेश बाबू उनसे मेरी थोड़ी-बहुत जान-पहचान है। उनकी बेटी रेनुका, मैंने सुना है, उसका अच्छा नाम है हाई कोर्ट के वकीलों में। मैं रमेश बाबू से मिलकर वापस जाऊँगा। देखें क्या होता है?" बाबा जितनी देर यह सब कहते रहे उतनी देर तक उमंग चुपचाप बाबा को सुनते रहे और टकटकी निगाहों से देखते रहे बाबा को। यह एक अजीबोगरीब पल था उमंग के जीवन में। जिस पिता के प्रति उनके रिश्ते का आज तक का स्थायी भाव भय का था, वह आज आदर में परिणत हो रहा था।

जेल का वार्डर आया गेट पर और उसने पिता और पुत्र को अपना संवाद समाप्त करने की हिदायत दी। बाबा चलते-चलते उमंग से कह गए, "बेटा, अपना

खयाल रखना। कभी भी घबराना नहीं। सिर्फ जिन लोगों का आदर है समाज में और आज वह राजनीतिक बन्दी हैं वैसे ही लोगों की संगति रखना। स्वाध्याय में पूरा मन लगाना। तुम्हारा बी.ए. का सेशन पहले से ही लेट चल रहा है। जेल से जब निकलोगे तो जब भी परीक्षा होगी बी.ए. की तो उसमें तुमको बहुत अच्छा रिजल्ट लाना होगा वरना जिन्दगी में बहुत आगे नहीं जा पाओगे।" बाबा ने चलने से पहले कहा।

"जी पिताजी!" उमंग ने बस इन्हीं दो शब्दों से इस पूरे संवाद की समाप्ति की।

उमंग आश्चर्यचकित थे। आज पहली बार उन्होंने अपने पिता को 'बेटा' के सम्बोधन का इस्तेमाल करते हुए सुना था, कम-से-कम हाल की स्मृतियों में तो ऐसा दृष्टान्त उनके जेहन में कहीं नहीं था।

उमंग को बेल मिली लेकिन आठ महीने के कारावास के बाद। बाबा को छुट्टी लेकर इसके लिए भागना-दौड़ना पड़ा। बेल की वकील रेनुका शर्मा ही थीं। बातचीत के क्रम में उनके साथ बाबा के चचेरे भाई की दूर की रिश्तेदारी भी निकल गई। ऐसा नहीं था कि इसके चलते उन्होंने फीस में किसी प्रकार की कटौती की लेकिन यह जरूर था कि मुकदमा उन्होंने पूरे मनोयोग से लड़ा। कोर्ट की बहस के लिए पूरी-पूरी तैयारी की। आम तौर पर बेल की बहस एक ही सुनवाई में खत्म हो जाती थी किन्तु मीसा और डी.आई.आर. के बन्दियों के मामले में यह बहस एक डेट से आगे भी चल सकती थी। इमरजेंसी के दौरान हाई कोर्ट के जज लोग भी थोड़े सहमे हुए थे। सोच-समझकर ही कोई जजमेंट देना चाहते थे।

जेल प्रवास के बाद उमंग में बदलाव आया, उनके सोचने और दुनिया को देखने के नजरिए में। इसी बदलाव का शायद यह असर था कि उन्होंने अपने-आपको पढ़ाई की ओर पूरी तरह झोंक दिया, छात्र राजनीति से थोड़ा-बहुत परहेज भी करने लगे और अपने संसर्ग और सम्पर्क का दायरा प्रबुद्ध छात्रों और प्रोफेसरों तक ही यथासम्भव सीमित रखने लगे। जेल में उन्हें किसी प्रकार की विशेष यातना तो नहीं सहनी पड़ी लेकिन अकेलेपन में बिताए हुए लम्बे क्षणों ने उन्हें गहन आत्म-मंथन का मौका दिया। हर बात को अब वे गहराई से सोचने लगे। उनके पिता बहुत

चाहते थे कि वे डॉक्टर बनें। इसी निमित्त इंटरमीडिएट में उन्होंने पिता के कहने पर बायोलॉजी विषय को शामिल किया था अपनी इंटर की परीक्षा के सिलेबस में। लेकिन पता नहीं कौन सा भाव उनके मन में उठा अपने पिता के खिलाफ कि वे जानबूझकर मेडिकल प्रतियोगिता परीक्षा देने ही नहीं गए परीक्षा केन्द्र तक और आकर अपनी माँ से झूठ बोल दिया कि परीक्षा दे आए हैं। जब रिजल्ट आया था तो उमंग का नाम उसमें नहीं होना स्वाभाविक था। सब लोगों ने यही सोचा कि शायद इस बार तैयारी ठीक से नहीं की होगी। वैसे भी यह कौन सी अजूबी बात थी। बहुत सारे लोगों का न नहीं होता है मेडिकल की प्रतियोगिता परीक्षा में, उमंग भी महज एक थे उस पूरी जमात में।

खैर, यह दौर निकला और चूँकि किसी न किसी रूप में पिता के प्रति अपना विरोधी और विद्रोही मनोभाव को जताना था इसलिए आगे की पढ़ाई अब साइंस से आर्ट्स में करने का फैसला लिया उमंग ने ताकि मेडिकल की परीक्षा देने की अब नौबत ही न आए। बी.ए. पोलिटिकल साइंस में उन्होंने दाखिला लिया। इसी बी.ए. की पढ़ाई के दौरान छात्र संघर्ष और विद्रोह का दौर आया और उमंग ने जीवन की सभी व्याधियों से मुक्ति पाने के लिए लगा दिया अपने-आपको एक आक्रोशित जमात में। जेल भी इसी दौरान गए और पिता के साथ अपने सम्बन्धों को पुनःपरिभाषित करने का दौर भी आया। जमात में शामिल होने और सामूहिकता का स्वाद लेने के दौर में मनुष्य अकसर अपने जीवन की छोटी-मोटी चिन्ताओं और सरोकारों से अपने-आपको स्वतः मुक्त पाता है। उमंग के साथ भी यही हुआ।

बाबा के साथ सुख-दुख की आँख-मिचौनी चलती रही। जनवरी 1977 में इमरजेंसी की समाप्ति की घोषणा हुई और प्रधानमंत्री इन्दिरा गांधी ने चुनाव की घोषणा की। उमंग के बी.ए. की परीक्षा के फिर भी कोई आसार नहीं दिख रहे थे निकट भविष्य में। कॉलेजों और विश्वविद्यालयों में अराजकता का दौर फिर से कायम हो रहा था। छात्रों ने इमरजेंसी के दौरान के दमन के विरोध में जहाँ-तहाँ अपना विरोध जताना शुरू कर दिया। आसन्न आम चुनाव के लिए विपक्ष गोलबन्द होने लगा। स्थानीय स्तर पर जनता पार्टी ने अपनी इकाइयाँ खड़ी करनी शुरू कर दीं। इसमें

छात्र यूनियनों का भी सहयोग लिया जा रहा था। उमंग के जेल के कई सारे साथी सक्रिय थे पूरी चुनाव प्रक्रिया में। मुजफ्फरपुर संसदीय क्षेत्र से जॉर्ज फर्नांडिस की उम्मीदवारी की घोषणा हो चुकी थी। जॉर्ज को जेल से नहीं छोड़ा गया था इस दौरान। हथकड़ी पहने हुए, जेल की सलाखों के पीछे खड़े जॉर्ज का पोस्टर लोगों को बाकायदा रास आया। बी.ए. का इम्तिहान हो या चाहे जो हो, उल्लास के इस पूरे माहौल से कैसे अछूते रह सकते थे उमंग, खासकर जब वे खुद एक महत्त्वपूर्ण छात्र नेता थे। लग गए वे जॉर्ज के चुनाव अभियान में। उनके जेल के एक सीनियर साथी थे विनोद बाबू। वही सर्वेसर्वा थे प्रचार अभियान के। आम चुनाव सम्पन्न हुआ। अपने कार्यकर्ताओं से एक बार भी मिले बिना जॉर्ज फर्नांडिस सबसे अधिक वोटों से लोकसभा चुनाव जीतने में सफल हुए। जनता पार्टी की सरकार बनी। जॉर्ज केन्द्र में मंत्री बने। विनोद बाबू और उमंग का विशेष कद्र था जॉर्ज की मंडली में। बाबा को भी यह बात बुरी नहीं लगती थी कि उमंग की पूछ बड़े राजनेताओं के बीच बढ़ गई थी।

जेल में रहने का एक असर उमंग के जीवन पर यह हुआ कि उन्होंने अभाव और बन्धनों में भी थोड़ा बेहतर तरीके से जीने का तरीका हासिल कर लिया। जब व्यक्ति ऐसा कर पाता है तो जीवन में कुछ कर लेने, कुछ कर पाने की ललक उसके अन्दर कहीं जन्म लेने लगती है। वह अपनी तुलना अपने आसपास के लोगों के साथ करने लगता है और फिर उसे लगने लगता है कि उसकी अलग पहचान होनी चाहिए। उसकी उपलब्धियों का दायरा उन लोगों से बड़ा होना चाहिए। उसने तो असामान्य परिस्थितियों में जीवन जीने का सूत्र सीख लिया है तो सामान्य परिस्थितियों में कुछ असामान्य हासिल कर पाने का माद्दा होना चाहिए उसमें।

उमंग के जेल के मित्र विनोद बाबू पुराने लोहियावादी थे, सोशलिस्ट ढाँचे में ढले हुए। दिल्ली विश्वविद्यालय के किसी कॉलेज में प्रोफेसर थे। इमरजेंसी जब लागू हुई थी तब मुजफ्फरपुर अपने घर आए हुए थे छुट्टियों में। वहीं से उन्हें उठा लिया गया था जेल के लिए। जेल में विनोद बाबू की सोहबत का सबसे बड़ा फायदा उमंग को यह हुआ कि राजनीति विज्ञान में खरे तौर पर उनकी रुचि जग गई। सुकरात और अरस्तू से लेकर कार्ल मार्क्स को उन्होंने पढ़ने की और समझने की कोशिश की। उनका युवा मानस कहाँ तक इन चिन्तकों को समग्रता में समझ सकता था, यह

बात अलग थी। लेकिन विनोद बाबू के अध्यापकीय झुकाव और समझ के संसर्ग ने उन्हें बहुत-कुछ समझा दिया। राजनीति विज्ञान में ऑनर्स करने वाले लोगों के लिए सबसे गूढ़ और कठिन विषय पॉलिटिकल थ्योरी ही हुआ करती थी। उमंग को इसी विषय में मजा आने लगा था। उनके ज्यादातर सहपाठी तो कुंजी और ट्यूशन पढ़ाने वाले प्रोफेसरों के नोट के भरोसे ही रहा करते थे। मुजफ्फरपुर शहर क्या, इसके जैसे बिहार के अन्य सभी शहरों में, खासकर जहाँ विश्वविद्यालय अवस्थित थे, ट्यूशन पढ़ने और पढ़ाने का बोलबाला था। अध्यापकों के एक पूरे वर्ग की समृद्धि के आधार में ट्यूशन का यह धन्धा था। लेकिन उमंग ने कोई ट्यूशन नहीं किया। अपने तरीके से उन्होंने पढ़ाई की। उस पूरे दौर में उनके मनोबल को अगर किसी ने निरन्तर संबल दिया तो वे थे उनके बड़े भाई हेमंग। बराबर पत्र लिखते रहे मनीऑर्डर से जरूरत अनुसार पैसे भेजते रहे, खासकर किताब आदि खरीदने के लिए पैसे की कोई कमी न हो उमंग को इसका हेमंग ने विशेष ध्यान रखा।

जनता पार्टी की सरकार केन्द्र में बनने के तकरीबन सवा साल बाद उमंग के बी.ए. का रिजल्ट आया। रिजल्ट अप्रत्याशित था। उमंग ने न सिर्फ विश्वविद्यालय में प्रथम स्थान हासिल किया था बल्कि राजनीति विज्ञान का पुराना रिकॉर्ड भी तोड़ दिया था। वीनू और तीपू को सबसे अधिक सुखानुभूति हुई क्योंकि दोनों सोचने लगे थे कि उनके बड़े भाई ने राजनीति की ओर उन्मुख होकर अपनी प्रगति का मार्ग अवरुद्ध कर लिया था। बी.ए. ऑनर्स में प्रथम स्थान यानी स्थानीय मुहावरे में फर्स्ट क्लास फर्स्ट माधोपुर में पहले सिर्फ एक व्यक्ति को आया था जो बाद में जाकर डिप्टी कलेक्टर बने थे, तो अब उमंग भी चाहेंगे तो किसी न किसी तरह के अफसर तो बन ही जाएँगे। हालाँकि माधोपुर गाँव में कुछ लोग ईर्ष्यावश यह भी कहने लगे थे कि दूर की पैरवी लगाई होगी उमंग ने, इस रिजल्ट को पाने के लिए। बिहार की शिक्षा व्यवस्था में तो ऐसा होता ही रहता था। उमंग ने तो राजनीति में अपनी पैठ वैसे भी बना ली थी। उसी का इस्तेमाल किया होगा। यह भी कहा जा रहा था कि बाबा के अन्य तीन बेटों की स्कूल के समय से ही पढ़ाई अच्छे स्कूल और हॉस्टलों में हुई थी। उसी के फलस्वरूप एक अफसर बने, दूसरे एन.डी.ए. में गए हैं तो वे भी अफसर बन जाएँगे और तीसरे को तो देश के सर्वोत्कृष्ट कॉलेज में दाखिला मिला है तो वह भी कोई बड़े पद का ही दावेदार बनेगा। लेकिन उमंग

ने एम.ए. में भी फर्स्ट क्लास फर्स्ट पा लिया तो बमुश्किल शायद लेक्चरर बन जाएँ लेकिन अफसर बनना शायद उनके लिए आसान न हो। गाँव में इस तरह की चर्चाओं का होना आम बात थी।

उमंग ने अपने रिजल्ट आने के पहले ही मन बनाया था कि वे जे.एन.यू. में एम.ए. की पढ़ाई करने जाने की कोशिश करेंगे, अगर उनका वहाँ दाखिला हो पाता है तो। उनका रिजल्ट आया और जे.एन.यू. की प्रवेश परीक्षा में भी वे सफल हुए, वहाँ दाखिला लिया, तीन-चार वर्षों तक वहाँ पढ़ाई की और इस दौरान राजनीति से अपने सरोकारों को पूरी तरह समेट लिया, संघ लोक सेवा आयोग (यू.पी.एस.सी.) की परीक्षा दो-तीन साल देते रहे और अन्त में सफल रहे और उन्होंने भारतीय राजस्व सेवा में अपना योगदान किया। इस दौरान कुछ वर्षों तक बाबा के जीवन में सुख और दुख की आँख-मिचौनी का सिलसिला थमा रहा। लेकिन वह भी ज्यादा दिनों तक नहीं।

दादी और बाबा को तो माधोपुर के घर में ही रहना था। रिटायरमेंट के बाद तो बाबा का वैसे भी यही प्लान था कि वे गाँव में रहेंगे, खेती करेंगे और जीवन में जो-जो मुकाम उनकी अपनी आकांक्षाओं के हिसाब से छूटे रह गए थे उनको एक बार फिर से छूने की कोशिश करेंगे। हेमंग के चले जाने के दु:ख से जब बाबा उबरने लगे तो अपनी योजनाओं को मूर्त रूप देना शुरू किया उन्होंने। माधोपुर के मकान को नए तरीके से बनाना, गन्ने की खेती करना, विशुनपुर की जागीर की देख-रेख के मामले में एक सुनियोजित कार्य योजना के तहत आगे बढ़ पाना और अपने मन मुताबिक एक बढ़िया कुत्ता रखना। ये थे बाबा की सेवानिवृत्ति के उपरान्त जीवन के आधार बिन्दु। बाकी अन्य कामों को तो बाबा ने अपने मन मुताबिक करीब-करीब कर ही लिया लेकिन जो योजना उनके दिल को सबसे प्रिय थी—अपने मन का एक कुत्ता रखना—वह मूर्त रूप न ले सकी, मूलत: दादी के विरोध के कारण। इसका बखान मैं पहले ही कर चुकी हूँ। यही तो एक आश्चर्यजनक बात है जिसने मेरे इस पूरे वृत्तान्त का सूत्रपात किया है। बाबा ने सोचा था वे रिटायरमेंट के बाद अपने मन का एक कुत्ता रखेंगे। मैंने भी जब इसके बारे में सुना था तब

मुझे यह एक सामान्य सी बात लगी, एकदम स्वाभाविक। आखिर तीस वर्ष पहले जिस प्रकार से उनके श्वान प्रेम का अन्त हुआ था, जिन परिस्थितियों में हुआ था, उन सबकी याद तो बाबा को कचोटती रही होगी। लेकिन् जो सबसे असामान्य और अस्वाभाविक बात थी वह थी दादी का इस प्रकार का घोर विरोध। शिष्ट और शालीन व्यवहार की परिधि को बाबा कभी नहीं लाँघते थे। इसलिए दादी के दमन को इस बार उन्होंने स्वीकार कर लिया, बिना किसी प्रकार के प्रतिरोध के। यह भी स्थापित तथ्य है कि मनुष्य की दमित इच्छाएँ दमन के बाद भी ताक-झाँक करती रहती हैं, इस फिराक में कि कोई छोटी-सी भी सम्भावना बने तो अपनी उस इच्छा की वह तुष्टि कर सके। लेकिन मेरे लिए ये सब प्रसंग एक पहेली को सुलझाने के निमित्त मात्र हैं। पहले है बाबा और दादी के बीच का सम्बन्ध और एक प्रश्न है दादी द्वारा मेरे साथ किए गए व्यवहार का—आखिर क्यों उन्होंने मेरे साथ ऐसा किया। यह ऐसा प्रश्न है जिसका उत्तर ढूँढ़ने के लिए ही माधोपुर के घर का इतिहास पर गौर करना जरूरी है क्योंकि यहीं से पति-पत्नी के बीच के सम्बन्धों की परिसीमा तय हुई है।

माधोपुर के घर में अब मूलतः बाबा और दादी ही रहते थे। इस घर के स्थायी निवासी अब बस यही लोग थे। बेटे लोग अपने-अपने परिवार के साथ अपनी-अपनी नौकरी की जगह पर रहने लगे थे। साल में एकाध बार छुट्टी लेकर आने-जाने का सिलसिला चलता रहता था। बाबा और दादी भी समय निकालकर बेटों के यहाँ बीच-बीच में जाया करते थे। चूँकि उस समय तीपू और उनकी पत्नी की नौकरी बिहार में ही थी तो सबसे ज्यादा आना-जाना उन्हीं के यहाँ हुआ करता था। तीपू के यहाँ जाने पर बाबा को बहुत अच्छा लगता था। बड़ा-सा अहाता था तीपू के घर का। दो-दो अत्यन्त सुन्दर दिखने वाली अच्छे नस्ल की गाय थी अहाते में। पेड़-पौधे थे। थोड़ी-बहुत सब्जी वगैरह की खेती भी होती थी। बाबा के लिए जो सबसे मनोरम बात थी वह थी तीपू का लैब्राडोर पप यानी पिल्ला। बाबा खूब खेलते थे उसके साथ। चूँकि दूध की कोई कमी नहीं थी तो दूध पी-पीकर वह बहुत मस्त हो गया था। जब तीपू उसको पहली ट्रेनिंग दे रहे थे तो बाबा भी उनके साथ हो लिया

करते थे इस पूरे उपक्रम में। बाप और बेटे के बीच खूब गप-शप होती थी कुत्तों के बारे में, अलग-अलग नस्ल की खासियत के बारे में और कुत्ता एक निमित्त बन जाता था अतीत के गलियारे से खींचकर कहानियों को सुनाने का। बाबा कुछ दिन रहते (दो या तीन दिन ज्यादा से ज्यादा) और फिर माधोपुर चले जाते थे। कुछ दिनों बाद जब तीपू का ट्रांसफर हुआ तो सबसे बड़ी समस्या जो चर्चा का विषय थी वह थी गायों के बारे में। उनका क्या होगा। नई जगह में न इतनी जगह थी कि दो-दो गायों को रखा जा सके, न उनको खिलाने और देखभाल करने के लिए आदमी उपलब्ध थे। इन सबके मद्देनजर तीपू ने बाबा को प्रस्ताव दिया कि इन गायों को, अगर वे चाहें तो माधोपुर ले जा सकते हैं और वहीं पर इनको रख सकते हैं। बस क्या था! बाबा को तो लगा जैसे उनके मन की कोई मुराद पूरी हो गई। जीव और जानवर प्रेम तो बाबा के व्यक्तित्व का अभिन्न हिस्सा थे ही, उन्हें लगा कि वे पचीस वर्षों बाद फिर से अपने इस प्रेम को एक जमीन दे पाएँगे। अपने दरवाजे पर गाय का होना, रोज सुबह-शाम उसकी सेवा करना, शुद्ध दूध-दही का आनन्द लेना, ये सब ऐसे विचार थे जिनसे बाबा आह्लादित हो रहे थे। सबसे दीगर बात यह थी कि इस मामले में दादी के भी खयालात बाबा से पूरी तरह मिलते-जुलते थे। बस क्या था! बाबा के जीवन में फिर से एक नया सन्तुलन बहाल होने लगा। हेमंग के गुजर जाने के बाद जो मनहूसियत माधोपुर के घर को घेर रखी थी वह अब धीरे-धीरे छँटने लगी।

दरवाजे पर गाय के होने से हुआ यह कि कई सारे गाँव के लोग बाबा के यहाँ दूध लेने के लिए सुबह-सुबह आने लगे। माधोपुर और इसके ही जैसे अन्य गाँवों की विचित्र बात यह थी कि बहुत कम घर ऐसे थे जिनके पास अपनी गाय थी। दूध का कारोबार ज्यादातर गाँव के ग्वाले लोग ही करते थे और उनके पास अमूमन भैंस ही हुआ करती थीं। इस वक्त तक 'सुधा' जैसी को-ऑपरेटिव डेयरी का आगमन अभी इस क्षेत्र में नहीं हुआ था। ग्वालों से दूध लेने के अपने जोखिम थे। इस जोखिम का मुख्य सरोकार दूध में पानी की मात्रा से था। ज्यादा भरोसेमन्द ग्वालों के यहाँ आपको दूध में पानी की मात्रा भले ही कम मिलती लेकिन पानी एकदम हो ही न, ऐसा उतना ही सम्भव था जितना भैंस के रंग का काला न होकर उजला होना। वैसे भी इस वक्त तक गाँव के आम लोगों के बीच

दूध खरीद पाने की न तो आमदनी थी और न परिपाटी। इसलिए गाँव में उपलब्ध होने वाला ज्यादातर दूध इन्हीं ग्वालों के द्वारा शहर में पहुँचाया जाता था, मिठाई की दुकानों में बिक्री के लिए। साइकिल के कैरियर में दोनों तरफ छोटी-छोटी टंकियाँ लटकाकर ये ग्वाले शहरों में दूध पहुँचाते थे। इनमें से तो कई के बारे में प्रसिद्ध था कि रात को वे एक नियत समय तक ही गाँव लौटते थे, ताड़ी या गाँजा के नशे में मस्त अपनी साइकिल पर बँधी खाली टंकियों को ढनढनाते हुए। इनके लौटने तक लगभग पूरा गाँव सो जाता था। इन टंकियों की ढनढनाहट की आवाज से गाँव के लोग रात के पहर का अनुमान लगाते थे। टंकियों की आवाज के साथ-साथ कभी-कभी सुरे-बेसुरे गानों की आवाज भी सुनाई दे जाती थी। कोई भी पारखी दूर से ही सुनकर बता सकता था कि इतनी मस्ती भरी आवाज बिना किसी उत्प्रेरक शक्ति के निकाल पाना, वह भी अँधेरे में साइकिल चलाते वक्त, एक हाथ में बीड़ी थामे हुए, असम्भव था।

गाँव में दूध का एक अपना अर्थशास्त्र और समाजशास्त्र था। अर्थशास्त्र को अगर संक्षेप में कहें तो दूध की गाँवों में किल्लत भी हुआ करती थी लेकिन खपत भी कम थी। खपत इसलिए कम थी क्योंकि आम आदमी में इतनी सामर्थ्य ही न थी कि छोटे बच्चों की जरूरतों को छोड़कर पूरे परिवार के लिए नियमित तौर पर दूध खरीद सके। और किल्लत भी अकसर हो जाती थी क्योंकि विशेष मौकों जैसे त्योहार, शादी-विवाह आदि पर आप दूध खरीदने जाएँ तो ग्वाले आपको मना कर देते थे क्योंकि आपको दूध देने के लिए उसे अपने नियमित खरीदार की मात्रा में से कटौती करनी पड़ती जिसके फलस्वरूप उनके ग्राहक खराब हो जाते थे।

समाजशास्त्र दूध का इस प्रकार था कि कुछ ही वर्ग अथवा जाति के लोग दूध उत्पादन में शामिल थे। ग्वालों की तो चर्चा मैं कर ही चुकी हूँ लेकिन उनके यहाँ भी दूध के लिए मुख्यतः भैंस ही रहती थीं। अन्य जातों में कुछ ही लोग थे जो अपने दरवाजे पर भैंस पालते थे। जर्सी और इसी किस्म की विदेशी नस्ल की संकर गायें अभी तक बहुत प्रचलित नहीं हुई थीं। इसलिए ऊँची जातों में भी सिर्फ जो बड़े किसान हुआ करते थे उन्हीं के यहाँ गायों के रखने का चलन था। धीरे-धीरे जब इन हाइब्रिड यानी जर्सी गायों का प्रचार बढ़ा तो और भी बहुत लोगों ने गाय रखना शुरू किया वरना एक मामूली किसान के लिए गाय रखना मूलतः घाटे का ही सौदा

हुआ करता था। इस पूरे परिदृश्य में माधोपुर गाँव में बाबा एकाएक लोकप्रिय होने लगे या यूँ कहिए कि बाबा के यहाँ से दूध लेने में लोगों को कई फायदे दिखने लगे। पहला तो गाँव में ही दूध का उपलब्ध हो जाना ही सबसे महत्त्वपूर्ण बात थी। दूसरा शुद्धता की गारंटी। लोग जानते थे कि यह एक बात थी जिसके मामले में बाबा कोई समझौता नहीं कर सकते थे।

बाबा तो योग के अनुयायी थे ही लेकिन योग में भी आसनों के अलावा ध्यान का पक्ष बाबा को बराबर से आकर्षित करता था। दरवाजे पर गायों को रखकर बाबा की दिनचर्या ऐसी बदल गई कि लगने लगा जैसे उनका पूरा का पूरा ध्यान गायों की देखभाल और घर पर जो लोग आते थे उनके साथ बातचीत में ही लग जाता था। अँगरेजी भाषा में जिसे मेडिटेटिव कहते हैं वैसा ही मेडिटेटिव आयाम बाबा के जीवन में आ गया था। गाँव में लोगों की आम धारणा थी कि बाबा बहुत मिलनसार किस्म के व्यक्ति नहीं हैं, बिना मतलब की बातचीत और बहस में उनकी कभी रुचि नहीं होती थी, खासकर गाँव के लोगों के साथ। थोड़ा सा 'नो नानसेंस' वाली छवि थी बाबा की। गाँव में बाबा जल्दी किसी के घर नहीं जाते थे जब तक कोई खास अवसर न हो। लेकिन अब तो खूब मिलने-जुलने लगे थे बाबा। हाँ, यह जरूर था कि किससे लम्बी बातचीत करनी है, किसके साथ लम्बा समय बिताना है यह चयन बाबा बहुत सोच-समझकर करते थे। ऐसा नहीं था कि हर कोई अपने मन से बाबा के साथ गप्पें लड़ा सकता था। वैसे तो उम्र के हिसाब से बाबा भी अब गाँव में बुजुर्गों में गिने जा सकते थे लेकिन गाँव में बुजुर्गों की जो एक भौतिक छवि सर्वमान्य है वैसी छवि बाबा की कतई नहीं थी। सत्तर की उम्र के निकट पहुँच रहे थे बाबा लेकिन गाँव के अन्य लोग इस उम्र में जैसा दिखते थे उससे बाबा बहुत भिन्न—बलिष्ठ और जानदार दिखते थे। कुछ मजदूर वर्ग—खासकर मल्लाह और यादव जाति के अपवादों को छोड़ दें तो प्रायः सत्तर की उम्र पहुँचने तक लोगों को लाठी पकड़ने की नौबत आ जाती थी। ज्यादातर खान-पान का ही प्रभाव था। मल्लाहों में गरीब भी जो थे उन्हें मछली का भोजन तो नसीब हो ही जाता था। अपेक्षाकृत तौर पर अन्य जाति के मजदूरों से उनके थोड़ा बेहतर और बलिष्ठ होने के पीछे यही राज था। उसी तरह चूँकि यादव जाति यानी ग्वालों के यहाँ दूध का कारोबार होता था तो उनके भी शरीर के थोड़ा बेहतर होने के पीछे यही राज था।

लेकिन गाँव में लोग इस बात का भी कभी-कभी मजाक उड़ाते थे कि भैंस वगैरह जरूर रखते थे ग्वाले लोग लेकिन अकसर पैसे के लोभ में दूध बेचना पसन्द करते थे, खुद के परिवार की खपत के लिए नहीं।

उम्र में बाबा से बड़े लोगों की संख्या गाँव में बहुत कम थी। बात-व्यवहार और कद्रादि के मामले में गाँव में उम्र का बहुत महत्त्व हुआ करता था। इस लिहाज से बहुत सारे लोग जो बाबा के यहाँ, उनके दरवाजे पर, दूध लेने के लिए आते थे उनकी बातचीत का तौर-तरीका आदरसूचक भाव में ही हुआ करता था, लेकिन इसके अपवाद कई सारे लड़के और युवा किस्म के लोग भी थे जिनकी बाबा से बड़ी बातचीत होने लगी थी। जो हाईस्कूल में पढ़ने वाले लड़के थे उनसे बाबा उनकी पढ़ाई के बारे में तरह-तरह के प्रश्न पूछते थे, उनके सिलेबस से लेकर हिन्दी और अँगरेजी के कोर्स में पढ़ाई जाने वाली किताबों, कहानियों और कविता संकलनों के बारे में। जो अनपढ़ या दो-चार क्लास तक ही पढ़े लड़के आते थे उनसे ज्यादातर बातचीत मौसम, खेत-खलिहान और गाँव की स्थानीय राजनीति तक ही सीमित रहती थी। इस प्रकार ये हुआ कि बाबा धीरे-धीरे बाहरी दुनिया के साथ थोड़ा घुल-मिल जाने लगे। हेमंग के जाने के बाद अवसाद के लम्बे साए ने जो उन्हें घेर रखा था वह अब धीरे-धीरे छँटने लगा था। अब दादी के साथ भी बैठकर उनकी लम्बी गप-शप होने लगी थी। दादी के साथ हर बात में राय-विचार करने लगे थे जो पहले के समय में एक अपवाद की परिघटना हुआ करती थी।

नब्बे के दशक के इन शुरुआती वर्षों में पहले की अपेक्षा बाबा का जीवन ज्यादा नियमित और संयमित होने लगा था। सुबह में योग और ध्यान तो बाबा बहुत जमाने से करते आए थे लेकिन हेमंग के गुजर जाने के बाद के शुरुआती वर्षों में इस सिलसिले में थोड़ी खलल तो पड़ ही गई थी। अपने योगाभ्यास को फिर से नियमित करने में कुछ समय तो लग ही गया बाबा को। योगाभ्यास के बाद अब नियमित तौर पर बाबा अपने दरवाजे पर आ जाते थे जहाँ से वे गायों के दाना-पानी का नियमित पर्यवेक्षण करते थे। अकसर वे नाद में खुद भी हाथ डालकर दाना सानने का काम कर लिया करते थे। शुरू में तो दो ही गाय थीं लेकिन उनके बच्चे जो होने लगे तो दो-तीन वर्षों में ही बाबा के दरवाजे पर पाँच-छह गायें हो गई थीं।

बाबा की देखभाल में यह सभी की सभी खूब सुन्दर दिखती थीं, हृष्ट-पुष्ट और खूब दूध देने वाली। बारह-पन्द्रह सेर तक दूध दे देती थीं इनमें से कई गायें। दूसरे गाँवों के लोग देखने आते थे इन गायों को। इन गायों के साथ बाबा का बर्ताव देखने लायक होता था—जिस मनोयोग से वे उनकी देह को सहलाते हुए प्यार करते थे और उनसे बात करने की क्रिया करते थे—उसे देखकर या दूर से सुनकर किसी भी व्यक्ति को यह भ्रम हो सकता था कि वास्तव में किसी मनुष्य से ही बात कर रहे हैं बाबा। हर गाय का नाम था—मैमी, मैग्गी, रूमी, जूली आदि। और बाबा सबको उनके नाम से पुकारते थे और देह सहलाकर, पुचकारकर पूछते थे कि उसने भरपेट खाना खा लिया अथवा नहीं। सब की सब सर हिलाने की क्रिया जरूर करती थीं, बाबा जब उनसे बातचीत करने की क्रिया करते थे उस वक्त। किसी भी देखने वाले आदमी को यही महसूस हो सकता था कि बाबा किसी प्रकार का ध्यान ही कर रहे हैं। जब बाबा इस क्रिया में लीन हैं तब किसी अन्य अनुभूति अथवा संवेदना की जगह नहीं थी उस वक्त उनके मानस में। शायद इसी किस्म की तल्लीनताओं ने बाबा के मन से दु:ख का निर्वासन किया होगा वरना कहाँ निकल पाता है मनुष्य पुत्र शोक के घेरे से।

इन गायों के नामकरण का भी अपना इतिहास था। पहली गाय जिसे बाबा तीपू के यहाँ से लाए थे उसका नाम पहले से ही मैमी पड़ा हुआ था। यह नाम तीपू ने अपने बेटे के मनोरंजन के लिए रखा था। बेटा मुश्किल से दो साल का था। मैमी का रंग अश्वेत था, ठीक उसी तरह जैसे अमेरिका में अश्वेत लोगों का होता है। मैमी देखने में भारी-भरकम थी, ठीक वैसी ही जैसी अमेरिका में कुछ अधेड़ उम्र की अश्वेत महिलाएँ होती हैं जिनका पेट असाधारण रूप से मोटा होता है। अब चूँकि अमेरिका की फिल्म *गौन विथ द विंड* में मैमी नाम की एक पात्र को तीपू असाधारण रूप से पसन्द करते थे इसलिए अपनी गाय का नाम भी उन्होंने मैमी के प्रति अपनी वफादारी के रूप में प्रतीकात्मक तौर पर रख दिया। अवधारणात्मक तौर पर भी यह उनके उदारवादी झुकाव को हवा देता था लेकिन सबसे महत्त्वपूर्ण बात थी कि उनके बेटे को अपनी गाय को सुबह-सुबह देखना बहुत पसन्द था और उससे

भी ज्यादा पसन्द था अपनी तुतली आवाज में उसके नाम का धीरे-धीरे उच्चारण करना—मऽऽऽऽ एऽऽ मी। इसी प्रकार अन्य सभी गायें जो बाबा के संग्रह में जुटती गईं उन सबका नाम रखा गया और हर नामकरण के पीछे कोई न कोई इतिहास था।

शुरुआत के एक-दो वर्षों में तो बाबा ने अपनी इस नई व्यवस्था के लिए एक-दो लड़के रखे थे जो गायों का सारा काम-धाम देखते थे लेकिन जब गायों की संख्या बढ़ गई तो बाबा ने अपने मुख्य मददगार के रूप में जोगिन्दर को रख लिया। जोगिन्दर का इस भूमिका में बाबा द्वारा रखा जाना भी बाबा के जीवन का एक दिलचस्प प्रसंग है। मल्लाह टोला का रहने वाला जोगिन्दर शरीर से बहुत मजबूत नहीं था और पैर से लँगड़ाता भी था। इस कारण उसको मजदूर के रूप में लोग अकसर काम नहीं देते थे। मल्लाहों का जो पारम्परिक पेशा था—मछली के कारोबार का—उसे भी अपनी नि:शक्तता के कारण कर पाना जोगिन्दर के लिए आसानी से सम्भव नहीं था। वैसे भी तालाबों और इस तरह के अन्य जलकरों के ऊपर इतनी गिद्धदृष्टि होती थी अन्य लोगों की कि उस रेलमपेल में सरक पाना जोगिन्दर के लिए सम्भव नहीं था। सरकारी जलकरों के नियम और प्रतिबन्ध इतने जटिल हो गए थे कि सिर्फ माफिया प्रवृत्ति वाले लोगों का ही उन पर कब्जा हो चला था। इसलिए जब बाबा ने जोगिन्दर को बुलवाया और कहा कि उनको गायों को दाना-पानी देने से लेकर उनके रहने की जगह की सफाई आदि का रोजमर्रा का काम उससे वे लेना चाहते हैं तो जोगिन्दर ने खुशी-खुशी बाबा के इस प्रस्ताव को स्वीकार कर लिया। इसके बदले में बाबा ने उसे दोनों समय भोजन और एक नियत राशि का दरमाह देने की पेशकश की। जोगिन्दर एकदम प्रसन्न। अपने घर में तो उसे नियमित भोजन के भी लाले पड़ जाते थे और कभी-कभी तो जिल्लतों का भी सामना करना पड़ता था उसे। यह बात मजदूर परिवारों में आम थी। घर में आपकी पूछ, इज्जत-प्रतिष्ठा की सीमा आपके द्वारा घर में लाए कमाई के पैसे से तय होती थी। जोगिन्दर का संयुक्त परिवार तो बहुत लम्बा-चौड़ा था। उनके पिता तीन भाई थे। तीनों भाइयों की अपनी सन्तानें थीं—जोगिन्दर खुद तीन भाई, उनके बड़े चाचा के तीन लड़के और एक दूसरे चाचा के दो लड़के। सबका घर एक ही था। मिट्टी की मोटी दीवारों और एक छोटे से आँगन के चारों ओर बने तीन-चार छोटे-बड़े कमरे और फूस की छत का बरामदा, आँगन की ओर ढलता हुआ।

घर के बाहर जो थोड़ी-बहुत जमीन थी उसमें कुछ में मवेशी बँधे होते थे और थोड़ी जगह फूस की छत के नीचे बाहर के बरामदे के रूप में इस्तेमाल होती थी। इतनी ही जगह में सभी लोग रहते थे। पुरुषों और औरतों को मिलाकर कुल करीब बारह-चौदह लोग रहते थे इस घर में। कहने को तो परिवार एक था लेकिन चूल्हे अब अलग-अलग हो गए थे। ऐसे माहौल में जोगिन्दर की स्थिति बराबर थोड़ी दयनीय ही होती थी। घर के संसाधनों के उपयोग में उसका कोई दखल नहीं था। बाबा के यहाँ उनकी गायों की देख-रेख करने में उनको इस बात की गारंटी थी कि नियमित भरपेट भोजन के लिए कोई चिरौरी नहीं करनी पड़ेगी। यह जोगिन्दर के लिए बहुत बड़ी बात थी।

गायों के दूध को दुहने का काम तो आम तौर पर बाबा किसी दूसरे ऐसे व्यक्ति से करवाते थे जिसे ऐसा करने में सिद्धहस्तता हासिल थी लेकिन अकसर इस काम को बाबा अपने हाथों से भी कर लेते थे। गाय या भैंस रखने के साथ यह सबसे बड़ी परेशानी थी कि अगर आप स्वयं दूध को दुहने में सिद्धहस्त नहीं हैं तो किसी अन्य व्यक्ति, जिसे यह काम करना आता है, ऊपर आपको निर्भर रहने की मजबूरी हो जाती है। बाबा के साथ ऐसी कोई मजबूरी नहीं थी क्योंकि नियमित रूप से न सही, जरूरत पड़ने पर बाबा यह काम अपने हाथों से बखूबी कर लेते थे। बाबा के व्यक्तित्व का यही तो एक आयाम था जो उन्हें उनके जमाने के आम मध्यवर्गीय लोगों से अलग कतार में खड़ा कर देता था। जीवन जीने के लिए जिन भी कामों को हाथ से करना जरूरी हो उसे बाबा खुद कर पाने की क्षमता रखने में विश्वास रखते थे, चाहे वह गाय दुहना हो या पेड़-पौधों पर कलम लगाना हो या फिर मधुमक्खी के छत्ते से मधु निकालना हो। जोगिन्दर के आने से बाबा को यह सहूलियत हो गई कि अब वे जोगिन्दर को भी दूध दुहने की ट्रेनिंग दे सकते थे और इस कार्य के प्रति निफिक्र हो सकते थे। वैसे तो जोगिन्दर के घुटनों में थोड़ी विकृति थी और वह हल्का लँगड़ाकर चलता था, लेकिन बाबा तो माहिर प्रशिक्षक थे। घुटनों की समस्या के बावजूद उन्होंने जोगिन्दर को कुशलता से घुटनों के बल बैठकर दूध दुहना सिखा दिया। जोगिन्दर के लिए यह एक विशिष्ट उपलब्धि थी क्योंकि वैसे तो खेती-मजदूरी के सामान्य काम वह अपनी मामूली-सी अपंगता के बावजूद कर लेता था लेकिन गाँव के किसान उससे अपने खेतों में काम करवाना

पसन्द नहीं करते थे क्योंकि एक सामान्य मजदूर की अपेक्षा वह कम काम ही कर पाने में सक्षम था। मल्लाह जाति का होने के बावजूद तालाबों और छोटी-मोटी नदियों में मछली मारने और उसका धन्धा कर पाने में वह समर्थ नहीं था। घुटने की समस्या के कारण मजदूरी से कमा पाने के विकल्प स्वत: सीमित हो गए थे। बाबा की गायों की देख-रेख का काम मिल जाने से उसके जीवन में रोजी-रोटी के बारे में अनिश्चितता की समस्या स्वत: हल हो गई। वैसे तो बाबा किसी भी व्यक्ति से काम लेने में कोई कसर नहीं छोड़ते थे—वे मानते थे कि अगर कोई व्यक्ति काम करने के बदले में पैसे पा रहा है तो उस काम को करने में कोई सुस्ती या कोताही उस व्यक्ति की ओर से नहीं होनी चाहिए। लेकिन बाबा का रवैया तानाशाही कतई नहीं हुआ करता था। अपने से कमजोर वर्ग के किसी भी व्यक्ति के प्रति उनका रवैया अमूमन सहानुभूति का ही हुआ करता था। छोटी-मोटी गलती अथवा किसी चूक के लिए बाबा जोगिन्दर को डाँटते जरूर थे लेकिन वह भी एक सीमा में। ज्यादातर वे जोगिन्दर की अपनी समस्याओं के प्रति सहानुभूति का भाव ही रखते थे और बराबर कोशिश करते थे कि उसको अगर किसी समस्या का (मूलत: आर्थिक) सामना करना पड़ रहा है तो उसमें उसकी जहाँ तक हो सके, मदद ही की जाए। पर्व-त्योहार के अवसर पर उसके घर के लिए अलग से पैसों की व्यवस्था, जाड़े के मौसम में भीषण ठंड में मोटे ऊनी स्वेटर अथवा सस्ते जैकेट की व्यवस्था करना बाबा कभी नहीं भूलते थे। इन सबका परिणाम हुआ कि जोगिन्दर बाबा को अपने अभिभावक के रूप में देखने लगा, न कि एक मालिक के रूप में। बाबा और जोगिन्दर के सम्बन्ध में कोई नुकीला कोना नहीं था लेकिन मैं यह भी कहूँगी कि उनके बीच के सम्बन्ध के माधुर्य की बुनियाद में दोनों की पारस्परिक निर्भरता भी थी। वैसे तो चूँकि बाबा के यहाँ गायों की संख्या बराबर इतनी रहने लगी थी कि उन सबकी देखभाल अकेले जोगिन्दर नहीं कर सकते थे और उनकी मदद के लिए बाबा बराबर किसी न किसी कम उम्र के नौजवान को भी नौकरी देते थे लेकिन जोगिन्दर के होने से बाबा को इतनी सहूलियत जरूर होने लगी कि अब वे यदा-कदा, बिना चिन्ता किए कुछ दिनों के लिए माधोपुर से बाहर जा सकते थे। देश के विभिन्न भागों में जाने का शौक तो बाबा को पहले से था लेकिन बराबर परिस्थितियाँ, ज्यादातर आर्थिक रूप से, ऐसी रहती थीं कि बाबा अपने इस शौक

को अपने मन के मुताबिक पूरा नहीं कर पाते थे। जोगिन्दर के होने से अब बाबा मन मुताबिक घूमने के लिए और खासकर अपने बेटों के यहाँ जाकर समय बिता पाने के लिए मुक्त थे।

विडम्बनाओं का सिलसिला जीवन में कभी-कभार ही थमता है। एक समय था जब बाबा को हमेशा सोचना पड़ता था किसी भी लम्बी यात्रा के बारे में, क्योंकि उनके संसाधन सीमित थे। अब, रिटायरमेंट के बाद बाबा के बैंक खाते में राशि भी उपलब्ध थी और किसी से छुट्टी स्वीकृत कराने का कष्ट भी नहीं था। इसके बावजूद अब माधोपुर के घर में बाबा ने इतना मायाजाल फैला लिया था कि माधोपुर से बाहर लम्बे समय तक जाना वे पसन्द नहीं करने लगे। इसके पहले हेमंग अपनी फौज की नौकरी के दरम्यान ग्यारह वर्षों तक बाबा को अपने यहाँ आने के लिए कहते रहे लेकिन बाबा नहीं गए या नहीं जा पाए। इस प्रसंग की सूक्ष्म व्याख्या सम्भव नहीं है लेकिन अन्तिम तथ्य यही था कि बाबा हेमंग के जीते जी उसके घर कभी नहीं गए। हेमंग की पोस्टिंग पहाड़ों में रही और मैदानी इलाकों में भी रही किन्तु बाबा का जाना नहीं हो पाया। हेमंग को जरूर इस बात का दुख लगा होगा कि उनकी दोनों बेटियों के जन्म के समय भी बाबा उनके यहाँ नहीं जा पाए। भारतीय मध्यवर्गीय परिवारों में इन बातों का काफी महत्त्व होता है। दादी बराबर जाती रहीं पर बाबा कभी नहीं जा पाए। तीपू की पोस्टिंग जब हेमंग के गुजर जाने के बाद बिहार में हुई तब से बाबा की इस मामले में सोच में बड़ा परिवर्तन आया। वे अब अपने बाकी तीनों बेटों की सन्तान के जन्म के समय तो उनके यहाँ जाते ही थे इसके अलावा अन्य अवसरों पर भी उनका जाना होने लगा। तीपू चूँकि सबसे नजदीक में थे इसलिए उनके यहाँ बाबा का जाना ज्यादा होता था। तीपू के यहाँ जाने के लिए बाबा के पास कुछ और भी कारण थे। पेड़-पौधे और जानवरों से लगाव के मामले में तीपू और बाबा के खयालात बेहद मिलते जुलते थे। अपनी नौकरी के शुरुआती दौर में ही, जब वे एस.डी.एम. के रूप में पोस्टेड थे, तभी से तीपू ने एक सुन्दर लैब्राडोर पाल रखा था, उसका नाम तीपू ने बूजो रखा था। बूजो की थोड़ी-बहुत ट्रेनिंग जो हुई थी वह तीपू ने खुद अपने एस.डी.एम. वाले बँगले के अहाते में दी थी और इसके लिए उन्होंने राजा साहब भदरी की उसी पुरानी किताब का उपयोग किया था जिसको देख-देख कर बाबा ने तकरीबन

सत्ताईस-अट्ठाईस साल पहले अपने अलसेशियन कुत्तों को ट्रेनिंग दी थी। अब बाबा ने जिस लेवल की ट्रेनिंग अपने अलसेशियन कुत्तों, खासकर लेडी, को दी थी उस लेवेल की ट्रेनिंग बूजो को दे पाना तीपू के लिए कहाँ सम्भव था। अपनी उम्र में बाबा की ऊर्जा और किसी भी काम को करने में एकाग्रता की बराबरी भला बेचारे तीपू कहाँ कर सकते थे। फिर भी अपने सरकारी दायित्वों से परे जितना भी समय उन्हें मिल पाया उन्होंने बूजो को दिया और एक ठीक-ठाक स्तर तक उसकी ओबिडियंस ट्रेनिंग कर दी। कुल मिलाकर वह एक अत्यन्त आज्ञाकारी और प्यारा जानवर उभरकर बना। उसके लगाव की प्राथमिकता में वैसे तो तीपू सबसे ऊपर थे लेकिन जब बाबा तीपू के यहाँ होते थे तो उसका बाबा के साथ भी प्रगाढ़ सम्बन्ध बन जाता था। वे उसके साथ दिल खोलकर खेलते थे, वैसे ही जैसे कोई एक वयस्क एक बच्चे के साथ खेलता है।

बूजो के शुरुआती तीन-चार साल तो अच्छे बीते। तीपू का पूरा ध्यान उसके ऊपर रहता था लेकिन उतनी शिद्दत के साथ नहीं जितनी बाद के वर्षों में उनके द्वारा रखे गए कुत्तों के साथ उन्होंने दर्शाई थी। तीपू का परिवार छोटा-सा था। वे, उनकी पत्नी और उनका बेटा। बेटा दो साल से भी कम उम्र का था जब बूजो को लेकर आए थे तीपू। अपने घर में कुत्ता पालने का उनको स्वयं कोई ऐसा अनुभव नहीं था। उनकी पत्नी की अपनी नौकरी की व्यस्तताएँ थीं और बाकी बचा सारा समय वे अपने बेटे की परवरिश में लगाना महत्त्वपूर्ण समझती थीं। बूजो को घर लाने से पहले तीपू ने अपनी पत्नी से मशविरा भी नहीं किया था और इस बात का उनकी पत्नी को तनिक मलाल भी था। तो बूजो के प्रति उनका व्यवहार सौतेला तो नहीं कहा जा सकता था लेकिन बहुत ज्यादा आत्मीय भी नहीं था। मामूली तौर पर बूजो की जरूरतों का खयाल वह रखती थीं लेकिन बस इतने तक ही।

शुरुआत के तीन-चार साल तो बूजो के अच्छे कटे, हालाँकि उसका भोजन दूध-भात तक ही सीमित रहता था। मीट और चिकेन उसे अपवाद के तौर पर ही नसीब होता था। लेकिन इस उम्र में कुत्तों की अपनी प्राकृतिक ऊर्जा इतनी होती है कि आहार में सन्तुलन की कमी उसके चाल-चलन और उसकी गतिविधियों की फुर्ती में तुरन्त झलकना नहीं शुरू होती है। बूजो प्रायः खुला ही रहता था। फलतः वह घर के अन्दर और बाहर अहाते में घूमता-दौड़ता, छिपकलियों को मारता मस्त

रहता था। कभी-कभी तीपू के साथ उसे सैर-सपाटे का भी मौका लग जाता था। तीपू जब कभी-कभार अपने बाबा (स्वर्गीय डॉक्टर साहब) के फार्म हाउस पर जाते थे तो बूजो को भी अपनी जिप्सी गाड़ी में पीछे बैठाकर ले जाते थे। लम्बे, फैले हुए खेतों में एक छोर से दूसरी छोर के बीच चौकड़ी भरते हुए वह परमानन्द में चला जाता था। इसी दरम्यान जब कुंछेक महीनों के लिए तीपू की पोस्टिंग कलेक्टर के रूप में राजधानी पटना से दूर के एक जिले में हुई तो वे बूजो को भी कुछेक महीनों के लिए साथ ले गए। यहाँ तो बूजो की और मस्ती हो गई। कलेक्टर के घर का बड़ा-सा अहाता और बूजो की देख-रेख में लगी छोटी-मोटी एक फौज जो उसे कलेक्टर साहब की मूर्त प्रतिनिधि मानते हुए, आदरसूचक सम्बोधनों का इस्तेमाल करते हुए 'बूजो बाबू' कहकर बुलाती थी—बूजो की पूरी मौज थी। लेकिन चार दिन की चाँदनी की तर्ज पर बूजो के भी ये दिन ज्यादा नहीं रुके। बूजो जब वापस पटना आ गया तब तीपू की जिन्दगी में एक नया दौर शुरू हो गया था। उन्हें अब राज्य में और राज्य से बाहर दौरों पर जाना पड़ता था। इस क्रम में काफी बाहर भी रहना पड़ता था। उनके जीवन में अनेक व्यस्तताएँ आ गई थीं। बूजो की देखभाल में वे अब उतना समय नहीं दे पाते थे। नब्बे के दशक के इस दौर में कुत्तों के अच्छे डॉक्टरों की घोर कमी थी पटना शहर में। इस कमी की भरपाई आप अपनी सूझ-बूझ और मेहनत से कर सकते थे, जैसा कि बाबा ने अपने जमाने में अपने अलसेशियनों के साथ की थी, लेकिन इस भरपाई की भी सीमा थी। वैसे तो पटना शहर में अँगरेजों द्वारा बनाया गया पशुओं का अस्पताल बहुत पुराना और प्रसिद्ध था लेकिन राज्य में चतुर्दिक ह्रास की मार से यह भी अछूता नहीं रह पाया था। वैसे भी यह अस्पताल अपने जमाने में अँगरेज और हिन्दुस्तानी अफसरों के धोड़ों की देखभाल के मुख्य उद्देश्य से बनाया गया था क्योंकि आवागमन के मुख्य साधन घोड़े ही थे, खासकर अफसरों और अन्य अधिकारियों के लिए। विदेशी नस्ल के कुत्तों को रखने का रिवाज अभी उतना प्रचलित भी नहीं था जितना आज के दौर में हो गया है। वैसे भी नब्बे के दशक के इस दौर में राज्य के पशु चिकित्सकों का महकमा चारा घोटाला करने में व्यस्त था। इस घोटाले ने कालान्तर में अकूत प्रसिद्धि पाई। ऐसे सन्दर्भ में अगर आप पूरी तन्मयता से अपने कुत्ते पर ध्यान न दे पाएँ तो फिर भगवान पर भरोसा ही एक सहारा था। मामूली सी बीमारी भी आपके

कुत्ते को हो तो बस शहर में दो-एक ही प्राइवेट डॉक्टर थे जिनके यहाँ आप उसे ले जा सकते थे। अब तो हर मुहल्ले में कुत्तों के कपड़े साजो-सामान की चीजें, पौष्टिक आहार तथा दवाइयों की दुकानें खुल गई हैं।

बूजो चूँकि खुला घूमता था तो यहाँ-वहाँ से अपनी देह पर किस्म-किस्म के सूक्ष्म जीवाणु बटोरता रहता था। तीपू को जब कभी फुरसत मिलती थी तो वे बैठकर इन्हें उसके शरीर से नोचकर बाहर निकाला करते थे। वैसे तो सांकेतिक तौर पर तीपू की पत्नी भी बूजो को प्यार करती थीं लेकिन उसके शरीर से जीवाणुओं को नोचकर निकालने में उनकी कभी रुचि नहीं रहती थी। बूजो को आहार भी उतना पौष्टिक नहीं मिल पाता था जितना उसे मिलना चाहिए था। था तो वह जानवर लेकिन उसे भी यह एहसास जरूर होने लगा होगा कि वह अब घर का उस तरह दुलारा सदस्य नहीं रहा जैसा शुरू के कुछेक वर्षों में वह था। कुल मिलाकर इसका भी असर उसके शरीर की प्रतिरोधी क्षमता पर पड़ता रहा होगा। शाम को तीपू के घर उनके बेटे के दोस्त आते थे खेलने के लिए। वे सब बूजो के साथ भी खेलते थे। कुल मिलाकर यही चन्देक क्षण हुआ करते थे जब बूजो का जीवन गुलजार हुआ करता था। बाबा जब कभी आते थे तो बूजो को प्यार का थोड़ा एक्स्ट्रा डोज मिल जाता था। लेकिन इन सबके बावजूद वह अब कमजोर होता जा रहा था। उसका शरीर असाधारण रूप से पतला पड़ने लगा था। टिक (चींचड़ी) का प्रकोप उसके शरीर पर असाधारण रूप से बढ़ गया। समय निकालकर तीपू उसको डॉक्टर के यहाँ ले गए। उसने कुछ सूई-दवाई दी और बताया कि बूजो को टिक फीवर हो गया है। तीपू ने टिक फीवर का नाम कभी नहीं सुना था। इसकी गम्भीरता से तो वे परिचित नहीं थे। उन्हें सरकारी काम के सिलसिले में तीन दिनों के लिए दिल्ली जाना था। उन्होंने अपनी पत्नी सुचित्रा से यह कहा कि उनकी गैर मौजूदगी में वो बूजो को डॉक्टर के यहाँ जरूर लेकर जाए प्रतिदिन। एक दिन तो सुचित्रा उसे डॉक्टर के यहाँ लेकर गई। डॉक्टर ने एक और सूई दी और दवा जारी रखने को कहा। इसके अलावा कुछ और नहीं कहा। बूजो को लेकर वह अपने ड्राइवर के साथ वापस आ गईं। अगले दिन सुबह बूजो ने घर के बाहर वाले बरामदे पर दम तोड़ दिया। उसके अन्तिम समय में तीपू उसके साथ नहीं रह पाए।

मेरी कहानी

बूजो गुजर तो गया लेकिन अपने पीछे वह बाबा की जिन्दगी में एक बहुत बड़ा बदलाव छोड़ गया। वैसे तो बाबा ने उसको पाला-पोसा नहीं था और न ही वह बाबा के साथ कभी भी लम्बे समय तक रहा था। लेकिन बाबा ने उसे जितना भी देखा था उसी से वे बूजो से बड़े प्रभावित हो गए थे। मूलतः बाबा अलसेशियन नस्ल के कुत्तों के मुरीद थे, खासकर अपनी जवानी के दिनों में, जब उन्होंने दो अलसेशियन कुत्तों को पाला भी था। लेकिन जब अपने बेटे तीपू के यहाँ बूजो जैसे कुत्ते से उनका परिचय हुआ और कुछ-कुछ समय के अन्तराल पर वे उससे मिलते रहे तो बाबा की पसन्द बदल गई। बाबा का दिल अब पूरी तरह लैब्राडोर नस्ल पर आ गया। वे बूजो के मिजाज और स्वभाव से इतने प्रभावित हुए कि उन्होंने सोचना शुरू किया कि अगर माधोपुर में फिर से कोई कुत्ता रखने के लिए सम्भावना बनी तो वे रखेंगे लैब्राडोर ही। मैं तो पहले बता चुकी हूँ कि अपने रिटायरमेंट के तुरन्त बाद तीपू द्वारा दिये गए बढ़ावे पर उन्होंने इस किस्म का मंसूबा पाला था। दादी को इस बात की भनक लग गई और उन्होंने न सिर्फ अपने विरोध का स्वर तीव्र किया बल्कि यह कह डाला कि अब अगर बाबा फिर से कोई कुत्ता रखेंगे तो वह उस घर में नहीं रहेंगी। दादी के इस अल्टीमेटम के आगे बाबा को झुकना पड़ा था और उन्होंने कुत्ता पालने का विचार मुल्तवी कर दिया था। उस आदमी का जीवन भी क्या जीवन है जो अपने जीवन में अपने छोटे-मोटे शौक भी न पूरा कर सके। वैसे भी देखा गया है कि मनुष्य की दमित इच्छाएँ बहुत दिनों तक उसके दिल में कुलाँचे भरती रहती हैं।

दादी द्वारा दिये गए अल्टीमेटम को अब कुछ समय हो गया था। बाबा को रिटायर हुए भी अब तकरीबन दस साल हो गए थे। माधोपुर के घर में अब स्थितियाँ अपने ढर्रे पर आ गई थीं। लैब्राडोर की ललक ने बाबा को आखिर मजबूर कर ही दिया और इसी प्रकार मेरा आना हुआ। मेरे आने के दिन की घटना का उल्लेख मैंने शुरू में ही कर दिया था। दिल्ली के सरिता विहार में कर्नल के केनेल से कैसे बाबा मुझे माधोपुर लेकर आए यह भी मैंने बता दिया था। सबसे दीगर बात यह है

कि माधोपुर के घर की कहानी की न अन्तिम कड़ी है यह मेरी कहानी और न यह सिर्फ मेरी कहानी है बल्कि एक बड़े फलक पर रिश्तों और सम्बन्धों की कहानी भी है, उसी तरह जैसे माधोपुर के घर की कहानी सिर्फ माधोपुर के किसी घर मात्र की कहानी न होकर एक पूरे समाज का प्रतिबिम्ब है।

ऐसा नहीं था कि बाबा और दादी के दाम्पत्य जीवन में दादी ने विरोध अथवा असहमति के स्वर से परहेज किया था। लेकिन पहले ऐसे मामलों में दोनों में से कोई अपनी जिद पर नहीं अड़ते थे और तत्काल नहीं तो कुछ समय गुजरने के पश्चात दोनों कोई-न-कोई समाधान खोज लेते थे। इस बार एकदम भिन्न स्थिति उभरकर आई थी। दोनों के बीच बातचीत एकदम बन्द हो गई, यूँ जैसे दोनों के दिलों के बीच कोई दरार आ गई हो। इस दरार की व्याख्या इस बात में दिखने लगी कि दोनों ने अपने रहने की जगह का बँटवारा कर लिया। बाबा अब ऊपर की मंजिल के एक कमरे में रहने लगे और दादी नीचे के कमरों में ही अपना पूरा समय गुजारने लगीं। बाबा सिर्फ खाने के समय रसोईघर के पास के ओसारे पर आकर बैठते थे और मीना उनको खाना परोस देती थी। बाबा जब दिन के समय अपनी गायों की देख-रेख के लिए अथवा गाँव के लोगों से मिलने-जुलने के लिए नीचे आते थे तो उनका विश्राम स्थल बाहर के बरामदे, जो गायों की नाद की ओर खुलता था, या ड्राइंग रूम के बड़े से हॉल तक ही सीमित रहने लगा था। आँगन के दूसरी ओर जैसे बाबा के चचेरे भाई के परिवार और बाबा के परिवार के बीच चार दशक पूर्व हुए बँटवारे का पर्याय उस समय में खड़ी की गई पर फिर एक ही दशक बाद तोड़ दी गई दीवार बन गई थी उसी तरह अब बाबा और दादी के बीच के दुराव का पर्याय अब घर का ऊपरी और निचला हिस्सा बन गए थे। फलत: इसी दुराव द्वारा मेरे भी रहने और दिन गुजारने की जगह परिभाषित होने लगी। मेरा भी ज्यादातर समय अब बाबा के ऊपरी कमरे और बरामदे में गुजरने लगा। शौच के समय बाबा मुझे नीचे लेकर आते थे। तब मैं बगल के खेतों या फिर नीचे के छोटे से बगीचे में घूम-टहलकर अपना मन बहला लेती थी। मैं जब थोड़ी बड़ी हो गई, तीन-चार महीनों की तो बाबा ने मुझे नीचे भी अपने साथ रखना शुरू कर दिया।

मैं तो बच्ची थी। तो शान्त बैठने को मेरा भी जी नहीं करता था। इधर-उधर भागने-दौड़ने को मेरा भी मन करता था। इस क्रम में मैं जब दादी के पास से गुजरती थी या अचानक उनसे टकराने को होती थी तो दादी मुझे दुत्कार कर अपने पास से भगा देती थीं। बाबा जब भी दादी के इस दुत्कारने को देख लेते थे तो प्रतिकार स्वरूप वे मुझे पुचकारकर अपने पास बुला लेते थे। दादी मन-ही-मन कुड़कुड़ाती थीं लेकिन स्पष्ट शब्दों में कुछ बोलती नहीं थीं। मेरे प्रति अस्वीकार का भाव दादी इसी तरह बाबा को निरन्तर जताती रहती थीं।

दादी को मुझे दुत्कारने का अवसर न मिले इसके लिए जरूरी था कि मैं मनमौजी तौर पर घर के निचले हिस्से में विचरण न किया करूँ। बाबा ने सोचा कि अब मैं उस उम्र में पहुँच गई हूँ जब मुझे छोटी-छोटी बातों को मानने की 'ओबिडिएंस' ट्रेनिंग दी जा सकती है। उन्होंने इसकी शुरुआत कर दी। मुझे थोड़ा कष्ट तो होता था लेकिन इसके साथ मुझे बाबा के साथ बाहर जाने और घूमने का मौका भी मिलने लगा। मैंने भी बाबा के साथ सहयोग किया। प्रलोभनों और प्रताड़नाओं के मिश्रित प्रयोग से हमारी श्वान नस्ल को ट्रेनिंग देने में तो बाबा पहले से ही पारंगत थे। तीन-चार महीनों में ही मैं एकदम दुरुस्त हो गई। बाबा जब कमांड देते थे तो मैं बैठ जाती थी या लेट जाती थी। किसी भी बात पर मना करने के लिए अगर उन्होंने 'नो' मात्र कह दिया तो मैं रुक जाती थी और उनके अगले आदेश के लिए उनकी ओर देखती रहती थी। अपने बगल में चलने के लिए जब कहते थे तो मैं एकदम उनके साथ कदम से कदम मिलाकर चलती थी। बाबा को मुझे बाँधकर ले चलने की कोई जरूरत ही नहीं पड़ती थी। कोई सिक्कड़ या पट्टा नहीं। बाबा के साथ जब मैं गाँव में निकलती थी तो बच्चे लोग मेरे रास्ते से भाग खड़े होते थे। एक तो मेरा काला, भुजंग स्वरूप रंग और दूसरा मेरा डील-डौल। लैब्राडोर जैसी काया और डाबरमैन नस्ल की ऊँचाई। जो लोग कुत्तों की विभिन्न लोकप्रिय प्रजातियों से परिचित हैं वे समझ सकते हैं मैं क्या कह रही हूँ। सरिता विहार के केनेल वाले कर्नल ने शायद जानबूझकर तो नहीं लेकिन बाबा को ठगा जरूर था। बाबा तो तीपू के बूजो जैसे कुत्ते की खोज में थे। जब बूजो के सुनहरे रंग का कोई उन्हें नहीं मिला तो वे काले रंग के लैब्राडोर के लिए तैयार हो गए। मेरी कद-काठी के कुत्ते को सँभाल पाना किसी भी आम आदमी के वश की बात नहीं थी। बाबा तो अब सत्तर

से ऊपर के हो चले थे। मुझे तो आश्चर्य होता था उनकी ऊर्जा पर और मेरे साथ एक बच्चे के जैसा खेल पाने की शक्ति पर। मैं तो इन्हीं कारणों से बाबा की पूरी तरह से चेली हो गई थी। मेरे लिए वे कभी कर्कश शब्दों का प्रयोग नहीं करते थे।

माधोपुर के जो पुराने लोग थे उन्हें मैं बाबा की लेडी की याद दिलाने लगी। अब माधोपुर के लोग मुझे देखकर नहीं डरते थे। उन्हें यकीन था कि बाबा का कुत्ता अनुशासित न हो ऐसा हो ही नहीं सकता। इसलिए जब लोग बाबा के दरवाजे पर आते थे, दूध लेने के लिए या फिर बाबा से गप-शप करने के लिए तो मैं भी बाबा के साथ बैठने लगी। आखिर मेरा अपना कोई अलग समाज या संसार तो था नहीं, मुझे तो लोगों के बीच ही अपना भावनात्मक संसार खोजना-बनाना था। दादी ने तो पहले ही मुझे अपने भावनात्मक या भौतिक संसार के हाशिये पर धकेल दिया था।

मेरी इसी वीरान-सी दुनिया में एक दिन विभव का पदार्पण हुआ। तीपू का दस वर्ष का पुत्र था वह। तीपू के साथ वह माधोपुर आया था, उसकी माँ भी साथ थी। तीपू अब दिल्ली में रहने लगे थे क्योंकि अब वे केन्द्र सरकार में काम करने लगे थे। कुछ ही दिनों की छुट्टियाँ थीं लेकिन इतने ही दिनों में विभव ने मुझे इतना प्यार दिया कि मुझे लगा कि माधोपुर के इस घर में बाबा के अलावा मैं किसी और की भी दुलारी हो सकती हूँ। वह मुझे अपने साथ घुमाता था, मेरे पट्टे को पकड़कर मेरे आगे-आगे चलकर। मैं अभी बड़ी होने की प्रक्रिया में थी इसलिए मेरा आकार अभी उतना भारी-भरकम नहीं हुआ था कि विभव से मैं सँभल न सकूँ। एकदम दोस्ताना व्यवहार था उसका मेरे साथ। मुझे पुचकारकर प्यार करता था। कभी-कभी आलिंगन में मेरे गले से लटक भी जाता था वह। मैं जरूर उसको गुजरे हुए बूजो की याद दिलाती होऊँगी। हालाँकि उम्र में वह अभी बच्चा ही था लेकिन मैं जरूर उसको किसी खोई हुई प्यारी चीज के फिर से पा जाने का एहसास कराती थी। यह सब देखकर बाबा को बहुत प्रसन्नता होती थी लेकिन दादी को यह सब फूटी आँख भी नहीं सुहाता था। वैसे मैंने सुन रखा था कि दादी जब तीपू के यहाँ जाती थीं तो वो बूजो को भले प्यार न करती हों लेकिन उसके साथ दुत्कार वाला बर्ताव तो उन्होंने कभी नहीं किया। शायद यह बहुत बड़ा अन्तर था माँ और बेटे के सम्बन्ध में और पति-पत्नी के रिश्ते में। बेटा जिस भी चीज को पसन्द करे उसके लिए अस्वीकृति का भाव कोई माँ शायद ही रख पाती है, खासकर जब

बेटा तीपू के जैसा हो कि माँ से अपनी बात को मनवाने के लिए उसके पास कई हथकंडों का विकल्प हुआ करता हो—कभी माँ से अपनी नाराजगी सख्त शब्दों में जाहिर करना तो कभी पुचकारकर, लम्बे-लम्बे तर्कों के माध्यम से अपनी बात के लिए माँ को मना लेना। आखिर क्यों ऐसा था कि बेटे द्वारा जो कुत्ता पाला गया था उसके लिए प्यार नहीं तो कम-से-कम स्वीकार का भाव दादी के मन में हुआ करता था लेकिन पति द्वारा जब मुझे पालने की कोशिश की गई तो उसके लिए इतना विरोध जताया दादी ने और इसका कुपरिणाम सबसे ज्यादा मुझे मेरे प्रति दादी की उदासीनता में झेलना पड़ा।

इस दौर में जब कुछ दिनों के लिए तीपू, सुचित्रा और विभव यहाँ छुट्टियों में आए, मुझे खूब प्यार मिला, इन तीनों से। तीपू मेरी ओर बड़े आकृष्ट हुए। मुझे लगा कि वे मुझसे एक हद से ज्यादा प्यार न करना चाहते थे क्योंकि उन्हें तो मुझे छोड़कर जाना ही था कुछेक दिनों बाद। ऐसा न हो कि उनके जाने के बाद मैं बहुत उदास हो जाऊँ और इस सबका खमियाजा बाबा को भुगतना पड़े। लेकिन मेरा भी मन मानता कहाँ था। उनके शरीर पर झड़पने, उछलने, कूदने का कोई मौका नहीं छोड़ती थी मैं। वे भी मुझे बड़ी आजादी देते थे लेकिन वैसी स्वच्छंदता नहीं जैसा मैं विभव के साथ बर्ताव में पाती थी। सुचित्रा का भी मेरे प्रति भाव प्यार और दुलार का ही हुआ करता था परन्तु एक सीमा के अन्दर। मुझे छूने और मेरी देह को सहलाने से वह ज्यादातर परहेज ही करती थीं। मुझे उनके ऊपर उछलने-कूदने की आजादी नहीं थी।

मेरे आनन्द के ये दिन जल्द ही समाप्त हो गए। दो सप्ताह की छुट्टी खत्म हो गई और विभव अपने माता-पिता के साथ वापस दिल्ली चला गया। मेरे ऊपर उदासी का आलम यूँ छाया कि दो दिनों तक मैंने कोई खाना-वाना नहीं खाया। बाबा बहुत मनाते रहे लेकिन मेरा मन तैयार ही नहीं हुआ कुछ भी करने को। मैं चुपचाप विभव जिस कमरे में नीचे सोता था वहीं जाकर बैठी रहती थी। मेरी तकलीफ को बाबा अच्छी तरह भाँप गए थे। दो दिनों तक मुझे अतिरिक्त लाड़-दुलार करते रहे। कोशिश करते रहे हर क्षण अपने आसपास ही रखने की। फिर भी दिन में मैं ऊपर उनके कमरे में नहीं गई। रात में चुपचाप ऊपर उनके कमरे में जाकर उनके बिस्तर के बगल में सो जाती थी। मेरी इन हरकतों से दादी का दिल एकदम नहीं पिघला।

कोई सहानुभूति या संवेदना उनके दिल में जगती भी होगी तो उसका इजहार तो वे कतई नहीं करती थीं। शायद वे अपना पक्ष कमजोर नहीं करना चाहती थीं।

इस पूरे प्रकरण से मैंने एक सीख ली। माधोपुर के इस घर में मुझे अपना जीवन व्यतीत करना है तो मुझे अपनी भावनात्मक परिधि को विस्तार देना होगा। सदाशयता, सहृदयता और लाड़-दुलार के और कोने ढूँढ़ने होंगे मुझे। इसके लिए बाबा के ऊपर एकांगी रूप से निर्भर रहना मेरे हित में नहीं था। माधोपुर के इस घर में और भी जीव थे जिनसे मैं अपना संसर्ग-सम्पर्क बढ़ा सकती थी। आधा दर्जन गायें थीं, खूँटों से बँधी। उनके आसपास बैठकर भी तो किसी तरह का सुकून पाया जा सकता था। जोगिन्दर थे जो वैसे भी कुछ समय मेरे साथ बिताने के लिए बराबर उत्सुक रहते थे। घर पर आने-जाने वाले लोग थे। क्यों मैं अपनी दुनिया को संकुचित कर रखूँ।

यहीं से मेरी एक नई सोच जारी हुई। जोगिन्दर के साथ मैं अपना सम्बन्ध बढ़ाऊँगी और घर पर आने-जाने वाले लोगों से भी मैं ज्यादा घुल-मिलकर रहूँगी। अपनी भावनात्मक जरूरतों के लिए एकमात्र बाबा के ऊपर अपनी निर्भरता को मैं समाप्त करूँगी। बाबा भी तो बीच-बीच में कुछेक दिनों के लिए बाहर चले जाते थे। उनकी अनुपस्थिति में मुझे अपना भावनात्मक सन्तुलन बरकरार रख पाना थोड़ा मुश्किल हो जाता था। हाल ही में बाबा दिल्ली गए थे तो उमंग और तीपू के यहाँ तकरीबन एक महीना बिताकर आए थे। इस दौरान मेरी देख-रेख की पूरी जिम्मेदारी जोगिन्दर पर थी। मेरे सखा और सहचर वही थे।

साहचर्य का अपना दायरा बढ़ाने का एक सीधा फायदा मुझे यह हुआ कि दरवाजे पर लोग जब आते थे तो उनके बीच की बातचीत सुनकर मुझे देश-दुनिया की भी खबर मिलने लगी। मैं चुपचाप लोगों के पास बैठकर बातें सुनती रहती थी।

विभव और उसके माता-पिता के छुट्टियों के बाद वापस जाने पर बाबा और दादी भी तो थोड़ा उदास हो गए थे। मैंने अपने दरवाजे पर आने वाले गाँव के लोगों की बातें सुनी तो फिर मुझे लगा कि जैसे हमारा घर खाली हो जाता है उसी तरह माधोपुर के कई घर अब ज्यादातर खाली ही रहने लगे हैं। गाँव के गाँव अब इस तरह के खालीपन को झेलने के लिए अभिशप्त हैं। माधोपुर और इसके आसपास के गाँव से पहले भी प्रवासी मजदूर गाँव से बाहर, दूसरे शहरों में जाते थे लेकिन ऐसे प्रवासियों में मजदूरों का बाहुल्य हुआ करता था। सामान्य मध्यवर्गीय परिवार

में ऐसा बहुत कम होता था। ज्यादातर परिवार के लोग किसानी करते थे या गाँव में ही छोटा-मोटा धन्धा करते थे और किसानी का काम पुश्त दर पुश्त से चला आ रहा था। लेकिन दो ऐसे बदलाव कालान्तर में हुए जिससे तथाकथित संयुक्त परिवार की मिथ्या भंग हो गई। पहला तो संयुक्त परिवार में सदस्यों की संख्या बढ़ने लगी तो आर्थिक दायित्व भी परिवार के मुखिया के ऊपर बढ़ने लगे। लोग अब सौ साल पहले की तरह तीस-चालीस की उम्र में नहीं मरते थे। औसत आयु बढ़ गई थी और शिक्षा ग्रहण में भी वृद्धि हो गई थी। लोग स्कूल-कॉलेजों में ज्यादा जाने लगे थे। थोड़ी सी भी उच्च शिक्षा प्राप्त करने के बाद अब कोई गाँव में रहना नहीं चाहता था। उसके लायक गाँव में नौकरियाँ भी नहीं थीं। जनसंख्या के अनुपात में अब नौकरियाँ भी घट रही थीं। सबसे बड़ी दिक्कत तो यह थी कि जो नौकरियाँ पढ़े-लिखे लोगों के लिए उपलब्ध भी थीं वे माधोपुर या मुजफ्फरपुर से दूर किसी अन्य शहर में या महानगरों में ही उपलब्ध हो पा रही थीं। बिहार में तो उलटा कल-कारखाने बन्द होने लगे थे। मुजफ्फरपुर में ही कुछ दशक पहले रेलवे वैगन बनाने की फैक्ट्री खुली थी—आर्थर बटलर एंड संस। इसमें माधोपुर के कई लोग काम करते थे। लोगों को आपस में बात करते हुए मैंने सुना कि अब यह फैक्ट्री किसी न किसी कारण से बन्द हो गई है। एक बार पहले भी यह फैक्ट्री बन्द हुई थी। कई महीनों तक बन्द रही। फिर जनता पार्टी की सरकार में जब जॉर्ज फर्नांडिस उद्योग मंत्री बने तो उन्होंने पहल करके इसको फिर चालू करवाया था। जॉर्ज इसी इलाके से संसद के लिए चुने गऐ थे। सुबह-शाम बजने वाला बटलर फैक्ट्री का भोंपू दूर तक कई किलोमीटर के दायरे में सुनाई देता था और इलाके की एक पहचान के रूप में माना जाता था। जॉर्ज इस पहचान की लोकप्रियता तथा बटलर कम्पनी द्वारा दिये जाने वाले रोजगार की क्षमता से वाकिफ थे। इसलिए बड़ी मशक्कत करके इसको बन्द होने से बचाया गया था। लेकिन बकरे की माँ आखिर कब तक खैर मनाती। एकाध दशक बाद स्थितियाँ फिर से उन हालातों में चली गईं कि कम्पनी का सरकारीकरण किए जाने के बावजूद उसे बन्द होने से नहीं बचाया जा सका। इसी तरह मशक्कत कर मुजफ्फरपुर में एक बड़े औद्योगिक क्षेत्र को विकसित करने का प्रयास किया गया। इस प्रयास को भी उस समय मात्र आंशिक सफलता ही मिल पाई। कुल मिलाकर रोजगार के स्थानीय अवसर कम होते जा रहे थे।

जाहिर था कि माधोपुर के मध्यवर्गीय परिवार में जिसने भी बी.ए., एम.ए. या कोई तकनीकी डिग्री हासिल कर लिया उसे तो बाहर जाना ही था।

लोग बतियाते थे कि देश के अन्य भागों में यहाँ के ही समान स्थिति न थी। कई बड़े शहर तो ऐसे हैं जहाँ परिवार का कोई लड़का या लड़की ऊँची पढ़ाई करता है तो उसको उसी शहर में नौकरी भी मिल जाने की पूरी सम्भावना होती है। कुछ ही दिनों पहले मैंने बगल के घर के हरि को सुना था बाबा को कहते हुए, "मेरे घर में तो अब हम लोग सब कोई, बाबा-दादी, पोता-पोती साथ ही रहते हैं। पता नहीं माधोपुर या मुजफ्फरपुर में ही रह जाते तो यह सुख प्राप्त हो भी पाता या नहीं।" "तुम्हारे घर में यह कैसे सम्भव हो पाया है, हरि? यहाँ गाँव में तो एक जेनरेशन से दूसरे जेनरेशन ही जाते-जाते घर खाली होने लगता है। मेरे ही घर में देखो न। कहाँ कोई अब स्थायी रूप से रहता है माधोपुर के इस घर में?" बाबा ने पूछा।

"चाचाजी आप इस बात को समझिए न कि मैं दक्षिण में जहाँ रहता हूँ, भले ही मेरी नौकरी छोटी ही थी, आपके बेटों की तरह कोई अफसर भी नहीं था मैं लेकिन वहाँ चले जाने से सबसे सार्थक उद्देश्य जो सिद्ध हो पाया वह यह था कि मेरे तीनों बच्चों की पढ़ाई अच्छी और सस्ते में हो गई। दो इंजीनियर हो गए और बेटी अब चार्टर्ड अकाउंटिंग पढ़ रही है। दोनों बेटे अब उसी शहर में नौकरी करते हैं। बेटी को भी कुछ न कुछ काम मिल ही जाएगा। यहाँ रहकर मुजफ्फरपुर या पटना में इंजीनियरिंग पढ़ते तो फिर नौकरी के लिए बंगलोर, बम्बई, दिल्ली में ही कहीं न कहीं जाना पड़ता। ठीक है कि हमारा घर बड़ा नहीं है लेकिन सारा परिवार तो एक साथ रहता है। बच्चे अच्छा करेंगे तो शायद घर भी बड़ा बन जाएगा।" हरि ने समझाते हुए यह बात कही।

"हमारे बच्चो में किसी को भी इंजीनियरिंग वगैरह पढ़ने का शौक नहीं था और हमने उनके लिए कभी कुछ तय नहीं किया था कि वे क्या पढ़ें। हाँ, अच्छे स्कूल में भेजने का जिम्मा अपने ऊपर उठाया था। उसके बाद उन्होंने अपने लिए जो भी तय किया उसमें मैंने कोई हस्तक्षेप नहीं किया। मेरी एक ही शर्त थी सबके लिए—जो भी करो अच्छा करो और पूरे प्रयत्न से करो।" बाबा ने भी अपनी बात रख दी।

"चाचाजी मैं तो कहता हूँ कि हमारे यहाँ के नेताओं की सोच इतनी बैकवर्ड नहीं होती तो हमारे यहाँ भी स्थितियाँ थोड़ी भिन्न होतीं और यहाँ के लोग उसका

भरपूर लाभ उठा सकते थे। जब दक्षिण के राज्यों में और महाराष्ट्र जैसे राज्यों में वहाँ के राजनेता पहल कर प्राइवेट इंजीनियरिंग और मेडिकल कॉलेज आदि खुलवा रहे थे या खुद खोल रहे थे तब तो पता नहीं हमारे यहाँ के लोग कौन से झगड़े में फँसे हुए थे कि उनका ध्यान विकास के इस आयाम की ओर गया ही नहीं। यह तो ऐसा कारोबार है जिसमें कोई सरकारी निवेश भी जरूरी नहीं है। निजी प्रमोटर लोग संस्थाएँ बना-बना कर देखिए आज अरबपति बने बैठे हैं। अपने राज्य के पता नहीं कितने हजार या लाख बच्चे इन कॉलेजों में पढ़ चुके या पढ़ रहे हैं। अब आप सोचिए चाचाजी, हमारी अर्थव्यवस्था से कितना सौ-हजार करोड़ रुपया इन राज्यों की अर्थव्यवस्था में जा रहा है।"

"बात तो तुम ठीक ही कह रहे हो हरि। मैंने भी तो उम्मीद लगाई थी कि रिटायरमेंट के बाद अपने सहकर्मियों की तरह किसी शहर में न तो मकान बनाऊँगा और न शहर में रहूँगा। मैं सोचता था कि अन्य विकसित जगहों की तरह हमारे यहाँ भी विकास होगा तो धीरे-धीरे गाँवों में भी सभी जरूरी सुविधाएँ प्राप्त हो जाएँगी। शहर में जाकर बसने से क्या फायदा? अपने घर, खेत-खलिहान और बाग-बगीचे से दूर। कहीं तो एक तरफ बड़े शहरों के लोग अब वहाँ से बाहर आकर गाँवों में जमीन खरीदकर फार्महाउस बना रहे हैं और एक हम हैं कि अपनी जमीन और अपनी खेती होते हुए इसका कोई मोल नहीं समझते हैं।" बाबा ने अपना तर्क दिया।

"चाचाजी, इन फार्महाउसों का मोल भी सिर्फ इसलिए है क्योंकि ये बड़े शहरों के नजदीक अवस्थित हैं। वरना इनकी कोई अलग से पूछ कहाँ होती। हमारा शहर भी समय के साथ-साथ विकसित होता, बड़ा होता तो यहाँ भी परिस्थितियाँ भिन्न स्वरूप में उभरकर आतीं।" हरि ने अपनी बात को आगे बढ़ाते हुए कहा। "अपने यहाँ तो कोई नए उद्योग और कल-कारखाने तो लगे नहीं तो यहाँ क्या विकास होगा?" बाबा ने पूछा।

"चाचाजी, अब वह जमाना गया जब केवल कल-कारखानों और उद्योग के ही माध्यम से विकास होता था। अब सारा गणित बदल चुका है लेकिन हमारे यहाँ के नेता लोगों को अभी तक होश नहीं आया। पहले सामाजिक न्याय की लड़ाई लड़ेंगे तब विकास के लिए। उन्हें कौन समझाए कि अगर विकास ही न होगा तो क्या हम भुक्खड़ों के बीच ही सामाजिक न्याय कर सन्तोष कर लेंगे? सिंगापुर का

विकास कोई कल-कारखानों से थोड़े ही हुआ है? सही संस्थानों को सही समय पर और सही जगह खड़ा करने से विकास की कुंजी खुलती है।" ऐसा लगा जैसे हरि ने अपनी पूरी बौद्धिक शक्ति के साथ बाबा को यह तर्क पेश किया हो।

बाबा को हरि के तर्कों में कोई खास दिलचस्पी नहीं थी। वे तो सिर्फ इतना जानते थे कि उन्होंने अपनी जिन्दगी की राह कमोबेशी पूरी कर ली है और अब बाहर की दुनिया में, समाज में क्या घट-बढ़ रहा है उससे उनको अब कोई सीधा वास्ता नहीं रहा। उन्होंने सभी परिजनों, पत्नी और बाल-बच्चे सहित, से थोड़ी दूरस्थ एक अपनी अलग दुनिया बना रखी थी जिसके अभिन्न अंग थे उनकी गायें, उनकी कुतिया मैं और उनके पेड़-पौधे। मैंने बाबा को अकसर सुना था लोगों को कहते हुए कि सत्तर की उम्र पार करने के बाद तो आदमी को आध्यात्मिक सुख की ही तलाश करनी चाहिए और इस आध्यात्मिक सुख को तलाशने का ही जरिया था योग जो बाबा नियमित रूप से पिछले पैंतालीस वर्षों से करते आ रहे थे।

"चाचाजी, सुना है आप भी एक या दो महीने के लिए अपने बेटों के यहाँ जा रहे हैं? गाँव के लोगों के दूध की सप्लाई में कोई बाधा तो नहीं आएगी आपकी अनुपस्थिति में? गाँव के लोगों को इतना भरोसा है आपकी गायों के दूध पर।" हरि ने मौका देखकर पूछ लिया। उसके बूढ़े पिता, जो गाँव में ही रहते थे, का रात का प्रिय भोजन था दूध-रोटी जिसके लिए दूध बाबा के यहाँ से ही जाता था।

"नहीं, कोई दिक्कत नहीं और ऐसा सोचते भी क्यों हो तुम? जोगिन्दर और उसके सहायक लोग तो हैं ही। हिसाब-किताब रखने के लिए तो घर में तुम्हारी चाची हैं ही। मेरे बेटे तीपू ने दिल्ली में एक लैब्राडोर पाल रखा है बहुत मन है उसको भी जाकर देखने का। मेरी लोरा से दो साल छोटा है। बहुत तारीफ सुनता हूँ उसकी। इसलिए मन बहुत करता है।" बाबा ने हरि को आश्वस्त करते हुए कहा।

मैंने जब बाबा को यह कहते हुए सुना कि वे एक या दो महीनों के लिए बाहर रहेंगे, अपने बेटों के पास तो मेरा मन तो झन्ना गया। क्या जरूरत है बाबा को इतना लम्बा जाने के लिए? अभी पिछले ही साल तो गए थे तो एक पूरा महीना रहकर आए थे तीपू और उमंग के यहाँ दिल्ली में। उसके कुछ ही महीने बाद तो फिर वीनू के यहाँ चले गए यह कहते हुए कि थोड़े दिन वीनू के यहाँ से पहाड़ों पर चले जाएँगे, हिमाचल में डलहौजी और धर्मशाला के हिल स्टेशनों पर। वे जब

चले जाते हैं तो कैसा एकाकीपन मुझे झेलना पड़ता है मैं ही जानती हूँ। दादी को तो कोई मतलब नहीं है कि मैं जीवित हूँ या मर गई। सिर्फ मेरे कटोरे में दूध-भात रख देने तक अपनी जिम्मेदारी समझती हैं। आखिर बेचारे बाबा को हिम्मत ही नहीं हुई मुझे मांसाहारी भोजन देने की। लेकिन खैर मुझे बहुत मलाल नहीं इस बात का क्योंकि मुझे दूध-दही की कभी कमी नहीं होती है। भरपेट खाने-पीने को मिलता है। मैं अपने एकमात्र सखा और सहचर जोगिन्दर के साथ ही अपना काम चला लेती हूँ। वैसे मैंने देखा है कि भले ही बाबा की तरह बोलकर-बतियाकर और जोर-जोर से पुचकारकर करने वाला प्यार जोगिन्दर न करते हों मुझे लेकिन उनके दिल में मेरे लिए बहुत जगह है। मेरी काफी कुछ चिन्ता रहती है उन्हें और वे दादी से बराबर मशविरा भी करते रहते हैं कि मुझे समय पर चीज़ें मिलीं या नहीं, भले ही दादी मेरी तरफ पूरी उदासीनता का ढोंग करती हों। मुझे मालूम है कि मेरे लिए भी एक साँस धड़कती है उनके दिल में। जो व्यक्ति सभी जीवों के प्रति इतनी दयालुता का बर्ताव करता हो भला वह कैसे एक अकेला मुझसे यह अजूबा-सा व्यवहार कर सकता है। उनके अपने इतिहास में श्वान प्रेम का उदाहरण है—लेडी के जीवन काल में—तो कैसे एकाएक मेरे प्रति उनके दिल में तनिक मात्र भी अनुराग नहीं रहेगा। मैं तो एक माध्यम बन गई हूँ उनके द्वारा बाबा के नजरिये का प्रतिरोध करने का। मुझे पूरा विश्वास है कि मेरे लिए, सिर्फ मेरे लिए अलग से उनके दिल में कोई नफरत जैसी चीज नहीं है। इसलिए आजकल मैं भी कोशिश करती हूँ कि जब भी दादी के पास से गुजरूँ तो अपनी पूँछ को हिलाते हुए अपने शरीर से ऐसी मोहक हरकतें करूँ कि उनका दिल पसीज जाए और वह भी मेरी तरफ प्यार करने के लिए हाथ बढ़ाएँ। मेरे इन प्रयासों को कभी-कभी आंशिक सफलता भी मिल जाती है।

मुझे कभी-कभी आश्चर्य भी होता है कि वैसे तो गाँव के लोग और अन्य सगे-सम्बन्धी दादी को दयालुता की प्रतिमूर्ति मानते हैं लेकिन मेरे मामले में पता नहीं क्यों दादी अपनी सोच से जरा-सा भी टस से मस नहीं हो पा रही हैं। ये तीन-चार वर्षों के अन्तराल में मुझे अब समझ आने लगा है कि दादी की किसी धार्मिक भावना को तो कोई आघात नहीं पहुँचता है मेरे घर में होने से तो दादी का पूरा प्रयास केन्द्रित है सिर्फ और सिर्फ बाबा को यह बतला देने में कि अब वह अपनी मनमानी नहीं चला सकते। सम्भवतः बहुत कुछ ऐसा हुआ होगा दादी और बाबा के बीच में

जिससे उनके बीच के रिश्तों में गाँठ की तरह उभरकर आया होगा और कालान्तर में जटिल होता गया होगा। मुझे तो नहीं समझ में आता है कि क्या है ऐसा लेकिन एक बात तो समझ में आती है कि बाबा कभी-कभी महत्त्वपूर्ण मामलों में भी दादी से मशविरा नहीं करते थे और यह बात खासकर उम्र के इस पड़ाव पर दादी को नागवार गुजरने लगी है।

मैं तो नहीं जानती कि दादी और बाबा के बीच क्या हुआ होगा जिससे उनके रिश्ते में इस पड़ाव की पृष्ठभूमि तैयार हुई लेकिन इतना तो तय है कि कुछ न कुछ हुआ होगा। खैर! मुझे तो सिर्फ इस बात से मतलब है कि इस बड़े घर में जब बाबा न रहते हैं तो मुझे ऊपर के हिस्से में जो झेलना पड़ता है वह न झेलना पड़े। अकेलापन और आजादी के बीच एक बहुत हल्की-सी सीमा रेखा है जब आपको सुबह में कोई उठने को न कहे या यूँ कहिए कि आपको सुबह में उठानेवाला कोई न हो, जब शाम को आपके लिए कोई इन्तजार न करता हो और आपको जो मन में आए आप कर सकते हैं, चाहे छत पर इधर से उधर घूमना हो या यूँ ही निष्क्रिय तौर पर बैठे रहना हो तो ऐसी स्थिति को आप क्या कहेंगे—आजादी या अकेलापन? बाबा की अनुपस्थिति में मुझे इसी द्वंद्व का सामना लगातार करना पड़ता है क्योंकि दादी तो मेरी तरफ छत पर झाँकने तक नहीं आती हैं—दिन हो या रात हो—और जोगिन्दर का अपना दायरा है जिसमें वे नीचे रहते हैं, मुझसे अगल-थलग। मेरे लिए उनके जेहन में भी मर्म सिर्फ इसलिए है क्योंकि उन्हें लगता है कि बाबा की अनुपस्थिति में मेरा अकेलापन गहरा जाता है। मेरे प्रति उनके मन में दया जाग उठती है वैसे ही जैसे किसी अनाथ बच्चे के लिए किसी मनुष्य के मन में संवेदना कुलबुलाती है। यही सब कारण है कि मुझे बाबा का लम्बे समय के लिए बाहर जाना कभी अच्छा नहीं लगता है।

इस बार जब बाबा दिल्ली गए तो पता चला कि तीपू उन्हें अपने साथ खान मार्केट ले गए थे, कुत्तों के सामानों की बड़ी प्रसिद्ध दुकान है वहाँ। मुझे आश्चर्य लगा कि बाबा ने अपने से यह पहल कैसे कर ली। तो बाद में पता चला कि तीपू के यहाँ लैब्राडोर मार्क भी अब वयस्क हो चला था। मार्क को विभव के आग्रह और,

यूँ कहिए कि जिद पर लाया गया था। एक दिन तो उसने अपने माँ-बाप को यहाँ तक कह दिया था कि अगर उसके लिए दो सप्ताह की अवधि के अन्दर कुत्ता नहीं लाया जाता है तो वह स्कूल जाना बन्द कर देगा। विभव उस समय पाँचवीं क्लास में था। इस प्रकार से मार्क के आने का अंजाम यह हुआ कि वह न सिर्फ विभव बल्कि उसके पापा यानी तीपू का भी दुलरुआ हो गया और उसकी माँ को तो मौका मिल गया था बूजो की उनके द्वारा की गई उपेक्षा का प्रायश्चित्त करने का। अब तो ऐसा लगने लगा था कि मार्क के प्रति सबसे ज्यादा समर्पण भाव सुचित्रा का ही हो गया था। अपने साथ सुलाने के अलावा एक हद से बढ़कर उसे दुलार करने लगी थीं वो। तो इसी मार्क को लेकर खान मार्केट की इस दुकान की खोज की गई थी।

तीपू की पहल पर ही सही बाबा ने मेरे लिए खान मार्केट की इस दुकान से एक बड़ा सुन्दर सा पट्टा, एक कॉलर और जाड़े में पहनने के लिए हरे और लाल रंग का ऊनी कोट खरीदा और एक महीने के अन्तराल पर वापस माधोपुर आए तो उन्होंने इन सब वस्तुओं का प्रदर्शन मेरे प्रति अपने वात्सल्य के इजहार के लिए बखूबी किया। खान मार्केट में ही एक प्रसिद्ध किताब की दुकान है—बाहरी एंड संस—जहाँ से तीपू ने बाबा को लैब्राडोर और डाबरमैन नस्लों के बारे में सुन्दर चित्रों से भरपूर किताबें भी खरीदवाईं। ये सब तो बाबा के मन को पसन्द आने वाली बातें थीं। खुद मैं तो खुशी से फूले न समाती अगर मेरे पास विश्वास करने का कारण होता कि ये सारी मोहक वस्तुएँ बाबा ने अपनी तरफ से पहल करके खरीदी हैं। लेकिन चूँकि बाबा के ही बयान और बखान से मुझे वास्तविकता पता चल गई थी—कि इस पूरे प्रकरण में पहल तीपू की थी—इसलिए मुझे थोड़ी निराशा तो जरूर हुई लेकिन मुझे एक अत्यन्त महत्त्वपूर्ण सूत्र भी इस प्रकरण से मिला। ये सूत्र यह था कि मुझसे हजार किलोमीटर से ज्यादा दूर बैठे किसी व्यक्ति के दिमाग में अगर यह खयाल आया कि मेरे लिए कुछेक उपयोगी चीजें खरीदकर बाबा के माध्यम से भेजना चाहिए तो इसका मतलब है कि उसके दिल में जरूर मेरे लिए कुछ विशेष जगह तो होगी। यह उसके मेरे प्रति सहानुभूति और संवेदना से जरूर आगे की कोई भावना है जो उसको प्रेरित कर रही है ऐसा करने के लिए। श्वान प्रेमी तो वह है ही, इतना तो निश्चित है। नहीं तो बूजो के गुजर जाने

के बाद फिर दूसरा लैब्राडोर (मार्क) आखिर वह क्यों रखता। लेकिन मेरे लिए ऐसा कुछ करना, जो उसने किया, उसके दिल में मेरे लिए किसी विशिष्ट भावना का संकेत देता है। क्या हो सकती है यह भावना? मैं उसके पिता की प्रिय पात्र हूँ, यह बात भी स्पष्ट नहीं कर पाती है उसके इस कृत्य को। जरूर कोई बात है जो मुझे समझ नहीं आ पा रही है। उसे माधोपुर आए हुए दो साल से अधिक हो गए थे। मेरा मन अब बड़ी बेसब्री से उसके माधोपुर आगमन का इन्तजार करने लगा, चाहे वह जब भी हो।

कौतूहल, अपेक्षा और आशाओं का रेलमपेल कभी-कभी किसी को भी जरूरत से ज्यादा परेशान कर सकता है। मैं अधीर हो उठी थी इस व्यक्ति—तीपू—से मिलने के लिए। वैसे देखा तो मैंने इन्हें बचपन में भी था लेकिन उसकी स्मृतियाँ अब क्षीण हो चली थीं। मेरे मन में कौतूहल था इस बात का कि बाबा के इस बेटे के लिए मेरा होना आखिर क्या मायने रखता है। और बेटों के लिए तो मैं कोई मायने नहीं रखती हूँ, इतना मैं जानती हूँ। मेरी अपेक्षा थी कि जब भी वे आवें और मुझसे मिलें तो मुझे यह एहसास करा पावें कि बाबा के अलावा भी कोई ऐसा व्यक्ति है जो मुझसे अन्तर्मन से प्रेम करने की इच्छा रखता है। मुझे पूरी आशा थी कि बाबा का यह बेटा मेरी अपेक्षाओं की कसौटी पर खरा उतरेगा। जब-जब बाबा लम्बे समय के लिए माधोपुर के घर से बाहर गए हैं, तब-तब मेरे लिए यहाँ पर भावनाओं का एक बियाबान-सा फैल जाता है। अपनी सारी धार्मिकता के बावजूद दादी की मेरे प्रति उदासीनता तो इस बियाबान का महज एक कोना भर है। अब आप ही सोचिए, घर में रखने और तथाकथित रूप से पालतू बनाने के नाम पर मुझे अपनी प्रजाति से अलग कर दिया गया। मेरा अपना कोई अस्तित्व नहीं रहा। मुझे भी तो आखिरकार मन होता है कि बाबा के अलावा मेरा कुनबा हो जो मुझे अपने में लिपटाकर रखे, जिसके बीच होकर मुझे जीवन की कोमल भावनाओं का एहसास हो पाए और जिसके साथ मैं अपना सुख-दुख बाँट पाऊँ। बाबा की अनुपस्थिति में जिस प्रकार का खालीपन और अकेलापन मुझे झेलना पड़ता है वह न झेलना पड़े।

आखिर वह दिन आ ही गया जिसका मुझे इन्तजार था। दो सप्ताह की छुट्टियों में तीपू अपने माँ-बाप से मिलने माधोपुर आए। उनके घर में प्रवेश करते ही लगा जैसे उमंग और ऊर्जा की एक लहर-सी मेरे शरीर में दौड़ गई। मैं तो उछल पड़ी

और तीपू के शरीर पर कूदने के लिए बेताब हो गई। आशातीत तौर पर उन्होंने मुझे झुककर गले लगाने का प्रयास किया, मेरी पीठ को सहलाने की कोशिश की। मैं तो इतनी अधिक आनन्दित और आह्लादित हो गई कि मैंने अपना संयम खो दिया। आह्लाद में मन्द क्रन्दन करना शुरू कर दिया, यहाँ तक कि उछलकर तीपू के मुँह को भी चाट लेने का प्रयास किया मैंने। लेकिन मेरी इन सारी हरकतों से तीपू थोड़ा भी अप्रसन्न होते नहीं दिखे। दादी यह सब देख रही थी और उन्हें मेरी हरकतें जरा भी रास नहीं आ रही थीं। थोड़ा चिढ़ भी रही थीं दादी। बाबा उलटे प्रसन्न हो रहे थे। उनके लिए तो यह एक तरह से तस्दीक था उनके इस विश्वास का कि उनकी तरह ही उनके बेटे से भी मुझे प्यार मिलने की सम्भावना प्रबल थी।

उस दिन, जिस दिन तीपू माधोपुर आए थे, मुझे इतना प्यार और दुलार मिला जितना मुझे अब तक कभी नहीं मिला था, बाबा से भी नहीं। इस दुलार के प्रवाह में मैं भी बहक गई और रात के वक्त मैंने निर्णय किया कि बाबा के ऊपर वाले कमरे के बजाय नीचे तीपू के कमरे में ही सोऊँगी। मैंने बाबा को ठेंगा दिखा दिया और नीचे आकर तीपू के पलंग के नीचे अपना आसन जमा लिया। बाबा ने थोड़ी कोशिश भी की मुझे अपने साथ ऊपर के कमरे में ले जाने की, लेकिन मैंने धीमे-धीमे गुर्राकर अपने इरादे को स्पष्ट कर दिया। बाबा मनोवैज्ञानिक थे, समझ गए कि अभी बच्चा एकदम मूड में नहीं है उनकी बात सुनने के। विद्रोह की सम्भावना प्रबल हो सकती है। वे चुपचाप मुझे वहाँ छोड़कर ऊपर चले गए। शायद यह पहली रात थी जब बाबा के घर में रहते मैंने उनसे अलग रात बिताई थी। बाबा को थोड़ा खराब तो जरूर लगा होगा मेरी बेवफाई के इस कृत्य को देखकर लेकिन शायद थोड़ा अच्छा भी लगा होगा, खासकर मेरी तरफ से सोचकर कि मेरे जीवन में थोड़ी विविधता आ रही है। मैं मात्र उन्हीं पर निर्भर नहीं रहूँगी भावनाओं के आश्रय के लिए। बेशक दादी को तो कतई अच्छा नहीं लग रहा होगा यह सब घटनाक्रम, लेकिन उनकी हिम्मत नहीं थी तीपू से कुछ भी इस बारे में कहने की। दादी को डर लगता था तीपू की उबाल पर आ जाने वाली अवस्था से। पहले बूजो और बाद में मार्क के साथ उनके लगाव और प्यार को उन्होंने देखा था। इसलिए दादी जानती थीं कि तीपू के श्वान प्रेम की किसी हरकत पर प्रश्न खड़ा करना उनके क्रोध को निमंत्रण देना जैसा था।

मैंने सुन रखा था कि तीपू जब भी गाँव आते थे तो सुबह या शाम या कभी-कभी दोनों वक्त लम्बा टहलने के लिए निकलते थे। इस क्रम में वे कभी-कभी अगल-बगल के गाँवों का भी चक्कर लगाते थे। गाँव के दो या तीन उनके प्रिय चचेरे भाई लोग या कुछ अन्य लोग भी उनके साथ होते थे। तीपू के मॉर्निंग वाक का एक जोड़ा जूता बराबर माधोपुर में रखा रहता था। वे जैसे ही सुबह में जूता पहनकर तैयार हुए मैं उनके बगल में आकर खड़ी हो गई और आनन्द का मन्द क्रन्दन करना शुरू कर दी। तीपू ने मेरा इरादा समझ लिया और उन्होंने मेरे गले में पट्टा डाल दिया। बाबा ने उन्हें बता दिया कि मुझे बाँधकर ले चलने की जरूरत नहीं थी क्योंकि मैं बातों को (कमांड को) भलीभाँति समझती थी और अक्षरशः पालन करती थी। फिर क्या था। मैं निकल पड़ी अपने नए हमदम के साथ खुली हवा में विचरण के लिए। जरा भी इधर-उधर नहीं जा रही थी मैं। मुझे इस बात का ध्यान था कि मेरी हरकतों से उन्हें जरा भी चिढ़ न हो, उन्हें लगे कि बाबा ने मुझे अच्छी ट्रेनिंग दी है। टहलने के दौरान तीपू कई लोगों के दरवाजे पर रुकते थे प्रणाम-पाति के लिए और कभी-कभी थोड़ा गप-शप के लिए भी। मेरी विशाल काया को देख बच्चे रास्ता से भाग लेते थे किन्तु बड़े लोगों को मालूम था कि बिना किसी के उकसावे के मैं कभी भी किसी को चोट नहीं पहुँचाती थी। इलाके में मेरा नाम था, ठीक वैसे जी जैसा तीन दशक पहले बाबा की प्रिय कुतिया लेडी का नाम था।

तकरीबन एक-डेढ़ घंटे के इस आनन्ददायी विचरण के बाद हम घर लौटे और तब फिर तीपू ने अपनी देख-रेख में मेरा नाश्ता करवाया। मुझे इस बात से बहुत आनन्द आ रहा था कि दादी को तीपू जो भी बोलते थे करने के लिए वह बिना चूँ तक किए हुए कर रही थीं। इसके बाद तीपू घर में जहाँ होते थे मैं वहीं होती थी चौबीसों घंटे। माधोपुर के घर का बाहरी कमरा, जो एक तरह से ड्राइंग रूम था, ही वह जगह थी जहाँ तीपू दिन का ज्यादा समय कुछ पढ़ते हुए या फिर लोगों से मिलते हुए बिताते थे। कमरा हॉलनुमा था, काफी बड़ा और एक बड़ा सा डाइनिंग टेबुल भी था यहाँ, जिस पर बैठकर परिवार के लोग भोजन करते थे और भोजन के बाद लम्बी गप-शप। मैं लगातार यहाँ बैठी रहती थी। बाबा के प्रति मेरी उपेक्षा का भाव तो जरूर उन्हें सुहाता नहीं रहा होगा लेकिन बेचारे करते

भी क्या, अब अपने बेटे से प्रतिस्पर्धा का भाव तो नहीं रख सकते थे मुझसे प्यार और दुलार के मामले में।

इसी छुट्टी के दरम्यान एक दिन तीपू ने विशुनपुर जाने का प्रोग्राम बनाया। उनकी पुरानी वाली कार अब माधोपुर में ही रहती थी। उनकी हरकतों से मुझे आभास हो गया था कि वे कहीं बाहर जा रहे हैं। मैंने घर के भीतर-बाहर छलाँग लगाना शुरू कर दिया यह जताने के लिए कि मैं भी तैयार हूँ जाने के लिए। लेकिन तीपू के प्लान में मैं थी नहीं। तीपू और उनके साथ जाने वाले दो और लोग जैसे ही गाड़ी में बैठे तो मैं गला फाड़कर रोने लगी। मुझे ड्राइंग रूम में बन्द कर दिया गया तो मैं जँगले के ऊपर पैर रखकर बाहर झाँकने लगी और मेरा हृदय विदारक क्रन्दन जारी रहा। तीपू को यह सब देखकर शायद दया आ गई। शायद उन्हें यह समझ आ गया कि मुझे यह सुबहा हो गया है कि वे मुझे छोड़कर अब वापस अपने घर चले जाएँगे। मैं इसके लिए तैयार नहीं थी। गाड़ी से उतरकर तीपू कमरे के अन्दर आए। मुझे पट्टे से बाँधकर बाहर ले गए और गाड़ी की पीछे वाली सीट पर मुझे बिठा दिया। तब जाकर मैंने सुकून की साँस ली। मेरे लिए विश्वास करने का कारण बना कि तीपू मुझे छोड़कर नहीं जा रहे हैं। इतना ही नहीं, पूरे अदब और तमीज के साथ मैं सीट पर बैठी रही और एक घंटे का सफर कार में बैठकर पहली बार जिन्दगी में मैंने तय किया। विशुनपुर पहुँचकर मुझे खेतों में घूमने के लिए खुला छोड़ दिया गया। बहुत देर तक तो मैं आह्लाद में खेतों के बीच इस पार से उस पार कुलाँचे भरती रही। जब थक गई तो आकर फिर तीपू जहाँ बैठे हुए थे वहीं बैठ गई। तीपू ने खेतों और बगीचे का मुआयना करने के बाद वापस जाने की तैयारी की तो मैं बिना किसी के कहे कार का दरवाजा खुलते ही अन्दर सीट पर बैठ गई। हम माधोपुर वापस आ गए। अब तो यह तय हो गया कि तीपू जब भी बाहर जाएँगे, जहाँ भी जाएँगे तो मैं साथ जाऊँगी और हुआ भी ऐसा ही। लेकिन पलक झपकते तीपू के वापस जाने का दिन आ गया। दो सप्ताह का समय कैसे निकल गया मुझे पता ही नहीं चला।

मुझे पूरा विश्वास है कि माधोपुर छोड़कर जाने में तीपू का भी मन थोड़ा तो जरूर दुखी होता होगा। आखिरकार माँ-बाप को छोड़कर जाने में किसी भी सभ्य इनसान को बुरा लगता ही होगा लेकिन मेरे लिए यह सबसे दीगर प्रश्न था कि

मुझे छोड़कर जाने में उन्हें कितना दुःख हो रहा था। इसका अनुमान लगाने में मैं अपने-आपको फालतू में नहीं घसीटना चाहती थी।

तीपू माधोपुर से वापस दिल्ली क्या गए, मुझे तो लगा मेरी दुनिया ही चकनाचूर हो गई हो। दो दिनों तक मैंने कुछ भी नहीं खाया। बाबा बुलाते रहे, मनाते रहे लेकिन मैं टस से मस नहीं हुई। मैं लगातार तीपू जिस बेड पर सोते थे उसी के नीचे दुबकी रही। लेकिन इस सब के बीच दादी एक बार भी मुझे बुलाने नहीं आईं। इस बात का मुझे सच में बहुत बुरा लगा। दादी से बेहतर इनसान तो मुझे जोगिन्दर लगे। बेचारे मुझे मनाने-बुलाने के प्रयास में बाबा का साथ तो देते थे कम-से-कम। लेकिन तकरीबन बहत्तर घंटे के बाबा और जोगिन्दर के समवेत प्रयास को मैंने विफल बना ही दिया। मैं बाहर तो तभी निकली जब भूख और प्यास की मार मेरे लिए असहनीय हो गई।

मेरे इस पूरी तरह अहिंसक प्रतिरोध का एक परिणाम यह हुआ कि दादी का मेरे प्रति उपेक्षापूर्ण बर्ताव के विरोध में बाबा का प्रतिरोधी रवैया थोड़ा मुखर हो गया। दादी और बाबा के बीच में, जैसा कि आप सब जानते हैं, पिछले तीन वर्षों से बातचीत तो बन्द थी लेकिन अब बाबा, जब कभी मौका मिलता था, मेरे प्रति बरती गई उपेक्षा के बारे में कुछ-कुछ भुनभुनाते रहते थे ताकि दादी सुन सकें। घर के वातावरण का मेरे कारण इस प्रकार विषाक्त हो जाना मुझे तो थोड़ा भी अच्छा नहीं लगता था। मैं तो यही चाहती थी कि मेरे कारण बाबा और दादी के रिश्ते में जो गाँठ पड़ गई थी वह किसी तरह खुल जाए। लेकिन इसमें मेरी तरफ से क्या पहल हो सकती थी। बाबा तो मेरी भाषा और भाव-भंगिमा को थोड़ा बहुत समझते भी थे लेकिन दादी तो मुझे समझने का प्रयास तक नहीं करती थीं। उनसे मैं अपने लिए अनुकम्पा का भाव के अलावा और कुछ नहीं माँगती थी। ऐसे में मेरे लिए दादी और बाबा के बीच के सम्बन्ध में किसी प्रकार का हस्तक्षेप तो सम्भव ही नहीं था। मेरे अनुमान में सिर्फ एक ही व्यक्ति थे जिनका इस मामले में किसी प्रकार का सार्थक योगदान हो सकता था और वह थे मेरे तीपू। काश कि वे माधोपुर में लम्बा रहते होते।

माधोपुर के घर में बाबा के बेटों का साल में कम-से-कम एक बार तो आना होता ही था। मेरा तीपू के अलावा किसी और बेटे के आने का वैसा कोई इन्तजार नहीं रहता था। हाँ, यह जरूर था कि बाकी दोनों बेटों के भी आने से घर गुलजार रहता था। खासकर उमंग की जड़ें तो मुजफ्फरपुर में जमी हुई थीं। उनसे मिलने-जुलने काफी लोग आते थे। लेकिन प्रायः इन लोगों में मेरी कोई रुचि नहीं होती थी और न उनकी मेरे में। हाँ, मुझे सब लोग जरा सम्मान की दृष्टि से जरूर देखते थे क्योंकि एक तो मेरा कद और कलर ऐसा था कि सम्मान का कोई विकल्प सामने वाले के लिए नहीं छोड़ता था। दूसरा यह कि मैं बाबा की दुलारी थी और सब लोग इस बात से वाकिफ होते थे।

तीपू ने बाबा को इस वर्ष गर्मी की छुट्टियों में आने का कह रखा था। मैं बेसब्री से गर्मियों का इन्तजार कर रही थी। माधोपुर के घर में कुछ महीने पहले ही फोन लगा था। इलाके में नई टेलीफोन लाइन बिछी थी। मैंने सुन रखा था कि कोई सैम पित्रोदा नामक व्यक्ति अपने कार्यों से एक दूरसंचार क्रान्ति, खासकर देश के ग्रामीण इलाकों में, लाने की कोशिश कर रहा था, उसी के फलस्वरूप माधोपुर में भी अब टेलीफोन लाइन का विस्तार सम्भव हो पाया था। हालाँकि जब तक यह माधोपुर आया तब तक देश में मोबाइल फोन का प्रचार भी बड़ी तेजी से होने लगा था। एक दिन जब ड्रॉइंग रूम में रखे टेलीफोन की घंटी बजी तो बाबा कहीं आसपास से दौड़े आए उसको उठाने के लिए। मैं बरामदे में बैठी यह सब देख रही थी। बाबा ने जैसे ही बात करनी शुरू की मैं समझ गई यह तीपू का फोन था। मुझे कुछ बुरी खबर का अन्देशा हो गया।

दरअसल, बाबा को तीपू ने बताया कि कश्मीर के कारगिल इलाके में कुछ पाकिस्तानी घुसपैठिये आ गए थे और अब उनको वहाँ से निकाल बाहर करने के सिलसिले में देश की सेना लगी हुई थी। तीपू रक्षा मंत्रालय के ही एक महत्त्वपूर्ण अधिकारी थे। उनकी छुट्टी रद्द कर दी गई थी, इसलिए उनका आना अब सम्भव नहीं था। यह जानकर तो मेरे दुःख का पारावार ही नहीं रहा। अब पता नहीं उनका आना कब होगा। वैसे तो बाबा मुझे किसी चीज की कमी नहीं होने देते थे, बहुत प्यार करते थे लेकिन जो उष्मा तीपू के प्यार में मुझे मिलती थी वैसी ऊर्जा औ उष्मा अब बाबा अपनी सत्तर से अधिक की उम्र में कहाँ से ला सकते हैं। एक

अन्तरंगता से लबरेज देखभाल भले ही बाबा करते थे लेकिन देखभाल और विशुद्ध प्रेम के बीच एक धूमिल-सी रेखा है। तीपू उस रेखा को बराबर पार करते थे। बिना गरज का, एकदम विशुद्ध प्रेम था उनका।

अपने नैराश्य के आलम में मैं बहुत कुछ सोचती रहती थी ताकि मेरा ध्यान मेरी उदासी से हट सके। सोचने के क्रम में बार-बार एक प्रश्न वापस आता था मेरे मन में। प्रश्न था कि बाबा और दादी के बीच जो खटास उभर गई थी वह आखिर क्यों। क्या इसकी व्याख्या सिर्फ मेरे आने से सम्भव थी? इस पहेली से बराबर जूझती रहती थी। मुझे यह बात तो समझ में आती थी कि मेरा इन दोनों के जीवन में खलल मचा देने के पहले की भी पृष्ठभूमि रही होगी जिसने जमीन तैयार की होगी। लेकिन आखिरकार ऐसा हुआ क्या था? मुझे लगता है कि यह किसी एक या दो घटना का परिणाम न होकर एक लम्बे अरसे के दरम्यान बाबा का दादी के प्रति रवैया का फल होगा। पित्तृसत्तात्मक संस्कृति की गिरफ्त में इस समाज में यह आम बात है—पति का पत्नी की बातों को महत्त्व न देना, यह मानकर चलना कि वह जो सोचते हैं या करते हैं वही सही है। दिक्कत यह है कि दोनों व्यक्ति अपने पारस्परिक व्यवहार में कभी भी आक्रामक या अभद्र नहीं होते थे और शालीनता के आवरण में कई सारे गिले और शिकवे गड़े रह जाते थे। दोनों के प्रतिकार अथवा प्रतिरोध का तरीका एक ही था—यकायक चुप हो जाना और कभी-कभी कुछ समय के लिए बातचीत को एकदम बन्द कर देना। मेरे आगमन से जो हुआ था वह ऐसी ही भावनाओं का संचित प्रभाव था। इस मामले में मेरे द्वारा दोनों के बीच मेल करा पाना तो सम्भव नहीं था, भाषा और भंगिमा की सीमा जो थी। फिर भी मैंने तय किया कि मैं एक पुल बनने की कोशिश करूँगी, दादी और बाबा के बीच में। कैसे? यह मैंने आने वाले समय में सोचने के लिए छोड़ दिया क्योंकि तुरन्त तो कुछ भी सूझ नहीं रहा था। हाँ, एक चीज जरूर समझ में आ रही थी कि दोनों की दिनचर्या पर नजर जरूर गड़ाकर रखूँ ताकि कुछ तो समझ में आए कि उनके पारस्परिक संसार में प्रवेश द्वार कैसे बन सकता है।

हमारी जाति यानी श्वान समुदाय में भी खासकर वैसे जो घरों में पालतू बनाकर

नहीं रखे गए हैं, में छोटे-छोटे सामूहिक टुकड़ों में जीवन बसर करने की प्रवृत्ति बड़ी प्रबल होती है। उनके जीवन की अन्य तकलीफें चाहे जो हों, कम-से-कम सामाजिक जीवन के जो विविध आयाम हैं उनसे तो वंचित नहीं रहता वह प्राणी। स्वच्छन्द विचरण का आनन्द और समूह के बीच में आपसी धींगामुश्ती का उल्लास और उन झगड़ों से उपजे रूठने और मनाने का सिलसिला—यह आनन्द मुझे कहाँ नसीब! कभी-कभी सोचती हूँ कि क्या मेरी जगह यही है। यहीं होना था मुझे? यही घर है मेरा? मैंने सुना है हाल के वर्षों में किसी कवयित्री ने लिखा है कि कोई घर नहीं होता जिनका—

उनकी होती है भला कौन सी जगह?
कौन सी जगह होती है ऐसी
जो छूट जाने पर
औरत हो जाती है
कटे हुए नाखूनों,
कंघी में फँसकर बाहर आए केशों-सी
एकदम से बुहार दी जाने वाली?

शायद मैं अपने-आपको पूरी तरह बेजगह तो नहीं कह सकती हूँ लेकिन दम्भ के साथ यह भी नहीं कह सकती हूँ कि यही मेरी जगह है। आज मैंने मौका निकाला है देखने का कि यह जगह है क्या जहाँ मैं रहती हूँ। यह घर है जो शायद कभी भरा-पूरा था जैसे गाँव का यह मुहल्ला भी भरा-पूरा था। समय के साथ यह खाली होता गया है जैसे इस मुहल्ले के कई अन्य घर। अब यहाँ बड़े गर्व और त्योहारों में ही घर के सदस्य जुटते हैं वरना बाकी समय घर और इस मुहल्ले के बड़े-बुजुर्ग ही यहाँ वास करते हैं या फिर वैसे युवा जिन्होंने यहीं पढ़ाई कर अपनी किस्मत से यहीं नौकरी पा ली। बहुत कम परिवार हैं ऐसे खुशनसीब। हालाँकि जिन्होंने नौकरियाँ पाई भी हैं तो निम्न किस्म की ही—सरकारी दफ्तरों में किरानी या चपरासी, स्थानीय बाजार में कुछेक प्राइवेट नौकरियाँ या इसी से मिलती-जुलती नौकरियाँ। सुनती हूँ बाबा के यहाँ आने वाले लोगों की राम कहानी—कैसे किसी का बेटा किसी सुदूर शहर में नौकरी के सिलसिले में बस गया। कैसे पहले त्योहारों

में पूरा गाँव गुलजार रहता था। छठ के मौके पर कैसे सप्ताह-दस दिन पहले से ही औरतें आँगनों में बैठकर समवेत स्वरों में स्थानीय भाषा में गीत गाया करती थीं। कैसे होली के समय गाँव के नामचीन गायकों—युवा और बुजुर्ग दोनों—की टोलियाँ हर घर के दरवाजे पर जाकर होली के गीत गाती थी—हो बमभोले बाबा कहाँ रंगइल पगड़िया। कैसे ठंडाई के नशे में युवा और वृद्ध जन नाचते हुए गाते थे। धीरे-धीरे सिमटती जा रही थीं ये सारी रिवायतें।

और मैं बाबा को देखती थी। पचहत्तर को पार कर चुके थे बाबा लेकिन गजब का आत्मानुशासन था उनका। सुबह के अपने योगाभ्यास में कभी नागा नहीं करते थे। जहाँ उनकी दरी बिछी होती थी आसन क्रियाओं को करने के लिए ठीक उसी के बगल में बैठती थी मैं ताकि बाबा को खालीपन का आभास न हो, लगे कि कोई उनके संग-साथ में है। खेतों पर जाना तो अब करीब-करीब छोड़ ही दिया था बाबा ने लेकिन घर के अपने छोटे से बगीचे के पेड़-पौधों में अब भी उतने ही मनोयोग से लगे रहते थे। विवेकानन्द की कृतियों का संकलन बगल में रखा रहता था। जब भी मौका मिलता था तो उसी को पढ़ते थे बाबा।

साहित्य में कोई खास रुचि नहीं रह गई थी अब उनकी। दादी भले ही हिन्दी उपन्यास खूब पढ़ती थीं। तीपू उनके लिए बराबर थोक में हिन्दी के चुनिन्दा उपन्यास खरीदकर रख जाते थे। जब कभी कुछ और करने को नहीं होता था तो दादी इन्हीं में से कोई किताब खोलकर पढ़ने बैठ जाती थीं। ठीक इसके विपरीत बाबा की जीवन-शैली आत्ममग्नता और आत्मानुभव के बीच की धूमिल-सी सीमा रेखा के आर-पार विचरण करती रहती थी।

आखिर एक दिन ड्राइंग रूम में फोन की घंटी बजी और पता नहीं क्यूँ मुझे लगा कि यह फोन तीपू के यहाँ से आया है। दादी उठाने गईं और उनकी बातचीत से मैं समझ गई कि तीपू ने उनको बताया है कि इस बार होली में वे माधोपुर आवेंगे और शायद उनका बेटा विभव भी साथ आवेगा। मैं तो मारे खुशी के उछल गई और बरामदे पर और आँगन के बीच में जाकर नाचने लगी। यह होती है असली प्यार की पुकार। तीपू को माधोपुर आए अब साल निकलने वाला था। मैं तो निराश

और उदास हो चली थी। खुशियाँ हमारी आशाओं के आधार में होती हैं। मेरे लिए तो खुशी का माहौल अब क्षीण हो चला था। लेकिन जब मैंने इस फोन के बाद जान लिया कि तीपू आएँगे तो मेरे लिए एक-एक दिन और पल का इन्तजार भारी पड़ने लगा था।

तीपू जब आए तो मैं बाबा को एकदम भूल ही गई। एक सेकेंड के लिए भी तीपू को नहीं छोड़ती थी। वे जहाँ बैठते थे वहीं बगल में मैं जमीन पर बैठ जाती थी। जब चलते थे तो बगल में चलने लगती थी। सिर्फ बाथरूम में अन्दर साथ नहीं जाती थी इतना ही शुक्र था। पिछली बार की ही तरह उनके बिस्तर के नीचे मैं सोने लगी। लोग मजाक में मुझे तीपू का बॉडीगार्ड कहने लगे। तीपू खुद लोगों को बताने लगे कि प्रधानमंत्री की सुरक्षा में लगे एस.पी.जी. कमांडो भी उतने चौकस नहीं रहते होंगे जितना मैं, क्योंकि तीपू अपने बैठने की जगह पर थोड़ा हिलते नहीं थे कि मैं उठकर खड़ी हो जाती थी। वास्तविकता तो यह थी कि मुझे डर लगता रहता था कि तीपू कहीं मुझे छोड़कर न चले जाएँ, जैसा पिछली बार हुआ था।

तीपू के आने से क्या रौनक आ जाती थी दादी के घर में! मुझे एक और एक्स्ट्रा लाभ मिलता था। दादी कम-से-कम मेरे साथ एक प्रेमपूर्ण नहीं भी तो शिष्ट व्यवहार करने लगती थीं। तीपू कहीं उन्हें झिड़क न दें मेरे साथ उपेक्षा या तिरस्कार का व्यवहार करने के लिए, इसका दादी को बराबर डर बना रहता था। तीपू के असीम श्वान प्रेम से वे वाकिफ थीं और इस बार तो विभव भी साथ में था। विभव के लिए यह देखने की बात थी कि दिल्ली में उसके मार्क को जितना प्यार-दुलार दिया जाता था क्या उतना बाबा मुझे देते थे। मैंने पाया कि यह कौतूहल बराबर विभव के मन में छाया रहता था। मेरे बारे में उसकी बाबा के साथ लगातार बातचीत हो रही थी। बाबा भी उससे मार्क की हरकतों के बारे में पूछते रहते थे। बाबा इस दौरान एकाध बार और दिल्ली गए थे तो मार्क को देखने और उसके और तीपू के साथ रोज मॉर्निंग वाक का मौका उन्हें मिला था।

रौनक का आलम यह था कि दिनभर लोगों का आना-जाना लगा रहता था। चचेरे भाइयों में से कोई न कोई घर पर आए रहते थे। गाँव के कई और लोग भी आते थे। तीपू का माधोपुर आना तकरीबन साल भर के अन्तराल पर हुआ था तो

वैसे सभी लोग जिन्हें बिहार सरकार से लेकर केन्द्र सरकार तक में कोई पैरवी की जरूरत थी वे तीपू के आने का बेसब्री से इन्तजार कर रहे होते थे। काम हो या न हो, उनकी बात बने या न बने, तीपू सुनते सब की थे। इस मामले में उन्हें अपने गाँव और उसके आसपास के इलाकों में काफी लोकप्रियता हासिल थी।

मैं भरपूर आनन्द लेती थी रौनक के इस माहौल का। लोगों की बातें सुनती थी, किस्से-कहानियाँ सुनती थी—किसकी बीबी अब किस मर्द के साथ गाँव से बेहिचक बाहर चली गई अपना इलाज दिल्ली में एम्स अस्पताल में करवाने के नाम पर, मुखिया ने किस तरह जवाहर रोजगार योजना के नाम पर लोगों को ठगा, कैसे इलाके में चोरी और डकैती की घटनाएँ फिर से बढ़ गई हैं, जो नीलगाय किसी जमाने में इलाके से गायब हो गई थी वे कैसे धीरे-धीरे वापस आने लगी हैं और किसानों को नुकसान पहुँचा रही हैं, मंडल कमीशन और आरक्षण से लगी आग अब भले ही मृतप्राय हो चली है लेकिन कैसे लोग अब जाति के नाम पर मुखिया से लेकर सांसद के चुनाव तक में गोलबन्द हो रहे हैं।

मुझे सबसे ज्यादा मजा आता था विभव और उसके पापा यानी तीपू द्वारा अलग-अलग समय पर बाबा को मार्क के बारे सुनाई जाने वाली बातों में। मार्क को कभी-कभी लोकल आइसक्रीम का एक पैकेट प्लास्टिक के थैले में डालकर दिया जाता था और वह उस थैले को अपने मुँह में दाँतों से लटकाकर तीपू के बगल में चलकर घर आता था। चलते समय वह बार-बार अपनी गर्दन घुमाकर बाएँ-दाहिने जरूर देखता रहता था यह जानने के लिए कि कॉलोनी के लोगों द्वारा उसके इस करतब को सराहा जा रहा है अथवा नहीं। इस प्रकरण के अन्त में, घर पहुँचने पर शाबाशी के तौर पर आइसक्रीम का वह छोटा डिब्बा, पूरा का पूरा, मार्क को खाने को मिलता था और उसके आह्लाद का अन्त नहीं होता था। और एक मैं अभागी थी कि मुझे तो आइसक्रीम को देखना भी कभी नसीब नहीं हुआ था। इस पर बाबा का तुर्रा यह कि पालतू कुत्तों को मीठा नहीं दिया जाना चाहिए। अरे भाई, रोज-रोज खाने की बात कौन कर रहा था। बाबा अपने कट्टर अनुशासनवादी पैगामों को बिना वजह अपनी श्रेष्ठता दिखाने के लिए परोसने से कभी बाज नहीं आते थे। थोड़ा तो उदारवादी नजरिया रखना चाहिए दैनन्दिन जीवन की आम बातों में वरना तो कबीर कह ही गए हैं—

पीर मरै, पैगम्बर मरिहैं,
मरिहैं जिन्दा जोगी,
राजा मरिहैं, परजा मरिहैं,
मरिहैं बैद और रोगी।
साधो ये मुरदों का गाँव।

मुझे लगता है, बाबा और उनके बेटे तीपू के बीच यही मूल अन्तर है। किस परिप्रेक्ष्य में उदारवादी होना जरूरी है, इसका ज्ञान।

एक और वाकया जो मुझे जलन से भर देता था वह था मार्क की यात्राओं का। तीपू रक्षा मंत्रालय के बाद अब रेलवे मंत्रालय में काम करने लगे थे। इस कारण उन्हें रेल यात्रा की असीम सुविधा थी। मैंने सुना कि दो-तीन बार मार्क भी उनके परिवार—तीपू, सुचित्रा और विभव के साथ राजधानी एक्सप्रेस के ए.सी. फर्स्ट क्लास में दिल्ली से मुम्बई और दिल्ली से अहमदाबाद गया था। यात्रा के दौरान ट्रेन के अटेंडेंट लोग बार-बार उसके कूपे में आते थे पूछने के लिए कि उसके लिए और आइसक्रीम लाया जाए क्या। क्या राजसी ठाठ थे मार्क के और एक मैं थी कि मितव्ययी बाबा के कट्टर अनुशासन और दादी के उपेक्षापूर्ण रवैये को सहने को मजबूर थी।

मार्क की जीवन स्थिति से अपनी जीवन स्थिति की तुलना बराबर करते रहने से मुझे कुछ हासिल होना नहीं था। यह मैं जानती थी। इसलिए मैंने अपना ध्यान केन्द्रित करना शुरू किया जो आसन्न घड़ी थी उस पर। फलसफा में यह एक बहुत बड़ी नसीहत है कि जो आपके पास नहीं है उसका शोक मनाना बेकार है और साथ ही यह भी कि जीवन का असली सुख अपने वर्तमान को पूरी तरह, अपनी पूरी क्षमता भर जी लेने में ही है। होली पर्व के दिन में अब दो या तीन दिन ही बचे थे। विगत कुछ वर्षों की होली में बहुत कुछ तो नहीं लेकिन गाँव के छोकरों का हुड़दंग देखने को मिला था। ज्यादा से ज्यादा कुछेक घरों में झाँकने पर युवा देवर लोगों द्वारा भाभी को रंग लगाने के बहाने अपनी दमित यौन

इच्छाओं की बेसब्री को नए मुकाम तक पहुँचाते हुए देखने को मिल जाता था।

होली के अवसर पर दिखने वाली पुरानी लोक परम्पराएँ अब धीरे-धीरे लुप्तप्राय हो रही थीं। होली गाने वाली टोलियाँ भी लुप्तप्राय हो रही थीं। गाँव की होली सुने तीपू को कई साल हो गए थे। उनको अपने चचेरे भाइयों को कहते हुए मैंने सुना कि इस बार किसी भी कीमत पर वे गाँव की होली सुनना चाहेंगे।

"लेकिन भैया अपने टोले में तो कोई ढंग का होली गाने वाला बचा भी नहीं । नई पीढ़ी के बच्चों में तो किसी को होली के गानों के बोल भी नहीं आते हैं। लास्ट गायक राधा भाई तो अपनी अन्तिम साँसें गिन रहे हैं, तो गाएँगे कौन लोग?" एक चचेरे भाई ने इस मामले पर सबसे पहले अपना मत जाहिर किया।

"अरे अपने तथाकथित फॉरवर्ड कास्ट के लोगों के बीच से भले ही परम्परा लुप्त हो रही है लेकिन यादव और मल्लाह टोला में तो अभी भी खूब जोश खरोश से होली गाई जाती है। अगर भैया सुनना चाहते हैं तो उन्हीं लोगों को बुलाया जा सकता है गाने के लिए," एक दूसरे भाई ने तुरन्त प्रत्युत्तर किया।

"अब होली के दिन तो ये लोग अपने टोले से बाहर तो नहीं आएँगे गाने के लिए," पहले ने कहा।

"तो क्यों नहीं होली के एक दिन पहले ही इन टोलों से गाने वालों को भैया के दरवाजे पर गाने के लिए आमंत्रण दिया जाए। भैया के नाम पर तो सभी उत्साह से आएँगे, मैं समझता हूँ," एक तीसरे व्यक्ति ने अपना सुझाव दिया।

इस सबके बीच तीपू ने हस्तक्षेप करते हुए कहा, "मैं समझता हूँ कि होली से एक दिन पहले वाला आइडिया ठीक है। होली के दिन लोगों को अपने ही टोले में गाने से नहीं वंचित करना चाहिए। मेरा तो एक और आइडिया है। क्यों न इस बार होली गायन का कम्पीटिशन कर दिया जाए। कुछ बुजुर्ग लोगों को जज रख दिया जाएगा और सर्वश्रेष्ठ गायक को एक हजार रुपया इनाम दिया जाएगा। कुछेक सान्त्वना पुरस्कार भी रखे जाएँगे। सारे पैसे मैं खर्च करूँगा।"

तीपू के सुझाव पर सबकी सहमति थी। जब बाबा को यह बात पता चली तो बाबा बहुत प्रसन्न हुए। उनको शायद लगा होगा कि तीपू न सिर्फ एक नेक काम करेंगे बल्कि अपने लिए भी अच्छा करेंगे। अपनी संस्कृति से जुड़े रहने में शायद उनके द्वारा प्रस्तावित योजना कहीं न कहीं से सहायक रहेगी, बाबा को ऐसा विश्वास

था। दादी को भी यह प्रस्ताव अच्छा लगा। उन्हें तो कोई भी ऐसा प्रोग्राम जिससे दरवाजे पर और आँगन में चहल-पहल हो बराबर अच्छा ही लगता था। इस प्रोग्राम की खास बात थी कि तीपू इसके उत्प्रेरक थे। इसलिए दादी का उत्साह दुगुना हो गया था। उनकी आँखों के आगे एक फिल्म-सी चलने लगी पुराने समय की होली की जब गायकों की टोली सबसे ज्यादा उत्साहित रहती थी उनके दरवाजे पर आने के लिए क्योंकि दादी के यहाँ ही सबसे उत्तम किस्म की ठंडाई मिलती थी और पुआ-पकवानों का तो कहना ही क्या था।

खैर, होली से एक दिन पहले का दिन आया। सब गाने वाले लोग जुटे, सुनने वालों की भी अच्छी-खासी भीड़ जुटी। बुजुर्ग लोगों के बीच में बाबा बैठे। तीपू भी उनकी बगल में कुर्सी लगाकर बैठे। बड़े प्यार से उन्होंने मुझे भी अपने बगल में बिठाया। मैं तो फूले नहीं समा रही थी। श्रोताओं में से बहुत सारे लोग मुझे निहार रहे थे, देख रहे थे कि कैसे मैं बहुत शालीन तरीके से पूरे प्रोग्राम का आनन्द ले रही थी। मुझे तो ऐसा लग रहा था कि कई श्रोताओं और दर्शकों की प्रशंसा भरी निगाहें मेरे ही ऊपर टिकी हुई हैं। शायद बड़े डील-डौल के मेरे सौन्दर्य को निहार रहे होंगे या फिर मेरी आज्ञाकारिता के करतबों पर मुग्ध होंगे। गायन के क्रम में एक आदमी धीमी ताल में गाना उठाता था, बाकी लोग उसका साथ देना शुरू करते थे और धीरे-धीरे ताल और लय अपनी पराकाष्ठा पर जब पहुँचने लगते थे तो कुछ गायक, खासकर जो झाल और खँजड़ी बजा रहे थे, उठकर अपने घुटनों को जमीन पर टेककर, उचक-उचक कर गाते थे और सामने वाले की आँखों में आँखें डालकर अपने प्रदर्शन की बेहतरी का एहसास दिलाना चाहते थे। मल्लाह टोला के गायक यादव टोली और भूमिहार टोली के गायकों पर स्पष्टतः भारी पड़ रहे थे। मैं तो बस आनन्द की तरंगों में उथला रही थी। निर्णायक मंडल ने जोगिन्दर के ही एक भाई को सर्वश्रेष्ठ गायक ठहराया। "नकबेसर कागा ले भागा..." के गायन में तो वास्तव में उसका प्रदर्शन ऐसा था कि लग रहा था जैसे कागा नाक की नथनी को लेकर उड़ गया हो। पाँच अन्य गायकों को दो-दो सौ रुपयों का सांत्वना पुरस्कार दिया गया। लोगों ने छककर ठंडाई पी और भर पेट पुआ और दही बड़ा वगैरह खाया। मध्य रात्रि के आसपास कार्यक्रम समाप्त हुआ और सब लोग अपने-अपने घर गए। उत्सव का माहौल समाप्त हो जाने के बाद जो एक अजीब किस्म के सन्नाटे

का माहौल पसर जाता है वैसा ही कुछ माधोपुर के घर में भी हो गया। खैरियत थी कि दूसरे ही दिन होली का त्योहार था। घर में लोगों का आना-जाना लगा रहा। रंग की होली खेलने से तो तीपू ने मना कर दिया था इसलिए जो लोग आए उन्होंने प्रतीकात्मक तौर पर अबीर लगाने तक ही अपने-आपको सीमित रखा। ज्यादातर लोगों ने बाबा और दादी के पैरों में एक चुटकी अबीर रखकर ही रस्म पूरी की। दादी ने खूब सारा पकवान बनवा रखा था। लोगों ने उसका आनन्द लिया। जो अपेक्षाकृत तौर पर गरीब परिवार के बच्चे और युवा थे उन्होंने तो छककर आनन्द लिया दादी के पकवानों का। मुझे तो बस माहौल की चहल-पहल को देखने में ही आनन्द आ रहा था लेकिन देर शाम के बाद फिर से वही सन्नाटा पसर गया जैसा बीते कल हुआ था।

होली के दो दिन बाद तीपू और विभव के दिल्ली जाने का समय आ गया। मुझे कुछ पूर्वाभास तो हो चला था लेकिन पता नहीं क्यों बराबर यह लगता रहा कि शायद इस बार तीपू माधोपुर में लम्बा रहेंगे। जाने के दिन जब कार में तीपू का सम्मान रखा जा रहा था उसी समय मैं मौका देखकर गाड़ी में घुस गई और आसन जमा ली। तीपू के लिए तो गजब असमंजस की स्थिति पैदा कर दी मैंने। एक तरफ तो उनका मेरे प्रति अगाध प्रेम उन्हें मुझसे उतरने को कहने से मना कर रहा था, दूसरी ओर उनकी ट्रेन का समय भी था और उन्हें वापस जाने से रोक पाना सम्भव नहीं था। लेकिन बहुत चालाकी से उन्होंने मेरे लिए बिस्कुट मँगवाया, मुझे बिस्कुट का लालच दिया और मैं भी उस लालच में गाड़ी से उतर गई। तीपू और विभव इसी दौरान गाड़ी में बैठ गए और जोगिन्दर मुझे पट्टा से खींचकर घर के अन्दर ले गए।

मैं जोर-जोर से चिल्लाने लगी, फिर दहाड़कर रोने लगी। पर इस सब से होना क्या था। तीपू तो चले गए। बाबा बेचारे एकदम निस्सहाय मुझे देखते रहे। करुणा और सहानुभूति से लबरेज उनका मन शायद खुद को कोस रहा था कि ऐसी परिस्थिति के उभार के लिए वे स्वयं जिम्मेदार थे। किसी किस्म की अपूर्णता रही होगी उनके लाड़-दुलार में तभी तो मैं तीपू के प्रति इतनी गहराई से आकर्षित हो गई। अगर उनका मेरे प्रति प्रेम और लगाव परिपूर्ण होता तो मैं अधिक से अधिक तीपू के साथ पारस्परिक प्रेम भाव रखती। इस प्रकार बिखर तो नहीं जाती उनके प्रेम में। अपने आत्मसम्मान को इस तरह ताक पर तो नहीं रख देती।

जब मैंने जान लिया कि तीपू चले गए हैं तो मैं हताश-निराश वापस आ गई घर के अन्दर और जिस कमरे में तीपू के पलंग के नीचे मैं सोती थी उसी कमरे में जाकर पलंग के नीचे, एक कोने में दीवार से सटकर बैठ गई। दो दिनों तक बाबा और जोगिन्दर बारी-बारी से आकर बुलाते रहे मुझे खाना खा लेने के लिए लेकिन मैं वहाँ से निकली ही नहीं। सब लोग थोड़ा घबरा-सा गए। इस बार दादी का दिल भी पिघल गया। वे भी मुझे बुलाने के लिए आईं। बाकी लोग जब आते थे और पलंग के नीचे से बाहर निकलने के लिए मुझसे आरजू-मिन्नत करते थे तो मैं उनके ऊपर गुर्राती थी, अपना दाँत निपोरकर गुस्से का इजहार करती थी। लेकिन इस बार दादी जब आईं तो मैंने ऐसा कोई भाव नहीं दिखाया लेकिन टस से मस नहीं हुई। दादी को लगा कि शायद मैं उनके प्रति इस बार एक दूसरे किस्म का व्यवहार करना चाहती हूँ। न जाने क्यों मुझे दादी के ऊपर थोड़ी दया आ गई। इस दया भाव का कारण मैं स्वयं समझ नहीं सकी।

अगले साल भी होली में तीपू आए और पिछले साल जैसा घटनाक्रम था उसी की आवृत्ति हुई। एक साल के इस अन्तराल के दरम्यान दादी का भी करीब दो महीने के लिए दिल्ली जाना हुआ। उनकी अनुपस्थिति में मुझे घर के अन्दर ऊपर-नीचे पूरी आजादी से घूमने का मौका मिला। लेकिन साथ ही मौका मिला कुछ चिन्तन का भी। मुझे सोचने पर यह एहसास हुआ कि अकेलेपन की स्थिति सिर्फ अकेले रहने से नहीं उत्पन्न होती है। आप जिस जगह में रहते हैं वहाँ और भी कोई आपके साथ रहता है तो उस व्यक्ति के रहने से उस जगह की जो पहचान बनती है वही पहचान उस व्यक्ति के वहाँ न मौजूद होने पर एक खालीपन का भाव पैदा करती है और यही खालीपन उस अकेलेपन के मूल में होता है जिसे आप महसूस करते हैं। दादी की इस बार की अनुपस्थिति ने मुझे इस बात का गहराई से एहसास कराया। इस एहसास के साथ ही मैं दादी के सारे दुत्कार और धिक्कार को भुला देने की कोशिश करने लगी क्योंकि मैं अपने-आपको अब स्वत: उनके नजदीक महसूस करने लगी। प्रेम का असली पैमाना तो है कि आप किसी को उसकी गैर हाजिरी में कितना अपने करीब महसूस करते हैं। लेकिन मेरे हाथ में क्या था। मेरे प्रेम के

हाव-भाव को अगर वो पारस्परिक आयाम देंगी तभी तो मेरे प्रयास की कोई सार्थकता होगी। मैंने धैर्य रखने की ठानी। कभी तो दादी का दिल पिघलेगा।

इसी बीच एक अप्रत्याशित घटना हुई। कुछ-कुछ समय के अन्तराल पर बाबा और दादी का बाहर जाना—अपने बेटों के यहाँ—लगा रहा। एक बार हुआ यूँ कि दोनों लोग माधोपुर के घर में ही थे। मैं सुबह में छत पर घूम रही थी जैसा मैं अकसर सुबह के नाश्ते के बाद करती थी। तभी मैंने बाबा के कमरे के सामने वाले बरामदे से धड़ से चौकी पर कुछ गिरने की आवाज सुनी। मैं दौड़कर वहाँ गई तो देखी कि बाबा चौकी पर औंधे मुँह गिरे हुए हैं और एकदम हिल नहीं रहे हैं। मैं उनके नजदीक गई, एक-दो बार भौंकी लेकिन बाबा की ओर से कोई हरकत नहीं हुई। तब मैं एकदम किंकर्तव्यविमूढ़ हो गई लेकिन कुछ ही क्षण बाद मुझे लगा कि मुझे दादी को खबर करनी चाहिए। लेकिन आखिर कैसे? वे तो मेरी भाषा या भाव-भंगिमा समझती नहीं थीं। लम्बी सोहबत के कारण मेरा बाबा के साथ इन्हीं भाव-भंगिमाओं के माध्यम से बहुत कुछ संवाद हो जाता था लेकिन दादी के साथ कुछ स्थूल सम्बोधनों को समझने के अलावा तो और कुछ मुमकिन नहीं था। फिर भी मैंने हिम्मत साधी और नीचे जाकर पहले दादी के पास खड़ी होकर भौंकना शुरू किया और जब मुझे लगा कि दादी को कुछ समझ नहीं आ रहा था कि मैं क्यों ऐसा कर रही हूँ तब मैंने उनकी साड़ी का एक कोना अपने मुँह में ले लिया और ऊपर जाने वाली सीढ़ी की ओर उनको खींचने लगी। दादी को तब समझ में आया कि जरूर कुछ असामान्य हुआ है। वे मेरे साथ तुरन्त ऊपर आ गईं और बाबा को उन्होंने बेहोशी की हालत में चौकी पर गिरा हुआ देखा। फिर तो वे दहाड़ मारकर रोने लगीं। वही दादी जिनको मैंने अभी तक की अपनी जिन्दगी में कभी बाबा को अपने हाथों से छूते हुए तक नहीं देखा था, उन्होंने रोते हुए, कुछ बुदबुदाते हुए उन्हें अपने दोनों हाथों से उठाने की कोशिश की। असफल रहने पर दौड़कर गईं और आँगन के दूसरी ओर के घर से लोगों को बुलाकर लाईं। मुँह के ऊपर पानी के छींटे दिये गए तब कुछ क्षण बाद बाबा ने आँखें खोलीं। बाबा के जो सबसे नजदीकी और प्रिय भतीजे थे गाँव में वे लोग खबर मिलते ही दौड़े हुए आए। उन्हीं में से एक बाबा को सहारा देकर नीचे ले गए, गाड़ी में बिठाया और तुरन्त डॉक्टर के यहाँ मुजफ्फरपुर ले गए। बाबा पूरी तरह होश में आ गए थे लेकिन जब उन्हें

बताया गया कि क्या हुआ था तो एकदम हिल गए थे। एक दिन अस्पताल में रहे तब सारा चेकअप हुआ। डॉक्टरों ने हल्के हृदयाघात की घटना से इनकार नहीं किया लेकिन पूरे निश्चित तौर पर भी यह न कह सके कि ऐसा ही हुआ होगा।

तीनों बेटों के यहाँ खबर गई। पहला जहाज पकड़कर तीपू माधोपुर आए। बाकी दोनों ने आपस में किए गए मशविरे के अनुसार पिता की देख-रेख में समय बाँटने का निश्चय किया। दूसरे दिन जब पूरी रिपोर्ट आई तो डॉक्टरों ने बताया कि हृदयाघात नहीं यह दिमाग में कुछ क्षणों के लिए रक्तसंचार बाधित होने का नतीजा था। खैर इमरजेंसी टल गई।

तीन दिन पिता की देख-रेख करने और यह दिलासा देने के बाद कि जरूरत पड़ने पर वे या दोनों अन्य भाइयों में से कोई तुरन्त माधोपुर आ सकते हैं—तीपू माधोपुर से चलने को हुए तब उन्हें यह भास हुआ कि इस निगेटिव घटना का सार्थक उपयोग किए बिना माधोपुर से जाना बेमानी होगा।

अपने माँ-पिता से तीपू हजार किलोमीटर से ज्यादा दूर रहते थे। माधोपुर पहुँचने में कम-से-कम एक दिन तो मिला-जुलाकर लग ही जाता था। बेटों से इतना दूर रहते हों माता-पिता और उनके बीच आपस में बातचीत न होती हो, यह बात तीपू को अब नागवार गुजरने लगी थी। पाँच साल हो गए थे दोनों के बीच संवाद बन्द हुए।

"जिस लोरा को घर में लाने के कारण तुमने पिताजी से बातचीत बन्द कर दी वही लोरा आज न होती तो क्या पिताजी की जान बचती?" तीपू ने बड़े परुष स्वर में अपनी माँ से पूछा।

"सो तो सही है...," दादी ने लड़खड़ाते स्वर में उत्तर देने की कोशिश की।

"तो फिर मुझे तुम्हारा यह नाटक समझ में नहीं आता है कि तुम फिर भी उसके प्रति इतनी उपेक्षा का बर्ताव करती हो और उसके यहाँ होने के लिए पिताजी के ऊपर एक प्रकार का दोष मढ़ती हो," तीपू ने अपनी बात को एक फटकारनुमा अन्दाज में रखा।

"बातचीत तो तुम्हारे पिताजी ने भी बन्द कर दी थी। पहल तो उन्हीं की तरफ से हुई थी।" अपना एक कमजोर-सा पक्ष दादी ने रखा।

चूँकि यह सारा वार्तालाप ऊँचे स्वरों में हो रहा था तो सीढ़ियों के ऊपर बैठे बाबा सब सुन रहे थे।

"जब आपकी माँ ने आधी रात के समय घर से बाहर जाकर मुहल्ले को जगा दिया था, जिस दिन मैं लोरा को दिल्ली से लेकर आया था, और पता नहीं कौन-कौन से शब्द का उपयोग किया था मेरे लिए तो फिर उसके बाद इनसे किसी सभ्य और शालीन भाषा में संवाद सम्भव था क्या?" बाबा ने बिना समय गँवाए अपना पक्ष बेटे के सामने रख दिया।

"इन्होंने गए समय में मुझे क्या-क्या कहा है, मेरे साथ कैसा व्यवहार किया है, इसके बारे में तुम क्या जानते हो?" दादी ने फौरन अपना मोर्चा सँभाला और आक्रामक रुख पकड़ लिया।

"तीपू तुम तो जानते हो मैंने किसी भी व्यक्ति के साथ कभी भी गैर-शालीन भाषा का आज तक इस्तेमाल ही नहीं किया है," बाबा ने तीपू से अपनी बात के प्रति सहानुभूति प्राप्त करने के अन्दाज में कहा।

"हाँ, ठीक है। चुप रहकर भी आपने मेरे ऊपर कौन सा उपकार किया। मेरी बात इन्होंने कब और कितनी मानी है यह मैं ही जानती हूँ। अब तुमसे सारी बात क्या बताऊँ मैं?" दादी पीछे हटने के मूड में नहीं थी। एकदम।

तीपू को लगा कि कुछ गूढ़ और रहस्यमय सन्दर्भ है बाबा और दादी के दाम्पत्य जीवन का जिसकी ओर यह पूरी घटना इशारा कर रही थी, लेकिन उनको साथ यह भी लगा कि पचास वर्ष से अधिक के दाम्पत्य जीवन को खोदने से अब क्या प्राप्त होने वाला है। अब तो उनकी ओर से किसी भी किस्म के हस्तक्षेप का बस एक ही उद्देश्य होना चाहिए। वह यह कि अब उनके माता-पिता जीवन के बचे हुए वर्ष एक-दूसरे के साथ पारस्परिक माधुर्य और सौहार्द में काटें।

"माँ और पिताजी, आप दोनों लोग सुन लीजिए। मैं अब वापस जा रहा हूँ और अगर आप लोगों ने अपने बीच के संवाद को फिर से जारी नहीं किया, आपका सम्बन्ध अब सामान्य नहीं हुआ तो फिर मैं माधोपुर कभी नहीं आऊँगा।" तीपू ने एक तरह चेतावनी दे डाली, गाड़ी में बड़े नाटकीय अन्दाज में बैठ गए और, दिल तो भारी रहा होगा, चल दिये। मुझे छत पर बरामदे में लगे ग्रिल के पीछे छोड़ दिया गया था ताकि मैं किसी प्रकार का उधम न मचाऊँ। यह ग्रिल मेरे लिए जेल के दरवाजे जैसा था। ग्रिल को बन्द कर देने के बाद कोई भी ऊपर से नीचे या नीचे से ऊपर नहीं जा सकता था।

तीपू के द्वारा दिये गए अल्टीमेटम का तो इतना शीघ्र और प्रभावी असर हुआ कि तीपू ने जब अपने एक चचेरे भाई से प्रोग्रेस रिपोर्ट पूछी दो-तीन दिनों के बाद, टेलीफोन पर, तो मैंने उस भाई को कहते हुए सुना, "भैया यहाँ तो अब जो माहौल बन गया है उसकी तो हम भाई लोग कल्पना भी नहीं कर सकते थे। ऐसा लगता है कि चाचा और चाची कोई नव विवाहित जोड़ा हैं। दिन भर दोनों कुर्सियाँ बरामदे में अगल-बगल लगी रहती हैं और कुछ न कुछ बातचीत चलती रहती है। हम लोगों को तो कहीं से यह एहसास भी नहीं हो पाता है कि पिछले कुछ सालों में इन दोनों के रिश्ते में कोई खटास पैदा हुई थी। इसलिए अब आप यहाँ के बारे में एकदम चिन्ता न करें। चाची अब लोरा को भी काफी तवज्जो देने लगी हैं। उसके साथ भी उनका व्यवहार अब उदार हो गया है।"

बाबा और दादी के बीच के सम्बन्धों में सुधार आने से मुझे तो फायदा हुआ लेकिन कालान्तर में मेरे लिए एक समस्या भी खड़ी हो गई। अब तो दोनों लोग जब न तब अपने बेटों के यहाँ जाने का प्रोग्राम बना लेते हैं और जाते भी हैं तो साथ-साथ, पहले जैसा नहीं कि एक बार में एक ही व्यक्ति जाएँगे। और जब जाते हैं तो कम-से-कम एक महीना के लिए तो चले ही जाते हैं। दोनों अब उम्र के उस पड़ाव पर पहुँच चुके हैं जब कभी आँख तो कभी दाँत को डॉक्टर को दिखवाने की जरूरत रहती है। दादी को कमर में दर्द तो बाबा को घुटने के जोड़ों में दर्द। इन सबका इलाज बेटों के यहाँ ही उनकी देख-रेख में होता है। इनकी गैर हाजिरी में मेरे लिए फिर से वही अकेलापन, खाली-खाली घर। मेरे अकेले हमदम जोगिन्दर बच जाते हैं। उनका भी साथ मात्र दिन में। रात में तो मुझे ऊपर बाबा के कमरे और उससे लगे बरामदे में छोड़कर सीढ़ी पर जाने वाला ग्रिल बन्द कर दिया जाता है। कैद हो जाती हूँ मैं अपने हिस्से के अकेलेपन में। दिन में तो कम-से-कम गायों के पास जाकर थोड़ा सुकून अपने लिए झटक लेती हूँ, हालाँकि गाय की संख्या भी अब तीन-चार तक ही सीमित हो गई है। ज्यादा संख्या में रख पाना अब बाबा के लिए बोझ-सा हो गया था। पहले जैसा उत्साह भी अब नहीं था बाबा में इनके प्रति। तीपू जब पिछली बार आए थे तो उन्होंने बाबा को समझाया भी कि अब उन्हें जानवर रखने की जिम्मेदारी से अपने-आपको मुक्त कर लेना चाहिए। बिना वजह ये सब हमारी घर से बाहर आने-जाने के विकल्प को सीमित कर देते हैं।

अब जानवरों की अपने संगी के प्रति हमदर्दी और साथ रहने की चाहत को देखिए। संख्या घटाने के चक्कर में बाबा ने एक, जिसका नाम जूली रख रखा था, को गाँव के ही एक किसान के हाथ बेच दिया। वह व्यक्ति आया और जूली को खूँटे से खोलकर अपने साथ ले जाने लगा। पहले तो जूली ने बहुत आक्रामक भाव में विरोध किया इसका। उसके बाद उसके बाकी दो संगियों ने जोर-जोर से आवाज लगाकर अपनी साथिन के वहाँ से हटाए जाने पर प्रतिरोधी स्वर में देर तक रँभाने की हरकत की। पालतू जानवरों के स्वभाव और हरकतों से परिचय रखने वाले किसी भी दयालु व्यक्ति का दिल पिघला देने वाली आवाज निकाल रहे थे जूली के संगीगण। बाबा यह सब देखकर मन मसोस रहे थे, काश जूली को अपने खूँटे से हटाने की उनकी मजबूरी न होती।

उस किसान द्वारा जूली ले जाई गई, रहम के अपने सारे निवेदनों के बावजूद। मैं छत के ऊपर खड़ी-खड़ी यह सारा दृश्य देख रही थी और अपने-आपको परेशान होने से नहीं रोक पा रही थी। लेकिन इसके बाद जो हुआ वह इससे भी ज्यादा हृदय विदारक था। इस घटना के ठीक आधे घंटे बाद जूली अपने गले में पगहा लटकाए हुए, भागकर उस किसान के खूँटे से बाबा के खूँटे पर चली आई। पता नहीं कितना दम लगाया होगा उसने बाँधे जाने वाली रस्सी को तोड़ने में। उसकी इच्छाशक्ति उस रस्सी की ताकत से बलवान रही होगी या शायद पहले उस रस्सी को चबाकर कमजोर किया होगा फिर तोड़ा होगा। बाबा ने उस किसान को उस दिन जूली को ले जाने से मना कर दिया। आखिर उनके दिल में भी तो दर्द हुआ होगा। इतने वर्षों तक जूली उनके और अपनी अन्य संगिनियों के साथ रही थी। आखिर मनुष्य और पशु के बीच भी तो गहरे भावात्मक सम्बन्ध हो सकते हैं। मेरे और बाबा के बीच का सम्बन्ध इसका सबसे बड़ा उदाहरण है।

खैर बाबा ने थोड़ी दूरदर्शिता दिखाई। उस किसान को दो-चार दिनों तक रोज आकर जूली के साथ समय बिताने और उसको थपकियाँ देकर, सहलाकर प्यार करने की सलाह दी। बाबा की नसीहत काम कर गई। बेचारी जूली कुछ दिनों बाद चुपचाप उस किसान के साथ चली गई। कुछ ही महीनों के अन्तराल में बाकी दोनों गायों को भी हटा दिया गया। शायद बाबा अपने उम्र की मजबूरियों को महसूस करने लगे थे और शायद उनके बेटों ने (तीपू को छोड़कर) उनको सलाह दी थी

कि अब उनके लिए समय आ गया था कि वे अपने-आपको खेती और मवेशी दोनों की चिन्ता से पूरी तरह मुक्त कर लें ताकि उनके पास बेटों के यहाँ बिताने के लिए पर्याप्त समय रहे, इन सब चिन्ताओं से मुक्त।

यह सब घटनाक्रम देखकर मेरा मन भविष्य की आशंकाओं से दहल रहा था। बाबा का दरवाजा तो जूली और उसकी साथिनों के चले जाने से एकदम सूना हो गया। पहले की तरह अब दरवाजे पर लोगों के आने-जाने का सिलसिला भी समाप्त हो गया था। जोगिन्दर को भी बाबा ने अब काम करने से मना कर दिया था। वैसे भी वे अब काफी नि:शक्त हो चले थे। खेती-बारी के मामले में किस किसान को कौन सा और कितना खेत दिया गया है पैसे पर—एक तरह से ठीका पर खेती—इन सबका हिसाब रखने और घर के अन्य छोटे-मोटे काम को करने के लिए बाबा ने पुकार को रख लिया था। पुकार पहले बाबा के ट्रैक्टर का ड्राइवर हुआ करता था, इस कारण उसको बाबा के खेतों का एकदम ठीक-ठीक ज्ञान था। अब ट्रैक्टर तो रहा नहीं। पन्द्रह वर्षों की अनवरत सेवा दी थी बाबा के पहले और अकेले ट्रैक्टर ने। अन्त में उसे कबाड़ में ही बेचना पड़ा। जब बाबा ने इसे खरीदा था तब गाँव में मुश्किल से एक या दो और लोगों के पास ट्रैक्टर था। पुकार की उस जमाने में चाँदी थी। खेत जोतता था दो एकड़ तो बाबा को आकर बताता था कि उसने डेढ़ एकड़ ही जोता है। आधा एकड़ की जुताई का पैसा उसके हिस्से का उसके पॉकिट में। इसी पैसे में से एक्स्ट्रा तेल के दाम को भी एडजस्ट कर लेता था। बाद में गाँव में ट्रैक्टरों की संख्या बढ़ जाने से पुकार की यह एक्स्ट्रा आमदनी स्वत: कम हो गई क्योंकि अब मौके कम हो गए। पुकार भी मल्लाह टोले का ही जवान था और जोगिन्दर का रिश्ते में भतीजा लगता था। लम्बा-चौड़ा और हट्टा-कट्टा जवान था। गाँव की युवतियों के बीच उसकी लोकप्रियता की लोग चर्चा करते थे।

बाबा ने जोगिन्दर के हट जाने के बाद मेरी जिम्मेदारी पुकार को ही दे दी। मुझे इस बात से कोई आपत्ति नहीं थी। लेकिन दु:ख इस बात का जरूर था कि पुकार रोज रात मुझे खाना खिलाकर अपने घर चला जाया करता था, जोगिन्दर तो अकसर हमारे घर पर ही सोया करते थे। मैं जानती थी कि पुकार की अपनी अन्य प्रतिबद्धताएँ भी थीं। बदलती परिस्थितियों के साथ मुझे भी अपनी अपेक्षाओं में बदलाव करना था, इतना तो मैं जानती थी लेकिन परिस्थितियाँ कितना और

कहाँ तक बदलेंगी इसका मुझे जरा भी अन्दाज नहीं था।

एक दिन सुबह-सुबह बाबा ऊपर के अपने कमरे से उतरकर नीचे दरवाजे पर आए और पहले जहाँ गायें नाद के पास बँधी होती थीं वहाँ खड़े होकर पुकार से पूछने लगे कि जूली क्यों नहीं है नाद पर। पुकार हतप्रभ। ये क्या हो गया बाबा को? जूली और उसके साथ की अन्य दो गायें तो कुछ महीने पहले ही हटा दी गई थीं—क्या बाबा यह बात नहीं जानते थे? बाबा ने ठीक जवाब न देने पर उसे डाँटना शुरू किया तो पुकार ने दादी को आकर सारी बात बताई। दादी भी हतप्रभ कि क्या हो गया है बाबा की याददाश्त को। खैर दादी ने बात को ज्यादा खोदा नहीं और चुप लगा गईं।

बाबा के साथ जो हुआ उसको देखने के बाद मेरा मन भी कुछ अजीब सी आशंका से भर गया। मुझे जब भी मौका मिलता था तो मैं बाबा के ऊपर वाले कमरे में जाकर चुपचाप उनके बगल में बैठ जाती थी। जैसे किसी बच्चे को दर्द के क्षण में अपने माँ-पिता की गोद का सहारा चाहिए होता है वैसे ही मुझे भी बाबा के बगल में जा बैठने की जरूरत अकसर महसूस होने लगी। बाबा ऐसे क्षणों में लगातार मेरी आँखों में देखते रहते थे और मैं भी उनकी आँखों में देखकर बीच-बीच में अपनी पूँछ हिलाती रहती थी। पूँछ हिलाने की यह क्रिया कुछ समय के अन्तराल पर तब करती थी जब मुझे यह महसूस होने लगता था कि बाबा को किसी सान्निध्य का आश्वासन चाहिए।

ऊपर के कमरों से नीचे के बरामदे पर जाने वाली सीढ़ियों के गेट में लगा ग्रिल अमूमन खुला ही रहता था। मैं दिन में कई बार नीचे जाती थी उन स्थलों पर जहाँ पहले गाय बाँधी जाती थी। वहाँ कोई नहीं होता था फिर भी मैं वहाँ खड़ी रहती थी। मुझे पता नहीं क्यों अच्छा लगता था वहाँ आकर यूँ ही, अन्यमनस्क, खड़ा रहना।

लौटकर मैं बाबा के कमरे में आती थी और फिर बैठ जाती थी। बाबा अब कुछ पढ़ते नहीं थे। दिन भर बैठकर दूर क्षितिज में देखते रहते थे या फिर मेरी आँखों में। कभी-कभी हाथ बढ़ाते थे मुझे प्यार करने के लिए लेकिन कुछ ही

क्षणों में उसे वापस ले लेते थे। हमारे वार्तालाप अब प्रायः लुप्तप्राय ही हो गए थे। हाँ, दादी अब मेरे प्रति पहले से कहीं अधिक स्नेहमयी हो गई थीं। मेरा अब उनके आसपास होना उन्हें अच्छा लगने लगा था। दुत्कार का भाव तो अब दूर-दूर से भी कहीं नहीं था।

आशंकाओं की भी एक अपनी प्रवृत्ति होती है। एक पटाक्षेप करती है तो एक दूसरे के लिए आमंत्रण देते हुए जाती है। अब तो बाबा और दादी के बीच खूब वार्तालाप होने लगे थे लेकिन कुछ दिनों से यह सिलसिला भी कुछ थमा-सा हुआ था। एक दिन मैंने देखा कि दादी और बाबा दो कुर्सियों पर अगल-बगल बैठे हुए हैं। एकदम मौन। फिर सहसा बाबा ने दादी के कन्धे को छूते हुए हल्का झकझोरने के अन्दाज में पूछा, "अरे सुनती हैं? आपके ब्रिगेडियर बेटे को कितने लड़के-फड़के हैं?"

यह सुनकर तो दादी को लगा जैसे उन्हें काठ मार गया हो। इस प्रश्न का उत्तर बेचारी क्या देती। ब्रिगेडियर यानी वीनू तो बाबा के भी बेटे हैं। दादी ने अपने होश को सहेजने की कोशिश की और फिर सोचा कि शायद अनिष्ट यूँ ही दबे पाँव दस्तक देता है। दादी ने बाबा का ध्यान कुछ अन्य बातों में मोड़ दिया और कुछ देर बाद वहाँ से उठ गईं।

बाबा के हाल की इस अवस्था की खबर तीनों बेटों तक पहुँच गई। दादी ने ही फोन पर सबसे बात की। किसी किस्म के कयास की सम्भावना अब नहीं बची थी।

कुछ ही दिनों बाद तीपू माधोपुर पहुँचे और दादी से राय-विचार करने के उपरान्त बाबा को अपने साथ ले गए। मैंने सुना था कि कुछेक महीने पहले तीपू ने अपनी नौकरी से इस्तीफा देकर महाराष्ट्र की सह्याद्री पहाड़ियों के बीच में अवस्थित किसी बड़े कला संस्थान को ज्वाइन कर लिया था, उसके प्रमुख के रूप में। संस्थान का सुन्दर सा कैम्पस था, उसी में उन्हें रहने के लिए एक सुन्दर सा बँगला भी मिला हुआ था। सम्भवतः उन्होंने सोचा होगा कि इस रमणीक वातावरण में रहने से उनके पिता की स्मृतियों के क्षरण पर विराम लग पाएगा।

शुरुआत के कुछ दिनों में तो तीपू को लगा कि बाबा को माधोपुर से अपने यहाँ ले आने का निर्णय वास्तव में सही था लेकिन उन्हें अब यह भी लगने लगा कि बाबा यहाँ आने के बाद अपनी किसी खोह में समा गए हैं। पहले जिस तरह बाबा खुलकर देश-दुनिया और परिवार के बारे में उनसे बातें किया करते थे वैसा अब नहीं करते हैं। ज्यादा समय चुप ही बैठते थे। प्रश्नों का जवाब एक या दो शब्दों में ही देते थे और अमूमन किसी शून्य में निहारते रहते थे। तीपू का बाकी परिवार—उनकी पत्नी सुचित्रा और बेटा विभव—दिल्ली में ही रहते थे। अतः तीपू के इस बँगले में दिनभर बाबा को साथ देने के लिए रसोइया और माली लोग ही होते थे। आम लोगों से दोस्ती बिठाने और बातचीत करने में तो बाबा को कोई परेशानी नहीं होती थी लेकिन अब अकसर उनकी स्मृतियों का मनचला रुख उनकी बातचीत में बाधा डालता था।

एक सुबह बाबा मॉर्निंग वाक से लौटकर आए। वे माली के साथ बैठकर बातचीत कर रहे थे। जब तीपू वहाँ आए तो माली उठकर चला गया। कुछ देर तक बाबा और तीपू चुपचाप बैठे एक-दूसरे को बीच-बीच में देखते रहे। उसके बाद अपनी एक अर्थपूर्ण चुप्पी के बाद बाबा ने एकाएक कहा, "उस रात तो मैं बाल-बाल बच गया।"

तीपू एकदम से चौंके, फिर उन्होंने पूछा, "क्या हुआ पिताजी?"

"अरे आप जानते नहीं? यहाँ आने से दो-तीन दिन पहले आपकी माँ मुझे जहर देने की कोशिश कर रही थीं।"

"ये कैसी बात कर रहे हैं आप पिताजी? कितना हास्यास्पद लगता है आपका ये सोचना भी कि माँ आपको जहर देने का प्रयास करेंगी। आप ऐसा कैसे सोच भी सकते हैं?" तीपू ने अपने क्रोध को संवरित करते हुए पूछा।

"मुझे मिठाई के अन्दर जहर डालकर दे रही थीं। वो तो मैंने समय रहते काला-काला-सा देख लिया छेने की मिठाई में और उसको फेंक दिया।" बाबा ने तुरत कहा। "लगता है, आपके मन में कोई वहम हो गया है पिताजी, नहीं तो आप ये कैसे सोच भी सकते हैं कि माँ आपको मार देना चाहेंगी?" तीपू का धैर्य अब उनके नियंत्रण से बाहर जाने लगा था। वे समझते थे मौके की नजाकत। लेकिन अपने पिता के बारे में उन्हें विश्वास ही नहीं हो पा रहा था कि वे इस

तरह अपने दिमाग पर नियंत्रण खो बैठेंगे लेकिन वे देख रहे थे कि उनके पिता यानी मेरे बाबा का व्यवहार उग्रता की ओर बढ़ रहा था। स्मृति का खो जाना, उग्र व्यवहार—इन दोनों का सम्मिश्रण तीपू को यह सोचने पर मजबूर करने लगा कि कुछ तो असामान्य है बाबा की शारीरिक परिस्थिति में। शायद वे बीमार हैं और बीमारी ऐसी है जिसके बारे में तीपू को स्वयं कोई ज्ञान नहीं है। तीपू वहाँ से उठकर अपने बेडरूम में चले गए।

शाम को तीपू जब घर आए तो उन्हें पता चला कि बाबा वीनू के यहाँ चले गए हैं। माली ने बताया कि उन्होंने वीनू के यहाँ फोन कर उनकी गाड़ी मँगवाई और अपना सारा सामान एक सूटकेस में भरकर चले गए। वीनू आजकल तीपू के संस्थान से मात्र एक-डेढ़ घंटे की दूरी पर पूना शहर में किसी मिलिटरी संस्थान के प्रमुख थे। तीपू ने जब अपने भाई के यहाँ फोन लगाया तो वीनू ने उन्हें बताया कि पिताजी यानी बाबा नाराज होकर चले गए हैं। बाबा ने नाराजगी का कोई कारण नहीं बताया। तीपू समझ गए कि उस दिन सुबह हुई घटना का ही ये सब परिणाम होगा। लेकिन उन्हें यह बात अजीब लगी कि एक तरफ तो बाबा की स्मरण शक्ति का ह्रास हो रहा था तो दूसरी तरफ बुरा मान जाने के लिए बातों को याद रख पाने की शक्ति उतनी ही कुशाग्र हो गई है। खैर! वे भागे-भागे ब्रिगेडियर के घर रात को पहुँचे। ब्रिगेडियर ने उन्हें सलाह दी कि वे अभी बाबा से जाकर सीधे-सीधे क्षमा माँग लें। तीपू क्षमा माँगने गए तो बाबा ने मुँह घुमा लिया और कहा वे उनसे बात ही नहीं करना चाहते।

बहरहाल दोनों भाइयों ने यह तय किया कि बाबा जैसे हैं वैसे ही उन्हें छोड़ दिया जाए। उनकी अवस्था से कोई छेड़छाड़ न की जाए। सबसे पहले तो यह तय हुआ कि बड़े भाई उमंग को सारा कुछ, सारा घटनाक्रम बताया जाए और उनकी राय ली जाए कि अगला कदम क्या होना चाहिए। सारी बात पता चलने पर अगली फ्लाइट पकड़कर उमंग मुम्बई से पूना आ गए। अगले दिन तीनों भाइयों में गहन विमर्श हुआ जिसके बाद बाबा को पूना के एक नामी डॉक्टर के यहाँ दिखाने के लिए ले जाया गया।

डॉक्टर ने बड़ी देर तक पूछताछ की। आधे प्रश्नों का जवाब तो बाबा ने नहीं दिया। डॉक्टर की मदद के लिए उमंग अपनी ओर से जितना सम्भव हो सकता

था उत्तर देते थे। डॉक्टर ने यह भी पूछा कि क्या कभी बाबा अकस्मात् बेहोशी का भी शिकार हुए थे तो उन्हें बताया गया वह वाकया जब मैंने दादी को कैसे आकर भौंक कर इशारा किया था कि बाबा के साथ कुछ गड़बड़ है। डॉक्टर ने कहा कि बाबा के लक्षण डिमेन्शिया के हैं लेकिन वह शत-प्रतिशत निश्चित तौर पर नहीं कह सकते कि बीमारी यही है या कुछ और। उन्होंने कहा कि बाबा को लगातार देखते रहना होगा, उनकी अवस्था को, उनके बात-व्यवहार के तरीकों में सम्भावित बदलाव को।

एक सबसे महत्त्वपूर्ण बात जो डॉक्टर ने कही वह थी कि बाबा को किसी भी हाल में अकेले नहीं रहने दिया जाना है। इस बीमारी का पूरा उपचार तो शायद नहीं सम्भव है किन्तु इसके लक्षणों का आंशिक परिहार उच्च कोटि की देखभाल से सम्भव हो सकता है।

बाबा को माधोपुर से गए कई महीने हो गए थे। दादी की बातों से मुझे बाबा के बारे में समाचार मिलता रहता था। लेकिन इससे मुझे सन्तोष कदापि न हो पाता था। किसी की गैर मौजूदगी आपको कितना उदास कर जाती है यही सूचक होता है आपके पारस्परिक सम्बन्ध की स्फूर्ति का। मेरे लगातार उदास रहने का सबब भी यही था कि बाबा अब माधोपुर में कई महीनों से नहीं रह रहे थे। बाबा की इतनी लम्बी गैर मौजूदगी मैंने कभी नहीं झेली थी। उन्होंने जैसे मुझे रखा, प्यार और दुलार के साथ, वह तो अपने-आपमें अप्रतिम है। इससे ज्यादा की मैं और क्या अपेक्षा कर सकती थी।

बाबा के अलावा तीपू ही एक अकेले मनुष्य थे जो मुझे वैसा प्रेम दे सकते थे जैसा बाबा मुझे देते थे लेकिन माधोपुर के इस घर का संयोग ही शायद ऐसा है कि उन्हें यहाँ कभी भी लम्बा रह पाने का मौका ही नहीं मिला। यह शायद मेरा दुर्भाग्य ही था।

बाबा के इतने समय से नहीं रहने के कारण मुझमें दादी के प्रति श्रद्धा और अनुराग उमड़ने लगे थे। वैसे तो बाबा के बेहोश होने वाली घटना के बाद से ही मेरे प्रति दादी का रुख बहुत अच्छा हो गया था लेकिन जिस प्रकार का वात्सल्य

भाव बाबा मेरे प्रति रखते थे उसकी अपेक्षा दादी से करना शायद अनुचित था। मेरी अब कोशिश होती थी कि अपने सद्व्यवहार से बराबर दादी का मन जीते रहूँ। बाबा के न होने के कारण पूरे घर का सूनापन मुझे काटने दौड़ता था। दादी के बगल में कभी-कभी बैठने का मौका मिलता था तो थोड़ा सुकून महसूस करती थी। बाद में, खासकर रात के समय तो मुझे वही बाबा वाले ऊपर के कमरा और बरामदा में भेज दिया जाता था। वहाँ बैठकर मैं या तो सोती रहती थी या गाँव के दूसरे छोरों से आते अपने श्वान खानदान के अनर्गल प्रलापों को सुनती रहती थी।

डॉक्टर की सलाह के अनुसार बाबा की देख-रेख में बराबर किसी को रहना था। बेटे लोगों की अपनी-अपनी नौकरियों की व्यस्तता थी। पुत्रवधुएँ भी व्यस्त थीं। लेकिन आजकल तीपू अकेले रहते थे अपने संस्थान के कैम्पस में। उन्होंने तय किया कि माँ उनके यहाँ आ जाएँगी और बाबा के साथ रहेंगी। यही एक तरीका था बाबा की अवस्था में गिरावट को रोकने का।

वही हुआ जिसकी मुझे आशंका थी। एक दिन दादी भी माधोपुर के घर से दूर चली गईं। सभी कमरों में ताले लग गए। बचा सिर्फ वह बरामदा और उस पर लगा ग्रिल। मेरी तथाकथित देखभाल के लिए पुकार को जिम्मेदारी सौंपने के अलावा और कोई विकल्प नहीं था। दरवाजे पर से गायें तो कब की जा चुकी थीं। इसलिए जो थोड़ा-बहुत दूध मुझे नसीब हो पाता था वह भी अब कभी-कभी ही हो पाता है। (पूरी तरह पुकार की इच्छा पर निर्भर)। मैं अपने भाग्य को कोस रही थी। एक जमाना था जब बाबा मेरे सामने एक बड़े कटोरे में इतना दूध रख देते थे कि मैं पूरा पी भी नहीं पाती थी। मेरा भोजन बाबा ने सदा शाकाहारी ही रखा। श्वान होते हुए भी मुझे कभी सामिष खाने की ललक तक नहीं होने दी बाबा ने। पुकार अब शाम से पहले ही मुझे ग्रिल के पीछे बन्द कर जाता था। बहुत दया आती थी तो एक-दो सूखी रोटियाँ मेरे कटोरे में छोड़ जाता था।

दादी जिस दिन जा रही थीं, मुम्बई की ट्रेन पकड़ने के लिए, उस दिन मुझे दादी को स्टेशन ले जाने के लिए आई कार के पास नहीं जाने दिया गया। सब लोग जानते थे कि मैं कुछ ऐसी हरकत करूँगी जिससे दादी भी शायद मेरे लिए पहली बार रुआँसी हो जाएँगी। मैं छत पर खड़ी देखती रही। दादी

कार की खिड़की में से सर बाहर कर कभी मुझे देखती थीं और कभी माधोपुर के घर को।

दादी का उपाख्यान

अब तो तीपू के साथ रहते हुए तीन वर्ष से अधिक हो गए। इस बीच माधोपुर कभी नहीं जा पाना हुआ। माधोपुर के वे सभी लड़के जिनकी मैं अतिप्रिय चाची थी उनमें से कोई न कोई बीच-बीच में फोन करता रहता है। उसी में से एक ने दो वर्ष पहले खबर दी थी कि एक जाड़े की रात ग्रिल के पार वाले बरामदे पर लोरा लुढ़क गई थी। सुबह में उसको देखने जब पुकार आया था तब उसने उसे वहाँ मरा हुआ पाया। उसके मुँह से खून गिरा हुआ था। मैं तो सिर्फ कल्पना कर सकती थी कि कैसे उसने ग्रिल से बाहर निकलने के लिए हाथ-पैर मारा होगा और अन्त में बेजान होकर गिर पड़ी होगी।

लोरा के बाबा यानी मेरे पति शर्मा जी की अवस्था दिनानुदिन गिरती ही गई। दवा-दारू से बहुत कुछ सुधार नहीं हो पाया। वैसे भी शर्मा जी सत्तासी से ऊपर के हो गए थे। एक रात बीच में मेरी नींद टूटी तो मैंने उनको देखने की कोशिश की। आजकल हम दोनों अगल-बगल के बिस्तर पर सोते थे जैसा पिछले कई दशकों में नहीं हुआ था। मैंने हाथ बढ़ाकर उनके सीने को छूने की कोशिश की। उनकी साँस नहीं चल रही थी। हाथ उठाया तो छोड़ते ही वह धम्म से नीचे गिर गया। इस घटना को हुए भी अब साल भर हो गया।

तीपू जब घर में नहीं होता है तब अकेले बैठे-बैठे सोचती रहती हूँ। कभी ध्यान अपने नैहर के घर रमनपुर पर जाता है। वहाँ भी कब का ताला लग गया था। फिर ध्यान अपने ससुर यानी डॉक्टर साहब के एक समय के निवास स्थल विशुनपुर पर सारे खयाल टिक जाते हैं और अन्त में सोचने लगती हूँ कि माधोपुर का घर कितना उदास दिखता होगा।